dtv

Siegfried Lenz' Werk ist durch die Nähe zum Wasser geprägt. Das Meer und die Küste, der Fluss und der Hafen, die Inseln und Halligen sind von jeher feste Bestandteile seiner literarischen Landschaft und eng mit seiner Biografie verknüpft. Seit jenem Morgen im März, als er, ein Junge noch, durch das Eis des Lyck-Sees brach, hat er eine besondere Beziehung zum Wasser. Nach dem Verlust seiner masurischen Heimat fand er in späteren Jahren an der Elbe, in Hamburg, ein neues Zuhause. Der Herausgeber Helmut Frielinghaus hat für diesen Band Erzählungen ausgewählt, die an den Küsten und Ufern Norddeutschlands spielen.

Siegfried Lenz, geboren 1926 in Lyck/Ostpreußen, zählt seit Langem zu den bedeutendsten Autoren der deutschen Nachkriegs- und Gegenwartsliteratur. Nach seiner Rückkehr aus englischer Kriegsgefangenschaft studierte er in Hamburg Philosophie, Anglistik und deutsche Literaturgeschichte. Für seine Bücher wurde er mit vielen bedeutenden Preisen ausgezeichnet, u. a. mit dem Goethe-Preis der Stadt Frankfurt am Main und dem Friedenspreis des Deutschen Buchhandels. 2009 erhielt er den Lew-Kopelew-Preis für Frieden und Menschenrechte. Heute lebt Siegfried Lenz als freier Schriftsteller in Hamburg. Sein erzählerisches Werk ist im Deutschen Taschenbuch Verlag lieferbar.

Helmut Frielinghaus, 1931 geboren, war Lektor und Verlagsleiter in deutschen literarischen Verlagen (Rowohlt, Claassen, Luchterhand). Seit 1991 war er freiberuflich tätig, als Lektor und Berater deutschsprachiger Autoren, als Übersetzer (Raymond Carver, John Updike, William Faulkner) und Journalist, von 1995 bis 2002 in New York. Bis zu seinem Tod 2012 lebte Helmut Frielinghaus wieder in Hamburg.

Siegfried Lenz

Küste im Fernglas

Erzählungen

Herausgegeben von
Helmut Frielinghaus

Deutscher Taschenbuch Verlag

Die in dieser Auswahl enthaltenen Erzählungen entstammen dem 2006 bei Hoffmann und Campe erschienenen Band ›Die Erzählungen‹.

Ausführliche Informationen über unsere Autoren und Bücher finden Sie auf unserer Website www.dtv.de

MIX
Papier aus verantwortungsvollen Quellen
FSC® C019821
FSC www.fsc.org

2. Auflage 2014
2012 Deutscher Taschenbuch Verlag GmbH & Co. KG, München
Folgt der Ausgabe ›Die Erzählungen‹

Umschlagkonzept: Balk & Brumshagen
Umschlaggestaltung unter Verwendung eines Gemäldes von Jacob Gensler (bridgemanart.com/Hamburger Kunsthalle)
Gesamtherstellung: Druckerei C. H. Beck, Nördlingen
Gedruckt auf säurefreiem, chlorfrei gebleichtem Papier
Printed in Germany · ISBN 978-3-423-14080-5

Inhalt

Küste im Fernglas

Lauschend kam der dicke Burow aus dem Gasthaus heraus, als über der glatten morgendlichen Bucht das Tuckern der auslaufenden Fischkutter erklang. Schwerfällig, angetan nur mit Hose und kragenlosem Hemd, stieg er die Zementstufen der schäbigen Veranda hinab, ging lauschend weiter durch das kalte Gras, überquerte den Hügel und trat unter das Teerdach des zur Bucht offenen Schuppens. Bedächtig zog er aus einer Hosentasche ein Fernglas hervor, setzte sich auf einen Hauklotz und hob das Glas an die müden, geröteten Augen: scharf, in ausgestochenen Scheiben, erschien die Steilküste auf der anderen Seite der Bucht; körniger, kreidiger Fels wurde deutlich, steile Rinnen, die der Regen gerissen hatte, und über der Steilküste, hingebogen vom ewigen Wehen des Ostwindes, tauchten in den münzrunden Ausschnitten Strandkiefern auf, schräge Stämme mit niedergezwungenen Kronen, die bis zum äußersten Ende der Bucht wuchsen, dort, wo die Steilküste jäh abwinkelte. Suchend senkte der Mann das Glas, senkte es so weit, bis er die schwarzen ausgespülten Löcher unten am kreidigen Felsen erkannte; weiter lief sein Blick, weiter am Fuß der Felsen entlang, über das flache grauschimmernde Wasser, aus dem sich einzelne Felsbrocken heraushoben, rundgewaschen von der See. Ohne abzusetzen, richtete er das Glas hinaus auf das Wasser: draußen, wo die Steilküste abwinkelte, krauste und riffelte es sich, warf kurze Wellen im Zusammenstoß zweier Strömungen; zur Mitte der Bucht hin wurde das Wasser dunkler, tiefgrün über der Fahrrinne, die in der Mündung des Flusses lag, und auf seiner Seite, wo das Land flach zur See auslief, mit einem breiten, sandigen Strand, hatte das Wasser einen hellbraunen Schimmer. Suchend lief sein Blick darüber hin, streifte die kleinen Fischkutter, die unter gleichmäßigem Tuckern in Kiellinie ausfuhren, und glitt jetzt prüfend den Sandstrand hinab: ein zerschlagener Kutter erschien in den ausgestochenen Scheiben des Fernglases, die von der Sonne gebleichten Trokkenpfähle für die Netze, die beiden Landungsstege dann und schließlich das Dorf. Friedlich lagen die Fischerkaten da. Räuchertonnen standen hinter den angebauten Schuppen, Stapel von Bretterzeug, weißgewaschenes Schnittholz, das sie aus der See gefischt hatten. Eine schmutzige Linie lief durch den Sand: verdorrter Tang, den der letzte Sturm auf Land geworfen hatte, Lappenreste, verrostete Schachteln und zerbrochene Korkstücke – eine Markierung, die der letzte Sturm wie zur Erinnerung daran zurückgelassen hatte, wie weit er hinaufgeschlagen war auf den Strand.

Bis zur Mündung des schnell fließenden Flusses suchte der Mann die Bucht ab, bis zur Stelle, wo das Land allmählich zu steigen, sich zu erheben begann und als Steilküste die eine Seite der Bucht begrenzte. Wie jeden Morgen suchte er ergebnislos. Seufzend stand er vom Hauklotz auf, ein schwerer Mann mit bekümmertem Karpfengesicht; Müdigkeit in den Augen, Müdigkeit um den kleinen, trokkenen Mund, so stand er frierend in der klaren, kalten Luft jenes Morgens. Sein Gesicht war blaß; es hatte die Blässe eines angedünsteten Fisches, und eine Spur von verstörter Traurigkeit zeigte sich auf ihm. Langsam kam er aus dem Schuppen hervor, steckte das Fernglas in die Hosentasche, stopfte den schmalen Lederriemen nach und stand und sah mit bloßem Auge auf die gekalkten Wände der Katen hinab. Die Wände leuchteten in der frühen Sonne. Zögernd, nach einem schnellen Blick zum Gasthaus hinüber, trat Burow auf den ausgefahrenen Sandweg, der zu den sauberen, gekalkten Katen hinabführte, zwischen ihnen hindurch und weiter bis zu den Landungsstegen. Ohne Eile ging er, während das Glas bei jedem Schritt gegen seinen Oberschenkel stieß, den Sandweg hinab; Fische, Kistenholz und Teer strömten einen strengen Geruch aus, der immer stärker wurde, je näher er den Katen kam. Die Katen waren grob verputzt, dickwandig, mit kleinen Fenstern zur Seeseite hin, Fenstern wie Gucklöcher; vor den Fenstern hingen grobe, gehäkelte Gardinen; und in die rauchigen, schwarzen Türpfosten waren Kerben eingeschnitten, eckige Zahlen, eckige Namen. Ausgetreten, gesprungen manchmal waren die Steintreppen, die in die lichtlosen Flure führten; neben den Steintreppen standen Bänke, kurz, gedrungen, mit trockenen Fischschuppen bedeckt, die weißgrau schimmerten. Ruhig ging der Mann an den alten Katen vorbei, an den angebauten Schuppen, die gefüllt waren mit gespaltenem Holz, mit Säcken voll Sägespänen, und in denen an breiten Haken in der Längswand schwere Riemen hingen, Drahtrollen und Stangen mit Aalgabeln. An einer Feuerstelle vorbei, auf der ein Kessel zum Kochen der Netze stand, ging er hinunter zum Strand, zu dem zerschlagenen Kutter, den sie aus dem Wasser geschleppt hatten. Die Spanten des Kutters standen in der Luft, gebogen und ausgedörrt wie Rippen. Burow sah, daß jetzt auf dem zertrümmerten Bug des Kutters ein Mann saß, ein Alter mit speckiger Joppe, mit Schirmmütze und nikotingelbem Bartkranz. Den Oberkörper auf einen Stock gestützt, blickte er über die Bucht, blickte den Kuttern nach, die mit dumpf tuckerndem Geräusch hinter der Steilküste verschwanden. Der Alte war mager. Es war Feddersen. Burow erkannte ihn wieder, und er ging langsam, mit knirschenden Schritten auf ihn zu. Leicht hob der Alte den Stock zum Gruß, sein Kopf begann zu nicken, die wässrigen Augen schlossen sich fast ganz unter einem freundlichen Grinsen, das die Haut straffte, sein Gesicht starr und maskenhaft machte. Feddersen war der älteste Fischer im Dorf. Seine Haut war trocken und ausgezehrt, die Gelenke steif, die Finger gekrümmt, er sah aus, als ob ihn das Salz der See überkrustet, eingepökelt hätte.

»Nu«, machte er freundlich, »nu«, und hob fragend die Schultern. »Wieder nichts«, sagte Burow leise. Das müde Gesicht mit den geröteten Augen senkte sich: »Alles habe ich abgesucht, die Steilküste drüben, die Mündung, die ganze Bucht; wieder nichts. Ich werde sie nicht mehr sehen.«

Der Alte blickte sorgfältig den Strand hinab, zur Steilküste hinüber und weit über die Bucht; er hob den Stock dabei, drehte ihn langsam in Hüfthöhe, beschrieb einen offenen Kreis: niemals stand der Stock still, und der Mann stieß ihn wieder in den Sand und schüttelte den Kopf.

»Nu«, machte er, »nu.«

»Vor der Bucht war es«, sagte Burow. »Am Ausgang der Bucht sind sie gekentert, und da ist sie ertrunken. Das Boot wurde angetrieben, auch ein Kissen wurde angetrieben – nur sie nicht, meine Frau hat keiner gefunden.«

Der Alte hustete, schluckte angestrengt; eine kleine Öffnung entstand im nikotingelben Bart: »Im Frühjahr«, sagte er freundlich, »im Frühjahr wird sie antreiben der Wind. Das Frühjahr is gut dafür; dann steht der Wind auf der Bucht und bringt alles an Land. Aufs Frühjahr is Verlaß, Herr.«

Ein mildes Erschrecken glitt über das müde Gesicht Burows, zeigte sich in den traurigen Augen.

»Nein«, sagte er, »ich bin nur gekommen, um sie zu begraben. Bis zum Frühjahr kann ich nicht warten, ich muß zurück in mein Geschäft.«

»Aufs Frühjahr is man mehr Verlaß als auf den Herbst«, sagte der Alte. »Is schön bei uns im Frühjahr, große Aale, geräucherte Flundern.«

Burow trat an ihn heran, suchte seinen wässrigen Blick, roch den strengen Geruch des Alten, einen Geruch nach

Fischen und Kautabak, und er sprach flüsternd in das hautstraffe Gesicht hinein: »Sie war nicht allein im Boot, aber von ihm hört man gar nichts, niemand weiß, was mit ihm geschehen ist, mit dem Vertreter, der sie rausgebracht hat. Vertreter war er, weiter nichts; mit ihm ist sie weggegangen, an einem Sonnabendmorgen, am Tag, wo am meisten zu tun ist. Ein kleiner Vertreter war er, der nichts hatte als sein Fixum und seine Bügelfalten. Vom Segeln verstand er nichts: nur das Boot wurde angetrieben und das Kissen. Niemand weiß, was mit ihm geschehen ist.«

»Im Frühjahr«, sagte der Alte, »im Frühjahr steht der Wind auf der Bucht und bringt alles an Land, auch Vertreter. Im Frühjahr is man viel zu finden hier, da is schon manch einer überrascht worden. Was sich die Fische nicht holen und die Strömung nicht fortnimmt, das bringt der Wind alles an Land.«

Er hustete, würgte, sein Gesicht verfärbte sich; krampfhaft umschlossen die Finger den Stock, so daß die Knöchel weiß anliefen, dann spuckte er kräftig aus und lächelte. Lächelnd wartete er, bis sich sein Atem beruhigte, der Druck auf der Brust nachließ. »Im großen Frühjahr is alles besser«, sagte er mühsam, »wenn man nur erst der nächste Winter vorbei is.«

Das Tuckern der Fischkutter war nicht mehr zu hören, nacheinander waren sie hinter der Steilküste verschwunden; leer lag die Bucht jetzt da, durchschnitten von dem tiefgrünen Streifen der Flußmündung, auf dem treibende Möwen saßen, Heringsmöwen mit gelben Schnäbeln, roten Augen und schiefergrauen Flügeln. Sie saßen auf dem glatt strömenden Wasser, ließen sich hinaustreiben aus der Bucht und kehrten in kreischendem Flug wieder zur Mündung zurück.

Burow sah hinüber zu einer kreischenden Gruppe von Möwen, als er unvermutet eine Berührung spürte, eine kurze streifende Berührung vom Stock des Alten; überrascht wandte er sich um. Der Alte machte ihm ein vergnügtes Zeichen, hinter sich zu blicken, zu den Katen, ein Zeichen auch, nicht zu sprechen, und er blickte stumm in die Richtung, in die der Stock wies. Die verschrammte Eisenspitze des Stockes zitterte leicht, sie zeigte auf eine Kate mit tief herabgezogenem Schilfdach, auf ein niedriges Seitenfenster, aus dem behutsam, ruckweise ein verschnürter Karton gestoßen wurde. Lautlos beinahe fiel der Karton in den Sand, und gleich darauf erschien das mißtrauische Gesicht eines Jungen neben dem Türpfosten: blondes, stumpfes Haar, breite Wangen und starke Kiefer, die an die großen Kiemen eines Kaulbarsches erinnerten; hastig lauschte der Junge über die Bucht, horchte in die Kate zurück und schlüpfte schließlich barfuß die Steintreppen hinab und um die Ecke der Kate zu seinem Karton. Er griff mit beiden Händen unter die Schnur des Kartons, hob ihn hoch und entfernte sich rückwärts gehend von der Kate; rückwärts gehend näherte er sich den Männern, bis er sich plötzlich instinktiv umwandte und erschrocken den Alten entdeckte und Burow. »Nu«, machte der Alte vergnügt, »nu«, und mit fröhlichem Glucksen sagte er: »Is man zu früh zum Reisen, Jungchen, solltest bis zum großen Frühjahr warten.«

Der Junge sah ihn zaudernd mit erschrockenem Lächeln an, er sah zur Kate zurück und dann, forschend und unruhig, in das blasse Karpfengesicht Burows, in die vor Müdigkeit geröteten Augen, die ihn rätselhaft musterten, mit rätselhaftem Vorwurf.

»Ich – ich muß weiter«, sagte der Junge.

»Nein«, sagte Burow, »du bleibst hier. Du gehst jetzt nicht weg. Du wirst mir erst sagen, woher du den Schal hast: es ist der Schal meiner Frau.«

Der Alte legte den Kopf auf die Seite, neugierig, freundlich grinsend betrachtete er den Schal, den der Junge lose gebunden über einem verwaschenen Leinenhemd trug.

»Woher hast du den Schal?« fragte Burow.

Der Junge nickte zur Bucht hinüber; er stand jetzt in lauernder Haltung da, fluchtbereit, den Karton in beiden Händen.

»Hast du den Schal gefunden?«

»Vater«, sagte der Junge, »er hat ihn rausgeholt mit den Dorschangeln, der Schal war an zwei Haken fest.«

»Gib ihn her. Es ist der Schal meiner Frau; sie hat ihn von mir.«

Vorsichtig trat der Junge einen Schritt zurück, duckte sich, wandte sich unerwartet um und lief, den Karton gegen die Brust gedrückt, den Strand hinauf; lief weiter, ohne sich umzusehen, über den flachen Grünstrich, zwischen angepflockten Ziegen vorbei, weiter um die Katen herum bis zum Sandweg, der ansteigend am Schuppen des Gasthauses vorbeiführte und durch einen lichten Buchenwald hinaus aus dem Dorf. Auch als er auf der Höhe des Gasthauses war, dieses vernachlässigten, fremdartigen Hauses, das aussah wie eine Geschwulst des Hügels, sah er nicht zurück, lief mit seinem Karton und der Angst. Burow machte keinen Versuch, ihn einzuholen.

»Nu«, gluckste der Alte, »nu«, und er drückte sich vom Gerippe des Kutters ab, ging stockend in Richtung der Flußmündung, und Burow folgte ihm. Der Sand knirschte unter ihren Schritten. Eine Seeschwalbe stürzte wie ein Geschoß ins Wasser, tauchte auf und flog davon.

»Es war ihr Schal«, sagte Burow, »sie hat ihn zum Urlaub bekommen.«

»War in der Dorschangel«, sagte der Alte, »schön festgehakt, so fest wie der Matrose damals mit den feinen Stiefeln: vier Jahr, Herr, hab ich die Stiefel können tragen.

Und der Bosack hat die Hosen können brauchen. Im Frühjahr is oft was drin in den Angeln, was paßt.« »Ich wollte sie nur begraben«, sagte Burow. »Wenn sie nicht tot wäre – wahrscheinlich wäre ich dann nicht gekommen. Aber sie muß ertrunken sein, sonst hätte sie sich gemeldet.«

Sie gingen bis zum Fluß vor der Mündung, sie blickten schweigend den schnell strömenden Lauf des Flusses hinauf; lautlos floß er heran, zerrend an überhängendem Weidengestrüpp, an losem Astgeflecht; heftig schwankte, zitterte Hechtkraut in der Strömung, Blätter trieben vorbei, kleine Grasinseln, die, von den Strudeln erfaßt, herumgewirbelt und gegen das Ufer gedrückt wurden, einen Augenblick nur, denn gleich riß das drängende Wasser sie wieder los, führte sie zur Mitte, drehend, ein grünes Karussell auf dem dunklen Lauf des Flusses.

Burow zog das Fernglas aus der Tasche, hob es an die Augen, während der Alte ihn grinsend beobachtete; langsam drehte sich das Glas, und jetzt, ja, jetzt erschien in dem münzrunden Ausschnitt ein laufender Junge mit einem Karton auf der Schulter, über die zerrissene Steilküste lief er dahin, auf einem schmalen Weg, der in die Strandkiefern führte. Und bevor er noch die Strandkiefern erreicht hatte, sah Burow eine Frau sich von der Erde erheben, sah, wie sie auf den Jungen zutrat und ihm das Paket abnahm. Er erkannte sie wieder, es war seine Frau. Er beobachtete, wie sie dem Jungen etwas gab und dann allein zu den Strandkiefern ging und in einer Bodenwelle verschwand. Der Alte zupfte ihn am Ärmel.

»Is da was?« fragte er.

»Nein«, sagte Burow, »da ist nichts.«

»Wer ertrinkt, is man tot«, sagte der Alte freundlich.

»Ja«, sagte Burow.

1958

Erinnerung im Schlauchboot

Walter Donat ging es besser als fast allen seinen Kameraden; er brauchte vorläufig nicht zu ertrinken; wenigstens so lange nicht, wie der Nebel dick und grau auf dem Wasser hockte und das unruhige Element besänftigte. Er lag gekrümmt in einem Schlauchboot, tastete nach seinem Oberschenkel, äugte mit düsterer Freude über den luftwulstigen Rand seines Gefährts ins Wasser und hob von Zeit zu Zeit, wenn durch den Nebel ein verzweifelter Schrei zu ihm drang, den Kopf und nickte. Dabei dachte er: ›Hansen‹ oder ›Gehrke‹ oder ›Walendy‹ oder ›der II.‹ oder ›Fips‹ (gemeint war der Segelmacher) oder ›Tomzig‹.

Er hatte die Schreie aller Besatzungsmitglieder gehört, ausgenommen den des Bootsmaats Korschus. Das beunruhigte den Matrosen im Schlauchboot. Die See murrte ungeduldig: eine unsichtbare Strömung trieb das Fahrzeug langsam von der Stelle ab, wo das Schiff in vier Minuten gesunken war, ohne eine Spur zu hinterlassen.

Walter Donat wälzte sich plötzlich in seinem Schlauchboot herum; er hatte das angestrengte Prusten eines Schwimmenden gehört. Eine Hand stieß durch den Nebel, eine Schulter, ein Kopf; der Kopf des Bootsmaates Korschus. Er hatte das Schlauchboot entdeckt; er versuchte, sich gegen die halbe Strömung ihm zu nähern.

Als der Mann, der im Trockenen saß, den Bootsmaat erkannte, begann er zu zittern. Seine Hand preßte sich in den Oberschenkel. Er sah aus zusammengekniffenen Augen auf den Schwimmenden, der mit großer Anstrengung versuchte, das Fahrzeug zu erreichen und dabei erstand für Walter Donat auf dem nichtssagenden, jämmerlichen Hintergrund des Nebels das Bild einer kleinen, jämmerlichen Hafenstadt; finstere, bucklige Häuser, mittelmäßige Mädchen, Einwohner, die in mancher Hinsicht den Muscheln glichen (ohne Anstrengung konnte man nicht an ihren Kern gelangen), Kasernen, sehr viel Heimweh; zwei stillgelegte Fischräuchereien, gegen deren Fenster blanke Fliegen hoffnungslos mit den Köpfen brummten, und ächzende Windjammer, die, wenn sie schon einmal hier einliefen, schwerfällige Möwen von dem schmutzigen Hafenbecken aufscheuchten. Er erinnerte sich, daß er in jener Zeit etwa das Gefühl eines Menschen hatte, der beim Zählen seines letzten Geldes feststellt, daß dieses Geld gefälscht ist. Die Stunden, die er mit stumpfsinniger Ausbildung zu füllen hatte, erschienen ihm wie unechte, hohle Münzen, die Tage wie schlecht gravierte Banknoten ... die Wochen ... die Jahre ...

Und dennoch hätte er irgendwie in dieser pilzigen, öden Hafenstadt leben können, wenn es da nicht einen gewissen Menschen gegeben hätte, den Bootsmaat Korschus, »Flup«-Korschus, einen riesigen Kerl mit hängender Unterlippe und kleinen, ständig tränenden, schwarzen Augen. Er hatte einen geringen Wortschatz, der aber ausreichte, um die scheuen, seemännisch unbedarften Füchse tanzen zu lassen. Alle mußten tanzen. Mit unheimlicher Ruhe stand er neben den Klettertauen.

»Auf!« grunzte er.

»Nieder!«

»Auf!«

»Nieder!«

»Lupft an, meine Freunde.«

Einer fiel herab und verbrannte sich am Tau die Hände.

»Heute nacht Kübel auskratzen.«

Alle haßten und fürchteten den Bootsmaat. Keiner tat es so sehr wie Walter Donat. Nicht ohne Grund, weiß Gott. Für ihn hatte »Flup«-Korschus immer eine Bescherung bereit: eine »stinkende«, eine schweißfördernde, eine ...

»Donat!«

»Hier, Herr Bootsmaat!«

Donat in seinem Schlauchboot hatte »Hier« gerufen, so wie es ihm tausendmal eingebleut worden war.

Die Strömung drängte den Schwimmenden ab. Er hob seinen Arm und winkte.

»Donat! Warum-nimmst-Du-nicht-das-Paddel! Willst-mich-absaufen-lassen!«

Der Matrose schrak auf.

›Da schwimmt der Korschus‹, dachte er. ›Jetzt habe ich ihn in der Hand. Jetzt soll er sich auf etwas gefaßt machen. Die anderen wissen nichts davon. Niemand wird es wissen. Ich brauche nicht einmal die Hand zu bewegen. Es erledigt sich von selbst.‹

»Donat!« schrie der Bootsmaat. Er tauchte langsam in den Nebel ein.

Da ging in dem trägen Träumer etwas vor. Er löste das Hanfseil, mit dem das Paddel befestigt war, tauchte es ins Wasser und fuhr dem Korschus nach. Er erreichte ihn nach wenigen Strichen und zog ihn ins Trockene.

Matrose Donat versäumte seine Gelegenheit.

1950

Das Wrack

Auf der Heimfahrt entdeckte Baraby das Wrack. Es lag nicht allzu tief, ein langer, dunkler Schatten, der die Farbe der Wasseroberfläche veränderte; es mußte ein älteres Wrack sein, denn er hatte in letzter Zeit von keinem Schiffsuntergang gehört, und es lag weitab von der Fahrrinne. Es lag in der Nähe der Halbinsel, wo der Strom mehr als vier Meilen breit war, und es gab dem Wasser über ihm die Farbe eines alten Bleirohrs, stumpf und grau.

Baraby hatte das Wrack nie zuvor entdeckt, obwohl er den Fluß gut kannte; es war in keiner Karte eingezeichnet, und im Dorf wußte auch niemand etwas davon. Vielleicht hätte er das Wrack früher entdeckt, wenn er noch bei der Halbinsel gefischt hätte, aber seit einigen Jahren fuhren die Flußfischer weit in das Mündungsgebiet hinaus; sie legten die Angeln draußen aus und auch die Reusen, es gab am ganzen Strom nur noch eine Handvoll Flußfischer; ein elendes Geschäft war es geworden, zufällig und armselig, und die meisten hatten damit aufgehört.

Weil Baraby auch im Mündungsgebiet fischte, hatte er das Wrack erst jetzt entdeckt. Er stellte den Außenbordmotor ab, und das schwere, breitplankige Boot glitt sanft aus, glitt über den Schatten des Wracks hinaus, stand einen Augenblick still, wurde von der Strömung erfaßt und langsam zurückgetrieben. Der Mann beugte sich über die Bordwand und blickte ins Wasser, und er sah sein Gesicht im Wasser auftauchen, verzerrt und trübe, er sah, als er sich weiter hinabbeugte, sein Gesicht deutlicher werden, erkannte das Kinn und die Backenknochen und den Schädel, und er sah seinen alten, mageren Hals und ein Stück des durchgescheuerten Hemdkragens.

Plötzlich wurde das Wasser dunkel, und der Mann glaubte einen jähen kalten Luftzug zu verspüren, er erfaßte die Klarscheibe, die neben ihm auf der Ducht lag, und hielt sie ins Wasser. Er ließ sich von der Strömung über das Wrack treiben und starrte angestrengt in die Tiefe; er sah hinab in die düstere, grünlich schimmernde Einsamkeit, er sah das Ewigtreibende im lautlosen Strom des Wassers, und darunter, auf dem Boden des Flusses, erkannte er die genauen Umrisse des Wracks.

Er richtete sich auf und schaute zurück; der Schatten des Wracks wurde kleiner, er verschwand, während sich eine Wolke vor die Sonne schob, vollends, und der Mann ruderte gegen die Strömung an, und als er sich über dem Wrack befand, lotete er die Tiefe. Er warf das Lot mehrmals aus, und es zeigte immer dieselbe Tiefe, aber unvermutet lief die Leine nur kurz aus und blieb schlaff im Wasser hängen, und da wußte er, daß das Lot auf dem Wrack lag. Baraby zog die Leine vorsichtig an, er holte sie, um mehr Gefühl zu haben, über den Zeigefinger ein, und er spürte kleine Stöße und Erschütterungen: das Lot schleifte über das Wrack, blieb manchmal für einen Augenblick hängen, so daß sich die Leine straffte, und der Mann fühlte, wie eine eigentümliche Unruhe ihn ergriff, der Wunsch, an das Wrack zu gelangen, das kaum zwanzig Meter unter ihm lag und groß war, schwarz und unbekannt. Er war allein auf dem Strom, und er ließ sich mehrmals über die Stelle treiben, wo das Wrack lag, aber er konnte nichts erkennen. Er wußte nur, daß es da war, ein Wrack, das nur er allein kannte. Die anderen Wracks, die im Strom gelegen hatten, waren längst gehoben oder unter Wasser gesprengt worden: was er wußte, wußte er allein. Baraby merkte sich eine genaue Markierung an Land und warf den Außenbordmotor an; er fuhr knapp um die Halbinsel herum und dicht unter Land weiter, und er war erfüllt von dem Gedanken an das Wrack.

Auf dem Landungssteg stand Willi, er war barfuß und hatte ausgebleichtes Haar und einen sonnenverbrannten Nacken, und er stand vorn auf der äußersten Spitze des Stegs und sah wortlos dem Anlegemanöver seines Vaters zu. Als das Boot gegen den Steg stieß, warf Baraby eine Leine hinauf, und der Junge fing die Leine auf und befestigte sie wortlos an einem Pfahl, und dann sprang er ins Boot und öffnete den Fischkasten in der Mitte; es waren nur wenige Aale drin. Sie holten die Aale heraus und warfen sie in eine Kiste, und der Junge hob die Kiste auf den Kopf und trug sie über den Landungssteg fort. Baraby verließ das Boot und ging zu den Hügeln, wo das Haus lag, es war ein altes, niedriges Haus mit kleinen Fenstern und einem kaum benutzten Vordereingang; der Mann betrat das Haus von der Rückseite, und nachdem er Kaffee getrunken hatte, ging er zu seinem Lager und legte sich hin und dachte an das Wrack. Er dachte an seinen Schatten und daran, daß es auf keiner Karte eingezeichnet war, er dachte an den Boden des Stromes, auf dem es lag, und an die Tiefe, die ihn selbst vom Wrack trennte, und während er daran dachte, wußte er, daß er zu ihm hinabdringen würde, er würde unbemerkt an das Wrack gelangen. Vielleicht, dachte er, ist es ein Passagierdampfer, der noch voll ist; vielleicht ist genug in dem Wrack drin, daß es für ein ganzes Jahr ausreicht – es war alles noch nicht so lange her, und er erinnerte sich, daß sie sogar das Bier hatten trinken können, das sie aus einem anderen Wrack geborgen hatten.

Er stand auf und ging wieder zum Boot hinab. Im Boot saß der Junge; er befestigte neue Haken an der Aalschnur und sagte kein Wort, als sein Vater über ihm auf dem Steg stand. Baraby stand mit zusammengekniffenen Augen auf dem Steg, er stand aufrecht unter der sengenden Sonne, die Hände in den Taschen, und sah dem Jungen zu. Und plötzlich sagte er: »Mach Schluß, Junge. Ich brauche dich jetzt. Leg die Haken weg und hör mir zu. Ich werde jetzt gleich rausfahren, Junge, und du wirst mitkommen. Du wirst mit mir hinausfahren, aber du mußt mir schwören, daß du zu keinem ein Wort sagst von dem, was du zu sehen bekommst. Zu keinem, Junge, hast du gehört?«

»Ja, Vater«, sagte der Junge.

»Wir werden zur Halbinsel fahren. Um diese Zeit kommt da niemand vorbei. Wir werden das Boot verankern, Junge, und dann will ich runter. Ich habe ein Wrack gefunden, drüben, bei der Halbinsel, und ich werde runtergehen und allerhand raufholen. Du wirst keinem Menschen etwas sagen, Junge. Wenn du redest, ist es vorbei.«

»Ja, Vater«, sagte der Junge, »ist gut.«

Baraby warf eine lange Ankerleine ins Boot und stieg ein. Er warf den Motor nicht an, denn wenn der Motor zu dieser Zeit gelaufen wäre, hätten sie auf dem Hügel ihre Köpfe ans Fenster geschoben, darum nahm er die Riemen und stieß das Boot weit in den Fluß hinaus. Es wurde von der Strömung erfaßt und trieb langsam flußabwärts, es trieb auf die Halbinsel zu, und vorn im Boot stand der Junge und hielt Ausschau nach dem Wrack. Noch vor der Markierung warf Baraby den Anker, er glitt einige Meter über den Grund und setzte sich dann fest, und der Mann steckte so lange Leine nach, bis das Boot über dem sichtbaren Schatten des Wracks lag. Er wartete, bis Zug auf die Ankerleine kam und das Boot festlag, dann beugte er sich weit über den Bootsrand und rief den Jungen zu sich, und beide lagen nebeneinander und sahen stumm in den Fluß. Sie erkannten, weit unter dem düsteren Grün des Wassers, eine scharf abfallende dunkle Fläche, sie sahen schwarze Gegenstände auf dieser Fläche und wußten, daß es das Wrack war.

»Da liegt es«, sagte der Mann. »Es ist groß, Junge, es ist wohl achtzig oder noch mehr Meter lang. Siehst du es?«

»Ja«, sagte der Junge, »ja, ich sehe es genau.«

»Ich will es versuchen«, sagte der Mann. »Ich werde heute nicht weit runterkommen, ich werde es nicht schaffen. Aber ich werde es mir aus der Nähe ansehen.«

»Es ist ein Passagierdampfer«, sagte der Junge. »Vielleicht sind da noch Leute drin, Vater. Es ist bestimmt ein Passagierdampfer.«

»Vielleicht, Junge. Wir müssen abwarten. Du wirst zu keinem Menschen ein Wort sagen. Das ist unser Wrack, wir haben es entdeckt, und darum gehört es uns allein. Wir können es brauchen, Junge, wir haben es nie nötiger gehabt als jetzt. Das Wrack wird uns helfen. Wir werden raufholen, was wir raufholen können, und du wirst zu keinem Menschen ein Wort sagen.«

»Ja«, sagte der Junge.

Der Mann begann sich zu entkleiden; er trug schwarze Wasserstiefel, die mit roten Schlauchstücken geflickt waren, und zuerst zog er die Stiefel aus und dann die Jacke und das Hemd. Der Junge sah schweigend zu, wie der Mann sich entkleidete, er hielt die Brille mit den Klarscheiben in der Hand, und als der Mann nur noch mit der Manchesterhose bekleidet war, reichte er ihm die Brille und sagte: »Ich werde aufpassen, Vater. Ich bleibe oben und passe auf.«

Baraby legte die Brille um und schwang sich über die Bordwand, er glitt rückwärts ins Wasser, die Hände am Bootsrand. Er lächelte dem Jungen zu, aber der Junge erwiderte dies Lächeln nicht, er blieb ernst und ruhig und blickte auf die rissigen Hände seines Vaters, die an den Knöcheln weiß wurden.

»Jetzt«, sagte der Mann, und er richtete sich steil auf und ließ sich hinabfallen. Er tauchte an der Spitze des Bootes weg, kerzengerade, und der Junge warf sich über den Bootsrand und sah ihm nach. Und er sah, wie der Mann drei Meter hinabschoß und wie kleine Blasen an ihm hochstiegen, aber dann fand die Kraft des Sturzes ihr Ende, und Baraby stieß den Kopf nach unten und versuchte, Tiefe zu gewinnen. Er schwamm mit kräftigen Stößen nach unten, aber die Strömung war zu stark; obwohl er verzweifelt gegen sie anschwamm, trieb ihn die Strömung unter das Boot, und er schien zu merken, daß er hoffnungslos vom Liegeplatz des Wracks abgedrängt wurde, denn schon nach kurzer Zeit sah der Junge, wie der Körper seines Vaters eine plötzliche Aufwärtsbewegung machte und mit energischen Bewegungen zur Oberfläche strebte. Der Mann tauchte knapp hinter dem Boot auf, und der Junge hielt ihm einen Riemen hin und zog ihn an die Bordwand heran.

»Es ist zuviel Strömung«, sagte Baraby. »Du hast gesehen, Junge, wie mich die Strömung abtrieb. Aber sie ist nicht so stark wie draußen in der Mündung, sie wird durch die Halbinsel verringert.«

Er atmete schnell, und der Junge sah auf seine Schultern und in sein nasses Gesicht. »Ich werde es noch einmal versuchen«, sagte der Mann. »Wenn ich noch drei Meter tiefer komme, werde ich mehr sehen. Ich werde es jetzt anders machen, Junge. Ich werde an der Ankerleine ein Stück runtergehen, und wenn ich tief genug bin, lasse ich mich treiben. Die Strömung wird mich genau über das Wrack treiben, und dann werde ich mehr sehen können. Hoffentlich komme ich solange mit der Luft aus.«

»Ja«, sagte der Junge.

Der Mann zog sich an der Bordwand um das Boot herum, dann griff er nach der Ankerleine und zog sich weiter gegen die Strömung voran, und schließlich tauchte er, ohne zurückgesehen zu haben. Er brachte sich mit kurzen, wuchtigen Zugriffen in die Tiefe, und als er einen leichten Druck spürte, gab er das Seil frei und überließ sich der Strömung. Während die Strömung ihn mitnahm, machte er noch einige Stöße hinab, und jetzt war er mehrere Meter tiefer als beim ersten Versuch. Er hielt in der Bewegung inne und überließ sich völlig der Strömung, und dann sah er eine breite, dunkle Wand auftauchen, das Wrack. Es lag quer zur Strömung und mit leichter Krängung auf dem Grund des Flusses, und es war kein Passagierdampfer. Das Deck des Wracks war erhöht, oder es schien zuerst, als ob es erhöht wäre, doch dann erkannte Baraby, daß es Fahrzeuge waren, Autos, die mit Drahtseilen zusammengehalten wurden, große Lastwagen und auch einige Fuhrwerke. Er sah einen Schwarm von Fischen zwischen den Lastwagen, sie zuckten zwischen ihnen hindurch, verschwanden hinter den Aufbauten, und das Wrack lag da, als sei es vor kurzem beladen worden und warte nur darauf, die Leinen loszuwerfen. Dann sah der Mann einen scharfen Schatten und wußte, daß er über das Wrack hinausgetrieben war; er hob den Oberkörper empor, und die Strömung drückte gegen seine Brust und richtete ihn unter Wasser auf. Er riß die Arme weit nach oben und gelangte mit einigen starken Stößen ans Licht.

Der Junge sah ihn forschend an, er nahm die Klarscheiben in Empfang, die der Mann hinaufreichte, und ging wieder nach vorn. Der Mann kletterte in das Boot, er war erschöpft und lächelte unsicher, und die Haut über seiner Bauchhöhle zitterte.

»Ich habe ihn gesehen«, sagte er, »es ist kein Passagierdampfer, Junge, aber er ist voll. Es muß ihn bei der Ausfahrt erwischt haben, denn auf dem Deck stehen noch Autos und Fuhrwerke. Er ist voll, und wir werden eine Menge heraufholen können. Aber du darfst zu keinem Menschen darüber sprechen, Junge. Heute hab ich's noch nicht geschafft, aber ich werde es in den nächsten Tagen wieder versuchen; wir werden es so lange versuchen, Junge, bis wir an das Wrack kommen. Da liegt noch die ganze Ladung unten, das Wrack ist unberührt.«

Baraby ließ seinen Körper an der Sonne trocknen, dann kleidete er sich an, und nachdem er angezogen war, zerrte er das Boot an der Leine gegen den Strom und brach den Anker aus dem Grund. Sie fuhren wortlos zum Anlegesteg und gingen nebeneinander den Hügel hinauf zum Haus, und sie dachten beide an das Wrack.

Am folgenden Tag fuhren sie wieder zu der Liegestelle des Wracks; Baraby hatte keine Reusen im Mündungsgebiet aufgestellt. Sie fuhren schon morgens zur Halbinsel hinaus, als noch Nebel über dem Strom lag, und der Mann ließ sich in das kalte, langsam strömende Wasser hinab und tauchte. Sie fuhren Tag für Tag dorthin, wo das Wrack lag, und zweimal gelang es Baraby, bis zum Deck des gesunkenen Schiffes hinabzukommen, es gelang ihm sogar, sich für einen Augenblick an einem der angezurrten Lastwagen festzuhalten, aber länger konnte er nicht unten bleiben, die Luft reichte nicht aus. Einmal brachte er eine Konservendose empor, die auf der verrotteten Ladefläche eines Lastwagens gelegen hatte; sie öffneten die Konservendose und fanden Kohl darin.

Das war der einzige Erfolg. Aber je öfter der Mann hinabtauchte, desto ungeduldiger wurde er, und desto größer wurde seine Zuversicht, daß das Wrack noch unberührt und beladen war. Und wenn er sich hinabließ in die grüne Dunkelheit unten, spürte er die Nähe des Gewinns und des Sieges, und manchmal stieg er nur hinab, um dieses Gefühl zu haben. Er wußte, daß das Wrack ihm einmal endgültig gehören, daß er in sein Inneres eindringen und alles, was in ihm lag, bergen würde. Baraby wußte es. Er fuhr nur selten ins Mündungsgebiet hinaus, um die Schnüre und Reusen auszulegen, er verbrachte die meiste Zeit am Wrack, und der Junge begleitete ihn jedesmal und hing über der Bordwand und starrte ins Wasser.

Aber eines Tages, an einem unruhigen Vormittag, als der

Wind kurze Wellen den Strom hinauftrieb und sie gegen die Halbinsel warf, tauchte der Mann neben dem Boot auf und schüttelte den Kopf. Er kletterte hinein, warf die Jacke über den bloßen Körper und setzte sich auf eine Ducht und sah blaß aus und kraftlos und alt. Er blickte auf den Jungen und sagte: »Ich schaffe es nicht. Ich komme nicht in das Wrack hinein, Junge, ich habe alles versucht. Ich weiß genau, wo der Niedergang ist und wie die Strömung über das Wrack geht, ich kenne alles genau, aber mir fehlt die Luft. Ich habe zu wenig Luft, Junge.«

»Ja, Vater«, sagte der Junge.

»Aber wir werden es trotzdem schaffen: wir werden zurückfahren, und am Abend gehen wir zur Werft, ich werde den Außenbordmotor verkaufen.« Der Junge hob den Kopf und sah auf seinen Vater.

»Ja«, sagte der Mann, »ich werde den Motor verkaufen. Es hat keinen Zweck mehr, Junge, wir fangen nichts mehr auf dem Fluß, und draußen in der Mündung ist es nicht besser. Ich weiß, daß wir ohne den Motor nicht viel machen können auf dem Fluß, aber ich werde ihn trotzdem verkaufen. Ich werde den Motor einem von der Werft geben, der sucht schon lange einen, und dann werden wir uns ein Sauerstoffgerät besorgen. Ich werde ein altes besorgen, auf der Werft haben sie das, und mit dem Gerät werden wir zum Wrack zurückkommen. Das sind zwei kurze, dicke Stahlflaschen, Junge, und wenn ich die auf den Rücken nehme und habe einen guten Schlauch, dann kann ich vierzig Minuten unten am Wrack bleiben, und in vierzig Minuten kann ich allerhand raufholen. In vierzig Minuten schleppe ich das Boot voll. Und da ist eine Menge drin in dem Wrack. Das siehst du an den Autos.«

»Ja«, sagte der Junge.

Sie gingen gemeinsam zur Werft und fanden den Mann, der den Außenbordmotor haben wollte, und der Mann besorgte ihnen das Sauerstoffgerät. Baraby trug es in einem Sack auf der Schulter nach Hause. Er probierte es an der Halbinsel aus, in seichtem Wasser, wo der Grund sandig und locker war, und der Junge stand vorn im Boot und beobachtete seinen Vater. Baraby wollte sich erst an das Sauerstoffgerät gewöhnen, bevor er zum Wrack hinabstieg; er brauchte eine ganze Weile dazu, der Druck, der durch die eingeklemmte Nase in seinem Schädel entstand, machte ihm zu schaffen, aber schließlich traute er sich zu, in das Wrack einzudringen.

Er hatte sich eine Unterwasserlampe gebaut, es war eine breite Taschenlampe, die in eine durchsichtige, wasserdichte Hülle eingenäht war, er hatte sie ausprobiert, und sie warf ein kräftiges Licht. Er verwahrte die Taschenlampe und das Sauerstoffgerät abends im Boot, und am nächsten Morgen ließen sie sich den Strom hinabtreiben und warfen vor dem Wrack den Anker aus; sie warteten, bis der Anker festsaß und Zug auf die Leine kam, dann entkleidete sich der Mann, und der Junge reichte ihm die Klarscheiben und befestigte die Riemen des Sauerstoffgerätes unter der Achsel. Baraby nahm die Taschenlampe und ließ sich über den Bootsrand hinab; langsam senkte sich sein Oberkörper, der Hals verschwand, das Kinn, und schließlich das Gesicht, das mit den Klarscheiben wie ein riesiges Insektengesicht aussah; er verschwand mit grausamer Langsamkeit, und der Junge warf sich wie erlöst über den Bootsrand, als die ersten Blasen an der Oberfläche erschienen.

Baraby hatte eine Leine um seine Brust gebunden, es war ein dünnes, starkes Tau, das durch die Hände des Jungen lief und dessen Ende, damit es nicht ausrutschen konnte, um eine Ducht geschlagen war. Der Junge spürte, wie die Leine ruhig und gleichmäßig durch seine Hand lief, er achtete kaum darauf, er sah nur ins Wasser, wo er den sanft sinkenden Körper seines Vaters mit den Blicken begleitete, und dann fühlte er, daß die Leine nicht mehr auslief, und er wußte, daß sein Vater das Wrack erreicht hatte.

Baraby stand auf dem schrägen Deck des Wracks, er hielt sich an der Reling fest und spürte, wie die Strömung leicht an seinem Körper zerrte. Er blieb einen Augenblick so stehen und prüfte seinen Atem, doch das Gerät arbeitete gut und versorgte ihn mit Luft. Er fühlte sich sicher und zuversichtlich und war froh, daß er den Außenbordmotor weggegeben hatte; er war allein unter Wasser, und er sah sich um mit dem Blick eines Besitzers, der sein neues Land prüft. Er sah auch hinauf zum Himmel, aber er erkannte nur die trübe Silhouette des Bootes und den Kopf des Jungen, der über der Bordwand lag und zu ihm hinabstarrte; er winkte hinauf, obwohl er wußte, daß dieses Winken verloren, daß es oben nicht zu erkennen war.

Dann ließ er die Reling los, und die Strömung trieb ihn auf die Lastwagen zu; sie standen ausgerichtet auf Deck, immer zwei nebeneinander, und es hatte den Anschein, als sei ihnen nichts geschehen. Aber sie waren unbrauchbar und verrottet, und das Führerhaus und die Ladefläche waren bei allen voll von Schlamm; Baraby versuchte den Schlamm an einer Stelle mit dem Fuß zu entfernen, der Schlamm war zäh. Er sah, daß die Lastwagen zu nichts mehr taugten, und er schaltete die Taschenlampe ein und schwamm auf einen offenen Niedergang zu. Er wollte in das Wrack eindringen und bewegte sich über den verschlammten Niedergang abwärts. Der Schein der Lampe wurde klein und armselig und kämpfte mit der Dunkelheit, er riß sie nur wenig auf, er gelangte nicht weit. Baraby verhielt und zog die Leine nach, die oben durch die Hände des Jungen lief, und er hatte das Gefühl, daß die Leine hinaufreichte bis zum Himmel. Plötzlich kam er in einen eiskalten Sog; er richtete den Strahl der Lampe zur Seite, es war ein großes ausgezacktes Loch an der Seite, durch das er in den Maschinenraum sehen konnte; der Schein fiel auf den hohen Kessel, glitt an ihm vorbei, wanderte an Röhren und Leitungen entlang und verlor sich wieder in der Finsternis. Der Mann strebte aus dem Sog hinaus und arbeitete sich seitlich hinab. Er fand fast alle Schotten geschlossen, und er hatte eine Menge zu tun, ehe er sie aufbekam, und als der Lichtkegel kein Ziel mehr fand, wußte er, daß er im vorderen Laderaum war. Er konnte sich aufrichten und nach allen Seiten bewegen, er konnte bis zur Bordwand vordringen, es war Platz genug. Aber nachdem er den Raum ausgeschwommen hatte, drang er zum Boden des Laderaums hinab, und als er das Licht zum ersten Mal nach unten richtete, sah er wimmelnde Aale, die aufgeschreckt aus dem Strahl zu entkommen suchten. Er schaltete das Licht aus und hielt sich an einem Bodenring fest, und er spürte die gleitende, kalte Berührung der Tiere, wenn sie dicht an ihm vorbeischwammen. Dann schaltete er das Licht wieder an und war allein auf dem Boden des Laderaums. Auch der Boden war mit Schlamm bedeckt, aber der Schlamm war hier nicht so zäh wie auf den Lastwagen. Baraby begann den Boden des Laderaums abzusuchen, doch er fand nicht das, was er zu finden gehofft hatte; er fand weder Kisten noch Geräte, es war überhaupt nichts da von einer Ladung, und solange er auch suchte, er fand nichts, das mitzunehmen sich gelohnt hätte. Aber unvermutet zuckte der Lichtkegel in einen Winkel, und es glänzte weiß auf; der Mann schwamm sofort dorthin und untersuchte die weißen Gegenstände: es waren große Knochen, Rippenknochen, die aus dem Schlamm hervorragten, und Baraby sah, daß sie von Pferden stammten.

Sie werden Pferde geladen haben, dachte er; als das Schiff unterging, hatten sie nichts als Pferde an Bord. Und er betastete die Knochen und versuchte, sie aus dem Schlamm zu ziehen, und nach einer Weile schwamm er zum Niedergang zurück. Er arbeitete sich mit den Händen hoch, und über einen anderen Niedergang gelangte er in den achten Laderaum; hier entdeckte er das Loch, das die Mine in den Leib des Schiffes gerissen hatte, das Loch war groß wie sein eigenes Boot, und da es zur Strömung stand, war eine große Menge Schlamm in das Schiff eingedrungen, der Laderaum war hoch mit Schlamm gefüllt. Der Mann untersuchte alles, er war unruhig geworden und schwamm verzweifelt den Raum aus, und als er nichts fand, schlug er die Beine um einen Stützbalken und wühlte sich mit den Händen durch den Schlamm bis zum Boden des Laderaums durch.

Aber auch hier fand er wieder nur Knochen, er sah sie plötzlich aufleuchten und wußte, daß das Schiff nur Pferde an Bord gehabt hatte, als es von der Mine getroffen wurde. Er nahm einen einzelnen Knochen und schwamm zurück zum Deck; er sah hinauf zum Licht, zur Silhouette des Bootes. Und er wandte sich ab und zog sich zu den Aufbauten des gesunkenen Schiffes hinauf. Er untersuchte alle Schapps und Kammern, er öffnete jedes Schott, das er fand, aber überall war nur Dunkelheit und Schlamm, und er entdeckte nichts von dem, was er zu finden gehofft hatte.

Und er gab dem Jungen das Signal mit der Leine, und der Junge zog ihn Hand über Hand ans Licht; er spürte nicht einmal den Druck der Leine auf der Brust, als er hinaufgezogen wurde, er glich den Zug nicht mit den Händen aus, er hing ohne Bewegung und wie leblos am Seil, und der Junge holte ihn rauf.

Baraby kletterte ins Boot. Der Junge zog an der Ankerleine und brach den Anker aus dem Grund. Dann setzte er sich auf eine Ducht. Der Mann hatte sich angezogen und sah blaß und müde aus. Sie saßen einander gegenüber, sie saßen reglos unter der sengenden Sonne, und die Strömung erfaßte das Boot und trieb es lautlos gegen die Halbinsel.

1952

Die Flut ist pünktlich

Zuerst sah er ihren Mann. Er sah ihn allein heraustreten aus dem flachen, schilfgedeckten Haus hinter dem Deich, den Riesen mit dem traurigen Gesicht, der wieder seine hohen Wasserstiefel trug und die schwere Joppe mit dem Pelzkragen. Er beobachtete vom Fenster aus, wie ihr Mann den Pelzkragen hochschlug, gebeugt hinaufstieg auf den Deich und oben im Wind stehenblieb und über das leere und ruhige Watt blickte, bis zum Horizont, wo die Hallig lag, ein schwacher Hügel hinter der schweigenden Einöde des Watts. Und während er noch hinüberblickte zur Hallig, stieg er den Deich hinab zur andern Seite, verschwand einen Augenblick hinter der grünen Böschung und tauchte wieder unten neben der tangbewachsenen eisernen Spundwand auf, die sie weit hinausgebaut und mit einem Steinhaufen an der Spitze gesichert hatten. Der Mann ging in die Hocke, rutschte das schräge Steinufer hinab und landete auf dem weichen, grauen Wattboden, der geriffelt war von zurückweichendem Wasser, durchzogen von den scharfen Spuren der Schlickwürmer; und jetzt schritt er über den weichen Wattboden, über das Land, das dem Meer gehörte; schritt an einem unbewegten Priel entlang, einem schwarzen Wasserarm, der wie zur Erinnerung für die Flut dalag, nach sechs Stunden wieder zurückzukehren und ihn aufzunehmen mit steigender Strömung. Er schritt durch den Geruch von Tang und Fäulnis, hinter Seevögeln her, die knapp zu den Prielen abwinkelten und suchend und schnell pickend voraustrippelten; immer weiter entfernte er sich vom Ufer, in Richtung auf die Hallig unter dem Horizont, wurde kleiner, wie an jedem Tag, wenn er seinen Wattgang zur Hallig machte, allein, ohne seine Frau. Zuletzt war er nur noch ein wandernder Punkt in der dunklen Ebene des

Watts, unter dem großen und grauen Himmel hier oben: er hatte Zeit bis zur Flut …

Und jetzt sah er von seinem Fenster aus die Frau. Sie trug einen langen Schal und Schuhe mit hohen Absätzen; sie kam unter dem Deich auf das Haus zu, in dem er wartete, und sie winkte zu seinem Fenster hinauf. Dann hörte er sie auf der Treppe, hörte, wie sie die Tür öffnete, zögernd von hinten näher kam, und jetzt wandte er sich um und sah sie an.

»Tom«, sagte sie, »oh, Tom«, und sie versuchte dabei zu lächeln und ging mit erhobenen Armen auf ihn zu.

»Warum hast du ihn nicht begleitet?« fragte er.

Sie ließ die Arme sinken und schwieg; und er fragte wieder: »Warum bist du mit deinem Mann nicht rübergegangen zur Hallig? Du wolltest einmal mit ihm rübergehen. Du hattest es mir versprochen.«

»Ich konnte nicht«, sagte sie. »Ich habe es versucht, aber ich konnte es nicht.«

Er blickte zu dem Punkt in der Verlorenheit des Watts, die Hände am Fensterkreuz, die Knie gegen die Mauer gedrückt, und er spürte den Wind am Fenster vorbeiziehen und wartete. Er merkte, wie die Frau sich hinter ihm in den alten Korbstuhl setzte, es knisterte leicht, ruckte und knisterte, dann war sie still, nicht einmal ihr Atem war zu hören.

Plötzlich drehte er sich um, blieb am Fenster stehen und beobachtete sie; starrte auf das braune Haar, das vom Wind versträhnt war, auf das müde Gesicht und die in ruhiger Verachtung herabgezogenen Lippen, und er sah auf ihren Nacken und die Arme hinunter bis zu ihrer schwarzen, kleinen Handtasche, die sie gegen ein Bein des alten Korbstuhls gelehnt hatte.

»Warum hast du ihn nicht begleitet?« fragte er.

»Es ist zu spät«, sagte sie. »Ich kann nicht mehr mit ihm zusammensein. Ich kann nicht allein sein mit ihm.«

»Aber du bist mit ihm hier raufgekommen«, sagte er.

»Ja«, sagte sie. »Ich bin mit ihm auf die Insel gekommen, weil er glaubte, es ließe sich hier alles vergessen. Aber hier ist es noch weniger zu vergessen als zu Hause. Hier ist es noch schlimmer.«

»Hast du ihm gesagt, wohin du gehst, wenn er fort ist?«

»Ich brauche es ihm nicht zu sagen, Tom. Er kann zufrieden sein, daß ich überhaupt mitgefahren bin. Quäl mich nicht.«

»Ich will dich nicht quälen«, sagte er, »aber es wäre gut gewesen, wenn du ihn heute begleitet hättest. Ich habe ihm nachgesehen, wie er hinausging, ich stand die ganze Zeit am Fenster und beobachtete ihn draußen im Watt. Ich glaube, er tat mir leid.«

»Ich weiß, daß er dir leid tut«, sagte sie, »darum mußte ich dir auch versprechen, ihn heute zu begleiten. Ich wollte es deinetwegen tun; aber ich konnte es nicht. Ich werde es nie können, Tom. – Gib mir eine Zigarette.«

Der Mann zündete eine Zigarette an und gab sie ihr, und nach dem ersten Zug lächelte sie und zog die Finger durch das braune, versträhnte Haar. »Wie sehe ich aus, Tom?« fragte sie. »Sehe ich sehr verwildert aus?«

»Er tut mir leid«, sagte der Mann.

Sie hob ihr Gesicht, das müde Gesicht, auf dem wieder der Ausdruck einer sehr alten und ruhigen Verachtung erschien, und dann sagte sie: »Hör auf damit, Tom. Hör auf, ihn zu bemitleiden. Du weißt nicht, was gewesen ist. Du kannst nicht urteilen.«

»Entschuldige«, sagte der Mann. »Ich bin froh, daß du gekommen bist«, und er ging auf sie zu und nahm ihr die Zigarette aus der Hand. Er drückte sie unterm Fensterbrett aus, rieb die Reste der kleinen Glut herunter, wischte die Krümel weg und warf die halbe Zigarette auf eine Kommode. Die untere Seite des Fensterbretts war gesprenkelt von den schmutzigen Flecken ausgedrückter Zigaretten.

Ich muß sie mal abwischen, dachte er; wenn sie weg ist, werde ich die Flecken abwischen, und jetzt trat er neben den alten Korbstuhl, faßte ihn mit beiden Händen oben an der Lehne und zog ihn weit hintenüber.

»Tom«, sagte sie, »oh, Tom, nicht weiter, bitte, nicht weiter, ich falle sonst, Tom, du kannst das nicht halten.« Und es war eine glückliche Angst in ihrem Gesicht und eine erwartungsvolle Abwehr …

»Laß uns hier weggehen, Tom«, sagte sie danach, »irgendwohin. Bleib noch bei mir.«

»Ich muß mal hinaussehen«, sagte er, »einen Augenblick.«

Er ging zum Fenster und sah über die Einsamkeit und Trübnis des Watts; er suchte den wandernden Punkt in der Einöde draußen, zwischen den fern blinkenden Prielen, aber er konnte ihn nicht mehr entdecken.

»Wir haben Zeit bis zur Flut«, sagte er. »Warum sagst du das nicht? Du bist immer nur zu mir gekommen, wenn er seinen Wattgang machte zur Hallig raus. Sag doch, daß wir Zeit haben für uns bis zur Flut. Sag es doch.«

»Ich weiß nicht, was mit dir los ist, Tom«, sagte sie, »warum du so gereizt bist. Du warst es nicht in den letzten zehn Tagen. In den letzten zehn Tagen hast du mich auf der Treppe begrüßt.«

»Er ist dein Mann«, sagte er gegen das Fenster. »Er ist noch immer dein Mann, und ich hatte dich gebeten, heute mit ihm zu gehen.«

»Ist es dir heute eingefallen, daß er mein Mann ist? Es ist dir spät eingefallen, Tom«, sagte sie, und ihre Stimme war müde und ohne Bitternis. »Vielleicht ist es dir zu spät eingefallen. Aber du kannst beruhigt sein: er hat aufgehört, mein Mann zu sein, seitdem er aus Dhahran zurück ist. Seit zwei Jahren, Tom, ist er nicht mehr mein Mann. Du weißt, was ich von ihm halte.«

»Ja«, sagte er, »du hast es mir oft genug erzählt. Aber du hast dich nicht von ihm getrennt; du bist bei ihm geblieben, zwei Jahre, du hast es ausgehalten.«

»Bis zum heutigen Tag«, sagte sie, und sie sagte es so leise, daß er sich vom Fenster abstieß und sich umdrehte und erschrocken in ihr Gesicht sah, in das müde Gesicht, über das jetzt eine Spur heftiger Verachtung lief.

»Ist etwas geschehen?« fragte er schnell.

»Was geschehen ist, geschah vor zwei Jahren.«

»Warum hast du ihn nicht begleitet?«

»Ich konnte nicht«, sagte sie, »und jetzt werde ich es nie mehr brauchen.«

»Was hast du getan?« fragte er.

»Ich habe versucht zu vergessen, Tom. Weiter nichts, seit zwei Jahren habe ich nichts anderes versucht. Aber ich konnte es nicht.«

»Und du bist bei ihm geblieben und hast dich nicht getrennt von ihm«, sagte er. »Ich möchte wissen, warum du es ausgehalten hast.«

»Tom«, sagte sie, und es klang wie eine letzte, resignierte Warnung, »hör mal zu, Tom. Er war mein Mann, bis sie ihm den Auftrag in Dhahran gaben und er fortging für sechs Monate. So lange war er es, und als er zurückkam, war es aus. Und weil du dein Mitleid für ihn entdeckt hast heute, und weil du wohl erst jetzt bemerkt hast, daß er mein Mann ist, will ich dir sagen, was war. Er kam krank zurück, Tom. Er hat sich in Dhahran etwas geholt, und er wußte es. Er war sechs Monate fort, Tom, sechs Monate sind eine Menge Zeit, und es gibt viele, die es verstehen, wenn so etwas passiert. Vielleicht hätte ich es auch verstanden, Tom. Aber er war zu feige, es mir zu sagen. Er hat mir kein Wort gesagt.«

Der Mann hörte ihr zu, ohne sie anzusehen; er stand mit dem Rücken zu ihr und sah hinaus, sah den grünen Wulst des Deiches entlang, der in weitem Bogen zum Horizont lief. Ein Schwarm von Seevögeln kam von den Prielen draußen im Watt zurück, segelte knapp über den Deich und fiel in jähem Sturz in das Schilf bei den Torfteichen ein. Sein Blick lief suchend; über das Watt zur Hallig, wo sich jetzt der wandernde Punkt lösen mußte; jetzt mußte er die Rückwanderung antreten, um vor der Flut auf dem Deich zu sein: er war nicht zu erkennen.

»Und du bist zwei Jahre bei ihm geblieben«, sagte der Mann. »So lange hast du es ausgehalten und nichts getan.«

»Ich habe zwei Jahre gebraucht, um zu begreifen, was passiert ist. Bis heute morgen hat es gedauert. Als ich ihn begleiten sollte, habe ich es gemerkt, Tom, und du hast mir geholfen dabei, ohne daß du es wolltest. Du hast aus Mitleid oder aus schlechtem Gewissen verlangt, daß ich ihn begleiten sollte.«

»Er ist immer noch nicht zu sehen«, sagte der Mann. »Wenn er vor der Flut hier sein will, müßte er jetzt zu erkennen sein.«

Er öffnete das Fenster, befestigte es gegen den Widerstand des Windes mit eisernen Haken und blickte über das Watt.

»Tom«, sagte sie, »oh, Tom. Laß uns weggehen von hier, irgendwohin. Laß uns etwas tun, Tom. Ich habe so lange gewartet.«

»Du hast dir lange etwas vorgemacht«, sagte er, »du hast versucht, etwas zu vergessen, und dabei hast du gewußt, daß du es nie vergessen kannst.«

»Ja«, sagte sie, »ja, Tom. So etwas kann kein Mensch vergessen. Wenn er es mir gleich gesagt hätte, als er zurückkam, wäre alles leichter gewesen. Ich hätte ihn verstanden, vielleicht, wenn er nur ein Wort gesagt hätte.«

»Gib mir das Fernglas«, sagte er.

Die Frau zog das Fernglas vom Bettpfosten, gab es ihm

mit dem ledernen Etui, und er öffnete es, hob das Glas und suchte schweigend das Watt ab. »Ich kann ihn nicht finden«, sagte der Mann, »und im Westen kommt die Flut.«

Er sah die Flut in langen Stößen von Westen herankommen, flach und kraftvoll über das Watt hin ziehend; sie rollte vor, verhielt einen Augenblick, als ob sie Atem schöpfe, und stürzte sich in Rinnen und Priele, und kam dann wieder schäumend aus ihnen hervor, bis sie die eiserne Spundwand erreichte, sich sammelte und hochstieg an ihr und unmittelbar neben dem schrägen Steinufer weiterzog, so daß die dunkle Fläche des Watts gegen Osten hin abgeschnitten wurde.

»Die Flut ist pünktlich«, sagte er. »Auch dein Mann war pünktlich bisher, aber ich kann ihn jetzt nicht sehen.«

»Laß uns weggehen von hier, Tom, irgendwohin.«

»Er kann es nicht mehr schaffen! Hörst du, was ich sage? Er ist abgeschnitten von der Flut, weißt du das?«

»Ja, Tom.«

»Er war jeden Tag pünktlich zurück, lange vor der Flut. Warum ist er noch nicht da? Warum?«

»Seine Uhr, Tom«, sagte sie, »seine Uhr geht heute nach.«

1953

Drüben auf den Inseln

Der Alte saß allein im Kutter. Er saß auf der hinteren Ducht, klein, schlaff und barfuß, er saß mit dem Gewehr auf den Knien da, und der Kutter rollte und schlingerte mit ihm durch die seitliche Brandung. Der Kutter war schwarz und hochbordig, er zog gut durch die lange Brandung, er ritt schlingernd auf ihr entlang, ließ sich emportragen, brach schwer und schnalzend ein, und der Mast schlug krängend nach den Seiten aus und schrieb seine wirre Bewegung in den Himmel. Dann war er raus und bekam ruhiges Wasser, das Wasser war trübe, lehmfarben, es zerspellte klatschend unter dem Bug des Kutters.

Der Alte fuhr parallel zur Küste, er zog die Füße auf die Ducht und hockte brütend am Ruder, und er fuhr die Küste hinab bis zur Landspitze und dann im weiten Bogen um die Landspitze herum. Und jetzt sah er die Mühle, es war eine hohe, schwarze Windmühle; sie hatte unbespannte Flügel, sie bewegte sich nicht, sie erhob sich wie eine schwarze Blume in den Himmel, groß und tot. Der Alte erkannte die Rampe der Mühle, er erkannte das Mädchen auf der Rampe und ihn: sie standen an der Brüstung, sie sahen zu ihm herüber, und er wandte sich ab und hielt auf die Sandbank zu. Die Sandbank lag flach und flimmernd unter dem Horizont, sie schien zu schweben, sie schien keine Verbindung zu haben mit dem Wasser – es war ein heller, klarer Tag. Die Sonne weichte den Teer auf, die kleinen Wasserspritzer funkelten auf den Duchten des Kutters, und der Alte sog den scharfen Geruch ein von Teer und Fischen.

Langsam kam die Sandbank näher, feiner, heller Sand, an dem flache Wellen hochliefen; jetzt konnte der Alte die schwarzen Körper erkennen, er sah, wie sie sich bewegten, zum Wasser hinab, kurz vor dem Wasser verharrten, untertauchten. Der Alte drosselte den Motor des Kutters, der Kutter lief aus ohne das hämmernde Klopfgeräusch, er strebte schwer und fast lautlos der Sandbank zu, dann würgte der Alte den Motor ab, und der Kutter glitt knirschend auf den Sand.

Er kletterte hinaus und befestigte den Kutter an einem Pflock, den er in den Sand trieb, der Sand war feucht und fest, und der Alte krempelte die blauen Baumwollhosen hoch, lud das Gewehr, steckte zwei lose Patronen in die Tasche und ließ den Kutter allein. Er überquerte die Sandbank, er stieg ins Wasser, das Wasser reichte bis zu seinen Knien, drängendes, lehmfarbenes Wasser, das in kräftiger Strömung der Küste zustrebte; der Alte watete gegen die Strömung hinaus, bei jedem Schritt nach Grund tastend, nach dem verborgenen Weg, den er kannte. Dann sah er mehrere Sandbänke vor sich und war am Ziel.

Einmal blickte er zum Kutter zurück, der Kutter war fern, er lag fest, er war etwas zur Seite gekippt, er lag ruhig und unbeweglich da. Und der Alte legte sich in den hellen, kalten Sand, den Oberkörper aufgerichtet, auf die Ellenbogen gestützt, die Füße eng aneinander; so lag er regungslos und blickte aufs Wasser, das Gewehr in den Händen. Er dachte an die Rampe der Windmühle, er sah das Mädchen dort stehen und ihn, er sah sie nah beieinander, und sein Zeigefinger bewegte den Abzug bis zum Druckpunkt.

Der Sand war kalt, die Kälte drang durch seine Kleidung, während er regungslos dalag und wartete, er spürte den alten, zerrenden Schmerz in der Schulter, aber dann kam der erste: er sah den schwarzen, matt glänzenden Kopf auftauchen, sah die großen, erstaunten Augen des Seehunds, und der Alte kauerte sich zusammen und machte eine knappe, schlängelnde Bewegung zur Seite. Der Kopf des Seehundes verschwand, es war ein junges Tier, das hatte der Alte gesehen; er wußte, daß die Neugier das Tier näher herantreiben würde, Todesneugier, und er hob das Gewehr. Es war ein junger männlicher Seehund, und als er zum zweiten Mal auftauchte, war er näher, als der Alte erwartet hatte, er war so nah, daß er ihn mit größter Sicherheit getroffen hätte, aber der Alte schoß nicht; er lag da und wartete. Neben dem ersten Seehund tauchten jetzt die Köpfe von zwei anderen Seehunden auf, ihre Blicke waren prüfend auf den Alten gerichtet, forschende, wachsame Blicke, und der Alte nahm ihnen den Argwohn durch eine knappe, schlängelnde Bewegung. Plötzlich erschienen zwei Tiere am Rand der Sandbank. Sie waren so unvermutet herangekommen, daß der Alte sich duckte. Sie sahen ihn an und lauschten, sie stießen ein scharfes Knurren aus, schüttelten sich, blickten ihn wieder an, und der Alte hob das Gewehr und zielte. Er zielte auf den Kopf des weiblichen Tieres; mehr als zwanzig Jahre hatte er keinen weiblichen Seehund geschossen, er zielte und zog durch, und er sah den Seehund zusammenbrechen unter dem Schlag der Kugel. Er stand auf, er sah, wie die andern Tiere flohen, er ging durch den Sand zu dem toten Tier und berührte den weichen Körper mit dem Fuß.

Dann streifte er das Gewehr auf den Rücken und band eine kurze Leine um den Schwanz des Tieres; er schleifte den Seehund über die Sandbank, schleifte ihn hinüber und ins Wasser, und er watete zurück zu dem schwarzen Kutter. Er zog den Seehund über die Bordwand und legte ihn auf die mittlere Ducht; sein Fell trocknete unter aufkommendem Wind, es verlor seinen dunklen Glanz. Der Alte brach den Pflock heraus, die Flut hatte den Kutter aufgerichtet, er brauchte ihn nicht zu schieben, es war genug Wasser unter dem Kiel. Gleichgültig warf er den Motor an, das hämmernde Klopfgeräusch erklang, ebbte ab, lief aus in ein gleichmäßiges, dumpfes Tuckern. Der Kutter drehte, fuhr um die Sandbank herum, und der Alte saß klein und schlaff auf der hinteren Ducht und hielt auf die Landzunge zu.

Als die Mühle querab war, sah er nicht hinüber, er sah auf den Bug des Kutters und auf die Landspitze, er fuhr die Küste hinauf bis zum Anlegeplatz, brütend und regungslos, und dann machte er den Kutter fest und brachte das tote Tier allein über den Deich und in den Schuppen. Er warf es auf eine Plane aus Segeltuch, bedeckte es mit Säcken; er arbeitete, das Gewehr auf dem Rücken, langsam und nachdenklich, denn er spürte, daß sie am Eingang des Schuppens stand und ihn beobachtete. Er sah ihren bewegungslosen Schatten, während er das Tier wieder abdeckte, die blutende Einschußstelle über die Segeltuchplane hinauszog und die Säcke sorgsam und mit herausfordernder Umständlichkeit darüber breitete, und er spürte, daß sie ihn nicht ohne ein Wort herauskommen lassen wollte. Unvermutet drehte er sich um: sie stand vor ihm in dem dünnen Stoffkleid, die Hände abwartend gegen die Türpfosten des Schuppens gestemmt; er ging auf sie zu, und sie blickte in seine kleinen kalten Augen und trat plötzlich zur Seite. Der Alte ging an ihr vorbei, über den windigen Hügel zum Haus, und das Mädchen lief hinter ihm her und rief: »Bleib stehen, Vater.«

»Ich hab dich gesehen«, sagte sie. »Wir standen auf der Rampe und haben dich gesehen, wie du zu den Sandbänken fuhrst.«

»Du wirst nicht mehr zur Mühle gehen«, sagte der Alte. »Du wirst dich nicht wieder am Leuchtturm rumtreiben. Du wirst hierbleiben, hier ist Arbeit genug. Ich habe es dir oft gesagt. Ich sage es heut' zum letzten Mal. Du wirst ihn nicht mehr sehen. Wenn du ihn noch einmal triffst, kommst du nicht in das Haus.«

»Es ist auch mein Haus«, sagte das Mädchen.

»Du kommst nicht mehr hinein«, sagte der Alte.

»Es ist nur, weil er nicht von der Insel ist«, sagte das Mädchen. »Deshalb haßt du ihn. Wenn er hier geboren wäre, könnte ich ihn treffen. Du bist in deinem Leben nie von der Insel runtergekommen, darum haßt du ihn. Weil er nicht dasselbe tut wie du. Aber jetzt arbeitet er hier. Jetzt lebt er schon zwei Jahre hier.«

»Du kommst nicht mehr ins Haus«, sagte der Alte.

Er ließ sie auf dem Hügel stehen und ging zum Haus hinüber, und sie stand zitternd da und blickte ihm nach. Der Alte verschwand im Haus, die Tür fiel zu, und unverhofft wandte sich das Mädchen um, ging entschlossen und selbstbewußt den Hügel hinab, ging über den federnden Boden der Koppel zu dem flachen, hellgetünchten Haus an der Kiesstraße, zur Poststation. Es war die einzige Straße auf der Insel, rauh und ausgefahren, und das Mädchen lief, als es die Straße erreicht hatte, in der festen Spur der Wagen, schwenkte zur Poststation ab, stieg die Treppen hinauf und öffnete die braungestrichene Tür. Sie hatte das Haus nur selten betreten; in seinem Zimmer war sie nie gewesen, aber sie wußte, wo es lag, er hatte ihr das Fenster gezeigt, und sie schlüpfte die Holzstiege nach oben und lauschte an seiner Tür. Sie hörte kein Geräusch, sie konnte sich nicht erinnern, je ein Geräusch in diesem Haus gehört zu haben; so oft sie hier gewesen war, hatte entweder der alte Postbote oder seine Frau krank in dem riesigen Bett gelegen, hochrot unter gewaltigem Federzudeck.

Das Mädchen konnte sich nicht erinnern, anders als flüsternd in diesem Haus gesprochen zu haben; kein Schritt hatte das Nahen eines Menschen angekündigt, sie waren stets plötzlich und lautlos erschienen, der alte Postbote oder seine kräftige Frau, und sie hatten nie anders als mit gequältem Flüstern gefragt, was man haben wollte.

Das Mädchen horchte nach unten, unten blieb alles still, und sie öffnete schnell die Tür zu seinem Zimmer. Er stand vor ihr, unter der nackten elektrischen Birne: ein hochgewachsener Junge mit tief erschrockenem Gesicht. Er hatte sie kommen sehen, er hatte hinter der Tür gestanden und sie erwartet, und er lächelte besorgt und unsicher und gab ihr ein Zeichen, die Tür zu schließen. Sie blieb, wo sie war, mit dem Rücken gegen die Tür gelehnt, die Hände hinter sich versteckt, und blickte ihn an. Er trug ein offenes, blaues Hemd, es erhöhte die Blässe seines Gesichts, sein Gesicht war glatt und bekümmert, blasse Lippen, große, ängstliche Augen.

Er winkte ihr, von der Tür wegzugehen, und sie ging um ihn herum und setzte sich auf einen hochbeinigen Fensterstuhl. Sie warf einen Blick durch das Fenster, rückte den Stuhl zur Seite, prüfte noch einmal, ob man sie von der Straße aus sehen könnte, und blickte ihn hilflos an. Er ging langsam auf sie zu, warf einen schnellen Blick durch das Fenster und setzte sich auf eine Ecke des Klappbettes neben ihren Stuhl. Er fragte: »Warum bist du gekommen?« Sie sagte: »Soll ich wieder gehen?«

»Ich weiß nicht, was die Alten unten machen«, sagte er.

»Die Alten wissen nicht, daß ich hier bin. Ich bin ganz leise gekommen.« Und sie sah auf ihre Segeltuchschuhe; dann fragte sie: »Warum gibst du mir keinen Kuß?«

Er sah sie in plötzlicher Bekümmerung an, erschreckt abwehrend. »Hier geht es nicht«, sagte er, »um Himmels willen nicht hier.«

»Und draußen?« sagte sie.

»Das ist etwas anderes«, sagte er. »Das kannst du nicht vergleichen. Hier ist es unmöglich. Wir dürfen ohnehin nicht lange hierbleiben.«

»Freust du dich, daß ich gekommen bin?«

»Ja«, sagte er, »ja; du bist zum ersten Mal zu mir gekommen, und ich freue mich. Aber es ist gut, wenn du gleich wieder gehst.«

»Und wenn ich nicht gehe? Was würdest du tun, wenn ich jetzt hierbliebe?«

»Das geht nicht«, sagte er. »Du weißt, daß es nicht geht.«

Ein heftiger Windstoß fuhr gegen das Fenster, der Junge stand auf und sah hinaus, blickte über den Deich und sah die Kutter heftig vor dem Anlegesteg schwanken.

»Es wird schlimm«, flüsterte er, »es ist gut, wenn du jetzt nach Hause gehst.«

»Gib mir einen Kuß«, sagte sie.

Er küßte sie schnell und lauschte, dann nahm er eine schwere, grüne Joppe von einem Türhaken, zog sie an und blieb vor dem Mädchen stehen. Sie schüttelte den Kopf.

»Ich kann nicht gehen«, sagte sie. »Er weiß, daß ich bei dir bin, und ich kann jetzt nicht nach Hause zurück.«

Er zog die Joppe wieder aus, starrte sie ungläubig an und setzte sich auf die Ecke des Klappbetts.

»Anne«, sagte er, »um Himmels willen. Warum hast du mit ihm gesprochen?«

»Vater hat uns gesehen«, sagte das Mädchen. »Als er zu den Sandbänken fuhr, waren wir an der Mühle. Dort hat er uns gesehen. Ich mußte mit ihm sprechen.«

»Du hättest nicht mit ihm sprechen sollen«, sagte er.

»Er will nicht, daß ich dich sehe. Er hat mir verboten, dich zu treffen.«

»Ich werde mit ihm sprechen«, sagte der Junge. Er sagte es leise, so, als ob er selbst nicht daran glaube, daß es jemals zu diesem Gespräch kommen würde.

Das Mädchen sagte: »Er wird nicht mit dir sprechen. Du kennst ihn nicht. Du kennst sie alle hier nicht auf den Inseln. Sie unterhalten sich nur mit sich selbst. Jeder lebt abgeschlossen für sich wie eine Muschel. Er wird nicht mit dir sprechen.«

»Dann schreibe ich ihm.«

»Er wird dir nicht antworten.«

»Was hat er gegen mich?«

»Du bist nicht von der Insel«, sagte das Mädchen. »Du tust nicht das, was sie hier machen. Wer nicht dasselbe tut wie sie, der hat es schwer hier.«

Er ging zur Tür und horchte nach unten, unten war alles still, und er kam zurück, zog sie vom Stuhl auf und führte sie fort vom Fenster. Er führte sie ins Zimmer unter die baumelnde elektrische Birne, er umarmte sie, sein bekümmertes Gesicht senkte sich in ihr Haar, und plötzlich blickte er sie an und sah, daß sie die Augen geschlossen hatte.

»Was ist?« fragte er betroffen.

»Meine Hand«, sagte sie, »du hast sie eingeklemmt.«

»Oh«, sagte er erschrocken, »warum sagst du nichts?«

»Es war nicht schlimm«, sagte sie.

Er wandte sich um, ein Regenschauer klatschte gegen das Fenster, er sah die Wolken niedrig über die Koppeln ziehen, graue, eilige Wolken, sie kamen von See her, senkten sich über den Deich – die Kutter vor dem Landungssteg waren kaum zu erkennen. Er zeigte auf das einsame Haus auf dem Hügel, weit hinter den Koppeln, von einer zähen Hecke eingeschlossen, er zeigte darauf und sagte: »Es brennt kein Licht, Anne. Bei euch brennt kein Licht.«

»Ich weiß«, sagte sie, »er sitzt im Dunkeln. Seit Mutter tot ist, macht er kein Licht und sitzt im Dunkeln am Fenster.«

»Komm«, sagte er; und der Junge nahm die schwere Joppe und legte sie ihr über die Schulter, und dann zog er einen Pullover an und eine Windjacke, und beide gingen zur Tür. Er öffnete die Tür, lauschte, unten war alles still, und er zog sie an der Hand die Stiege hinab, zog sie nach draußen in den Wind, in die fallende Dunkelheit, und sie gingen den Kiesweg hinauf, gegen den Wind gelegt, gegen den unaufhörlichen Wind. Sie gingen den Kiesweg zu Ende, standen im Windschutz des Deiches, für einen Augenblick nur, einen bangen Augenblick, und der Regen fiel in ihr Haar und ihre Gesichter, und ihre Gesichter glänzten. Ihre Gesichter berührten sich, sie spürten den Regen auf dem Gesicht des andern, warmen Regen, und sie zogen sich an nassem Gras den Deich hinauf und standen im Wind, und dann gingen sie zu dem Landungssteg hinunter, vor dem die Kutter schwankten. Es waren kräftige, kurze Wellen; sie hoben den Kutter hoch und rissen an den Ankerleinen; die Ankerleinen knackten, knarrten, strafften sich, sie hielten gut.

»Frierst du nicht?« sagte sie.

»Nein«, sagte er, »mir ist gar nicht kalt«, und er blickte auf die schwankenden Kutter. Und plötzlich ging er allein auf den Steg hinaus, ging hinaus, ohne auf die Brecher zu achten, und er bückte sich, zog mit aller Kraft an der Leine des schwarzen Kutters, und er lachte, als er sah, daß der Kutter näher an den Landungssteg kam. Er ließ die Leine fallen und lief zurück, er trat zu ihr, ergriff ihre Hand und sagte: »Komm.« Sie blickte ratlos in sein Gesicht und schüttelte den Kopf. »Nein«, sagte sie, »bitte nicht.«

»Doch«, sagte er, »es ist nicht schlimm.«

»Wir kommen nicht durch die Brandung.«

»Wir fahren jetzt«, sagte er.

»Du kannst das nicht«, sagte sie.

»Wenn er es kann, kann ich es auch. Ich werde ihm zeigen, daß ich es auch kann.«

»Tu es nicht«, sagte sie.

»Dann fahr ich allein. Ich hol den Kutter auch allein an den Steg.«

Er ging zum Landungssteg hinab, und sie folgte ihm; er nahm die Leine auf, stemmte den Fuß gegen eine Leiste, zog und zerrte mit nach hinten gelegtem Kopf, und der Kutter bewegte sich, kam langsam und schwerfällig näher. Dann schlug das Heck gegen den Landungssteg, rieb sich knarrend, wurde hochgetragen von der See und wieder hinabgedrückt. Der Junge stand neben der Ducht, er hatte den Sprung gut berechnet. Er duckte sich vor dem sprühenden Gischt, taumelte zur Seite, und da berührte er sie; sie kauerte ängstlich im Heck.

»Los«, rief er, »wir müssen die Ankerleine reinholen. Mach du die andere los.«

Während sie die Stegleine einholte, kletterte er auf den Bug des Kutters, stemmte die Schenkel gegen einen Eisenring, zog mit zusammengepreßten Zähnen an der Ankerleine, und der Kutter drehte und gab nach.

»Jetzt«, rief er, »er kommt.«

»Wir sind in der Strömung«, sagte sie.

»Das ist gut«, sagte er, »jetzt kommen wir raus.«

Er sprang auf die Bodenbretter des Kutters, öffnete das Holzgehäuse über dem Motor, suchte einen Augenblick, dann lief ein starkes Zittern durch das Boot, es nahm eigene Fahrt auf, drehte ab. Der Junge befreite das Ruder aus der Blockierung und legte es herum. Der schwarze Kutter gehorchte. Er nahm jetzt die See von vorn an, wurde emporgehoben, fiel klatschend hinab, trudelte ein wenig, als ob er sich schüttelte, und der Gischt fegte über ihn hinweg.

Das Mädchen kauerte unter ihm im Heck und umschlang seine Füße.

»Wir können gleich umdrehen«, sagte sie nach einer Weile, »wir sind weit genug.«

»Wir fahren noch weiter«, rief er. »Ich sehe das Licht auf der Mühle. Siehst du es? Es ist ganz nah. Ich fahre um die Landspitze herum.«

Sie fuhren weit vor der Brandung die Küste hinab, in großem Bogen um die Landspitze, und dann drehte der Junge vom Land ab. Er drehte hinaus, der schwarze Kutter wühlte sich durch die See, duckte sich unter den Peitschenschlägen des Windes. Der erste Brecher kam über, der Kutter bäumte sich auf, und das Mädchen kippte gegen die

Ducht im Heck. Sie sah schnell auf und sah in sein Gesicht, das Gesicht des Jungen glänzte. Seine Hose war durchnäßt, er spürte die Tropfen über seine Wangen laufen, den Hals hinab, er spürte es feucht werden an den Schultern, doch er hielt seinen Kurs.

»Nicht mehr«, sagte sie, »dreh jetzt um.«

Er schwieg. Er zog sie an sich. Er fühlte ihren zitternden Körper unter der schweren, durchnäßten Joppe und schwieg. Das Mädchen blickte zurück: das kleine Licht auf der Mühle verschwand, kam wieder und blieb endgültig fort.

»Das Licht ist fort«, sagte das Mädchen.

»Ich weiß«, sagte er, »ich drehe jetzt um.«

Er ließ sie los und duckte sich unter einem Brecher, der unerwartet über den Kutter fiel. Der Kutter wurde zurückgeworfen, nahm Anlauf, warf sich gegen die See, und einen Augenblick schlug seine Schraube leer in der Luft. Der Junge drehte bei, er stand mit gespanntem Gesicht am Ruder und zwang den Kutter herum, und die seitliche See überspülte ihn. Ein Brecher traf ihn mit voller Wucht, der Kutter krängte schwer, nahm Wasser über, richtete sich mühsam auf, und dann hörten sie es splittern und sahen, daß das Holzgehäuse des Motors weggerissen war und daß das Netz, das über dem Holzgehäuse gelegen hatte, über Bord ging. Das Mädchen zeigte auf das Netz, es schwamm dicht neben dem Kutter, trieb vor ihnen mit den großen, blitzenden Glaskugeln, eine Armlänge neben dem Boot. Der Junge winkte sie hastig heran und gab ihr das Ruder, der Kutter hatte die See von achtern, er war leicht zu halten. »Da ist es«, rief das Mädchen, »da ist das Netz!«

Sie sah, wie der Junge sich eine dünne Leine um die Hüfte band, wie er das Ende der Leine um die Ducht am Heck schlang und sich dann in der Mitte des Kutters über die Bordwand beugte. Sie sah ihn eine Weile so liegen und nach dem Netz suchen, und dann hörte sie den Schrei. Es war ein kurzer, überraschter Schrei, und sie ließ das Ruder los und sprang in die Mitte des Kutters. Sie rief seinen Namen, sie tastete nach der Leine, die um die letzte Ducht geschlungen war: die Leine war straff. Sie zog an der Leine, sie zog mit verzweifelter Kraft, weinend und rufend, es gelang ihr nicht, die Leine einzuholen. Und dann sah sie ihn zum ersten Mal, einen wirbelnden, schwarzen Körper im Kielwasser, sah ihn auftauchen und verschwinden.

»Heinz!« rief sie, »Heinz!«

Er antwortete nicht.

Das Mädchen riß an der Leine, die ihn trug, zog mit aller Kraft, und mit einem Mal war die Leine schlaff und locker, fühlte sich an, als ob kein Körper mehr an ihr hinge, und das Mädchen sah nach hinten ins Heckwasser.

Sie sah seinen Körper an der Oberfläche, er war dicht am Heck des Kutters, unmittelbar vor der Schraube. Sie ließ die Leine wieder auslaufen, stand unschlüssig da, und plötzlich griff sie zur Leine, löste hastig den Knoten über der Ducht und blickte zu ihm ins Wasser. Die Leine war nicht mehr gesichert, das Mädchen hielt sie allein in den Händen, spürte das Gewicht des Jungen und den Widerstand der See; ihre Arme wurden hochgerissen, sie spürte jetzt den Zug in den Schultern, ein energisches, stoßweises Zerren, das sie fast zu Fall brachte, aber sie ließ die Leine nicht los. Sie hielt sie fest und sah zu ihm, sie stand breitbeinig neben der Ducht, und der Kutter rollte vor der See.

Und dann fühlte sie, wie ihre Hände unempfindlich wurden und abstarben, sie hatte keine Kontrolle mehr über die Leine; sie bog sich weit über die Ducht, so daß Loses in die Leine kam, schnellte vor, schlug das Ende der Leine um ihre Hüfte und verknotete sie.

»Heinz«, rief sie, »Heinz!« Und es schien, als ob er eine Hand gehoben hätte. Sie zog ihn näher an den Kutter heran, aber er kam nicht am Heck vorbei, er trieb auf die Schraube zu wie vorher, und das Mädchen schrie seinen Namen und ließ die Leine los. Sie weinte. Sie rief seinen Namen. Sie stand breitbeinig neben der Ducht, und die Leine schnürte in ihren Körper.

Ein heller, trockener Knall ertönte. Der Kutter verlor an Fahrt. Das Mädchen ergriff das Ruder und versuchte, den Kutter vor der See zu halten, aber die See warf ihn herum, und er trieb jetzt seitlich vor dem Wind. Ein Brecher kam über, groß und schwer wie die ganze Nacht, er kam in seiner ganzen Größe über, und das Mädchen wurde unter die Ducht geschleudert von seiner Kraft. Sie raffte sich auf, durchnäßt und benommen, und jetzt sah sie den Körper dicht neben der Bordwand, sah den Körper an der Leine vorbeitreiben und rief seinen Namen. Aber er verschwand schlaff und dunkel unter dem Bug. Sie zog ihn stöhnend hervor, er war so dicht neben ihr, daß sie ihn beinahe berühren konnte, aber sie durfte die Ducht nicht verlassen, die ihr Halt gab. Und sie stand und sah ihn auftauchen und verschwinden, ohne ihm helfen zu können. Sie rief nicht mehr seinen Namen. Sie stand und sah zu.

Der Kutter trieb seitlich vor dem Wind. Das kleine Licht der Mühle blinkte durch die Dunkelheit, schwach, unbeständig. Da erfolgte der knirschende Stoß, der das Mädchen umwarf. Der Kutter lag halb auf der Sandbank; er neigte sich, während sie aufsah, kippte zur Seite, schlug mit der Bordwand auf.

Sie erhob sich, richtete sich auf und tat einen Schritt, und da riß sie die Leine zurück. Sie sah den Körper im Wasser, erfaßte noch einmal die Leine und zog, und sie zog ihn hinauf auf die Sandbank.

Er lag vor ihr im Morgengrauen, und sein Gesicht war naß und hatte den alten, bekümmerten Ausdruck. Sie setzte sich neben ihn in den kalten, feinen Sand und sah schweigend in sein Gesicht und wartete. Und während sie wartete, kam ein Seehund auf die Sandbank, sah mit dunklen, starren Augen herüber und blieb. Er blieb so lange, bis das Motorboot mit den Männern hinter der Landspitze auftauchte.

Die Männer landeten an der Sandbank und gingen auf das Mädchen zu und auf den Jungen, und dann standen sie vor ihnen und nahmen die schäbigen Mützen ab und blickten schweigend auf sie herab. Sie bückten sich, sie hoben wortlos den Jungen auf und trugen ihn zum Motorboot. Niemand löste die Leine.

1954

Unter Dampf gesetzt

Über die finnische Sauna

Auf dem Schiff gab es keine Sauna. Duschen gab es da, kalte und warme, schlichte Wannenbäder; nie waren sie besetzt, der gestrichene Boden der Wanne trocken, aufgesprungen, die Hähne fest zugeschraubt, keine Tropfen zeugten von frischer oder gar häufiger Benutzung. Gemieden, ja mit hochmütiger Verachtung gestraft, so erschienen die Duschen, erschienen die schlichten Wannenbäder, keinem Körper durften sie zu einfacher Wohltat verhelfen, keinen abgespannten Geist erquicken, der von zehrender Verhandlung nach Hause fuhr, nach Finnland. Traurig ist das Dasein von Badeeinrichtungen auf finnischen Schiffen.

Ja, auf dem Schiff schon, auf dem kleinen, sauberen, uralten Dampfer, merkte ich, lange bevor die finnische Küste in Sicht kam, daß schlichte Bäder ein Schattendasein führen, für den absoluten Finnen nur so viel Bedeutung haben wie auf Kuba die politische Opposition. Nur im Notfall würde er ein gewöhnliches Bad betreten, und das auch nur mit anhaltendem Widerwillen und dauerhaftem Selbstvorwurf: Schon auf dem Schiff erfuhr ich es. Und mit der Verachtung für das schlichte Wannenbad erfuhr ich etwas vom Triumph der Sauna, von ihrer Bedeutung dortzuland.

Oh, sie freuten sich alle schon darauf, meine finnischen Mitpassagiere, Hochstimmung setzte ein, je näher wir der Küste kamen, fröhliche Erwartung. Es ging nach Hause, und das schien nur zu bedeuten: in die schmerzlich entbehrte Sauna.

Mitleid überkam sie, als sie erfuhren, daß ich es mit der traurigen Dusche versucht hatte; ihre Anteilnahme ging so weit, daß sie mich einluden, drei, vier Einladungen zu gleicher Zeit, jedoch nicht, um gemeinsam zu essen, spazierenzugehen oder Pilze zu sammeln, sondern alle luden mich ein, in ihre Sauna zu kommen, mit ihnen zusammen zu saunieren. Ein junger Ingenieur lud mich dazu ein, ein lederhäutiger Greis, selbst eine sehr reife Dame zeigte sich von Mitleid erfüllt und lud mich ein zur gemeinsamen Sauna. Nie, versicherten sie, nie würde ich ein gewöhnliches Bad mehr betreten, wenn ich erst die vielfältige Wohltat der Sauna erfahren hätte. Ihre Versicherungen waren so bestimmt, die Schilderungen des Saunalebens so schwelgerisch, daß ich mir ihre Sauna ungeduldig vorzustellen begann: Ich dachte an die römischen Thermen, sah mich bereits auf lockerem Ruhebett, gesalbt von den strohblonden Töchtern Suomis, von ihrer sportlichen Anmut umgeben. Ich sah mich schon Tage, Wochen, ja vielleicht mein ganzes Leben in der Sauna zubringen; denn fühlte ein Römer sich nicht in den Thermen zu Haus? Entstand die Politik, die Rom zur Weltmacht führte, nicht im Lavendelduft moussierender Bäder? Und wurden die angenehmsten Geschäfte nicht geschlossen, während eine kleine, wohlerfahrene Hand die Stirn frottierte, den Rücken verständig behandelte? Ich nahm die Einladungen an.

Ein höflicher Richter war mein Gastgeber, ein breitwangiger, untersetzter Mann um die Fünfzig, glatthäutig, sehr glatthäutig; liebevoll nahm er sich meiner an, lud mich ein in sein Landhaus, er versprach, mich in das Zeremoniell der Sauna einzuführen, mir die Augen zu öffnen für ihre vielfältige Wohltat.

Als wir dann draußen waren, draußen an einem verfilzten Wald, vor einem flachen, schilfgesäumten See, wo das Landhaus lag, suchte ich sofort nach dem Ort der vollkommenen Erquickung. Ich konnte ihn nicht entdecken. Ich fragte meinen Gastgeber, und er deutete auf ein kleines, braungetünchtes Holzhaus und sagte: »Das ist die Sauna.« –

»Das«, fragte ich, »das«, sagte er höflich und mit versonnenem Blick. Das Holzhaus stand unmittelbar am See, von fettglänzenden Erlen umgeben; harmlos sah es aus, wie ein schmucker Schuppen, eine gepflegte Bude, und es war so klein, daß ich unwillkürlich überlegte, wie die strohblonden Töchter Suomis, die mich salben, verständig massieren sollten, darin Platz finden könnten. Mein Gastgeber hatte zur Saunazeremonie noch einige Freunde mitgebracht, ein Kapitän war darunter, ein Direktor, auch zwei stumme, wohlerzogene Söhne hatte er mitgebracht – auf seine Großmutter mußte er schweren Herzens verzichten, da sie verreist war, sonst wäre auch sie dabeigewesen. Höflich lächelten wir uns zu, rauchten Zigaretten und blickten auf die Stätte vollkommener Erquickung: Rauch stieg aus der braungetünchten Bude auf, giftgelber Qualm, der kräuselnd durch die Erlen strich; das einzige Fenster war blind. Es war kalt. Ein kalter Wind kam auf. Ich begann zu frieren. Mein Gastgeber kam zu mir und sagte: »Wir haben eine Redensart in Finnland, wir sagen: ›Wenn die Sauna nicht mehr hilft, das Schröpfen und der Schnaps, dann kann man sterben, ohne sich Vorwürfe machen zu müssen, eine Therapie versäumt zu haben.‹ Wenn die Sauna nicht mehr hilft, hilft nichts mehr.« – »Ich werde es mir gut merken«, sagte ich und blickte gespannt auf die schmucke Bude, die soviel Wohltat bereithalten sollte – und nicht nur Wohltat, sondern nebenbei wohl auch das belebendste Elixier der Welt. Wir schnippten nacheinander die Kippen fort, höfliche Blicke trafen mich, Blicke der Aufforderung. Ich sah auf meine Uhr: Es war neun Uhr abends. Um mich herum wurden die Hemden abgestreift, rutschten Hosen zu Boden, die Hose des Kapitäns, die Hose des Direktors und die Hose meines Gastgebers; lächelnd standen die Herren da, in eindrucksvoller Kreatürlichkeit. »Es ist soweit«, sagte mein Gastgeber leise, »der Augenblick ist da.«

Höflich sahen die Herren zu, wie ich mich auszog, sie nickten beifällig, wenn ein Stück nach dem andern fiel, und ihre Gesichter zeigten Genugtuung, als ich nackt und zitternd zwischen ihnen stand. Sie drückten mir die Hand. Sie komplimentierten mich unter Formen weltläufiger Höflichkeit zur Sauna.

Ich hatte den Vortritt. Eine höfliche Hand öffnete die Tür, drückte mich mit sanftem Zwang hinein, und ich dachte – konnte ich überhaupt noch denken, nein reagieren, panisch reagieren? –, das war das einzige, wozu ich noch fähig war: fliehen, raus hier, nur fliehen, das wollte ich. Als ob sie mir einen glühenden Pfahl in die Luftröhre gestoßen hätten, so fühlte ich mich nach dem Eintritt in ihr Heiligtum: Eine heiße, trockene, würgende Luft fiel mich an – zugegeben, sie war auch würzig –, und vor dem Auge wurde es schwarz.

Was hatten sie mit mir vor? Ich sah, soweit es noch möglich war, flehend in ihre Gesichter, hilfesuchend, ich hielt nach einer Lücke zwischen ihnen Ausschau, aber zwischen ihnen war keine Lücke, und alle Gesichter lächelten mir höflich zu. Ihre Höflichkeit zwang mich zu bleiben. Der letzte schloß die Tür. Ein irdener Rundofen in einer Ecke, in der anderen ein Bottich mit Wasser, an der Wand, stufenförmig, drei Holzbänke; war dieser kleine hölzerne Käfig schon der Ort vollkommener Erquickung? Freundlich schubsten sie mich zur Bank, nötigten mich, Platz zu nehmen, und ich setzte mich mit dem glühenden Pfahl in der Brust.

»Sie werden die ganze Zeremonie kennenlernen«, sagte mein Gastgeber, »ich hoffe, es macht Ihnen Freude.« – »Sicher«, stöhnte ich, »es macht mir ungeheure Freude.« Die Herren setzten sich auf die stufenförmige Bank, legten die Hände auf die Knie, beobachteten mich und lächelten mir liebenswürdig zu. Ich versuchte zurückzulächeln mit dem glühenden Pfahl in der Luftröhre. Meine Haut begann sich zu verfärben, Kochwurstfarbe anzunehmen, sie dehnte sich, schwoll und schwoll, gleich, dachte ich, gleich macht es pfffft, irgendwo platzt es, und dann entweicht alles zischend aus dir wie aus einem geöffneten Ventil. Soweit kam es nicht. Zu gegebener Zeit erhob sich mein Gastgeber, schöpfte mit einer Pütz Wasser aus dem Bottich und schleuderte das eiskalte Wasser gegen den irdenen Ofen. Ein Knall, ein Zischen, und in der fauchenden Dampfwolke, die sich löste, glaubte ich Luzifer auffahren zu sehen. Dampf hüllte uns ein, unsichtbar waren die höflichen Gesichter der Herren – stockte der Atem? Verweigerten Herz und Lunge die Arbeit? Etwas bereitete sich in mir vor, etwas staute und sammelte sich, ich spürte es genau, und dann, nachdem der Gastgeber eine zweite Pütz Wasser gegen den Ofen gegossen hatte, brach es von innen aus: Der Hals öffnete sich, die Stirn öffnete sich, alles tat sich auf und gab frei, woraus der Mensch zu über zwei Dritteln besteht – Wasser. Wie viele Durstige können damit getränkt werden; literweise brach es aus, rann kribbelnd in Bächen ab – welch ein Wasser-Reservoir ist der Mensch! Unhörbar quellend trat es hervor, und besorgt blickte ich an mir herab, erwartete zu schrumpfen oder zusammenzufallen. An den Füßen, ja, auf dem gebogenen Zementfußboden, sammelte sich das Wasser, floß sacht in eine Rinne, gewann an Kraft und strömte zu einem Abflußrohr in der Wand. Erschrocken und gelähmt, vor allem aber gelähmt, starrte ich auf das Abflußloch – war das schon Todesangst?

Ich blickte so fasziniert darauf, daß ich nicht merkte, wie mein Gastgeber aufstand – plötzlich aber riß es mich aus melancholischem Sinnen, riß mich auf die Beine, die Hände schlossen sich zu Fäusten, die Fäuste nahmen Abwehrstellung ein: Ah, während ich gebannt dagesessen hatte, schlug mir mein höflicher Gastgeber eine Pütz Wasser um die

Ohren, eiskaltes Wasser, forsch gegossen, wie ein Dolch traf es mich, der Schock riß mich hoch. Ich wollte zur Tür stürzen. Doch die Herren auf der Bank lächelten höflich und nickten mir anerkennend zu. Und mein Gastgeber reichte mir die Pütz und bat mich, ihm nun die gleiche Wohltat zu erweisen, »als willkommene Abkühlung«, wie er meinte, und so keuchte ich zum Bottich, füllte die Pütz und – wo waren meine Kräfte geblieben? War die Pütz aus Blei? Zitternd stemmte ich sie über den geröteten Rücken meines Gastgebers, kippte sie langsam um, ein dünner, eiskalter Strahl ergoß sich auf den Richter, und er schaute sich um, erstaunt, ein wenig unwillig, ich goß nicht forsch genug, der Herr vermißte die »willkommene Abkühlung«. »Ist es nicht wunderbar«, fragte er, »es geht einem durch und durch.« – »Zweifellos«, hauchte ich, »zweifellos.« – »Das ist die original Finnische Sauna«, sagte er. »Ich spüre es«, sagte ich mit dem glühenden Pfahl in der Brust. »Die beste Medizin«, sagte er.

Und ich dachte: Überstehen ist alles, und ließ mich auf meine Bank fallen. Als ich vorübergehend bei Atem war, sagte ich – in der Hoffnung, daß nach der willkommenen Abkühlung die Folter beendet sei –: »Darf ich die Handtücher holen? Wenn die Herren wünschen, hole ich sie gern, sehr gern«, und ich erhob mich und wollte zur Tür. »Es beginnt doch erst«, sagte mein Gastgeber. Wieder zischte Wasser gegen den Ofen, fuhr Luzifer aus der fauchenden Dampfwolke, die uns verhüllte, und die Quellen öffneten sich. Gleichmütig, wie die Physik es vorschreibt, sammelte sich das Wasser in der Rinne, gab dem sanften Gefälle nach und wanderte zum Abflußrohr, das in den See führte. Ich blickte mir nach, wie ich davonrieselte, murmelte meinem verflüssigten Teil einen schwachen Gruß zu, bis es mich, unvermutet, wieder hochriß. In meditierender Wehmut klatschte eine neue Pütz Wasser gegen meinen Rücken, ich hob die Fäuste, doch Fäuste öffnen sich vor höflich lächelnden Gesichtern. Erschöpft verhalf ich dem Gastgeber zu der gleichen Abkühlung und fragte schnell: »Werden vielleicht die Handtücher gewünscht?«

Niemand wünschte sie – außer mir. Alle Herren, der Kapitän, der Direktor, mein Gastgeber und die stummen, wohlerzogenen Söhne – alle lächelten, seufzten unter belebender Wohltat, sie drehten ihre Schenkel, kniffen an den Zehen herum, kratzten sich unaufdringlich, für sie war es vollkommene Erquickung. Und während der Kapitän und der Direktor zu politisieren begannen – ich hörte mehrmals schnell hintereinander: Mao Tse-tung, Mao Tse-tung –, beugte sich mein Gastgeber zu mir und bat mich sehr höflich um Entschuldigung. »Wofür«, fragte ich, »wofür bitten Sie mich um Entschuldigung?« – »Weil wir hier keine Frauen zur Hand haben.« – »Wozu brauchen wir hier Frauen?« fragte ich matt. »Zum Abseifen«, sagte er. »In den größeren Saunen bei uns werden wir von Frauen abgeseift. Leider ist meine Großmutter verreist, sie hätte es übernommen.« – »Schade«, sagte ich, »hoffentlich hat sie eine gute Reise.«

Mein Gastgeber erhob sich, machte eine, wenn auch nur angedeutete Verbeugung der Höflichkeit, und als ich ratlos zu ihm aufsah, sagte er: »Ich bedaure zutiefst, daß keine Frau hier ist; erlauben Sie deshalb, wenn ich Sie nun abseife. Ich werde bemüht sein, mein möglichstes herzugeben. Darf ich bitten?« – »Bitte«, sagte ich. Er führte mich zum Fenster, schlug mir eine Pütz Wasser um die Ohren, worauf ich mir nur mit Mühe meine Besinnung erhalten konnte, und dann begann er sein möglichstes beim Abseifen herzugeben. Meine Stirn ruhte auf dem Fensterkreuz, und ich erschauerte plötzlich, als die Seife mich berührte: Nein, es war keine gewöhnliche Seife, zumindest keine, womit Filmsternchen ihren milchigen Teint erzeugen, ein riesiger

Block von Kernseife war es, kiloschwer, in der Größe einer 15-cm-Langrohrgranate, und er stemmte die Seife hoch und gab sein möglichstes her auf meinem Rücken.

Ich schloß die Augen, die Stirn schlug rhythmisch gegen das Fensterkreuz, der Körper schüttelte sich – hatte indes nicht mehr die Kraft, sich aufzubäumen, zu protestieren, und als ich nichts mehr zu spüren glaubte, nur noch Knetmasse in seinen Händen war, da setzte er den Seifenblock auf den Boden und nahm eine Bürste. Ich vermute, er wollte meine Haut als Souvenir behalten, denn die Bürste, die er nahm, war auch keine gewöhnliche Bürste: Ein Piassava-Besen schien es zu sein oder eine solide Drahthaarbürste, mit der man den Rost von Leitungsrohren bürstet.

»Die Handtücher«, keuchte ich.

»Bitte«, sagte mein Gastgeber höflich, »bitte, wir sind erst mitten in der Zeremonie, und zunächst fände ich es ausnehmend liebenswürdig, wenn Sie nun auch mich abseiften, vorausgesetzt natürlich, daß Ihre Güte soweit reicht.« Reichte sie soweit? Ich sammelte Kraft, konzentrierte mich wie ein Hammerwerfer, dann stemmte ich den Block Kernseife hoch, ließ ihn den Rücken meines Gastgebers hinuntergleiten – schlapp, zu schlapp für ihn, der sich umwandte und mich erstaunt und sorgenvoll musterte. Als sein Rücken leidlich mit Seife bedeckt war, nahm ich die Drahtbürste, wedelte erschöpft, vor allem unsystematisch herum, nein, ich brachte die Seife nicht zum Schäumen. Verausgabt, besonders aber verzweifelt, stülpte ich zum Schluß eine Pütz Wasser über den Richter und hauchte: »Jetzt doch aber die Handtücher!« – »Jetzt gehen wir in den See«, sagte er, »wir dürfen das Zeremoniell nicht unterbrechen.«

Die anderen Herren, die sich ebenfalls abgeseift hatten, gingen an uns vorbei zur Tür, sie gingen durch die Erlen, betraten einen Steg und sprangen durchaus elegant ins Wasser. Schwimmend durchquerten sie den Schilfgürtel und schwammen hinaus auf den dunklen See. Wir standen noch auf dem Steg, ich sah zu den Wäldern hinüber – waren es die Wälder, in denen Nurmi trainiert hatte für seine unsterblichen Läufe? Fliehen, jetzt fliehen, mit Nurmis Ausdauer, seiner enormen Schrittweite. »Bitte, nach Ihnen«, sagte mein Gastgeber und zeigte aufs Wasser.

»Oh«, sagte ich, »diesmal wollen wir doch vergessen, daß ich Ihr Gast bin. Ich lasse Ihnen gern den Vortritt!«

»Sie sind mein Gast«, sagte er, »nur zu.«

»Kann man hier springen?« fragte ich.

»Sicher«, sagte er, »es ist tief genug. Im Augenblick treiben ja keine Eisschollen.«

»Nein«, sagte ich, »schade, es ist kein Eis zu sehen.«

»Vor drei Wochen hatten wir noch Eis.«

»Dann hätte ich früher kommen sollen«, sagte ich.

Mein Gastgeber sprang zuerst, verschwand unter Wasser und tauchte prustend im Schilf auf und rief mit einer Stimme, die nichts als Behagen verriet: »Bitte, ich warte auf Sie.« Ich schloß die Augen. Ich sprang. Und in der Zeit, in der ein Schwimmender sich umdreht, stand ich wieder auf dem Steg.

»Kommen Sie nicht mit?« rief mein Gastgeber.

»Ich bin schon wieder zurück«, rief ich, »es war wunderbar, eine willkommene Abkühlung!« Ich stand auf dem Steg, beobachtete die schwimmenden Herren, die noch schwimmend politisierten, immer wieder hörte ich Mao Tse-tung, Mao Tse-tung.

Als sie zurückkehrten, fanden sie das Wasser zu warm, und auch ich fand das Wasser zu warm, und wir gingen durch die Erlen zurück zur Sauna. »Wie wär's, meine Herren«, fragte ich, »darf ich jetzt die Handtücher holen?« Sie schüttelten höflich die Köpfe, mein Gastgeber drückte mich mit sanftem Zwang wieder in den Dampfkäfig hinein, eine Pütz voll Wasser zischte gegen den irdenen Ofen, und abermals verabschiedete ich, was aus dem Körper hervorbrach. War es immer noch nicht genug? Wollten sie es auf die Spitze treiben?

Einer der stummen, wohlerzogenen Söhne kam mit einem Arm voller Saunabesen herein, sorgfältig geschnittenen Birkenreisern, die noch Laub trugen. Die Besen waren handlich, nicht länger als der Ellenbogen eines Mannes, und der Sohn verteilte die Besen und kletterte auf die oberste Bank, wo es nicht unbedingt heißer ist als in Luzifers glühender Residenz. Ich roch an dem Besen, er duftete nach frischem Laub. Lächelnd beugte sich mir mein Gastgeber zu und sagte sehr höflich: »Erlauben Sie, daß ich Ihren Rücken bearbeite und vorzugsweise die Stellen, die aus natürlichem Grunde schwer zu erreichen sind. Vorn, denke ich, können Sie es selbst besorgen. Es ist einfach: Man peitscht sich aus.«

Und mit dem letzten Wort zog er mir den ersten Schlag über den Rücken, so daß ich auffuhr und er mich beschwichtigend ansah. Kurz fielen seine Schläge, knapp aus dem Handgelenk; ich geißelte mich vorn, wedelte schlaff über meine Knie, wedelte vor meinem Gesicht, um mir Luft zuzuschanzen.

Dann bot er mir seinen Rücken an, ich schlug ihn beidhändig, klatschend fiel der Besen auf ihn nieder – es war nicht scharf genug, entsprach nicht dem Zeremoniell, und von neuem traf mich der erstaunte und unwillige Blick über die Schulter. Er entschuldigte sich bei mir, winkte seinen Söhnen und schärfte ihnen ein, ihre ganze Jugend in die Schläge zu legen; sie taten es, und mein Gastgeber krümmte sich in wohligen Schauern.

Erschöpft vor mich hin wedelnd, sonderbar angezogen von dem Abflußrohr, ergoß sich wiederum eine eiskalte Pütz Wasser über mich: Diesmal sprang ich nicht auf, keine

Faust ballte sich, mein Wille war gebrochen. Ja, ich lächelte in wortloser Qual. Und als mein Gastgeber sagte: »Nun können wir die Handtücher brauchen«, nickte ich nur langsam, erhob mich zögernd und schwankte zur Tür und hinaus.

Wir frottierten uns gegenseitig zwischen den Erlen. Ich sah auf meine Uhr: Es war eine halbe Stunde vor Mitternacht. Wir rauchten, der Gastgeber verschwand noch einmal in der Sauna, und als er zurückkehrte, brachte er eine riesige Pfanne mit, in der, rötlich gedunsen, zwei armdicke Würste lagen. Der Gastgeber zerschnitt die Würste, verteilte die Stücke und holte einen ganzen Kasten Bier, und wir tranken das Bier und aßen die Würste und unterhielten uns interessant über die Sauna.

Wir standen lange zusammen, die Nacht war auf einmal warm, der Kapitän machte den Vorschlag zu fischen, und als wir das Boot losbanden, merkte ich, daß ich nur meine Turnhose trug und nicht mehr fror. Und ich spürte plötzlich noch mehr: eine vielfältige Wohltat, Leichtigkeit und vollkommene Erquickung und ein unbegreifliches Gefühl von Neugeborensein, wie sie nur eine Institution der Welt gewährt: die Finnische Sauna.

1958

Lieblingsspeise der Hyänen

Er saß mit dem Rücken zur Wand, unter dem präparierten Kopf eines Keilers, und neben ihm saßen die beiden Frauen. Ich hörte, wie die Frauen auf ihn einsprachen, hörte schon vom Eingang der Kneipe her den Vorwurf in ihren Stimmen, die drohenden Ermahnungen, die sie in sein junges, bewegungsloses Gesicht hineinsprachen: abwechselnd, ungeduldig, in milder Empörung redeten sie auf ihn ein, und er saß da und schwieg. Der junge Amerikaner sagte kein Wort, als die beiden Frauen gleichzeitig aufstanden; er erhob sich nicht, sah sie nicht an, als sie ihre Taschen nahmen, ein Paket unter seinen Tisch schoben und untergehakt an mir vorbei zum Ausgang gingen. Sehr fest hielten sie sich untergehakt, gingen tuschelnd vorbei, und ich sah ihre saubere, rosige Haut, ihre gepflegten Haare, auf denen sie die gleichen Hüte trugen, flache Hüte, die aussahen wie Spiegeleier mit Veilchen. Noch einmal sah ich sie draußen an der Scheibe vorbeigehen, Arm in Arm, mit der Zärtlichkeit verschworener Freundinnen, und beide lächelten.

Wir waren allein. In scharfem Zug trank er sein Glas aus, bestellte einen doppelten Kognak nach, rauchte und saß mit bewegungslosem Gesicht unter dem präparierten Kopf des Keilers, der aus künstlichen Augen, mit erstarrtem Grinsen durch den Zigarettenqualm sah. Die gekrümmten Hauer wirkten spröde, ausgetrocknet; sandfarben bogen sie sich zu den Augen hinauf. Ich trank einen einfachen Kognak, blickte zu ihm hinüber: brütend und athletisch saß er da, ein jung aussehender Mann in offenem Kamelhaarmantel, mit kraftvoll gebürstetem Haar. Er sah gut aus; er erinnerte mich an den Mann auf dem Plakat, der von Freunden beneidet wird, weil er von seiner Frau ausschließlich sportliche Unterwäsche geschenkt bekommt.

Er setzte einen Fuß auf das Paket, das die beiden Frauen ihm anvertraut hatten; das Hosenbein wurde hochgezogen, gab den gummierten Rand einer Socke frei, ein Stück des Beins, das glatthäutig war, muskulös. Mehrmals kam der magere Kellner an seinen Tisch, stellte ein volles Glas hin, trug das leere fort, und ich sah, daß es immer Doppelte waren, die er in scharfem Zug, ohne sein Gesicht zu verändern, trank. Schließlich schien ihm der Kellner leid zu tun; er ließ sich eine Flasche bringen, goß selbst ein und stellte die Flasche auf den verkratzten Marmortisch.

Und jetzt wandte er sich um; als ob er beim Klirren der Flasche auf dem Marmortisch erwacht wäre, hob er den Kopf, blickte die rauchgeschwärzte Tapete an, entdeckte den Keilerkopf über sich und dann mich in meiner Ecke. Traurig lächelte er mir zu. Ich erwiderte das Lächeln, er zeigte mit dem Daumen über sich auf den Keiler und sagte: »Wissen Sie, wann er zum letztenmal zu trinken bekam?«

»Heute morgen«, sagte ich.

»Gut«, sagte er, »dann ist nichts zu befürchten.«

Überraschend hob er die Flasche an, hielt sie mir einladend entgegen: »Wie wär's«, sagte er, »bevor der da oben Durst bekommt« – und ich nahm mein Glas und zog an seinen Tisch. Ein Geruch von sehr gutem Rasierwasser umgab ihn; sein Hals war faltenlos, nirgendwo in seinem Gebiß konnte ich eine Plombe entdecken. Sicher goß er mein Glas voll, sagte »also«, und wir tranken aus. »Worauf?« fragte ich.

»Auf alles, was wir hassen«, sagte er. Während er sprach, wippte die Zigarette zwischen seinen Lippen. Er hatte braune, schräg geschnittene Augen, dünne Brauen, und ich sah, daß sein Gesicht unter den Augen faltenlos war. »Noch einen?« fragte er.

»Langsam«, sagte ich.

»Sie kommen bald zurück. Wir sollten fertig sein, wenn sie wieder hier sind. Es wird nicht sehr lange dauern.«

»Also gut«, sagte ich, »einverstanden.«

Wieder füllte er die Gläser, warf einen Blick durch die Scheibe und zog seinen Mantel aus, indem er halb aufstand, die Arme steif nach hinten streckte und den Mantel herabrutschen ließ. Ich fing seinen Blick auf und fragte: »Zum ersten Mal in Deutschland?«

»Nein«, sagte er, »ich nicht, aber meine Frau und meine Tochter. Sie sind zum ersten Mal hier.«

»Ihre Tochter?«

»Marjorie, ja. Sie sind gerade unterwegs, um Schuhe zu kaufen.«

»Es gibt solide Schuhe hier«, sagte ich.

»Ah«, sagte er angewidert, »sie haben sich überall Schuhe gekauft, in Paris zuerst, dann in Italien und jetzt hier.« Ein Ausdruck von resignierter Verachtung erschien auf seinem Gesicht, eine müde Erbitterung, und er rieb die kleine Glut von der Zigarette und warf die Kippe in den Aschenbecher, daß es stäubte.

»Schuhe«, sagte er verächtlich, »wohin wir auch kommen, wollen sie zuerst Schuhe sehen. Als ob Europa nichts anderes zu bieten hätte als Schuhläden. Diese Reise wäre ein Grund, damit ich zeitlebens barfuß ginge. Ich hasse sie.«

»Machen Sie eine Erholungsreise?« fragte ich.

Er sah mich überrascht an, mit einem Ausdruck von Wohlwollen, der mich erschreckte; eilig füllte er mein Glas nach, schnippte er uns zwei Zigaretten aus seiner Packung, zündete sie an, und ich spürte, daß er etwas mit mir vorhatte. Sein junges Gesicht schob sich über den verkratzten Marmortisch heran, stärker wurde der Geruch des sehr guten Rasierwassers: »Ich hasse sie«, sagte er, »keiner kann sich vorstellen, wie ich sie hasse.«

»Auch Ihre Tochter«, fragte ich, »auch Marjorie?«

»Es ist kein Unterschied zwischen beiden, zumindest besteht für mich kein Unterschied: sie sind Frauen.«

Er seufzte, schob die leicht geöffneten Lippen nach vorn, so daß es aussah, als wollte er über eine heiße Suppe blasen; die Augäpfel röteten sich an den Rändern, eine Gänsehaut fuhr über sein Gesicht, ein Schauder, hervorgerufen durch Alkohol und Erinnerung; etwas Mühsames lag in seiner Haltung, mühsam versuchte er, das Herabfallen des linken Augenlids zu verhindern, das Abgleiten seines Blicks – er begann, betrunken zu werden. Ich dachte an die Frauen, mit denen er reiste, an ihre rosige Haut, dachte an ihre verschworene Zärtlichkeit und daran, daß ich sie zunächst für Schwestern gehalten hatte; und während ich sie noch einmal vor mir sah, tuschelnd, untergehakt, in ihrer herausfordernden Gesundheit, merkte ich, daß ich Mitleid für ihn empfand. Und ich sagte: »Es tut mir sehr leid.«

»Danke«, sagte er, »es war nicht umsonst, jetzt weiß ich, was ich zu tun habe, und ich werde es tun. Jetzt bin ich aufgewacht. Diese Reise hat mir die Augen geöffnet.«

»Eine Reise ist manchmal gut dafür.«

»Nachbar«, sagte er, »es war eine Reise, die ich jedem Mann wünsche, der etwas von Frauen hält.«

»Hat's Ärger gegeben?«

»Wir sind nicht rübergekommen, um Schuhe zu kaufen, Nachbar. Zuerst sind wir nach Paris gefahren, weil man in Paris ankommt, aber da wollten wir nicht bleiben. In die Nähe von Bernay wollten wir, rauf in die Normandie, zu einer flachen Waldwiese vor einem schnellen Fluß; das war besprochen. Während des Krieges, im Morgengrauen Anfang November, mußten wir notlanden auf dieser flachen Waldwiese bei Bernay, mit zerschossener Benzinleitung. Ich war Pilot, und ich wollte noch einmal diese Wiese sehen, von der ich nichts hielt und die uns nicht enttäuschte, als ich die Maschine aufsetzte und kurz vor dem schnellen Fluß zum Stehen brachte. Ich wollte diese schäbige Wiese sehen, die uns hinterher, nachdem wir die Leitung geflickt hatten, sogar wieder starten ließ. Das war der Grund, warum wir in die Nähe von Bernay wollten.«

»Und?« fragte ich.

»Ich habe sie nicht wiedergesehen«, sagte er. »Wir blieben in Paris, sie konnten sich nicht trennen, sie kauften Schuhe. Wir kamen aus dieser Stadt nicht raus, bis die Zeit, die wir für Frankreich hatten, vorbei war. Wir sind nach Italien gefahren; die kleine Wiese habe ich nicht gesehen.« Er sprach leise, ohne Verachtung jetzt, ohne Erbitterung, seine Stimme hatte etwas Gleichgültiges, den Ton wirkungsvoller Sachlichkeit; sie glich einer Stimme, die ich manchmal im Radio höre – von fern her aus unsichtbarem Verlies erreicht sie mich, setzt eine Beziehung voraus, läßt keine Möglichkeit des Einwandes und will nicht mehr, als daß man ihr recht gebe. Ich gab ihm recht; ich war auf seiner Seite, weil die Frauen mit der rosigen Haut verhindert hatten, daß er seine Wiese zu sehen bekam, das bange Glück erfuhr, die Narben der Landespur wiederzufinden, und ich nickte ihm beistimmend zu. Er füllte die Gläser nach, trank seinen Doppelten in scharfem Zug aus und lächelte resigniert.

»Und in Italien?« sagte ich.

»Die Italiener machen die besten Schuhe«, sagte er. »Marlene Dietrich kauft ihre Schuhe in Italien und Soraya auch, und wer nur etwas auf sich hält, der sollte seine Schuhe bei den Makkaronis kaufen.«

»Kannten Sie Italien?«

»Nachbar«, sagte er, »als ich nach Italien kam, hatte ich die zweithöchste Auszeichnung. Und jetzt sind wir wieder hingefahren, weil ich einen Mann suchen wollte. Ich weiß nicht, wie er heißt, weiß nur, daß er am Berg über einer Brücke wohnen muß. Damals gaben sie mir den Auftrag, die Brücke zu zerstören, und ich flog hin, um es ihnen zu besorgen, aber während des Angriffs erschienen Schafe auf der Brücke, eine ganze Herde im Staub unter mir und ein Mann, der die Schafe trieb. Wir konnten nicht warten, konnten die Schafe nicht bitten, die Brücke zu verlassen; wir besorgten den Auftrag, und während des Rückflugs schon nahm ich mir vor, später den Mann, der die Schafe trieb, aufzusuchen und ihm etwas zu bringen.«

»Lebte er?«

»Wir haben Schuhe gekauft«, sagte er. »Ich habe den Mann nicht gesehen, weil sie mich nicht hinfahren ließen. Sie konnten allein ausgehen, sie kauften ohne mich ein, doch wenn sie zurückkamen ins Hotel, wollten sie mich vorfinden. Sie glaubten sterben zu müssen, bekamen nervöse Zusammenbrüche und Hautausschlag, wenn ich nicht auf sie wartete. Oh, ich hasse sie, ich hasse diese sanften Anklagen, ihre weichen Vorwürfe, und am meisten hasse ich sie, wenn sie auf ihre Schutzlosigkeit anspielen oder sich an den sogenannten Gentleman in uns wenden ... Kennen Sie die Lieblingsspeise der Hyänen, Nachbar? Es sind Schuhe, bei Gott ...«

Die Zigarette wippte zwischen seinen Lippen, der Rauch ringelte sich an seinem Gesicht vorbei, stieg hoch und staute sich unter dem drahtborstigen Kopf des Keilers, dessen Schnauze so weit geöffnet war, daß die rissige Gipsmasse im Zungenbett rosa hervorschimmerte. Mit schmerzlichem Wohlwollen sah mich der junge Amerikaner an, füllte mein Glas nach, forderte mich freundlich auf, auszutrinken, und ich trank. Sein Gesicht war leicht gedunsen vom Alkohol, sein Blick nicht mehr zielsicher, doch seine Stimme veränderte sich nicht. Seine Stimme war leise, sprach mit wirkungsvoller Sachlichkeit auf mich ein, und ich wagte nicht, nach einem Einwand zu suchen – ich gab ihm recht wie jener Stimme im Radio.

»Und von Italien sind Sie zu uns gekommen?«

»Ja«, sagte er, »von Italien hierher. Und ich betete unterwegs, daß Wolken von Ameisen über die deutschen Schuhläden herfallen möchten – mein Gebet wurde nicht erhört, Nachbar. Als sie den ersten Schuhladen sahen, blieben sie stehen, doch diesmal gab ich es nicht so schnell auf; diesmal steht für mich etwas auf dem Spiel.

Vierzig Kilometer von hier, nach einem Angriff auf diese Stadt, haben sie mich abgeschossen, das ganze Leitwerk wurde wegrasiert, so daß wir Mühe hatten, auszusteigen. Aber ich kam raus, der Fallschirm öffnete sich gut, und ich schwebte runter und sah schräg unter mir den Fluß. Doch gleich darauf, nachdem sich mein Fallschirm geöffnet hatte, fiel Charles auf mich zu: die Arme ausgebreitet, hinter sich, schlagend und flatternd, die Leinen und den Schirm, der sich nicht öffnete. So stürzte er herunter, und ich glaubte, er werde auf meinen Schirm fallen. Aber er streifte ihn nicht einmal, sauste neben mir vorbei; ich konnte seine Leinen fassen und festhalten. An meinem Fallschirm landeten wir beide im Fluß. Charles war verwundet, er ertrank.«

»Das war vierzig Kilometer von hier?«

»Nicht weiter. Damals hörte der Krieg für mich auf. Und jetzt will ich rausfahren an das Grab von Charles und ihm sagen, daß ich hier bin. Wir waren Freunde schon in der Schule. Seit vier Tagen sind wir in dieser Stadt, und ich bin immer noch nicht rausgefahren zu ihm … oh, ich hasse sie. Aber jetzt weiß ich, was ich zu tun habe.«

Heftig ergriff er die Flasche, drückte zu; ich sah seine Knöchel weiß werden, sah, wie sich sein Mund schmal zusammenzog, und plötzlich legte er sich zurück, versetzte dem Paket unter dem Tisch einen Fußtritt. Das Paket rutschte zwischen meinen Stuhlbeinen hindurch, rutschte weiter durch den Mittelgang der Kneipe bis zur braunen Filzportiere des Eingangs.

»Schuhe«, sagte er, »auch da sind Schuhe drin; die Lieblingsspeise der Hyänen.«

Der magere Kellner schob argwöhnisch seinen Kopf durch die Schiebetür der Küche.

»Zahlen!« sagte der Amerikaner. Der Kellner kam, und er zahlte.

Als er ohne Hast seinen Mantel anzog, sah ich draußen, hinter der Scheibe, die beiden Frauen aus einem Taxi aussteigen: eilig, mit ihren flachen Hüten, die so aussahen wie Spiegeleier mit Veilchen. Eine von ihnen – ich konnte nicht entscheiden, ob es Marjorie war oder ihre Mutter – trug an einem Bindfaden ein Paket. Sie schlugen die Filzportiere zurück, hoben ohne Erstaunen das Paket auf, das dort lag, und kamen an unseren Tisch. Er war sehr ruhig. Er ließ sich von einer der Frauen gleichgültig auf die Wange küssen. Sein Gesicht war bewegungslos, als sie ihm beide Pakete über den verkratzten Marmortisch schoben, wortlos nahm er sie auf. Ich wartete, wartete auf irgend etwas, von dem ich glaubte, daß es geschehen müsse, doch es geschah nichts. Er sah mich nur einmal an, mit einem Blick unergründlicher Dankbarkeit, dann gingen sie zum Taxi: er wußte, was er zu tun hatte.

1958

Der Anfang von etwas

Mühsam kam Harry Hoppe die Pier herab. Mit vorgelegtem Oberkörper, in einer Hand einen Pappkoffer, in der andern einen verschnürten Karton, so stemmte er sich gegen das böige Schneetreiben, das schon in der Dunkelheit jenes Silvestermorgens eingesetzt hatte. Kalt zog es von den Speichern her, von den naßglänzenden Bergen der Bunkerkohle; Eisschollen trieben im schwarzen Wasser des Stroms, kreisten in der Strömung, schrammten splitternd an der Mauer entlang; Böen fuhren scharf über sie hin, riffelten, krausten die offenen Stellen des Wassers zwischen den treibenden Eisschollen. Unter dem Schneetreiben kam Hoppe hervor, nur ein Schatten zuerst, eine mühsame Ankündigung seiner selbst; kam hervor auf der äußersten Kante der Pier, angestrengt, mit gesenktem Gesicht, und gegen die Stöße des Winds, der seine Arme mit den Gepäckstücken auseinanderzuzwingen suchte, den Mantel gegen den Körper preßte, kam er unaufhaltsam herab bis zur grünen Zollbude. Als er im Windschutz der Zollbude war, blickte er zum ersten Mal auf, und er blickte in das graue Gesicht eines Mannes, der mit der Schulter an der Bude lehnte und ihn beobachtete. Es war ein alter Mann in schmieriger Joppe, mit riesigen Schuhen an den Füßen; ein schlapper Rucksack, aus dem oben eine Wasserwaage heraussah, hing über seinem Rücken; zwischen den Händen hielt er eine bläulich schimmernde Säge, die in der Mitte mit Sackresten umwickelt war. Reglos stand er da, nur der vernarbte Stummel seines Zeigefingers bewegte sich, glitt knapp über das bläulich schimmernde Band der Säge. Hoppe setzte den Koffer ab, den verschnürten Karton, er stäubte den Schnee aus dem Halsausschnitt, klopfte die Schuhe an der Holzbude ab und trat nah an den Mann mit der Säge heran, der ihn aufmerksam und argwöhnisch beobachtete. Aus dem Windschatten sah Hoppe den Weg zurück, den er gekommen war, sah über die treibenden Eisschollen und den Strom hinab: schräg ging der Schnee nieder, wie hinter gespannten Schnüren eines weißen Gitters verbarg er das andere Ufer, die Werft, die kahle Böschung; wirbelnd stob der Schnee auseinander, wenn Böen in das Gitter einschlugen, wurde explosionsartig hochgeworfen und flach niedergedrückt auf das Wasser. Während sein Gesicht dem Strom zugekehrt war, blickte Hoppe aus den Augenwinkeln auf den Alten, der in argwöhnischer Reglosigkeit dastand, nur mit dem Stummel des Zeigefingers leicht über die Säge rieb.

»Mieser Tag«, sagte Hoppe, und er drehte sich um, so daß er den Alten fast berührte, musterte ihn einen Augenblick und sprach dann in das graue Gesicht hinein: »Mein Schiff ist weg, es hat hier gelegen, an dieser Pier ... es kann noch nicht lange her sein. Es ist ein Feuerschiff, wir waren zur Reparatur in der Werft.« Der Mann mit der Säge schwieg, sein Gesicht bewegte sich nicht, reglos lehnte er an der Budenwand.

»Hier hat es gelegen«, sagte Hoppe und wies auf die schmutzige Pier, »an dieser Stelle war es festgemacht. Vielleicht haben Sie es gesehen, es kann noch nicht lange her sein, daß sie ausliefen.«

»Nix«, sagte der Alte, »nix«; er schluckte, schüttelte den Kopf, so als habe er nie etwas gesehen, und selbst wenn er etwas gesehen hätte, er nicht bereit wäre, das in diesem Augenblick oder überhaupt jemals zuzugeben. Sein Zeigefinger lag jetzt still auf dem Blatt der Säge, sein Blick löste sich vom andern und lief über den Strom, woher klagend, verstümmelt durch das Schneetreiben, die Rufsignale einer Barkasse zu ihnen drangen. Die Barkasse blieb unsichtbar.

»Sie können nicht lange weg sein«, sagte Hoppe.

Der Alte schwieg und sah abweisend über ihn hinweg,

hob gleichgültig die Schultern, starrte auf die kreisenden Eisschollen, die glattgespült waren an den Rändern, von milchiger Bläue und die in ihrer Mitte verkrustete Schneeklumpen trugen, Holzstücke oder zerbeulte Blechdosen.

»Es hat keinen Zweck«, sagte Hoppe, und er spürte, daß er es zu sich selbst sagte, »es lohnt sich nicht, zu warten. Jetzt werden sie bald auf Position sein: ich geh nach Haus.« Er nahm den Koffer auf, den verschnürten Karton, sah noch einmal den Strom hinab, nickte gegen den Rücken des reglos dastehenden Alten und ging. Er ging zwischen den Speichern hindurch, über einen schienendurchschnittenen Platz und eine Bergstraße hinauf, in der dreckige Kinder ein lautloses Spiel spielten: schweigend, ärgerlich warteten sie, bis er vorbei war. Im Windschutz einer bröckeligen Mauer ging er die Bergstraße zu Ende, durchquerte zugige Anlagen, ging weiter zu einem U-Bahnschacht und bog in eine Straße ab, die nur aus Buden bestand, aus Kneipen und natürlich geheizten Varietés. Zischend flog ein Knallfrosch über eine Mauer, lag glimmend einen Augenblick da, erhob sich plötzlich unter wilden kleinen Explosionen und wurde auf die Straßenbahnschienen hinausgeschleudert.

Hoppe blieb stehen, er wandte sich um, sah unschlüssig auf den schwarzen U-Bahnschacht, auf die gedrungene Frau in dem langen Mantel, die auf einem Klapphocker vor dem Eingang Zeitungen verkaufte, und während er zurücksah, dachte er: ›Sie wird es früh genug erfahren, früh genug.‹

Weich erschien Annes Gesicht vor ihm, ein blasses Brötchengesicht, das nur aus Sauberkeit und Vorwurf bestand; er dachte an sie, hörte ihre Stimme, den immer gleichen, anklagenden Tonfall, der jeden Satz zu einem müden Kommando machte, er dachte an den seufzenden Überdruß ihrer Bewegungen, wenn sie die Krümel von seiner Tischseite ablas, Zigarettenasche vom Stuhl fegte; an ihren Blick dachte er, in dem die frühe Enttäuschung über die Ehe lag, und noch in der Erinnerung daran merkte er, wie er bereits weiterging durch die Straße der Buden und Kneipen.

Von fernher, aus der Stadt, waren dumpfe Detonationen zu hören, Kanonenschläge, die erstickt klangen im Schneetreiben; Hoppe erschrak jedesmal. Eine alte, sehr geschminkte Frau kam auf ihn zu, in einem Arm trug sie eine Milchflasche, im andern einen fetten gelben Hund; sie sah ihn mit einem drohenden Gesichtsausdruck an, er trat zur Seite, und sie bog hinter ihm ab in einen Torweg. An einem planierten Ruinenplatz vorbei ging er die Straße fast ganz hinab, begegnete mißmutigen Gesichtern, erwartungsvollen, roch den würgenden Geruch siedenden Bratenfetts, der aus den zugigen Buden herausdrang. Ein Schwärmer schoß schräg hinter ihm in die Luft, schraubte sich mit panischem Heulton in die Höhe und zerplatzte: die Straße der Buden und Kneipen kündigte schon Silvester an.

Hoppe blickte auf seinen Karton, er war angedunkelt von Feuchtigkeit, an der Unterseite war die Pappe durchgeweicht, die Schnur schnitt in die Finger. Langsam scherte er aus, ging auf ein nasses Eisenrohrgeländer zu und stieg die Zementstufen zu einer Kellerkneipe hinab. ›Sie wird es früh genug erfahren,‹ dachte er, ›und wenn Anne erfahren hat, daß ich das Schiff verpaßt habe, wird sie mir die Schuld geben und aufhören zu reden, so wie ihre Mutter aufgehört hatte mit ihr zu reden, wenn sie sie bestrafen wollte. Schweigen ist für sie nie etwas anderes gewesen als eine Strafe. Sie wird schon früh genug damit anfangen …‹ Er setzte den Karton ab, drückte den gerillten Türdrücker nach unten und spürte, wie der Drücker leicht und geräuschlos nachgab, und als er ihn losließ, öffnete sich die Tür, und vor dem Hintergrund einer braunen Filzportiere, dicht vor ihm, stand ein Mann mit Schirmmütze, dessen Gesicht von blauen Punkten gesprenkelt war wie von einer Ladung Schrot. Überrascht sahen sie sich an, dann ging der Mann an ihm vorbei, die Zementstufen hinauf auf die Straße. Hoppe schlug die Filzportiere zur Seite und betrat die Kneipe, trat in einen dämmrigen Raum, der von einem warmen, süßlichen Geruch erfüllt war; der Boden war mit Sägespänen bestreut, die Tischplatten waren geschrubbt, matt schimmerten sie in der Dämmerung. Der Wirt, ein riesiger Mann in grauem Pullover, stand hinter der Theke, wie auf Lebenszeit eingezwängt stand er da, blickte jetzt von seiner Zeitung auf, musterte Hoppes Schuhe, seinen Mantel und das Gepäck und lächelte.

»Kein guter Tag«, sagte er.

»Nein«, sagte Hoppe.

Er setzte sich an einen geschrubbten Tisch. Über ihm, mit starren, rötlichen Augen, schwamm ein ausgestopfter Sägefisch träge durch den Zigarettenqualm; sanft drehte er sich in knarrenden Drähten. An der Decke lief eine flakkernde Rußspur entlang, lief quer durch den Raum und verschwand hinter dem angelaufenen Rohr eines Kanonenofens. Der Tisch neben dem Kanonenofen war besetzt; ein Mann und eine Frau saßen an ihm; prüfend sahen sie zu Hoppe hinüber, einige Sekunden nur, dann begannen sie sich flüsternd zu unterhalten.

»Paula«, rief der Wirt, ohne von der Zeitung aufzublikken. Hinter einem Vorhang antwortete eine Frauenstimme, ein Topfdeckel schepperte, hastige Schritte erklangen hinter dem Vorhang, ein schwacher Fluch; unwillig wurde der Vorhang zur Seite geworfen, und eine Frau kam hinter der Theke hervor, eine junge Frau in schwarzem Pullover, mit weißer Schürze und zaghaftem Lächeln. Lächelnd kam sie an Hoppes Tisch, drückte ihren Leib gegen die Tischkante, wartete, und auf einmal verschwand das Lächeln von ihrem Gesicht, wurde überdeckt von einem leisen Erschrecken, das sie unwillkürlich zurückweichen ließ.

»Harry«, sagte sie, »oh, Harry.«

»Ja«, sagte er, und er sah an ihr vorbei in einen Reklamespiegel, in dem verschwommen sein Gesicht erschien: das aschblonde Haar, die steile und breite Stirn und die tiefliegenden Augen, eingerahmt von den goldenen Buchstaben einer Schnapsreklame. Gleichgültig blickte er das müde Gesicht an, es war noch jung, rotgefroren von der Kälte draußen, am Kinn klebte ein Papierschnipsel, mit dem eine Rasierwunde abgedeckt war.

»Wußtest du, daß ich hier bin?« fragte Paula.

»Nein«, sagte er, »ich wußte es nicht. Ich bin zufällig hier hereingekommen. Ich hab mein Schiff verpaßt heute morgen.«

»Du bist zur See gefahren?« fragte sie.

»Nein, ich war auf einem Feuerschiff, eine Wache nur. Wir lagen draußen am Minenzwangsweg, bei den wandernden Bänken.«

»Und jetzt?«

»Jetzt nichts«, sagte er. »Wir waren zur Reparatur im Dock, und sie sind zu früh ausgelaufen oder ich bin zu spät an die Pier gekommen.«

»Ich arbeite jetzt hier«, sagte sie, »seit damals. Ich mußte etwas anfangen.«

Er nickte, sah in ihr blasses Gesicht, auf den kleinen aufgeworfenen Mund, der an die lauschenden Münder draller Friedhofsengel erinnerte. Das schwarze Haar war glatt zurückgekämmt, um den faltenlosen Hals trug sie eine dünne Kette. »Was möchtest du?« fragte sie.

»Schnaps«, sagte er, »einen klaren Schnaps und eine Brühe.«

»Die Brühe taugt nichts«, rief der Mann, der am Ofentisch saß, und wiegte warnend den Kopf. Er war betrunken. Seine Augen standen knopfartig hervor, und sein spitz zulaufendes, kinnloses Gesicht gab ihm das Aussehen einer Ratte.

»Also?« fragte Paula.

»Beides«, sagte Hoppe, und sie drehte sich um, streifte mit strengem Blick den kleinen Betrunkenen und ging hinter den Vorhang. Die rauchigen Wände der Kneipe waren mit Photographien bedeckt, in doppelter Reihe zogen sie sich um den ganzen Raum, und jetzt entdeckte Hoppe, daß es Photographien von berühmten Freistilringern waren: starräugig, das Kinn angezogen, mit ausgelegten Fäusten blickten sie auf die Tische hinab, musterten jeden, der dort saß, mit finsterer Feindseligkeit. Der kleine Betrunkene beobachtete, wie Hoppe die Reihe der Photographien entlangsah, und er rief verächtlich: »Sägemehl, die haben nischt als Sägemehl im Kopp, und ihr Bizeps is mit Luft gefüllt. Frag nur Henrietta, mein Junge, die weiß es.«

»Halt die Fresse«, sagte Henrietta. Sie richtete sich seufzend neben ihm auf, eine schwere Frau mit talgiger Haut, fett, Bitterkeit im jungen Gesicht; sie steckte in einem abgetragenen Pelzmantel, der sie umschloß wie ein durchgescheuertes Fell. Ihre fleischigen Finger krümmten sich in die Handflächen hinein, die Halsschlagader pulste. Sie warf das dichte, stumpfe Haar zurück, hob die Mantelecken auf und nahm einen Schluck.

»Wo ist denn dein Jankel Bubescu«, krähte der kleine Mann neben ihr, »er wollte doch wiederkommen. Seit drei Jahren wartest du, daß er zurückkommt. Und nun? Und nun? Vielleicht hat jemand die Luft aus seinem Bizeps gelassen, und die Luft aus seinem Gedächtnis dazu. Vielleicht ist aus deinem Panther von Przemysl ein alter Fahrradschlauch geworden.«

»Er wird wiederkommen«, sagte Henrietta leise.

Der kleine Betrunkene mit den Knopfaugen lachte.

»Warum?« rief er, »warum meinst du, daß er wird wiederkommen?«

»Weil er der feinste Mann ist, den es gibt. Noch nie ist in

dieser Stadt ein so nobler Mann gewesen wie Bubescu, keiner reicht an ihn heran.«

»Ein Feigling war er, mit nischt wie Sägemehl im Kopp. Drei Jahre hat er dich warten lassen, und diese Jahre sind futsch, diese Jahre sind fftt.«

Der Wirt blickte ruhig von seiner Zeitung auf, blickte den Kleinen an und sagte: »Bubescu war ein feiner Mann, mehr ist in diesem Lokal nicht über ihn zu sagen.«

»So sieht das Lokal auch aus«, sagte der Kleine und stieß einen Pfiff aus, dünn und durchdringend wie eine Ratte.

»Kümmer dich um deinen Dreck«, sagte Henrietta.

Der Vorhang hinter der Theke bewegte sich, bauschte sich, Paula kam heraus, ging mit verstörtem Lächeln an Hoppes Tisch, setzte eine Tasse dampfender Brühe vor ihn hin, ein Glas Schnaps, und während sie noch servierte, sagte sie – und Hoppe wußte, daß sie sich das, was sie sagte, hinter dem Vorhang überlegt hatte: »Ich werde heiraten, Harry.«

Er antwortete nicht, er hob das Glas, nickte ihr zu und trank; angestrengt legte er den Kopf zurück, ließ den Alkohol über seine schmerzenden Backenzähne rinnen und schluckte und schüttelte sich.

»Immer noch die Zähne?« fragte sie.

»Ich hab's aufgegeben«, sagte er, »sie sehen sehr gut aus, aber alle sind lose. Zum Schluß bleibt mir nur die Zunge, um die Wunden zu lecken.«

»Hat die Behandlung nicht geholfen, damals?«

»Uns hilft keine Behandlung mehr«, sagte Hoppe, »wir können uns nur noch neu machen lassen, mit allem neu. Was uns fehlt, ist ein neuer Anfang.«

»Du bist schrecklich, Harry.«

Sie setzte sich vorsichtig auf einen Stuhl neben ihn, sah auf sein Gepäck am Tischbein, sah zu, wie er in der Brühe rührte, Nudeln und gehacktes Grünzeug hochbrachte und dann, mühselig, mit geschlossenen Augen, die Brühe zu schlürfen begann. Scharf zog er die Brühe ein, schob die Lippen vor, zog kühlende Luft nach, jeder Schluck erleichterte ihn.

»Und du, Harry«, fragte sie ihn, »bist du verheiratet?«

»Ungefähr«, sagte er.

»Wie ist das, wenn man ungefähr verheiratet ist?«

»Man kann sich alles dabei denken.«

»Du hättest nicht kommen sollen, Harry.«

»Ich gehe gleich wieder.«

»Du brauchst nicht zu gehen, nicht weil ich hier bin. Es würde nichts ändern.«

»Dann bring mir noch einen Schnaps«, sagte er.

Paula stand auf, bückte sich; sie hob den Karton auf, trug ihn wortlos zum Kanonenofen hinüber und stellte ihn so ab, daß die vor Feuchtigkeit schwarze Unterseite dem Ofen zugekehrt war, in dem die Glut knackte und summte. Hoppe beobachtete sie dabei aus den Augenwinkeln, rührte in der Brühe, dachte: ›Bis hierher also, und jetzt fängt es an wie damals.‹

Sie stand hinter der Theke, füllte sein Glas, und als er in ihr Gesicht blickte, lächelte sie; dann brachte sie das volle Glas, nahm das leere vom Tisch und blieb zögernd, eine Hand unter der sauberen, verwaschenen Schürze, neben seinem Stuhl stehen.

»Ich muß dich sprechen«, sagte er.

»Es geht nicht, hier nicht.«

»Dann später, nur irgendwann heute.«

Sie antwortete nicht. Sie wandte sich um und verschwand mit dem leeren Glas hinter dem Vorhang, der sich für einen Augenblick bauschte und wieder zurückfiel.

Ein verfrorenes Mädchen mit einem Packen Zeitungen kam in die Kneipe, es trug Wollstrümpfe, braune Fingerhandschuhe, an denen Daumen und Zeigefinger abgeschnitten waren: scheu bewegte es sich durch die Kneipe, knickste vor dem Wirt, legte eine Zeitung auf die Theke und ging hinaus, nur von einem saugenden Geräusch begleitet, das ihre Gummischuhe hervorriefen.

Hoppe trank, hielt den Kopf schräg und ließ den Alkohol über seine Zähne rinnen, als der kleine Betrunkene in der Ofenecke aufstand und rief: »Wie heißt du? Woher kommst du eigentlich?« Er zwängte sich heraus, kam schwankend an Hoppes Tisch, rückte einen Stuhl zurecht und setzte sich und sah ihn mit mißtrauischem Interesse an. Dicht über dem Tisch schob sich das kinnlose Gesicht heran. Unter dem Tisch bumste sein Fuß gegen Hoppes Pappkoffer.

»Ein mieser Koffer is das«, sagte er, »willst du verreisen damit?«

»Ich wollte.«

»Und was is nu?«

»Nun ist nichts, nun bleib ich hier.«

»Kein feiner Tag zum Hierbleiben. Gehörst du auf einen Dampfer?«

»Ja.«

»Und? Warum bist du nicht auf deinem Dampfer?« Er versetzte dem Sägefisch einen Schlag, der Fisch schlug herum, bewegte sich knarrend in den Drähten und pendelte sich aus.

»Hast du deinen Dampfer verpaßt?« fragte er, und, als Hoppe schwieg: »Freu dich nicht zu früh, mein Junge, ich habe viele gekannt, die den Dampfer wechseln wollten und dann glaubten, alles vor sich zu haben. Freu dich nur nicht zu früh.«

Er rückte vom Tisch ab, ging, indem er sich auf Stuhllehnen und Tischkanten stützte, durch die Kneipe zur Ofenecke, wo Hoppes Karton trocknete. Geringschätzig sah er auf den Karton hinab, ungestützt, sein Körper schwankte vor und zurück, neigte sich zur Seite, so daß es aussah, als werde er mit dem Gesicht gegen den heißen Ofen kippen, doch er fiel nicht, fing jedes Schwanken, jede Bewegung, die ihn hinabzog, durch eine heftige Gegenbewegung auf, und plötzlich schlug er seinen rechten Fuß in die durchgeweichte Unterseite des Kartons: die Schuhspitze durchstieß die Pappe, der Karton prallte krachend gegen den Ofen, und unter der Wucht seines eigenen Schlages taumelte der kleine Betrunkene zurück bis zur Theke. Als er mit dem Rücken gegen die Theke stieß, schnellte ein riesiger Arm an den Bierhähnen vorbei, selbsttätig, als ob er zu keinem Körper gehöre, eine Hand schlug in den oberen Rand der Jacke, hob den kleinen Mann schnürend hoch; dann sah Hoppe den Schatten einer anderen Hand, die schnell durch die Luft fuhr und mit der Kante eine Stelle zwischen Hals und Schlüsselbein traf. Der kleine Betrunkene blickte erstaunt, ungläubig. Er lächelte fassungslos, und dies Lächeln stand auf seinem Gesicht, als ihn die Hand, die ihn schnürend festhielt, ruckartig fortstieß. Er drehte sich einmal um sich selbst und sackte über einen Tisch.

»Es tut mir leid«, sagte der Wirt, »ich habe es zu spät gesehen.«

»Der Karton hat ausgedient«, sagte Hoppe.

»Gib Ludi meinen Kognak«, sagte Henrietta. Sie reichte das Kognak-Glas über den Tisch, der Wirt nahm es ihr ab, trug es langsam zu dem schwach stöhnenden Mann, der mit dem Gesicht auf der Tischplatte lag. Hoppe half dem Wirt, Ludi umzudrehen und ihm den Kognak einzuflößen.

»Er ist ein guter Kerl«, sagte der Wirt. »Nur heute hat er seinen schlechten Tag.«

»Soll ich ihn nach Hause bringen?«

»Er ist hier zu Hause.«

Paula schlug den Vorhang zurück und sah erschrocken auf den kleinen Mann. Sein Gesicht war verzerrt, die Lider nicht ganz geschlossen. Ein dünner Speichelfaden floß aus seinem Mund. Schluckend bewegte sich der Adamsapfel den gelblichen Hals hinab. Hoppe spürte, wie sich Paulas Finger um seinen Unterarm schlossen, ihr Erschrecken sich im wachsenden Druck der Finger fortsetzte.

»O Gott, Harry«, sagte sie.

»Ihm geht's gut«, sagte Hoppe, »zumindest nicht schlechter, als es einem in seiner Lage gehen kann. Er kommt gleich wieder zu sich.«

Der Wirt zog den kleinen Mann hoch, strich über die ausgezehrten Wangen, roch an ihm und ließ ihn zufrieden auf den Tisch zurücksinken. Ohne ein Wort kehrte er zu seiner Zeitung hinter der Theke zurück.

»Ich werde bald abgelöst«, sagte Paula leise.

»Um so besser.«

»Wollen wir dann irgendwohin gehen?«

»Sicher. Wohin du willst.«

»Ich freue mich, Harry.«

»Ja.«

Die Tür der Kneipe öffnete sich, sie hörten es nicht, merkten es nur an der Zugluft, die hereinströmte; eine kleine, schmutzige Hand schob sich durch die Filzportiere, nichts als eine Hand, die hastig zwei, drei giftgrüne Papierkügelchen auf den Fußboden der Kneipe schleuderte, Knallerbsen, die mit violetter Stichflamme explodierten. Paula schlich zur Tür, doch bevor sie die Portiere erreicht hatte, wurde die Tür lachend zugeknallt, und sie hörten fliehende Schritte draußen auf der Treppe. Paula kam zurück.

»Es ist schrecklich«, sagte sie.

»Heute ist Silvester«, sagte Hoppe.

»Warum müssen sie nur knallen?«

»Weil es heute erlaubt ist.«

»Ich muß jetzt gehen.«

»Ich warte«, sagte er.

Der kleine Mann mit dem Rattengesicht bewegte sich auf dem Tisch, er hob zuerst die Lider und blinzelte, richtete sich dann auf, lächelte erstaunt in die Runde. Er rieb sich den Hals. Er wischte mit dem Ärmel über den Mund. Zart strich er über den Sägefisch, fauchte ihn freundlich an.

»Fühlst du dich gut?« fragte Henrietta.

»Sehr gut, Henrietta. Woll'n wir ein Spielchen machen?«

»Machen wir ein Spiel.«

»Kein Wort mehr gegen Jankel Bubescu«, sagte er, »der hatte was im Hemd.«

Sie gingen zu einem Spielautomaten, der neben der Glasvitrine hing. In der Vitrine lagen Zigaretten, mit Gurken garnierte Sülzkoteletts, ein angeschnittener Räucheraal, dessen Pelle sich zu krausen begann, Dropsrollen und Tabakpakete. Sie steckten Groschen in den Schlitz des Automaten, drückten einen Hebel herunter, bis es knackte; flirrend drehten sich die Scheiben mit den Zahlen, wurden schneller, bis keine Zahl, kein Trennungsstrich mehr zu erkennen war; ruckartig drückten sie einen Knopf hinein, die Umdrehung der Scheibe wurde langsamer, stieß klickend an und ließ ein Lämpchen aufflammen, und manchmal, wenn das Geräusch des Automaten schon verstummt war, wenn die Stille schon Verlust zu bedeuten schien, Aufforderung und neuen Einsatz, dann erfolgte mit herausfordernder Verzögerung ein Rasseln, ein stoßweises Klimpern, und durch den überdachten Schlitz spuckte ihnen der Automat einige Groschen zurück. Hoppe sah zu, wie sie spielten, hörte Hebel knakken, hörte den nachschwingenden Ton springender Stahlfedern, das Summen der rotierenden Scheiben; er beschloß, ein Spiel zu machen. Doch bevor er noch aufstand, hob der Wirt den Kopf, sah sich um, und da er nur Hoppes Blick fand, sagte er zu ihm von der Theke her: »Das paßt zu diesem Tag.«

»Was? Was ist los?«

»Was hier steht«, sagte der Wirt. »Sie haben ein Schiff gerammt draußen in der Mündung, wieder diese Panamesen mit einem ihrer Tanker; mittendurch und unter Wasser gedrückt und keiner gerettet.«

»Wann war das?« fragte Hoppe.

»Es steht in der neuen Zeitung, morgens im Schneetreiben und in der Dunkelheit ist es passiert. Es war ein Feuerschiff, eins von den alten Reserveschiffen, das unterwegs war zu seinem Liegeplatz. Die Totenliste ist gleich mitgeliefert: die ganze Besatzung, alle elf.«

»Elf?« fragte Hoppe.

»Ihre Namen sind gedruckt. Zwei haben sie aufgefischt, aber sie sind gestorben an Bord von diesem Panamesen.«

Hoppe stand auf, ging an die Theke, nahm schweigend die Zeitung und drehte sie um, und was er zuerst sah, war das Bild seines Schiffes: der hohe Laternenträger in der Mitte, die beiden Masten mit den Wanten, der gestutzte Bugspriet, der das Feuerschiff einem verkümmerten Segler ähnlich machte, und mitschiffs auf der Bordwand, groß und bis zur Wasserlinie hinabgezogen, erkannte er den Namen, las: »Lund II«. Er stand und starrte auf die Zeitung. Er strich mit den Fingern über das Bild, sah das Schiff ruhig an langer Ankerkette dümpeln, dachte: Brodersen, der alte Thieß, sah den Blinkstrahl gleichmäßig durch die Nacht kreisen, hörte Jörgensen von der Makrelenangel am Heck rufen, das Rumpeln der Eisschollen an der Bordwand draußen ...

»Ist was?« fragte der Wirt.

»Nichts«, sagte Hoppe.

Er legte die Zeitung hin, las die halbfett gedruckten Namen der Toten, las: Harry H., 32 Jahre, verheiratet, und dann las er nicht weiter. Er schob die Zeitung dem Wirt zu, die Zeitung rutschte in eine Bierlache, weichte durch, verfärbte sich. Der Wirt hob sie schnell heraus, schwenkte sie hin und her und schüttelte den Kopf. Hoppe ging an seinen

Tisch zurück, er setzte sich, er kramte aus der Hosentasche eine zerknitterte Packung Zigaretten hervor, schnippte eine Zigarette raus, rollte sie auf der Tischplatte grade und steckte sie wieder in die Packung. Er dachte: ›... ich muß eine Zeitung kaufen, die Alte am U-Bahnschacht kann nicht wechseln, zehn Pfennig klein, allein nachlesen ... ‹, hob den Pappkoffer auf den Tisch herauf, ließ nacheinander die Schlösser aufschnappen und senkte den Kopf hinter dem hochgestellten Deckel. Tastend fuhren die Finger am inneren Kofferrand entlang, bohrten sich unter den kreuzweis verschnürten Inhalt: der blaue Pullover, die Strickmütze, glatt und kalt der Wachstuchbeutel mit dem Rasierzeug. Hoppe zerrte den Wachstuchbeutel heraus, legte ihn auf einen Stuhl und schloß den Koffer und stellte ihn unter den Tisch. Bewegungslos saß er da im Dämmer der Kneipe.

»Du«, sagte der kleine Betrunkene, »was ist? Was ist mit dir und einem Spielchen?«

»Jetzt muß ich gehen«, sagte Hoppe.

»Is nichts?«

»Später vielleicht.«

Er zahlte beim Wirt, schob den Wachstuchbeutel in die Manteltasche und holte aus der Ofenecke seinen Karton; eilig bog er die gerissene Pappe über dem Loch zurecht, beklopfte die Unterseite und nahm Koffer und Karton in eine Hand.

»Bis später«, sagte er. Der Wirt nickte.

Draußen streute ein schnurrbärtiger Invalide Asche auf die Zementstufen der Kneipe, Hoppe wartete, beobachtete, wie der böige Wind die Asche in kleinen Fahnen von der Schaufel riß, hörte den knirschenden Schritt des Invaliden, der sorgfältig, ohne ihn zu beachten, weiterstreute, und während er wartete, spürte er, wie die kalte Luft stechend seine bloßen Zahnhälse traf. Die letzte Schaufel Asche stäubte über Hoppes Schuhe, der Invalide drehte sich um, warf die Schaufel in den Marmeladeneimer und stieg knirschend die Stufen hinauf. Hoppe stieg ihm nach. Als er oben auf der Treppe war, hörte er seinen Namen. Paula stand vor der Tür, zusammengekrümmt unter einem Kälteschauer. Schnell kam sie herauf, blieb eine Stufe unter ihm und blickte ihn an.

»Gehst du schon?« fragte sie.

»Ich komme zurück.«

»Wann?«

»Gleich, Paula. Geh wieder hinein.«

»Ich muß dich sprechen, Harry.«

»Ich weiß. Es dauert nicht lange.«

Er ging die Straße zurück, die er gekommen war, vorbei an Buden und Kneipen, an Jungmühlen, schäbigen Varietés, vor denen jetzt goldbetreßt, die breiten Hände in Fingerhandschuhe gezwängt, stramme Portiers standen. Weiter an kleinrädrigen Wagen vorbei, alten Zirkuswagen, in denen Liebesratgeber und Würstchen verkauft wurden, vorbei an dem durchhängenden Catcherzelt, das der Wind schüttelte, zum U-Bahnschacht. Er gab der gedrungenen Zeitungsfrau einen Groschen, zog unter einer Persenning, die schützend über den Klapphocker gedeckt war, eine Zeitung hervor und trat hinter eine Betonwand. Er schlug die Zeitung auseinander. Er suchte das Bild seines Schiffes, und während er suchte, glaubte er, daß alle Vorübergehenden ihn ansahen, alle Gesichter sich aus ihren Vermummungen hoben, argwöhnisch, starr vor heimlichem Verdacht und heimlicher Vermutung. Hoppe faltete die Zeitung wieder zusammen und schob sie in die Brusttasche. Durch die zugigen Anlagen ging er zur Bergstraße, unter schwarznassen Bäumen, an nacktem Gebüsch vorbei, das die Wege flankierte, er ging bis zur bröckeligen Mauer, als ihm zwei Kinder den Weg verstellten.

»Du mußt uns helfen«, sagte ein Junge.

»Ich habe keine Zeit«, sagte Hoppe.

»Wir spielen Volltreffer«, sagte der Junge.

»Dann spielt weiter.«

»Wir können nicht weiterspielen«, sagte der Junge, »Rudi fehlt. Seit dem letzten Volltreffer ist er weg. Wir suchen ihn schon zwei Stunden, aber keiner kann ihn finden.«

»Das kann vorkommen«, sagte Hoppe, und er drängte die dreckigen Kinder zur Seite, ging die Straße hinab und wieder zur Pier, wieder in den Windschatten der grünen Zollbude. Der Mann mit der Säge war verschwunden. Hoppe setzte das Gepäck ab, lehnte sich mit der Schulter gegen die Budenwand und zog die Zeitung heraus. Und er las alles noch einmal; noch einmal sah er das angedunkelte Bild seines Schiffes, den gekappten Bugspriet, der ihn immer an das abgeschnittene Horn eines Hornfischs erinnerte ... hörte ihre Stimmen, Brodersens Stimme, Jörgensens Stimme ... verfolgte das kreisende Licht über dem grün aufschimmernden Wasser ... die Schatten nachts aufkommender Schiffe ... draußen vor den wandernden Bänken, an langer Kette am Minenzwangsweg ... las und las: Harry H., 32 Jahre, verheiratet. Er dachte an Anne, dachte: ›Jetzt wird Evers bei ihr sitzen mit Bügelfalten und warmer Anteilnahme, wird ihr schonend beibringen, daß ihr Mann, einer unserer Besten, einem Unglücksfall zum Opfer fiel – Kontorvorsteher Evers mit gutsitzendem Kummer, Kummer nach Maß, ja ihr Mann war einer der Besten, und wir werden helfen, wo zu helfen ist, sein Andenken in Ehren halten.‹

Hoppe blickte über den Strom: Wind und Schnee, er blickte hinab auf die treibenden Eisschollen, knüllte die Zeitung zusammen und warf sie in den Strom. Er steckte sich eine Zigarette an. Er lehnte rauchend an der fensterlosen Bude, sah sich plötzlich um, trat aus dem Windschatten heraus und spähte die Pier hinab, musterte die Luken der

Speicher, stand und lauschte auf das schleifende Geräusch einer fernen Straßenbahn; dann trat er zurück, hob ohne Zögern den Karton an und ließ ihn knapp neben der Pier zwischen die Eisschollen fallen: ein tiefes »Wumm« drang zu ihm herauf, ein Laut wie ein tiefes zufriedenes Aufseufzen. Ruhig ergriff er den Pappkoffer, führte ihn nach hinten, diskusgleich, schnellte aus der Hüfte hervor und schleuderte den Koffer mit verlängertem Armschwung auf den Strom hinaus. Der Koffer traf eine Eisscholle, schrammte über sie hinweg und rutschte ins offene Wasser. Er sank nicht. Er sog sich mit Wasser voll und trieb, eingeklemmt von Eisschollen, den Strom hinab. Hoppe wartete, bis Koffer und Karton hinter dem weißen Gitter des Schneetreibens verschwunden waren, dann schnippte er die Kippe der Zigarette fort und ging langsam durch das Schneetreiben zur Stadt hinauf.

1958

Silvester-Unfall

Träge hockte sie neben der schwach leuchtenden Tischlampe, das Gesicht auf die Tür zur Küche gerichtet. Sie hörte ihn in der Küche hin und her gehen, hörte ihn in erzwungener Fröhlichkeit mit sich selbst reden – wobei sie spürte, daß alles, was er vor sich hinredete, für sie bestimmt war –, und während sie horchend dahockte, in dem großgeblümten Kittel, mit den massigen Schultern und ihrer trägen Verzweiflung, dachte sie, daß es sein letztes Silvester war. Das Licht der Lampe schnitt einen Halbbogen aus ihrem Körper heraus, erhellte eine Hälfte des knolligen, kartoffelartigen Gesichts, des schlaffen Halses; das Licht fiel auf die linke Seite ihres formlosen Körpers, auf die lose im Schoß ruhenden Hände und weiter hinab auf die Füße, die in altmodischen, kaum getragenen Schuhen steckten. Sie zuckte zusammen, wenn in der Küche eine Schranktür zuflog, griff forschend nach ihrem Knoten im Nacken, besorgt, daß er sich gelöst haben könnte, und legte die Hände wieder in den Schoß. Sie wartete dort, wo er sie niedergedrückt hatte auf den Hocker, bevor er in die Küche gegangen war: den Rücken gegen die Nähmaschine gelehnt, die geschwollenen Beine auf einer Fußbank, und griffbereit unter der Lampe ein Glas Rotwein, das er ihr als Trost dafür hingestellt hatte, daß sie aus der Küche verbannt war. Die alte Frau rührte das Glas nicht an.

Hinter ihrem Rücken lief das Radio. Die Alte hörte nicht zu; geduldig blickte sie auf die braune Tür zur Küche, hinter der Topfdeckel klappten, Geschirr klirrte, sie horchte auf das heftige Rattern des Wasserhahns, erschauerte, wenn Mummer in gewaltsamer Vergnügtheit seine Selbstgespräche begann, oder legte beschwichtigend einen Ellenbogen über ihre schwere Brust, sobald es in der Küche still wurde. Dann, als sie es nicht vermutete, öffnete er die Tür und trat mit leicht vorgestreckten Händen in den Türrahmen.

Eine warme Essenswolke strömte an Mummer vorbei in die Stube, und er stand da in seinem alten, schäbigen Kellnerfrack: ausgezehrt, schwärzlich im Gesicht, gewaltsam grinsend, ein leichter Mann mit einer Jockey-Figur, alt und doch von unschätzbarem Alter; seine Stirn war schweißbedeckt. Triumphierend sah er die Frau an, rieb die Handrücken am Frack ab; dann ging er tänzelnd auf sie zu, zog sie vom Hocker und bot ihr seinen Arm.

»Ich lasse bitten«, sagte er.

»Rudolf, Rudolf«, sagte die Frau, und auch in ihrer Stimme lag träge Verzweiflung. Sie schlappte an seiner Seite durch die Stube, fühlte das Zittern seines Arms, den kalten Druck des Rings in ihrer Hand, und sie sah, daß auf seinem Gesicht immer noch das gewaltsame Lächeln lag, starr und unverändert, so als sei es hineingeschnitten worden in die schwärzliche Haut seines Gesichts. Zusammen gingen sie in die Küche an den Tisch, den Mummer gedeckt hatte. »Rudolf«, sagte sie, »Rudolf«, sagte es kopfschüttelnd, mit müdem Vorwurf, doch er hörte es nicht, bugsierte sie um den Tisch herum zu ihrem Stuhl wie ein Schlepper, der eine schwerfällige Schute an die Pier drückt.

Mummer legte die Hände auf ihren gewölbten Rücken, zwang sie sanft nieder. Dann trug er das Essen auf den Tisch, das er zubereitet hatte: wiegend den Teller mit geriebenem Meerrettich, in kreisendem Schwung die Schüssel mit den Kartoffeln, die Buttersauce, glasiggelb, und zuletzt fischte er aus einem Topf gedünstete Karpfenstücke, ließ sie abtropfen und packte sie triumphierend auf angewärmte Teller. Eifrig bediente, versorgte er sie, mit dem berufsmäßigen Eifer und dem Handtuch über dem Arm, so wie er vor ihr die halbe Welt bedient hatte: die von der Seeluft ewig hungrigen Passagiere der »Patria«, die Besucher der Zoo-Gaststätten, jahrelang, später die wissensdurstigen Kunden im Landungsbrücken-Restaurant, und nach dem Krieg, als sie ihn in den Wartesaal holten, die ungeduldigen Reisenden, denen er mit Eifer und Handtuch Heißgetränke servierte, gestowte Rüben. Lässig setzte er die Teller mit den Karpfenstücken auf den Tisch. Es waren die flach aufgeschnittenen Kopfstücke, von denen eine dünne Dampfwolke hochstieg. Die Augen waren geronnen, quollen weißlich hervor; das Maul war offen wie in grinsender Gier, die Haut des Fisches hatte eine blaßblaue Färbung. Die Frau starrte auf ihr Kopfstück, an dem Gewürznelken klebten, Pfefferkörner, sie glaubte, durch den Dampf das Kopfstück grinsen zu sehen, und sie hob die Hände auf den Tisch und schob den Teller behutsam von sich fort. Mummer merkte es nicht, er entkorkte eine Weinflasche, füllte die Gläser und lächelte triumphierend und hob sein Glas: »Auf unser Silvester, Lucie.«

»Rudolf«, sagte sie. Sie tranken und sahen sich dabei an.

»Ich sollte eine Rede halten«, sagte er.

»Nicht, jetzt nicht.«

»Eine Rede auf unsern Silvesterkarpfen.«

»Tu es nicht, Rudolf.«

»Ich sollte sagen, daß das Alter des Karpfens nach Sommern gerechnet wird, daß er aber nur im Winter schmeckt.«

»Ja, ja.«

»– und daß es im Winter keinen Tag gibt, an dem der Karpfen so schmeckt wie an Silvester.«

»Hör auf«, sagte die Frau, »sei endlich still. Ich will vom Sommer nichts wissen und nichts vom Winter. Von mir aus können sie alle Karpfen zu Seife machen.«

Heftig schob sie ihren Teller noch weiter über den Tisch, nah zu ihm hin.

»Es ist Silvester«, sagte er.

»Ja, … ja, ich weiß, ich seh es dir an, daß Silvester ist. Du siehst aus wie Silvester persönlich.«

Zum ersten Mal verschwand das gewaltsame Lächeln auf seinem Gesicht, er saß jetzt gekrümmt da, die knochigen Handgelenke gegen die Tischkante gestützt, den Blick auf den ziehenden Dampf gerichtet, der aus den Fischstücken hochstieg. Er fror. Er nahm einen Schluck aus seinem Glas, stand auf und trat schräg hinter ihren Stuhl, in der Haltung, in der er sein Leben lang schräg hinter Stühlen gestanden hatte: höflich, erwartungsvoll und bereit. Und da der massige Rücken sich nicht bewegte, das knochige Gesicht sich nicht umwandte zu ihm, ging er dicht an die Frau heran, beugte sich so weit über den Tisch, bis sie ihn bemerkte, und dann sagte er, als wollte er sie auf die Spezialität des Hauses aufmerksam machen: »Ich weiß, Lucie, ich weiß, daß sie mir höchstens noch ein halbes Jahr geben. Sie haben es mir nicht gesagt, ich habe es erfahren, zufällig … Aber ich werde ihnen zeigen, daß sie sich verschätzt haben; ich werde es bestimmt bis zum Herbst schaffen, Lucie, bis zum zweiten Oktober … Wenn ich fünfundsechzig bin, bekommen wir von der Versicherung das ganze Geld … dann müssen die blechen und voll auszahlen. Vielleicht denken sie, daß sie mit der Hälfte wegkommen, wenn ich vor dem fünfundsechzigsten sterbe … aber diesen Gefallen tue ich ihnen nicht … Ich werde es schaffen, Lucie … du kannst dich auf mich verlassen … Ich werde ihnen nicht die Freude machen, dir nur die Hälfte auszuzahlen … diese Schakale in ihren Glashäusern … »

Über ihnen wurde die Spülung eines Klosetts gezogen, rauschend schoß das Wasser durch die Rohre, es gluckerte in der Wand, dann schlug eine Tür zu, und es war wieder still. Draußen war es dunkel geworden. Das Schneetreiben und der Wind hatten nachgelassen. Schwarz und schlaff stand das Catcherzelt auf dem Ruinenplatz, wie ein Segel, ein Segel der Nacht, das keinen Wind fand.

»Glaub mir, Lucie, ich schaffe es.«

»Klar«, sagte die Frau, »was denn sonst.«

Sie betastete den Knoten, zu dem ihr dünnes Haar im Nacken zusammengesteckt war, strich den Kittel glatt und angelte sich von der anderen Tischseite den Teller mit dem Karpfenkopf; munter krümelte sie Meerrettich auf ihren Teller, packte Kartoffeln auf; goß glasige Buttersauce über das Karpfenstück, alles mit heiterer Ungeduld, kleine Zischlaute ausstoßend, und als sie fertig war, sah sie ihn verwundert an, weil er immer noch schräg hinter ihrem Stuhl stand, in der Haltung höflicher Bereitschaft. Jetzt erschien ein unsicheres Lächeln auf seinem Gesicht, er verbeugte sich, ging schnell zu seinem Stuhl und füllte ebenfalls seinen Teller.

»Hoffentlich schmeckt der Fisch«, sagte er.

»An solchem Tag muß er schmecken.«

Sie aßen, sahen sich immer wieder an; die alte Frau schnaufte, stieß Zischlaute des Behagens aus, nickte in nachsichtiger Anerkennung. Er trank ihr zu, steif; wortlos, mit vorgeneigtem Oberkörper, wie sie sich auf dem Schnelldampfer »Patria« zugetrunken hatten. Die Frau räumte die Backen des Fischkopfes aus, nahm den Kopf und belutschte ihn gewissenhaft und wischte die klebrigen Finger am Kittel ab.

Plötzlich wandten beide gleichzeitig das Gesicht zur Tür, schnell, erschrocken, sahen dorthin, ohne etwas vernommen zu haben, in dem geheimen, blitzschnellen Einverständnis, mit dem Vögel gleichzeitig auffliegen, und sie erblickten einen jungen Mann an der Tür, der lässig dalehnte, blond, schmalbrüstig, eine Zigarette schräg übers Kinn und die Arme vor der Brust verschränkt.

»Oh, Ben«, sagte die Frau, »warum mußt du immer so leise gehen? Warum mußt du uns immer erschrecken? Wer soll dir das nur abgewöhnen?«

»Ein Schleicher ist er«, sagte Mummer.

»Kann man noch was zu essen kriegen?« fragte Ben.

»Ich denke, du hast gegessen.«

»Nur Brot, keinen Karpfen. Ruth wird sicher auch gleich kommen, ich traf sie unten am Zelt.«

»Dann sind alle beisammen«, sagte die Frau.

Ben kniff die Zigarette über dem Ausguß aus, hängte schweigend sein Jackett über die Stuhllehne, beobachtete seinen Vater, der ein Karpfenstück aus dem Topf fischte, es schwungvoll servierte und schräg hinter Bens Stuhl stehenblieb; und nachdem er einen Augenblick dort gestanden hatte, sagte er: »Mehr gibt's nicht. Iß langsam, damit du etwas davon hast.«

Während Ben aß, leerte er den Grätenteller, goß der Frau Wein ein, stellte noch einen sauberen Teller auf den Tisch und legte einige Stücke auf, die er bereits auf seinem Teller entgrätet hatte.

»Für wen is'n das?« fragte Ben.

»Für deine Schwester«, sagte Mummer.

»Ich denke, Ruth hat schon gegessen.«

»Satt wird man nur zu Hause.«

Er stellte den Teller auf die Herdplatte, deckte einen Aluminiumdeckel über ihn. Dann ging er ans Fenster, stemmte beide Arme gegen die feuchten Wände und sah hinab in die schwarze Schlucht des Hofes, der zur Straße hin offen war und in den Ruinenplatz überging, auf dem das Catcherzelt stand. Die elektrischen Bogenlampen über der Straße blinkten jetzt klar und kalt. Im Raum unter der Küche begann ein Grammophon zu spielen, durch den Fußboden, den Linoleumbelag hindurch hörten sie die Stimme des Sängers, der darüber klagte, daß die Sterne zu weit sind, zu weit ... Er fand keinen Trost für die Entfernung, seine Stimme wand sich in melodiöser Qual und konnte auch zum Schluß nichts Angenehmeres mitteilen, als daß die Sterne zu weit sind, zu weit. Vom Flur her erklangen Schritte, gingen vorüber, Schlüssel klimperten, eine Tür schnappte auf und fiel zu.

»Ruth«, sagte Ben, »jetzt ist sie nach Hause gekommen.«

In diesem Augenblick trat Ruth in die Küche. Sie war siebzehn, hochhüftig, ihr Körper schmächtig; das hübsche Gesicht unter dem verstrubbelten Haar hatte etwas Verstohlenes und Räuberisches, einen Ausdruck von versteckter Wachsamkeit. Sie trug einen roten, sackförmigen Pullover, schwarze Hosen, die eng an den Schenkeln saßen, über den Knien ausgebeutelt waren, und ihre Füße steckten in schiefhackig gelatschten Wildlederschuhen. Erschöpft ließ sie sich mit dem Rücken gegen die Wand fallen, pustete mit vorgeschobener Unterlippe über ihr Gesicht, kam dann schlaksig näher.

»Auf dem Herd steht ein Teller für dich«, sagte Mummer.

»Karpfen, ich weiß. Man riecht es schon im Hausflur. Na, du herrlicher Bruder? Schmeckt es? Dann will ich dich nicht allein essen lassen.«

Sie setzte sich an den Tisch, wollte wieder aufstehen, um den Teller zu holen, doch da war Mummer schon am Herd: flink, mit lächelndem Eifer bediente er Ruth, brachte den Meerrettich in ihre Nähe, die Buttersauce, auf der jetzt gelbliche Flocken schwammen, ging hin und her hinter ihrem Stuhl, schenkte ein Glas halbvoll ein, wedelte mit dem Handtuch Krümel vom Tisch. Unten erfolgte eine Explosion am Catcherzelt, hart wie ein Hammerschlag. Die Fenster klirrten leise. Sie beachteten die Explosion nicht, hoben nicht einmal den Kopf; schweigend aßen sie zu Ende, tranken die Gläser aus, während Mummer sie unaufhörlich, mit lächelnder Beflissenheit bediente.

Nach dem Essen räumten sie nicht weg, stellten nur die Teller zusammen, warfen die Bestecke in die Kartoffelschüssel und gingen in die Stube. Ruth suchte Musik im Radio, auch aus dem Radio kam die klagende Stimme des Sängers, der aufschluchzend feststellte, daß die Sterne zu weit sind, zu weit. Mummer bugsierte die alte Frau zu ihrem Hocker neben der schwach leuchtenden Tischlampe. Er drückte sie nieder, schob die Fußbank unter ihre geschwollenen Füße, legte das Strickzeug in ihren Schoß. Ben stand unentschlossen an der Tür.

»Was ist denn?« fragte Ruth. »Ich denke, heut ist Silvester.«

»Auf den Tag genau«, sagte Mummer.

»Es sieht aber gar nicht so aus. Es passiert überhaupt nichts ... Ben, merkst du etwas von Silvester bei uns?«

»Ich verzieh mich«, sagte Ben, »weckt mich zur Knallerei.«

»Nein, bleib hier, wir werden irgendwas machen. Wir können doch nicht so sitzen und warten, bis es zwölf ist. Silvester ist doch nicht zum Warten da, oder?«

»Mach'n Vorschlag«, sagte Ben.

»In einer Stunde spricht der Kanzler«, sagte Mummer.

»Wer?« fragte Ruth.

»Ihr könntet Blei gießen«, sagte die Frau.

Sie beschlossen, Blei zu gießen. Ben sägte in der Küche von einem Bleirohr schmale Scheiben herunter, schnitt die Scheiben mit dem Messer kaputt, während Ruth eine Schüssel mit Wasser, ein Licht und einen alten Löffel in die Stube brachte. Sie setzten sich auf den Boden zu Füßen der alten Frau, auch Mummer in seinem schäbigen Kellnerfrack setzte sich und zündete das Talglicht an; flackernd warf das Licht ihre vagen Schatten an die Wand, auf ovale Familienbilder, einen gerahmten Ehrenbrief, auf den farbigen Druck des Schnelldampfers »Patria« – ließ die abgesägten, scharfkantigen Bleistücke an den Schnittflächen aufblitzen, als Ben eine Handvoll auf den Sisalteppich rollte; dann legte

Ruth den Löffel neben das Blei und zog ihre Hand schnell zurück.

»Und was kommt jetzt?« fragte sie.

»Der Anfang«, sagte Mummer.

»Ich fange nicht an.«

»Einer muß anfangen.«

»Ben.«

»Und wer erklärt uns das Zeug?« fragte Ben.

»Mutter kann das am besten«, sagte Ruth.

Ben nickte, nahm den Löffel, legte stumm zwei Bleistücke hinein und führte den Löffel in die Flammenspitze; rußend schlug die Flamme hoch, flackerte, leckte in den Löffel hinein, beruhigte sich endlich. Lautlos warteten sie, beobachteten, wie die Bleiklümpchen zusammensackten und wie unter der stumpfen Kruste eine glänzende Zunge hervorkam, sehr langsam und zuckend. Die Alte nahm die Nickelbrille ab, die sie zum Stricken aufgesetzt hatte, und legte einen Ellenbogen auf ihre schwere Brust. Ruth setzte sich auf die Hände, drückte die Zähne in ihre Unterlippe; Mummer rührte sich nicht. Taxierend blickte Ben auf die Schüssel, die bis zum Rand mit Wasser gefüllt war, versicherte sich, daß sie nah genug stand. Seine Hand zitterte, das flüssige Blei schwappte leicht in der Mitte des Löffels, rann vollends unter der stumpf-schimmligen Haut hervor und sah jetzt glatt aus und glänzend.

Er fühlte die Hitze im Löffelstiel, einen brennenden Druck, sein Mund verzog sich, die Lippen schoben sich vor, als wollte er über das flüssige Blei blasen, aber er hielt den Löffel, hielt alles, was glänzend in ihm schimmerte: das Metall und seine Erwartung und das, was die Alte für ihn herauslesen würde – so lange, bis auch das meiste von der Kruste weggeschmolzen war. Da ließ er den Löffel seitwärts abkippen, steil, wie ein getroffenes Flugzeug abkippt; zischend plumpste das Blei in die Schüssel, klirrte am

Grund, und noch einmal zischte es, als Ben den Löffel hinterherwarf. Er atmete auf, schlenkerte seine Hand und steckte nacheinander die Fingerkuppen in den Mund. Mummer und Ruth beugten sich über die Schüssel, blickten auf den Grund, auf ein blankes Ding, das wie eine Zwischenform zwischen Galgen und Klosett aussah, mit gleichem Recht aber auch wie ein Rückgrat mit großer Schleife. Ohne hinzuschauen sagte Ben: »Hoffentlich lohnt sich das nächste Jahr, sonst kann es meinetwegen gleich ausfallen.«

»Eine Hose mit einem Propeller unten«, sagte Ruth.

»Die will sicher fliegen«, sagte Ben.

»Ben fliegt nach Mallorca«, sagte Ruth.

»Gib mal her«, sagte die Frau, »ich kann es so nicht erkennen.«

Mummer fischte den gegossenen Gegenstand aus der Schüssel, und die Alte drehte und betrachtete ihn sorgfältig unter der Lampe.

»Du mußt achtgeben, Ben«, sagte sie nachdenklich.

»Bei der Flugreise?«

»Hier ist eine Faust, Ben, und dann etwas, was ich nicht erkennen kann. Es ist aber da. Du mußt vorsichtig sein im nächsten Jahr, Ben.« Sie legte das blanke Bleistück auf die Nähmaschine und sah Ben mit einem Ausdruck dringenden Kummers an.

»Jetzt ist Ruth an der Reihe«, sagte Ben.

»Nein«, sagte Ruth, »ich noch nicht, ich zuletzt. Zuerst möchte ich sehen, was ihr gießt.«

»Soll ich?« fragte Mummer, und bevor er noch auf eine Antwort wartete, füllte er den Löffel mit abgesägten Bleistücken und hielt ihn in die Flamme. Triumphierend blickte er um sich, zwinkernd und selbstgewiß.

Sein ausgestreckter Arm bewegte sich nicht, lag vollkommen ruhig da, als ob eine Stockgabel ihn stützte. Verstohlen seinem Blick ausweichend, beobachtete Ruth ihren Vater, wie er dasaß und sich zu schaurigem Triumph zwang, ihnen zuzwinkerte, wobei sein Gesicht sich einseitig verzerrte, gleich einer Maske, die auf jeder Hälfte anders geschnitzt ist, und sie sagte unwillkürlich: »Nein«, hob das Gesicht, streckte die Hand nach dem Löffel aus und fuhr fort: »Ich möchte jetzt gießen, bitte, laß mich jetzt. Man darf doch den Löffel wechseln?«

»Wenn das Blei noch nicht geschmolzen ist«, sagte die Frau.

»Du kommst nach mir dran«, sagte Ruth, nahm Mummer den Löffel ab, ließ das Blei flüssig werden über der unstet brennenden Flamme und goß, goß ein Stück, das aussah wie ein Pudding mit Hörnern. Die Alte drehte und begutachtete das gegossene Bleistück, wendete es feierlich, tastete über die hornartigen Erhebungen: tonlos entschied sie, daß etwas Bestimmtes auf das Mädchen zukomme, etwas, das sich nicht genau erkennen lasse, aber »es ist im Anzug«, sagte sie. Dann ließ sie sich den Löffel reichen, untersuchte auch ihn und stellte fest, daß es Zeit sei, das Bleigießen zu unterbrechen und die Berliner zu essen, die in einer Schüssel im Herd standen.

Mummer trug die Berliner herein, ging von einem zum andern und bot aus der Schüssel an. Der Teig war warm unter der braunen Haut, der Zuckerguß klebte an den Fingern, und wenn sie hineinbissen, quoll Marmelade aus ihren Mündern hervor, beschmierte die Finger, die Mundwinkel. Ben ging in eine dämmrige Ecke, lautlos, mit seinen schleichenden Schritten; er setzte sich in einen Armstuhl und aß und starrte auf seinen Vater, der die Schüssel nicht aus der Hand ließ, eifrig hin und her ging zwischen ihnen und anbot.

»Du solltest dich hinsetzen«, sagte Ben aus der Ecke.

»Es geht gleich wieder los«, sagte Mummer, »nach den Berlinern wird weitergegossen, und zuerst bin ich dran.«

»Wir sollten aufhören damit«, sagte Ben.

»Warum?«

»Weil es langweilig wird. Es ist für jeden was im Anzug, das genügt. Genauer brauchen wir's nicht zu wissen. Mehr ist ungesund.«

»Ist denn im Radio nichts?« fragte Ruth. Sie drehte an den Knöpfen, es knackte, ein schwingender Jaulton drang aus dem Lautsprecher, dann eine raunende Männerstimme. »Wird nur geredet«, sagte Ruth.

»Das ist der Kanzler«, sagte Mummer.

»Wir werden alle Blei gießen«, sagte die alte Frau; sie wischte sich die Krümel vom Kinn, faßte nach ihrem Knoten und ließ in der anderen Hand den Löffel wippen. »Was wir angefangen haben, machen wir zu Ende, solange das Blei reicht.«

Mummer stellte die Schüssel auf die Nähmaschine. Triumphierend ließ er sich neben dem Licht nieder, scharrte einige Bleistücke in den Löffel und hielt sie in die Flamme.

»Da kommt ein Schnelldampfer raus«, sagte Ruth, »zumindest die ›Patria‹.«

Bens Augen glühten in der dämmrigen Ecke, er starrte schweigend auf seinen Vater, auf den leicht zitternden Löffel, über dem die Flamme manchmal zusammenschlug, und er dachte an das, was er wußte, und sprang plötzlich auf, als wollte er in letzter Sekunde etwas verhindern, und sagte: »Hör auf jetzt. Mehr brauchen wir nicht vom neuen Jahr zu wissen. Gib mir den Löffel.«

»Gleich bin ich fertig«, sagte Mummer.

»Das ist alles Quatsch«, sagte Ben.

»Die Kruste ist gleich verschwunden.«

»Wir wollen was anderes machen«, sagte Ben.

»Gleich«, sagte Mummer.

Ben stand dicht neben seinem Alten, sah das schwärzliche Halbprofil seines Gesichts, das knochige Handgelenk, das steif aus den Ärmeln herausragte, und ohne ein Wort oder eine Warnung streckte er seine Hand aus, packte das knochige Gelenk des Alten und zwang es zu sich herüber. Die Flamme richtete sich steil auf, als sich der Löffel, der sie niedergedrückt hatte, unter dem Zwang nach oben hob. Das flüssige Blei schwappte gegen den Löffelrand. Ben spürte den unvermuteten Gegendruck in dem Gelenk, das er gepackt hielt, und mit einem Ruck versuchte er, die Hand, die den Löffel hielt, von der Schüssel wegzuziehen. Das flüssige Blei schwappte über den Löffelrand. Er sah die fallenden silbernen Tropfen. Er hörte das Zischen auf seinem Handrücken, noch bevor er den Schmerz empfand und losließ, was er gepackt hatte. Die Bleitropfen sprangen beim Aufprall flach auseinander, und seine Hand sah aus wie von kleinen silbernen Blättern bedeckt. Und als er in seine Ecke zurückwankte, die Finger in den Unterarm gepreßt, den Mund aufgerissen und stumm vor überwältigendem Schmerz, drang aus dem Radio das Ticken einer Uhr, das die letzten Sekunden des alten Jahres zählte, freigab wie eine Frist zu Abschied und Herausforderung und Vorbereitung, und draußen stiegen gegen die sternlose Schwärze der Nacht Raketen auf, Leuchtkugeln, Heuler und rotierende Sonnen.

»Ben«, rief das Mädchen erschrocken, »oh, Gott, Ben, was ist denn passiert?«

»Das neue Jahr hat begonnen«, sagte die Frau.

1958

Der Mensch auf dem Meeresboden

Die Geschichte, die ich erzählen will, sollte angemessenerweise wortlos erzählt werden – allenfalls im blubbernden, knarrenden, sanft brummenden Dialekt der Fische. Die Geschichte nämlich spielt im Wasser, genauer: im schönen, großen Schweigen, das über dem Meeresgrund liegt, zwischen wallender Unterwasserfauna, lichtlosen Felsschründen, zwischen der ruckartig krabbelnden Meeresspinne und dem glotzäugigen Tintenfisch. Die natürliche Umgangssprache, die hier herrscht, ist Schweigen, und folglich müßte ein angemessener Bericht über diese Welt schweigend gegeben werden ... Da dies aber einstweilen mit Schwierigkeiten verbunden ist, bitte ich um Entschuldigung für den Rückfall in die Sprache. Doch vielleicht kann man heute auch schon ohne Bedenken über diese letzte Welt des Schweigens sprechen; denn so still, so einsam und verschont wie ehedem ist sie nicht mehr. Ja, es spricht sogar einiges dafür, daß die alte Ruhe des Meeresbodens nicht mehr lange bestehen wird.

Mit seinem Hang, immer neue Paradiese der Kurzweil zu entdecken, mußte der Mensch ihn eines Tages annektieren – und diese Annexion ist gerade jetzt in vollem Schwange. Ja, die große Unterwasser-Saison hat angefangen, eine feuchte Passion für den Meeresgrund hat eingesetzt: die neuen Nachbarn im Urlaubsparadies sind Meerbrassen und Muränen ...

Die neue Unterwasserleidenschaft treibt auch bereits seltsame Blüten: In Filmen und Wochenschauen haben wir gesehen, wie man in Florida Modenschauen unter Wasser veranstaltete; wir haben betroffen einem Spaghetti-Wettessen auf dem Meeresgrund zugeschaut; wir waren Zeugen einer Unterwasser-Cocktail-Party und haben verwundert verfolgt, wie man in Neptuns eigener Residenz Delphine zuritt, Karten spielte, sich die Haare schneiden ließ oder sogar die Zähne plombieren ...

Viele Leute, so hat es den Anschein, tun heute, was die kleinköpfigen Reptilien der Vorzeit taten, als sie in die erdgeschichtliche und wohl auch existentielle Kreide gerieten: sie marschierten am Strand auf und gingen nach 50 Millionen Jahren trauriger Landerfahrung zurück ins Wasser, woher sie gekommen waren.

Sie binden den Schnorchel vor, schlüpfen in die Flossen und wedeln in flüssiger Zeitlupenanmut hinab zum fächelnden, gefräßigen, glotzäugigen Vetter ... In der Tat, verfolgt man das flossenreiche Treiben etwa an den Küsten des Mittelmeeres, so hat man gelegentlich den Eindruck, daß sich hier ein organisiertes Heimweh nach dem Mutter-Ozean kundtut, in dessen Wasser die Elemente Natrium, Kalium und Kalzium ja fast in den gleichen Proportionen vorkommen wie im Körper eines Steuerzahlers.

Ja, die Leidenschaft für den Meeresgrund ist allgemein: so etwas wie eine Demokratie unter Wasser kündigt sich an. Wer auf sich hält – oder halten zu müssen glaubt –, macht seine Aufwartung dem naßlockigen Neptun. Und nicht nur dies; schon haben auch die Bürger Neptuns ihre Literatur erhalten: Unterwasser-Leitfäden, Fibeln für Flossenfreunde, Anleitungen zur Unterwasserjagd. Bekennend und erbauend äußert man sich darin über das neue Hoheitsgebiet, erzählt, was man auf dem Meeresgrund zu tun und zu lassen hat: mit einer submarinen Weltanschauung wird das Glück eines Tages vollständig werden.

Nun, auch ich bin in dem feuchten Arkadien gewesen; auch ich fühlte in mir die Elemente Natrium, Kalium und Kalzium nach dem Meerwasser verlangen. Ich wollte, wo kein Untertan, so doch ein Bürger Neptuns werden, und so entdeckte ich eines Tages meine Leidenschaft für den Meeresgrund. Zu meinem Erstaunen wollte sie am gleichen Tag auch meine Frau entdeckt haben, und als Ehepaar mit dem Drang zum Meeresboden im Herzen beschlossen wir, uns auf das neue Elixier schulmäßig vorbereiten zu lassen. Wir fuhren ans Mittelmeer, und da wir beide schon etliche Kurse zur besseren Beherrschung des Lebens hinter uns hatten, meldeten wir uns auch diesmal ohne Zögern zu einem Kursus für Sporttaucher an, der uns für die neue Bürgerschaft zwischen Stachelrochen und Steingrundel präparieren sollte. Ungeduldig warfen wir uns auf das neue Metier.

Meine Ungeduld war begründet: ich hatte gelesen, was William Beebe, der amerikanische Meeresforscher, über das Unterwasser-Panorama gesagt hatte: Jeder Mensch – so hatte er gesagt –, jeder Mensch sollte dafür sorgen, daß er vor seinem Lebensende irgendeinen Apparat bauen, leihen oder stehlen kann, der ihm erlaubt, einen Blick in diese neue Welt zu tun.

Das war eine vielsagende Ermutigung, denn sie ließ viel erwarten. Doch meine Erwartung, all meine Ungeduld in Richtung auf den Meeresboden, wurde schon am ersten Tag gründlich gebremst, und zwar von keinem anderen als dem Tauchlehrer. Unser Tauchlehrer war Signor John Kwiatkowski, ein athletischer, schwermütiger Mann, der manchmal mit so viel träumerischer Verwunderung dastand, als hätten sie ihn gerade in Pompeji ausgegraben und gezwungen, einen Blick in diese Zeit zu tun. Signor Kwiatkowski, wohlgewachsen, ein Italiener, wie er nicht im Buche steht, bremste also mein Verlangen, gleich auf den Meeresgrund zu steigen, indem er feststellte: »Alles – du verstehn – muß haben seine Zeit. Beim Tauchen ist es wie bei der Meditation: man muß sein vorbereitet, du verstehn? Wir müssen uns vorbereiten auf das Geheimnis, wo wir finden unter Wasser. Alles Leben – du verstehn – kommt daher, wo wir hinwollen, aber erst später, nach der Vorbereitung. Als die Tiere an Land kamen vor langer Zeit, sie haben sich umgestellt von

Existenz mit Kiemen auf Existenz mit Lunge. Wir müssen verfahren umgekehrt; bei den Tieren hat es auch gedauert längere Zeit. Also wird es auch bei uns dauern längere Zeit, du verstehn?«

Ich verstand, wenngleich ich nicht wußte, worin die Vorbereitung auf den Meeresgrund bestehen sollte. Ein Schüler, ein Lernender überhaupt, muß ja früher oder später die Erfahrung machen, daß er nicht allein seine Lieblingsfracht laden darf – er muß auch Ballast übernehmen, viel Ballast. Und da ich mir bei einem früheren Kursus, »Die männliche Säuglingsschwester«, so viel Wissensballast erwarb, daß ich gleichsam wider Willen zum Amateur-Biologen wurde, fügte ich mich auch diesmal der Notwendigkeit, Nebenkenntnisse zu erwerben. Meine Frau sagte zwar: »Die wollen uns hier biologisch verändern. Offenbar wollen sie uns zu Gespensterkrebsen machen, die ebenso auf der Erde wie im Wasser leben. Aber nicht mit mir, Fred. Sobald ich Kiemen spüre, klage ich auf Schadensersatz.«

Doch diese Befürchtung erfüllte sich natürlich nicht. Vielmehr lag die Vorbereitung auf das Erlebnis der Unterwasserwelt in den Händen eines gewissen Signor Luigi Luagi, der unsern Kursus für Sporttaucher als Theoretiker betreute. Signor Luagi war ein fanatischer Anhänger des Unterwassersportes, klein, schmächtig, stechäugig und in gewissem Sinne drahtig. Seine Vorträge waren prägnant, und die Art, in der er sprach, glich den Feuerstößen eines älteren MG-Modells. Bereits zwei Stunden nach unserer Einweisung bereitete er uns auf das große Erlebnis des Meeresbodens vor. Er sagte etwa: »Sisisisisi –« und fuhr nach längerer Pause, mit triumphierend zurückgelegtem Kopf, fort: »– früher war für uns die Welt am Ufer des Meeres zu Ende.

Wir begnügten uns mit 145 Millionen Quadratkilometer Festland und hatten wenig oder keine Möglichkeit, die

365 Millionen Quadratkilometer Wasser zu erforschen oder in Besitz zu nehmen. Das hat sich entscheidend geändert. Von Neugier oder aus Interesse getrieben, sind Männer in die Tiefe vorgedrungen, um unsere Kenntnisse von der Welt unter Wasser zu erweitern. Wir haben diese Welt in drei Stockwerke eingeteilt: das Parterre – es reicht vom Grund bis 1000 Meter unter dem Wasserspiegel- nennen wir die bathypelagische Zone, darüber, von 1000 bis 200 Meter Tiefe, liegt die mesopelagische Zone, und von 200 Meter bis zur Oberfläche folgt dann die epipelagische Zone. Die Welt unter Wasser liegt in einer Durchschnittstiefe von 4000 Metern. Sie weist Ebenen auf, Täler, Berge, und wir wissen, daß die tiefsten Abgründe des Meeres tiefer sind als die höchsten Berge des Festlandes hoch.

Zwar gelingt es einem Freitaucher noch nicht, in diese bemerkenswerten Abgründe hineinzukommen – gleichviel: wenn man eine mittlere Betätigungstiefe von 50 bis 60 Meter ansetzt, so steht dem Taucher heute ein Gebiet zur Erforschung offen, das so groß ist wie – sehr groß. Die Wissenschaftler haben bereits mit der Erforschung begonnen, und viele von ihnen tragen einen Taucheranzug: Meeresbiologen, Hydrographen, Ozeanographen, Physiologen, Ernährungskundler, Archäologen und Ingenieure. Auch wir werden eines Tages auf den Meeresgrund hinabsteigen. Doch bis dahin gilt es, noch viel zu lernen.«

So sprach gleich am ersten Tag Signor Luigi Luagi. Die gewissenhafte Vorbereitung auf die neue Welt hatte begonnen. Zwar durften wir am Strand liegen, durften auch über das Wasser blicken, doch tauchen – das durften wir vorerst nicht. Das blieb den älteren Kursusteilnehmern vorbehalten, die wir beim Austauchen beobachteten. Sie begegneten uns mit nachsichtiger Herablassung. Einer unter ihnen – Bosco hieß er – war ledig und Trompeter am Rundfunk. Regelmäßig brachte er meiner Frau etwas von seinen Unterwasser-Expeditionen mit. Meist handelte es sich um Wesen, die ich nicht kannte, doch der tauchende Trompeter ließ uns den ganzen Vorsprung seines Wissens fühlen, indem er etwa ein Mitbringsel so kommentierte: »Das ist eine von den aufregenden Euphansiiden, eine Garnelenart, die das Wasser mit ihren borstenartigen Auswüchsen durchzukämmen pflegt.« Und jedesmal bedankte sich meine Frau so überschwenglich, umfing ihn, der eine stramme, gummidurchwirkte Badehose trug, mit so versonnenem Blick, daß es mich ärgerte. Ob es Pfeilwürmer waren, Krebslarven oder Kieselalgen: meine Frau nahm sie so glücklich entgegen wie eine Halskette, streichelte das Zeug und sah dem Überbringer in der gummidurchwirkten Badehose lange nach. In einer Auswahl hatten wir den getrockneten Meeresgrund schon auf dem Fensterbrett, ohne selbst unten gewesen zu sein. Der Kursus sah das noch nicht vor. Statt dessen rief uns der schöne, schwermütige Tauchlehrer Kwiatkowski zusammen, um uns in die Kunst des Tauchens einzuweihen.

»Wir unterscheiden«, so sagte er, »berufliches Tauchen und sportliches Tauchen, was wir auch nennen ›Nackttauchen‹ – du verstehn? Der berufliche Taucher, der bis 200 Meter arbeitet, er muß haben Tieftauch-Ausrüstung: also Panzer, Luftgenerator, Helm und so weiter. Wir – du verstehn – sind Nackttaucher, darum unsere Ausrüstung ist minimal und nicht sehr teuer. Alles, was wir brauchen, sind: Maske, Atemschlauch, Schwimmflossen und, wenn wir jagen wollen Fisch, wir noch brauchen Harpune und Pfeil.

So wir sind angelangt beim ersten Kapitel, welches ich möchte überschreiben: die Maske. Du verstehn? Um die Augen zu schützen gegen die Reizwirkung des Meerwassers und um nicht betrogen zu werden von Lichtbrechung unter Wasser, der Nackttaucher muß haben eine Maske. Die Maske muß sein wasserdicht und sich bequem – wie sagt man – anschmiegen, ja, an dem Gesicht. Die beste Maske ist die, die man gar nicht merkt, wenn man sie hat aufgesetzt.

So, das zweite Kapitel ich möchte überschreiben: Atemschlauch oder Schnorchel. Schlauch kann sein aus Kunststoff, kann sein aus Aluminium, beide sind gut, Kunststoff ist besser. Jedenfalls sie müssen haben biegsames Mundstück, das man bequem festhalten kann im Mund. Der Schlauch – er muß sich vom Mund abbiegen und dann leicht krümmen. Der Gummiriemen der Maske hält ihn fest, du verstehn?

So, letztes Kapitel der Ausrüstung möchte ich überschreiben: die Schwimmflosse. Ist wichtiges Kapitel. Mit Flossen wir schwimmen so elegant und schnell wie Fisch. Wir können kaufen verschiedene Flossen, Hauptsache, sie sind nicht zu kurz, zweite Hauptsache, sie sind nicht zu lang. Drittens dürfen die Flossen nicht sein zu leicht und viertens nicht zu schwer. Gut ist, wenn die Zehen haben viel Platz. Wenn man sie nicht kann ausstrecken, es gibt einen Krampf. Richtig, ich habe vergessen: die Schwimmflossen sind aus Gummi. Schön, und jetzt wollen wir alle zur Übung anlegen die Ausrüstung für Nackttaucher. Aber langsam, wenn ich bitten darf. Wir haben Zeit.«

Ja, und unter den nachsichtig herablassenden Blicken älterer Kursusteilnehmer begannen wir die Ausrüstung zur Probe anzulegen. Mit Maske, Atemschlauch und Flossen nahmen wir Unterwassereleven ein so befremdliches Aussehen an, daß wir uns kaum wiedererkannten.

»Du siehst aus wie ein alter Sägebarsch«, sagte meine Frau zu mir, während ich in ihr eine dicklippige Meeräsche zu erkennen glaubte. Gleichwohl: die Klarscheiben der Masken richteten sich fast alle zur Küste, aufs Meer hinaus, und ich glaubte das Verlangen zu spüren, die gestaute Ungeduld der Schüler, endlich auf den Meeresgrund zu kommen. Dies Verlangen war so groß, daß wir bereits gereizt waren, und ich hätte für nichts garantiert, wenn nicht der Trompeter dagewesen wäre, der meiner Frau faszinierende Pfeilwürmer, Spinnen und Seegurken mitgebracht hatte.

Das allein versöhnte sie, dieser Vorschuß auf den Meeresgrund. Aber der Drang, der Reiz hielt sich hartnäckig, ja wir hielten es kaum noch aus, als der tauchende Trompeter meiner Frau sein Unterwasser-Tagebuch zur Einsicht anvertraute. Als ich hörte, was dieser Trompeter alles erlebt und empfunden hatte, beschloß ich sogleich, auch ein Tagebuch zu führen.

So notierte Bosco beispielsweise: »Heute zum ersten Male unten. Das Gefühl, unter dem Meer zu sein, ist merkwürdig. Man kommt sich so frei vor, wie ein freier Mensch mit Flügeln. Man ist der sturen Formel der Erdanziehung entronnen. Ein Raum ist durchaus da, ist fühlbar. Eine Spannung und ein unbekanntes Vibrieren erfüllen den Körper. Der Atemschlauch wird das einzige Bindeglied mit der oberen Welt. Man schwebt. Der Körper wird ledig. Ich glaubte, die Trompete von Harry James zu hören ...«

Doch wir waren noch nicht so fortgeschritten wie der Trompeter Bosco. Wir verharrten bei Trockenschulung und Trockentraining und konnten nichts daran ändern, daß unsere Erwartung bis zum Unerträglichen gestaut wurde. Vor dem Originalerlebnis stand die Kenntnis weitläufiger Tauchmethoden – ein Umstand, der mich dahin brachte, die Biographie unseres Lehrers zu ergründen. Nein, er war kein Deutscher; Signor John Kwiatkowski war ein Amerikaner polnischer Abstammung – auf dem Sprung, die italienische Staatsbürgerschaft zu erwerben. Er hatte das Pensum des Kursus entworfen, und wenn auch nicht allein, so doch in Gemeinschaft mit dem fanatischen Unterwassersportler Signor Luigi Luagi. Dieser Luagi hielt es seinerseits für unentbehrlich, uns, bevor wir die schöne Andersartigkeit des Meeresbodens entdecken durften, sogar in die Geschichte der Nackttaucherei einzuweihen. So belehrte er uns beispielsweise folgendermaßen:

»Alles hat seine Geschichte, Damen und Herren, auch die Taucherei. Bereits vor zweieinhalbtausend Jahren berichtet Herodot von dem Taucher Scyllis, der vom Perserkönig Xerxes geheuert wurde, um Wertgegenstände aus gesunkenen Schiffen heraufzuholen. Ferner berichtet Aristoteles von Schwammtauchern, und Thukydides erzählt, wie es den Griechen gelang, die Verteidigungsanlagen von Syrakus im 3. Jahrhundert v. Chr. mit Hilfe von Tauchern zu zerstören.

Früh hat es bereits eine straff organisierte Taucherzunft auf Rhodos gegeben, und einer unserer Kollegen, der böotische Fischer Glaukos, war so erfolgreich, eine gewisse Unsterblichkeit zu erlangen. Viele Beispiele lassen sich finden und zitieren, Sisisi – so etwa die Speerfischerei unter Wasser, die von den Südseeinsulanern seit vielen Jahrhunderten betrieben wird. Die Geschichte der Taucherei ist alt. Jung dagegen ist die sportliche Taucherei, wie wir sie betreiben oder, sagen wir, betreiben wollen. Sie begann vor dem zweiten Weltkrieg. In der Welt gelten als Begründer des modernen Tauchsports die Japaner. In Europa halten wir die Entwicklung dieser Disziplin den Franzosen zugute.

Vier Namen sind es besonders, die wir uns merken sollten, bevor wir auf den Meeresgrund schwimmen: Louis de Corlieu – er entwickelte adorable Schwimmflossen – sodann: Jacques Yves Cousteau, Frederic Dumas und Philippe Taillez. Mit selbsterdachten Flossen, Tauchbrillen und Atemrohren, mit hausgemachten Unterwassergewehren experimentierten sie in der Gegend von Marseille. Alle Herren waren von beträchtlicher Erfindungsgabe. Was wir heute genießen, haben sie unter Entbehrungen erprobt.«

Genossen wir es? Wir sammelten Kenntnisse, leicht eingängige Kenntnisse über die Geologie des Meeresbodens, über Tauchausrüstung und Tauchergeschichte, und selbstverständlich verhehlte man uns nicht die Gefahren, die auf jeden Taucher warten. Diese Gefahren erschienen meiner Frau so abwechslungsreich, daß sie beschloß, sich alle zu notieren und auswendig zu lernen – wenigstens stichwortartig. Und mir fiel – überraschend – die Aufgabe zu, sie abzufragen.

Nachdem man uns sorgfältig mit den Gefahren vertraut gemacht hatte, die auf einen Taucher warten, erläuterte man uns noch den Umgang mit Harpune und Unterwasserkamera, machte uns bekannt mit der Behandlung von Stichen, Stacheln und Wunden, zeigte uns Bilder der häufigsten Fischarten und demonstrierte endlich, was bei der Technik der Unterwasserjagd zu berücksichtigen sei. Damit – und ich fühlte mich durchaus so – waren wir vollkommene Nackttaucher, wenn auch erst auf dem Trocknen. Meine Frau meinte dazu: »Warum nicht? Ein Gefühl für alles ist schon da. Ich fühle mich schon wie eine Makrele im Sandkasten, oder, sagen wir, wie ein Anthropode: du weißt doch, die Gliederfüßler, die vor 350 Millionen Jahren als erste ein Element wechselten. Stell dir vor: die Pioniere, die uns den Weg gewiesen haben und von denen wir lernen – unsere Vorbilder waren Krabben, Hummer und ganz besondere Insekten. Heute garnieren wir diese Vorbilder mit Mayonnaise und essen sie mit Zitrone.«

Doch eines Tages war die Zeit der Vorbereitung vorüber. Wir hatten, wenn auch nicht alles, so doch genug erfahren, und Signor John Kwiatkowski und Signor Luigi Luagi hielten uns für präpariert genug, die Bürgerschaft des Meeresbodens zu erwerben. So führten sie uns an einem späten Vormittag auf die Klippen, unter durchaus bedeutungsvollem Schweigen. Das Meer war ansehnlich, der Ort unserer

Sehnsucht nicht zu erkennen, da Windstärke 1–2 herrschte. Obwohl die Sonne herabbrannte, fröstelten wir leicht – offenbar handelte es sich um vorweggenommene Entzückungsschauer, um die vorzeitige Behexung durch die Unterwasserwelt. Unser Tauchlehrer musterte uns, zählte uns insgeheim ab und mahnte:

»Nun wir wollen zeigen, was wir gelernt haben, du verstehn? Und alle hübsch zusammenbleiben. Wir wollen schwimmen im Kreis.« Damit stieg er ins Wasser, und wir watschelten mit angelegten Flossen, Masken und Schnorcheln hinter ihm her – eine Schulklasse von Arthropoden, die ausgezogen war, ein neues Elixier vorschriftsmäßig zu erobern.

Ein Ruck, und ich schwamm; ich steckte den Kopf unter Wasser. Sanft fächelten die Flossen, hielten den Körper in der Schwebe. Und was ich zuerst sah: es war der tauchende Trompeter, der grinsend auf dem Meeresboden saß und zu meiner Frau heraufwinkte. Ich blickte an ihm vorbei, ich suchte das optische Abenteuer, und da, da war es plötzlich. Und ich empfand es genau wie der Trompeter, der seinem Tagebuch anvertraut hatte: ›Cousteau soll gesagt haben, Tauchen ist der zur Wahrheit gewordene Traum vom Schweben. Der Mann hat recht, zumindest kann man das schwer bestreiten. Das Gefühl des Schwebens kommt einem auf höchst merkwürdige Weise bekannt vor. Es sollte sich doch wohl nicht um eine Ur-Erinnerung handeln? Ähnlich merkwürdig ist das Gefühl, durch ein Gitter von Pfeilen zu schwimmen, Lichtpfeilen, die die Sonne zum Grund schießt.

Diese Strahlenpfeile kommen einem so massiv vor, daß man auf ihr Klirren wartet, wenn man hindurchschwimmt und ein kleines, migräneartiges Ziehen im Kopf spürt. Noch merkwürdiger aber ist die Erfahrung, daß man unter Wasser nicht die Stille findet, die man anzutreffen erwartet hat. Es knackt und knistert, rumpelt und klickt; eine ferne

Eisenbahn, schreiende Kinder am Strand, das Schraubengeräusch eines Dampfers, alles ist zu hören, zumindest noch in gewisser Tiefe zu hören. Das Meer ist die Ursprungssphäre sämtlicher Lebewesen, und wo Leben ist, ist unweigerlich Lärm.

Das ändert nichts daran, daß die Ursprungssphäre sämtlicher Lebewesen eine – wenn man es genau betrachtet – herausfordernde Schönheit besitzt. Es ist die verheißungsvolle Schönheit des Harems, die sich zunächst in den Farben zeigt: da ist persisches Nachtblau und ein bestimmtes Korallenrot, ein vielsagendes Dämmergrün und ein sanftes Violett. Das alles vor phosphoreszierenden Vorhängen: ein unterseeisches Miramar. Das pfeilförmige Seegras fächelt über den Grund, der Tang wallt in müden, sagen wir, in liebesmüden Bewegungen. In der Flossenspur liegen Perlen wie in einem orientalischen Rosengarten. Die Tiefe, die man empfindet, ist die kühle Tiefe von seidigen Kissen. Kurz gesagt: nie war ich einem Harem näher als unter Wasser, und wenn's mit rechten Dingen zugeht, so muß es etwas wie einen submarinen Eros geben.‹

Ja, es war mir ähnlich zumute wie dem Trompeter, sein Tagebuch sagte nicht zuviel. Und als wir schulmäßig im Kreis herumpaddelten und staunend, wie durch einen Vorhang, in diese herausfordernde Welt blickten, merkte ich, wie sich alles unvermutet erweiterte und wie sich ein Gefühl rätselhafter Verlassenheit einstellte. Doch nicht allein Verlassenheit: plötzlich sah ich einen Fisch, und in einer ebenso spontanen wie unkontrollierten Empfindung schwamm ich auf ihn zu und versuchte, ihn am Schwanz zu packen. Irgend etwas soufflierte mir, daß dies möglich sein müßte. Es war das Hochgefühl, die Bezauberung durch das neue Element. Der Fisch hielt nichts davon und entzog sich mir durch einen lässigen Flossenschlag.

Ich wollte ihn verfolgen, doch ein riesiges, fleischfarbenes

Tier schoß auf mich zu und winkte mich nach oben – es war Kwiatkowski. Stumm, vergleichsweise andächtig, zogen wir unsere Kreise und sahen hinab auf ältere Kursusteilnehmer, die einen Kraken ärgerten. Sie bewegten sich so fischgleich, als ob sie nie den Gesetzen der Schwerkraft unterworfen gewesen wären. Wir waren gerade dabei, uns in der neuen Heimstatt umzutun, als ein Geräusch erklang: jaulend und perfide, so daß wir erschreckt auftauchten. Ein Motorboot raste auf uns zu, und wenn ich mich nicht sofort hätte sinken lassen – nie mehr hätte ich einen Friseur nötig gehabt.

So verlief die erste Inspektion in gleicher Weise verwirrend wie glimpflich. Meine Frau bilanzierte, als wir erschöpft am Strand saßen:

»Das reicht mir. Wohin man auch kommt: überall ist schon wer. Der erste Blick auf den Meeresgrund, und wer liegt da? Ein Trompeter!«

»Ich dachte, er sei dir nicht unangenehm«, sagte ich.

»Da unten will ich was anderes erleben«, sagte sie. »Ich hatte mich auf die Stille gefreut. Was muß man erleben? Krach! Ich hatte mich auf die Einsamkeit gefreut. Und was ist? Der ganze Meeresgrund ist bevölkert. Bald werden sie da unten Zeitung lesen und Kaffee kochen. Und außerdem: wenn du hochkommst, um Luft zu holen, macht irgendeine Schiffsschraube Thüringer Mett aus dir. Für mich ist die Unterwasserwelt gestorben.«

Diese frühe Enttäuschung setzte mir zu, trotzdem brachte ich es nicht fertig, sie zu teilen, und den Kursus in einem Augenblick zu verlassen, wo uns der schönste Teil doch erst bevorstand. Ich rief mir noch einmal die ersten Eindrücke von der Unterwasserwelt ins Gedächtnis und beschloß, zu bleiben. Gleichzeitig überlegte ich, wie ich den Unmut meiner Frau dämpfen, wie ich vor allem ihre Neugierde für den Meeresgrund wieder hervorrufen könnte. Ich war keineswegs entzaubert. Nachdem ich gelernt hatte, die herausfordernde Schönheit der Unterwasserwelt zu empfinden – die Farben, das Licht, die Schwerkraftlosigkeit des Körpers –, nahm ich an regelmäßigen Streifzügen teil, auf denen wir die natürlichen Bewohner des Meeresgrundes erkundeten, ihre Arten und Unarten feststellten.

Dabei fanden wir oft Gesellschaft; einem streunenden Maler begegneten wir, der unter Wasser Anregungen suchte, einem Hydrographen, der Wasserproben aus Grotten sammelte, einem jungen Archäologen, der darauf aus war, ein Wrack zu entdecken, aus dem er etliche Amphoren zu bergen hoffte. Zuerst hatten wir noch einige Schwierigkeiten bei der gegenseitigen Vorstellung unter Wasser, später ging es immer besser mit Verbeugung, Händedruck und zeichenhafter Befragung.

Übrigens konnte ich feststellen, daß besonders der deutsche Mensch ein lebhaftes Verlangen zeigte, sich unter Wasser vorzustellen und eine Konversation zu beginnen. Gesellschaftsfreudig waren ebenso Italiener, Franzosen und Dänen, während Engländer auch auf dem Meeresgrund sehr selbstbewußt und einzelgängerisch erschienen. Obschon wir manche Stunde unter Wasser gemeinsam verschweigen ließen, widmeten wir uns doch auch gelegentlich den alteingesessenen Meeresbewohnern. Das heißt: Luigi Luagi charakterisierte in seiner Art Erscheinungsformen und Wesen unserer neuen Nachbarn. So stellte er beispielsweise fest:

»Wohin wir auch gehen, überall sind wir der Nachbarschaft einiger Geschöpfe sicher. Im Wasser erwarten wir die Nachbarschaft der Fische, eine allerdings variationsreiche Nachbarschaft, denn immerhin gibt es weit über dreißigtausend bekannte Arten. Wir haben es allerdings mit weniger Arten zu tun. Die hauptsächlichsten im Mittelmeer sind, mit vielen Unterschieden innerhalb der Familien: Seebarben, Meeräschen, Lippfische, Brassen, Barben, Riffische und Drachenköpfe. Sodann die Familie der Haie, die Familie der Rochen, ferner Krake, Sepia und Kalmar, den Bärenkrebs, die Felsgarnele und die gemeine Sandkrabbe – kurz, es gibt Nachbarschaft genug. Außerdem können wir uns mit den Familien der Seeigel, Seesterne und Muscheln vergnügen. Gebissen kann man von etlichen werden, gestochen eigentlich nur von zweien – wenn man vom Drachenkopf absieht. Das eine, was sticht, ist die kleine Qualle; das andere, allerdings nur beim Auftauchen, die gewöhnliche Wespe. Beide Stiche sind ohne weiteres zu ertragen.

Doch zurück zu den Fischen: das, Damen und Herren, was wie Schwärme von silbernen Zigarren über den Grund zieht, sind Meeräschen. Sie sind ständig in Bewegung, und deshalb ist es so schwer, sie zu jagen. Der günstigste Augenblick ist, wenn sie den Kopf zum Futtern in den Sand stekken. Meeräschen haben viel Kraft und schmecken gut. Was manchmal grün schimmert, manchmal blau und manchmal sogar gelb, schmeckt weniger gut, ist aber genauso schwer zu jagen: ich meine den Lippfisch. Er lebt in Höhlen, Spalten und Felslöchern, darum kostet er manchen verbogenen Pfeil oder zerspellten Dreizack. Bei den Brassen hingegen, die in Familien auftreten und bei denen die großen Exemplare die Funktion von Gouvernanten haben, hat man kaum Glück; es sei denn, man versucht, den letzten Fisch zu schießen. Anders verhalten sich Barsche. Sie denken nicht daran, zu fliehen, bleiben, wo sie sind, und glotzen. Trotzdem ist der Barsch schwer zu erjagen, weil er sich fortwährend und unmerklich bewegt. Ganz uninteressant ist die Jagd auf den Drachenkopf, ein Biest mit Höckern, Beulen und knöchernem Maul. Ihn bekommt man fast immer – nur seine Stacheln sind giftig!

Spaß, viel Spaß, Damen und Herren, finden Sie beim Spiel mit Kraken. Kraken sind ängstlich, und wenn sie keine Möglichkeit zur Flucht haben, blasen sie sich auf, winden und biegen sich, um einen Eindruck von besonderer Fürchterlichkeit hervorzurufen. In solchem Augenblick möchte der Krake sagen: alle Geschichten, die du über mich gehört hast, sind wahr. Sie sind natürlich nicht wahr. Gekocht schmeckt sein Fleisch exzellent, gebraten nicht weniger gut.«

Und er fuhr fort, uns die Eigentümlichkeiten fast aller Fische zu erzählen, auf die wir eines Tages hätten stoßen können. Das gehörte zum Pensum des Kursus und erwies sich später als vollkommen platonisches Wissen, denn natürlich hatten sich die Fische von den Tauch-Eleven längst zurückgezogen. Meine Frau hörte dieser ichthyologischen Schnellaufklärung mit schweigender Erbitterung zu, und nach Luagis Vortrag stellte sie fest: »Da wollt ihr ein sogenanntes Paradies erobern, und was macht ihr? Ihr nehmt eure Harpunen mit und ballert los. Allenfalls laßt ihr euch nachher noch mit der Beute photographieren. Und dann? Auch im Körper der Fische sind die Elemente Natrium, Kalium und Kalzium enthalten. Das sollte euch doch zu denken geben. Wenn ihr die Fische eßt – gut. Aber wenn ihr nur Zielübungen machen wollt: es gibt so viele Leute unter Wasser, die sich dafür eignen. Bring mir doch mal einen durchwachsenen jungen Mann.«

Insgeheim mußte ich ihr recht geben, doch da die Krönung des Tauchsports in der Jagd auf den Fisch liegt – zumindest glaubte ich das damals –, suchte ich meiner Frau zu beweisen, daß die Unterwasserjagd vieles für sich habe und daß man durchaus obligate Risiken laufen kann. Nach allen Vorstufen wollte ich mich nicht um den Inbegriff des Abenteuers bringen lassen. Ich wollte lernen, dem Fisch in jedem Fall nachzustellen. Ich hatte genug erfahren, und unter den mißbilligenden Blicken meiner Frau nahm ich Flossen, Maske und Harpune und zog los, um das Königsgefühl des Tauchsports zu erleben.

Ich kletterte auf einen mit Brandungsschaum bedeckten

Felsen, legte die Ausrüstung an und ließ mich langsam ins Wasser. Die Wellen stießen mich hin und her, schubsten mich gegen einen Felsen, manchmal warfen sie mich in einen Wirbel von Luftblasen und Schaum. Es war nicht leicht, Luft zu bekommen, doch als ich endlich Luft hatte, tauchte ich mit gespannter Federharpune und strich neben den Felsen zu einer Bucht hinüber.

Über dem Grund war das Wasser ruhiger. Ich sah kleine fingerlange Fische, die nervös hin- und herzuckten; ich sah mitunter auch einen Schatten, der, als ich näherkam, in einer Felsspalte verschwand. Oben am Strand wußte ich ältere Kursusteilnehmer, die rauchend dastanden und darauf warteten, ihren Spott an den Mann zu bringen. Ich nahm mir vor, es ihnen nicht allzu leicht zu machen, und nachdem ich Luft geholt hatte, ging ich wieder runter und streifte nach einer Beute. Und vor einem sanft wallenden Tangfeld erschrak ich plötzlich, es war ein glückliches Erschrecken, denn ich entdeckte, halb unter dem Tang, einen Flachfisch, wie ich ihn nie zuvor gesehen hatte.

Zuerst hielt ich ihn für eine riesige Scholle oder eine riesige Seezunge, aber das Interesse für die Gattung wurde sofort zurückgedrängt durch das Fieber der Jagd. Versunken in einer Art Unterwasser-Meditation lag der Fisch da. Er kehrte mir überraschenderweise die weiße Seite zu, was mich wunderte. Dann aber sagte ich mir, daß vielleicht alle Flachfische ihre weiße Seite nach oben kehren, wenn sie zu meditieren anfangen. Es bedeutete mir nicht viel, und ich eröffnete – wie man sagt – den Angriff. Tadellos, mit beinah ausgestrecktem Arm, den Ellenbogen leicht angewinkelt, glitt ich auf den Fisch zu – so vorschriftsmäßig, daß Signor Kwiatkowski seine Freude gehabt hätte, und ich dachte an die höhnisch wartenden älteren Kursusteilnehmer am Strand. Wie würden die sich wundern! Sicher, gelegentlich hatte einer von ihnen einen Fisch mit heraufgebracht – aber was waren das schon für Fische! Daumenlange Drachenköpfe, verschüchterte Jungkraken oder einen unmündigen Lippfisch.

Ich stellte mir schon den schweigenden Triumph vor, den ich genießen würde, wenn ich ihnen den riesigen Flachfisch vorweisen könnte. Mit vorgestrecktem Arm zielte ich auf den Fisch, schwamm näher, schwamm heran, bis die Pfeilspitze einen Meter über ihm war: da drückte ich ab. Der Pfeil schlug in das weiße Etwas, und ich stieß, die Leine und den Pfeil und die Beute hinter mir herziehend, nach oben, weil ich kaum noch Luft hatte. Durch die Brandung schwamm ich zu den Felsen. Die älteren Kursusteilnehmer kamen heran, halfen mir, herauszusteigen. Überlegen und wortlos zeigte ich auf die straffe Schnur. Meine Frau holte sie ein, und plötzlich hörte ich sie sagen: »Das ist doch die ›Times‹. Ja, sicher – wahrscheinlich eine Unter-Wasser-Ausgabe. Scheint aber schon älter zu sein, denn hier steht noch was von der Suez-Krise. Immerhin, sauber getroffen, ein Blattschuß in jeder Hinsicht.«

In der Tat, die erste Beute, die ich harpunierte, war ein altes Exemplar der ›Times‹, das offenbar ein englischer Unterwasserjäger verloren hatte. Immerhin hatte dieses Blatt ausgereicht, um mir ein Gefühl der Hochstimmung zu vermitteln, wie man sie nur bei der Jagd über den Meeresboden erlebt. Abgesehen von allem ist die ›Times‹ ja doch ein gutes, ein durchaus lesenswertes Blatt. Ich sah keinen Grund zu übermäßiger Enttäuschung.

Und später, nicht einmal sehr viel später, konnte ich auch die erste Beute vorweisen – einen Tintenfisch, der mich so auffällig umspielte, als wollte er auf sich aufmerksam machen. Ich harpunierte ihn zufriedenstellend. Manchmal denke ich, er war krank oder litt an Depressionen. Doch dann, allmählich, entdeckte ich ein ganz neues – vielleicht auch ganz altes – Verhältnis zur Unterwasserwelt.

Als ich es meiner Frau zu erklären versuchte, meinte sie

mit all ihrem praktischen Sinn: »Laß mal: das ist die zweite Kindheit, in der das Mutter-Meer entdeckt wird. Das Meer ist nun eben mal fruchtbarer als die Erde, fruchtbarer und verehrungswürdiger. Hier hat alles seinen Anfang genommen. Hier wurde die Magie des Chlorophylls entwickelt. Hier haben sich die Einzeller spezialisiert. Hier haben die Fluten die ersten Gewächse gewiegt. Vielleicht handelt es sich bei dir um eine Art vorgeburtlicher Erinnerung – und nicht allein bei dir. Vielleicht ist diese ganze Leidenschaft für den Meeresgrund ein Zeichen legitimer Infantilität: Heimweh nach nasser, gelegentlich besonnter Vergangenheit.«

Merkwürdig, wie sich die Erde allmählich abgekühlt hatte – wobei ihre Granitrinde entstand –, so kühlte sich auch die Unterwasserleidenschaft meiner Frau ab. Meine aber blieb. Ich wurde ein alter Kursusteilnehmer, der auf die Neuen, die das Trockentraining aufnahmen, mit der gebotenen Nachsicht blickte. Ich durfte, wenn Not am Mann war, sogar Signor Kwiatkowski vertreten, einmal auch Luigi Luagi. Ich genoß die Anerkennung von Luagi, der mich jedesmal heftig umarmte, und von Signor Kwiatkowski, der mir in träumerischer Dankbarkeit zunickte.

Unbeirrt gab ich mich meiner Hilfstätigkeit hin, und wer weiß, was aus mir geworden wäre, wenn mich nicht eines Tages eine ganz bestimmte Skepsis ereilt hätte. Bedenken stellten sich ein, als an einem Wochenende Autobusse aus Bebra, aus Xanten und Flensburg zu uns kamen, für deren Insassen ich Unterwasserausflüge veranstalten sollte. Autoreifen-, Kunsthonigfabrikanten schickten uns ihre Belegschaften, die ich bei gemeinsamen Spaziergängen auf dem Meeresgrund zu betreuen hatte. Immer mehr wurden es; Schulklassen erschienen und Meisterschulen für Mode, eine Gruppe von Zöllnern erschien, und als dann ein deutscher Architektenstab kam, um zu prüfen, ob man unter Wasser ein Hotel bauen könnte – alles aus widerstandsfähigem, durchsichtigem Glas –, ja, als die Architekten kamen, da wurde ich skeptisch.

Meine Frau unterstützte diese Skepsis, indem sie ein submarines Schreckenspanorama für die Zukunft entwarf. Sie meinte: »Das Beste steht uns noch bevor. Jetzt wird das Meer erst richtig entdeckt. Es wird nicht mehr lange dauern, dann werden sie unter Wasser Rennen veranstalten, boxen, Federball spielen und Denkmäler errichten. Und vielleicht wird es nicht mehr lange dauern, bis dann wieder die Erde stumm und verlassen und unbekannt sein wird – ein Gebiet, das entdeckt werden muß. Wir sollten beizeiten auf die Erde zurückgehen und uns da einen Platz sichern.«

1960

Im Netz der Nachbarschaft

Es führt kein anderer Weg zur Insel Alsen als über Düppel. Wer trocken hinüber will, muß, bevor er die Klappbrücke überquert, an den Düppeler Schanzen vorbei, ja, sogar mitten durch sie hindurch, denn die Wälle und Forts liegen gerecht verteilt, liegen unübersehbar zu beiden Seiten der Chaussee. Niemand kommt daran vorbei, es sei denn, er landet mit einem Boot, mit einem Flugzeug auf der Insel.

Auch wir wollten auf trockenem Weg nach Alsen hinüber, auf die dänische Insel, von der wir wenig gesehen, noch weniger gehört hatten; wir wollten Bürger von Alsen werden, und so mußten wir durch die Düppeler Schanzen hindurch. Nie hätte ich vermutet, daß der grüne, tiefgrüne Rücken des Berges, den wir hinauffuhren, die Düppeler Schanzen trug, doch ein Schild mit roten Buchstaben kündete sie an, und wir mußten den roten Buchstaben glauben und sahen uns an in sanftem Erschrecken, mit dem sanften Schauder, den manche Begegnungen mit der Geschichte hervorrufen. Und schreckhaft fiel mir Podbolec ein, mein stämmiger Geschichtslehrer – Turnen gab er, Geschichte und Erdkunde –, und ich dachte daran, daß man bei ihm die Geschichtszensuren an der Kletterstange, die Erdkundezensuren am Reck aufbessern konnte –, eine Möglichkeit, von der ich ausgiebig Gebrauch gemacht hatte. Doch obwohl die Grundlagen meiner historischen Bildung im wesentlichen von Waden- und Armmuskeln geschaffen wurden, fiel mir, als das Schild die Düppeler Schanzen ankündigte, sofort ein Name ein, ein kostbarer Name, den Podbolec mit einem Ausdruck grimmiger Ehrfurcht zu nennen pflegte: Klinke!

Wenn ihr jemals auf die Düppeler Schanzen kommt, hatte Podbolec uns in Masuren gelehrt, werdet ihr euch prompt erinnern: Klinke.

Ich erinnerte mich prompt des kostbaren Namens, Podbolec triumphierte nach vielen Jahren, und ich dachte, während wir den Berg hinauffuhren, an den Pionier Klinke, der eine Bresche in diese Schanzen gesprengt hatte, indem er, schwer mit Pulver bepackt, gegen die Wälle anlief und zu gegebener Zeit das Pulver auf seinem Rücken zur Explosion brachte, wonach er allerdings keine Möglichkeit mehr fand, sich von der Wirkung zu überzeugen. Ich dachte an Klinke: würden wir seine Spur entdecken? Ein Zeichen seiner geleisteten Arbeit, mit der er so rasch für eine Hinterbliebenenrente gesorgt hatte? Wie würde der Platz aussehen, das Feld, das sich die Geschichte für einen ihrer Tobsuchtsanfälle ausgesucht hatte? Würden wir überhaupt etwas wiederfinden, da doch Geschichte, wie ich lange geglaubt hatte, nur etwas war, was man lernen, hören, was man jedoch nie antreffen konnte? Alle Geschichte, hatte ich geglaubt, ist eine alte Legende, nie geschehen, nie erlitten, eine Legende, die von den Podbolecs hier und da nur wiedererzählt wird und deren mangelhafte Kenntnisse man am Reck, an der Kletterstange wettmachen kann.

Langsam und verwirrt fuhren wir zu den grünen Wällen hinauf, und ich beobachtete meine Frau aus den Augenwinkeln und sah, daß auch sie sich beklommen Fragen stellte: nein, es bestand kein Zweifel mehr: die Geschichte besaß ihre Spielplätze, ihre Bühnen und Arenen, sie hatte sich wirklich ereignet, und was Podbolec erzählt hatte, war keine Legende.

Die Düppeler Schanzen waren namentlich vorhanden. Sie lagen vor uns und waren grün, und wir fuhren sehr langsam auf sie zu, während die Phantasie ungeduldig vorauslief. Zu eindringlich hatte uns Podbolec die Schlacht geschildert, zu grimmig war sein Bericht über das, was sich hier 1864, am 18. April, 10 Uhr morgens – glücklicherweise also nach dem Frühstück –, ereignet hatte, und ich erwartete, oben auf ein graues Feld zu treten. Ich erwartete Schweigen, einen verhangenen Horizont, Schwermut über dem Land; ich war überzeugt, dort oben nur gedämpftes Seufzen zu hören und überall nur Traurigkeiten vorzufinden. Wir bereiteten uns darauf vor, ein altes Schlachtfeld zu betrachten –, das wir betrachten mußten, weil wir nach Alsen hinüber wollten, und der Weg hinauf war wie ein Weg in Quarantäne.

Das erste, was ich vom Schlachtfeld sah, waren die Parkplätze; neu, großzügig, der Landschaft angepaßt und mit Kieselsplitt ausgeschüttet, und ein großes »P«, wie Podbolec es unter unsere Geschichtsarbeiten schrieb, zog uns an. Wir hielten unter dem »P« und stiegen leise aus. Überall standen Busse, Autos und Fahrräder. Es war sehr warm, die Hitze flimmerte über dem Splitt, und die Bäume hatten nur kurze Schatten. Ein kleiner, erhitzter Junge, Rotz und Glück im Gesicht, stapfte vorbei, in beiden Händen eine riesige Eisportion, von der er abbiß und mir dabei aufmunternd zuzwinkerte.

Er verschwand zwischen den Bäumen, von wo uns jetzt eine melodiöse Männerstimme erreichte: melodiös riet sie einem gewissen »Tom Dooley«, sich darauf gefaßt zu machen, daß er am nächsten Tag hängen müsse. Ein abgehetzter Mann mit einem Korkenzieher in der Hand kam auf uns zu, fragte uns verwirrt zuerst auf dänisch, dann auf deutsch, ob wir seine Frau gesehen hätten. Wir schüttelten stumm den Kopf, wir hatten seine Frau nicht gesehen. Ich blickte auf den Korkenzieher und sah, daß auf dem Griff das Bild der Düppeler Schanzen eingedruckt war. Der gehetzte Mann lauschte und ging zu den Bäumen hinunter, wo die melodiöse Stimme Tom Dooleys Sündenregister aufzählte.

Wir sahen uns um, die Schanzen lagen zu beiden Seiten der Straße, grüne, sanfte Wälle, die in der Sonne leuchteten.

Ergriffen gingen wir los, machten uns auf den Weg zu der sichtbaren Stätte, auf der die Geschichte, nach Podbolecs Worten, nur »mit gesenktem Blick« erlebt werden kann. Wir kletterten die Hänge hinauf. Sie bildeten ein geschlossenes Viereck, mit einem windstillen, grasbedeckten Platz in der Mitte, über den schmale Trampelpfade führten, und wir standen eine Weile mit gesenktem Blick oben. Dann stiegen wir hinab, und vor uns, in dem windgeschützten Winkel, sah ich den ersten Tisch: einen Picknick-Tisch mit Picknick-Stühlchen dazu, und auf den Stühlen eine picknickende Familie. Die Familie war rotgebrannt von der Sonne. Auf dem Tisch erkannte ich: geräucherten Fischrogen, Brause, hartgekochte Eier, Butterstullen, Tomaten und Kalbsroulade. Wir nickten der wortlos picknickenden Familie zu und gingen zu der kleinen Erhebung, auf der, unter einer Schutzvorrichtung, die alten Grundrisse der Befestigung ausgestellt waren: wo das Magazin lag, wo die Munition, wo schließlich die Kanonen standen – alles war darauf zu sehen, und mit fernem Dröhnen in den Ohren verglich ich Grundriß und Wirklichkeit und entdeckte dabei, unmittelbar zu unseren Füßen, den zweiten Picknick-Tisch. Es war diesmal kein Klapptisch, vielmehr waren die Speisen auf einer Decke ausgebreitet, und um die Decke herum lag eine fröhlich kauende Familie. Auf der Decke erkannte ich: Leberpastete, Milchbrötchen, eine Schüssel mit Butter, verlorenen Schinken, Milchflaschen, und auf einem Teller kalte Koteletts: ja, und die kalten Koteletts erinnerten mich an den Grundriß der Befestigung, es bestand eine verblüffende Ähnlichkeit der Formen. Fröhlich sah die Familie zu uns herauf; wir wünschten guten Appetit und gingen.

Wir gingen zu einem Gedenkstein, und ich dachte, daß er an den kostbaren Namen Klinke erinnern würde, aber der Gedenkstein erinnerte nicht an Klinke, sondern an einen anderen Mann. Vor dem Gedenkstein, mit schwarzer Samtjacke und schwerer Uhrkette, stand ein alter, betrübter Mann, der seinen Stock in das Gras gestoßen hatte. Forschend blickte er auf den Stein. Wir stellten uns schweigend neben ihn, lasen rasch den eingemeißelten Namen, und da der alte Mann blieb – er war schon lange vor uns dagewesen –, begann ich zu überlegen, was ihn hier festhalten konnte. Vielleicht, dachte ich, hört er für sich die Laute der Schlacht, vielleicht ist er sogar ein alter Artillerie-Offizier, den die Stille so betrübt machte, und während ich das dachte, sah ich, daß eine der runden Kanonenkugeln, mit denen man den Gedenkstein geschmückt hatte, aus der Zementfassung ausgebrochen war. Und da sagte der alte Mann zu mir: »Heute klauen sie alles, selbst Kanonenkugeln. Zu meiner Zeit machte man noch Unterschiede.«

Wir pflichteten ihm bei und blickten uns erschrocken um: Geschrei erklang, fuchtelnde Arme erschienen über den Wällen, Getrappel erschütterte den Boden – eine Schulklasse stürmte die Wälle noch einmal. Hinter ihnen, seufzend unter der Hitze, erschien ihr Podbolec. Auf ein Zeichen wurde der Sturm unterbrochen, die Klasse lagerte sich, und dann wurden Stullen herausgekramt. Äpfel, Tomaten, und kleine, dreckige Hände tauschten Lakritzstangen, langten in Tüten und Körbe, probierten, reichten weiter und verschränkten sich. Einige Brote waren mit Käse belegt, andere mit Wurst, gebratenem Fisch, und ein Junge biß von einem Kaninchenschenkel ab. Wir machten einen Bogen um die hastig essende Klasse, und als wir zurückblickten über das grüne, geschlossene Viereck, entdeckte ich überall in den Winkeln kauende Menschen. An Tischen, auf Gummimatratzen, auf Decken: überall schnappende Kiefer, würgende, schluckende Zeitgenossen; über dem ganzen Schlachtfeld glaubte ich einen sanften Essensgeruch zu spüren. Podbolec, flüsterte ich. Podbolec müßte das sehen.

Und dann gingen wir zur andern Seite der Schanzen hinüber, vorbei an dem Café, das den historischen Namen trägt. Die Fenster boten vorteilhafte Aussicht auf das Schlachtfeld, alle waren besetzt. Ein Sparverein aus Dithmarschen, einen Wimpel auf dem Tisch, saß da und genoß bei eigelbem Blätterteig und extrasahnigem Eis die Aussicht. Allerdings tranken nicht alle Kaffee; einige hatten Gläser mit honigfarbenem Apfelsaft vor sich stehen.

Am Café vorbei, an kleinen Kiosken, in denen die Geschichte auf preiswerten Tellern und Korkenziehern verkauft wird, und dann standen wir auf der Seeseite der Düppeler Schanzen. Die Ostsee war blau, weiße Segel glitten über das Wasser, und ich dachte an Portofino. Von der Zeit gebräunte, riesige Steine, Betonklötze und Bänke waren in der Nähe, doch wir setzten uns nicht, – zumal da schon die besseren Plätze besetzt waren von essenden Familien. Auf einer Bank erkannte ich Sandkuchen und weißliches Schweinefleisch in einem Weckglas, aus dem sich eine Frau im Unterrock würfelartige Brocken mit der Gabel herausbrach. Erstaunt bemerkte ich auch ein Glas mit eingemachten Heringsfilets.

Und auf einmal hatten wir sehr großen Hunger, ich dachte an die Koteletts, die wir gesehen hatten, an geräucherten Fischrogen, Kalbsroulade und Leberpastete, und ich nahm mir vor, künftig nie mehr ein Schlachtfeld zu betreten, ohne etwas Eßbares bei mir zu haben: ich hatte gelernt, welch einen Appetit Geschichte macht.

Meine Frau lenkte mich ab und zeigte nach Alsen hinüber, zur Insel: hinter den schiefergrauen Wassern des Sunds stieg sie auf, mit einem rosafarbenen Schimmer am Horizont, als ob sich dort ein Gebirge aus Schweinespeck erhöbe. Die sandigen Steilhänge erschienen mir wie gewaltige Tortenböden, die weißgelben Anwesen wie Klumpen geschlagener Sahne.

Und während ich wieder über das anmutige Panorama des Schlachtfeldes zurückblickte, die fröhlich picknickenden Familien sah, glaubte ich die Lehre zu begreifen, die sich aus diesem Augenblick ergab: die Leute, die hierher herausgekommen waren, um zu essen, boten ein Beispiel für eine sehr souveräne Haltung gegenüber der Geschichte. Ungezwungen, ganz ohne Pathos, ohne den problematischen Gefühlsüberhang, den unsere Podbolecs immer wieder hervorzurufen bemüht waren, stellten sie sich einem nationalen Datum.

Keine unkontrollierte Ergriffenheit, kein »gesenkter Blick«, wie Podbolec ihn uns abverlangte, sondern ein selbstgewisses, sinnreiches Rendezvous mit der Geschichte: das war das Beispiel jenes Augenblicks. Wer seine Geschichte essend betrachtet, ist ihr auf überraschende Weise gewachsen. Vielleicht sollten wir es auch einmal versuchen, und ich bin sicher: bei Kalbsroulade und Fischrogen schrumpfen alle Denkmäler auf ihr gerechtes Maß zusammen.

Am Anfang waren wir noch überrascht. Wir sahen uns jedesmal betroffen an, wenn fremde Herren auf Mopeds vor dem Haus hielten, abstiegen und gemächlich mit einer freimütigen Inspektion begannen: wie unser Rhabarber steht, wie die Petersilie und die Stachelbeeren – es schien sie warm zu interessieren. Diese Wärme ihres Interesses dehnten sie auf den ganzen Garten aus, begutachteten Sträucher und Bäume, den Schuppen und die Müllgrube, und nachdem sie sich überzeugt hatten, daß auch das Gras seine alte Neigung verriet, zu wachsen, kamen sie ins Haus. Verwundert lauschten wir, hörten, wie der Besuch eingehend die Küche inspizierte, den Vorratsraum, den Efeu im Flur, hörten ihn nach oben klettern und auf den Balkon treten, von dem aus er befriedigt feststellte, daß die Ostsee noch an ihrem Platz war; sodann hörten wir ihn die Bücherregale durchstöbern, die Elastizität der Matratzen prüfen, den Feuchtigkeitsgrad der Wände, und schließlich, als er mit arglosem Eifer den Nähkasten meiner Frau inspizierte, faßten wir uns ein Herz und wünschten dem freundlichen Fremden »Guten Tag«.

Es bestätigte sich, was wir bereits vermutet hatten: auch er war ein Nachbar, ein weitläufiger zwar – nur acht Kilometer entfernt –; doch da er von uns gehört hatte, wollte er rasch nach dem Rechten sehen, wollte uns willkommen heißen in Dänemark.

Er war nicht der erste, nicht der einzige: bald schon, nachdem wir eingezogen waren, fing uns das große Netz der Nachbarschaft und holte uns ein wie eine fremde, gemäßigt exotische Beute. Keiner bleibt davon verschont. Wer hier lebt, gerät unweigerlich in die Maschen, wird eingebracht in das bestehende System sorgfältiger Nachbarschaftspflege, erlebt die köstliche Mühsal zwischenmenschlicher Beziehungen, – je vollkommener die Einsamkeit, desto geselliger wird der Mensch.

Zunächst aber ist der Neue der Andere. Man gibt ihm Zeit, sich einzurichten, sich an die neue Nahrung und an den unablässigen Wind zu gewöhnen, der Hemd und Jumper aufbläst; man läßt ihm auch Gelegenheit, einige Tage nach Herzenslust zu schweigen. Dann zeigt man ihm an, daß es auch noch andere Lebewesen gibt. Man gibt zu erkennen, daß man sich für ihn interessiert. Und die Qualität dieses Interesses ist einzigartig: vom Preis, den man fürs Haus bezahlt hat, bis zur Sorte der Bettlaken, auf die man sich legt, vom persönlichen Alter bis zur Anzahl der Goldplomben – alles ist erlaubt zu fragen, keine Diskretion blockiert die Neugierde, keine Frage ist so delikat, als daß man sie disqualifizieren müßte. Rechtschaffene Verblüffung: das war am Anfang unsere übereinstimmende

Reaktion, als man uns einem erschreckenden Bündel von Fragen auslieferte: ob unser Beruf zum Leben reicht, wie wir uns bei Gewitter verhalten und was wir über Adenauer denken – die Bekenntnisse fanden kein Ende. Verblüfft gaben wir Auskunft, stillten die faszinierende Neugierde, ließen keinen Rest von Ungesagtem zurück. Selbst unsere Krankheiten als Säugling vergaßen wir nicht zu erwähnen, was von unseren Nachbarn mit ernster, kopfnickender Aufmerksamkeit zur Kenntnis genommen wurde.

Dann waren wir am Ende und unsere Nachbarn im Bilde. Wir glaubten, ihnen durch erschöpfende Auskunft genügt zu haben, und erwarteten, was man nach solch umfassender Herzensergießung zu erwarten hat: Billigung oder Mißbilligung nämlich. Doch wir täuschten uns. Nachdem wir unsere sozialen, politischen, konfessionellen und biographischen Daten an den Mann gebracht hatten, und zwar unter nie erlahmender Anteilnahme, wurden unsere Nachbarn ihrerseits von einem Mitteilungsdrang heimgesucht, der uns hilflos machte. Nun erwarteten sie Fragen, präparierten sich auf Geständnisse, machten sich auf unsere enzyklopädische Neugierde gefaßt, und als wir eine urbane Freimütigkeit des Fragens vermissen ließen, verzichteten sie schließlich auf jede freundliche Herausforderung und begannen, von sich zu erzählen. Sie ließen nichts aus. Ein unwiderstehlicher Drang, zu bekennen, erfaßte sie; sie glaubten, uns nichts schuldig bleiben zu dürfen, packten und packten aus, mit vorbildlicher Offenheit. Vielleicht war es eine Entschädigung für ihre Fragen, eine Aufmerksamkeit, zurückgezahlt in gleicher Münze; vielleicht war es aber auch Billigung, die sich in diesem redseligen Anvertrauen zeigte; jedenfalls erlebten wir so etwas wie eine kosmische Unterrichtung – wobei natürlich vorausgesetzt war, daß der Kosmos an der Bucht vor dem nächsten Dorf zu Ende war. Wieviel Jörn Jörnsen an Pacht bezahlt, warum

Urs Ursen seinen Stall angezündet hat; wo die Küken billiger, das Haarschneiden teurer ist; warum Bengt Bengtsen Junggeselle und das Gewitter, wenn es über die Halbinsel kommt, böse ist – eine Flut von Informationen setzte ein. Wehrlos hörten wir zu, ließen uns so gründlich aufklären, daß wir alsbald Ferkelpreise kannten und die sichersten Anzeichen für Regen, das Verhältnis unserer Nachbarn zu Adenauer und das Schicksal von Knud Knudsen, der seit elf Jahren mit einer Gesichtsmaske aus Sackleinen herumläuft. Nichts blieb unerwähnt, nichts blieb uns verborgen. Kühn geworden, fragten wir den Rest, der uns noch zu fehlen schien, heraus; etwa den Ursprung gewisser Narben und den Mindestverbrauch von Feuerzeugbenzin.

Und sodann waren auch wir im Bilde. Der Austausch war abgeschlossen. Ihr Wissen von uns wog unser Wissen von ihnen in jeder Weise auf. Wir erfüllten den uralten, legitimen Anspruch der Nachbarschaft, über den anderen Bescheid zu wissen.

Dies Wissen erleichtert viel und erschwert einiges; denn Urteil und Vorurteil sind unter Umständen identisch, und außerdem handeln wir weit nachgiebiger im Sinne unserer Vorurteile als im Auftrag eines von Emotionen gereinigten Urteils. Jedenfalls, das weitläufige Wissen voneinander legte uns etwas nahe, was uns im Augenblick überraschte: Schweigen nämlich. Wie die Flut bekanntermaßen die Ebbe nach sich zieht, so folgte den Triumphen der Neugierde ein rätselhaftes Schweigen. Zwar erfolgten nach beiderseitigem Anvertrauen regelmäßige Einladungen, doch gesprochen wurde nur noch im Notfall. Diese Praxis einzusehen, fiel uns zunächst schwer: abends, so gegen neun, zogen wir zu den Nachbarn hinüber – oder sie kamen zu uns –, gesprächsbereit, willens, nun, da man alles Persönliche ausgetauscht hatte, sich auch über Allgemeines zu verständigen. Es gibt gewöhnlich fünf Sorten Kuchen und starken

Kaffee bei diesen Einladungen, es gibt aber auch sehr teuren Schnaps, und man trinkt Kaffee und Schnaps und schweigt. Man kommt zusammen, um gemeinsam zu schweigen über die Dinge, die man kennt. Allerdings bekundet man von Zeit zu Zeit seine Anwesenheit, etwa, indem man ruckhaft den Kopf hebt, freundlich in die Runde blickt und einmal »jo« sagt, und dann, rasch hintereinander, bis zu zwölf Mal: »jo, jo, jo, jo«. Solch einem Ausbruch wird lebhaft nickend beigestimmt, worauf man wieder intensiv vor sich hinblickt. Wer neu hinzukommt, wird viele Formen des Schweigens entdecken können, wird überrascht sein, auf wie vielerlei Weise man schweigen kann. Ich zögere keineswegs vor der Feststellung, daß meine dänischen Nachbarn einen Vorzug darin sehen, angeschwiegen oder nur mit einem »jo, jo« bedacht zu werden. Und in der Tat, man braucht nicht bis zu archaischer Dämmerzeit zurückzusehen, um zu finden, welch eine exquisite Schmeichelei und welch eine Aufmerksamkeit gegenüber dem Gast im Schweigen liegen können.

Mittlerweile habe ich erfahren, wieviel Teilnahme im Schweigen meiner Nachbarn liegt. Jede Hilfeleistung geschieht wortlos; mancher Dienst, den man dem andern erweist, bleibt anonym. Schweigend kommt ein Mann mit Säge und sägt die toten Äste vom Baum herunter; schweigend schleppt ein anderer Planken für eine Reparatur heran, nagelt sie fest und geht; und ich werde wohl nie erfahren, wer das Boot hoch auf Land zog, als es sich beim Sturm losgerissen hatte. Je weiter man voneinander wohnt, desto näher wohnt man zusammen, und nirgends steht einem der andere so nah wie in abgelegenen Gehöften. Um zu solch einer Nähe zu gelangen, zu einer Haltung, für die anderes Mißgeschick mit eigenem Mißgeschick gleichbedeutend ist, muß man natürlich über den andern Bescheid wissen. Wer aber wissen will, muß fragen; – je mehr, desto zudringlicher. Wie immer, sollte sich dereinst in dieser Gegend ein Neuer ansiedeln, so weiß ich, was ich zu tun habe: ich werde seine Tomaten betasten und sein Porzellan zählen, werde mich nach seiner Umsatzsteuer erkundigen und nach seinem Verhältnis zu General de Gaulle und Sugar Ray Robinson, und sobald er geantwortet hat, werde ich ihm alles Nötige mitteilen, einschließlich der Zahnpaste, die meine Frau benutzt, und wir werden keineswegs anders dabei handeln als im Sinne überlieferter Nachbarschaftspraxis, deren Hohe Schule schließlich das gemeinsame Schweigen ist.

Angenehm ist es, gleichsam vom Strom einer Gesellschaft getragen zu werden, sich einzulassen, einzupassen in ihre Handlungsnormen, Gleicher unter Gleichen zu sein, alle Regungen zu verstehen, das Fremde als fremd und das Übliche als üblich anzusehen. Ich stellte es mir als ein wohliges Gefühl vor, in das warme Zentrum einer Gesellschaft einzudringen, verstanden zu werden, gehalten und gestützt zu werden – der Inbegriff eines soziologischen Eros kündigte sich derart für mich an. Deshalb machten wir das, sobald wir uns auf der Insel eingerichtet hatten, zu unserem definierten Planziel: Wir wollten uns von der Gesellschaft absorbieren lassen, wollten eingehen in sie und wie Plankton selbstverständlich durch sie hintreiben. Plankton: das ewig Treibende, das sanfte Gewiegte, zeigte uns den Idealfall an, und so wie es vom Mutterozean getragen wird, so wollten wir uns von der Gesellschaft der Insel tragen lassen. Meine Frau und ich sprachen ausgiebig darüber, nahmen die Gewohnheiten der kleinsten Teile an, machten den Versuch, ganz auf der Insel heimisch zu werden. Nun gilt es als ausgemacht, daß, wer irgendwo heimisch werden will, sich zunächst gewöhnen muß; er muß seine Fremdheit vergessen, seine mitgebrachten Normen, und in gleicher Weise, wie er das Mitgebrachte verliert, wird ihm das Neue selbstverständlich. Wenn das Neue nicht mehr das Andere ist, dann ist man auf dem Weg, heimisch zu werden, und das Gefühl heimisch zu sein, wird entsprechend legitimiert, sobald man gewisse Gemeinsamkeiten entdeckt. Sie sollten uns die Einfühlung erleichtern.

Wir waren zuversichtlich: Alsen liegt nicht allzu weit von der deutschen Grenze entfernt, die alten Männer erinnerten sich deutlich an die Kaisermanöver, die sie einst in Potsdam, in Königsberg oder Straßburg als deutsche Soldaten mitgemacht hatten, und schließlich gibt es in den meisten Geschäften deutschen Schnaps zu kaufen. So hofften wir, die Gemeinsamkeiten zügig zu entdecken. Außerdem ist Alsen keine anspruchsvolle Insel: der Buchdruck und das Steilfeuergeschütz wurden anderwärts erfunden; Alsen hat keinen Leonardo hervorgebracht, keinen Kardinal, nicht einmal einen einflußlosen König; statt dessen schenkte die Insel der Welt eine diskrete, gemischte Gesellschaft von Bauern, Fischern und Handwerkern, Leute, die gewissenhafte Zeitungsleser sind, ohne den Ehrgeiz zu haben, selbst für Schlagzeilen zu sorgen. Mit der gleichen Selbstverständlichkeit, mit der sie dort lebten, glaubten wir, uns dem Inselleben einpassen zu können. Wir täuschten uns. Alsen, die unscheinbare Insel, hörte nicht auf, uns in Erstaunen zu setzen.

Das erste, was uns anders schien, was unser Erstaunen hervorrief, war das Zeitgefühl auf Alsen. Ich entdeckte es bei der Gelegenheit eines Bootkaufs. Mein Nachbar Jörn Jörnsen hatte mir das breitplankige Ruderboot weit unten am Strand gezeigt, ich wollte es kaufen, und Jörn wollte mir dabei helfen. An einem Sonntagmorgen zogen wir schweigend los, fanden das Boot, Jörn zog es auf Land, kippte es um und begann mit einer gemächlichen Untersuchung. Nachdem er es beklopft, angekratzt und auch berochen hatte, sagte er: »Es ist ein gutes Boot, du kannst es kaufen.« Ich fragte: »Will der Eigentümer denn verkaufen?« »Das glaube ich kaum«, sagte Jörn, »es ist ein gutes Boot.« Ratlos sah ich ihn an, fragte nicht, warum er mir das Boot überhaupt gezeigt hatte. Wir gingen zu dem Gehöft hinauf, in dem der Besitzer wohnen sollte. Ein freundlicher Alter empfing uns, zeigte seine Freude über den unverhofften Besuch und lud uns zu Kaffee und Kuchen ein. Als er hörte, daß ich Deutscher sei, begann er sich zu erinnern: auch er hatte einst an einem Kaisermanöver teilgenommen, war der zweitbeste Schütze der Kompanie gewesen, der Kaiser war in nur acht Meter Entfernung an ihm vorbeigegangen und hatte ihn ruhig angeblickt. Er wollte wissen, ob ich auch zu den besten Schützen der Kompanie gehört hatte. Ich schüttelte den Kopf, faßte mir ein Herz und fragte, ob er das Boot unten auf dem Strand verkaufen wolle. Er sah mich verblüfft an. »Es ist nicht mein Boot«, sagte er und schenkte uns neuen Kaffee ein. Jörn fand nach längerem Verhör heraus, daß das Boot dem Sohn des Alten gehörte, und später machte ich den Vorschlag, zu dritt in den Norden der Insel zu fahren, wo der Sohn des Alten auf einem Hof diente. Gemächlich fuhren wir hin, erreichten den Hof, doch der Sohn war nicht da, war mit dem Motorrad in den Süden der Insel gefahren. Ich war bereit, aufzugeben, es war bereits Mittag, ich hatte ursprünglich nur eine halbe Stunde fortbleiben wollen, aber der Alte sagte: »Wir stellen uns mit dem Auto auf die Chaussee und warten: einmal muß mein Sohn ja hier vorbeikommen.« »Wann?« fragte ich gequält. »Genau läßt sich das nicht schätzen«, sagte der Alte. Wir warteten schweigend, verlagerten nur gelegentlich das Gewicht und sagten »jo –, jo, jo«. Am späten Nachmittag kam ein Motorrad, es war der Sohn, und der Alte blickte mich mit freundlichem Triumph an. Wir setzten uns in den Straßengraben und rauchten, und nach einer Weile fragte ich den Sohn vorsichtig, ob er das Boot verkaufen wolle. Er sagte: »Das Boot ist schon verkauft.« – Nun, später erhielt ich es dennoch.

Als ich endlich zurückkam, erzählte ich meiner Frau, was ich kennengelernt hatte, und auch sie war verwirrt und staunte über das Zeitgefühl auf Alsen. Um hier heimisch zu werden – das begannen wir einzusehen –, mußten wir jede Ungeduld verlieren und anfangen, Zeit nur im Wechsel der Jahreszeiten zu begreifen. Wenn wir auch über diese frühe Wahrnehmung verwirrt waren, so hofften wir doch, alsbald einige tröstliche Gemeinsamkeiten zu entdecken, und wir hofften es besonders, als wir zur Teilnahme an einer Inselhochzeit eingeladen wurden. Eine Hochzeit, so dachten wir, ist ein so selbstverständliches Ereignis, daß wir keine Gelegenheit finden würden, uns zu wundern. Eine Inselhochzeit, so glaubten wir, verläuft wie eine Hochzeit in der Stadt, und wenn uns etwas den Atem verschlagen könnte, dann allenfalls die maisblonde Anmut der Braut. Wie immer, die Braut war es nicht, die uns den Atem verschlug, sondern die Regeln der Inselhochzeit, in die uns Jörn Jörnsen, mein Nachbar, einweihte.

Wir wußten, daß einhundertsechzig Gäste zur Hochzeit eingeladen waren, wir wußten auch, wo sie stattfinden und wie lange sie dauern sollte. Was wir nicht wußten – und worüber unsere Irritation kein Ende fand – war, daß wir selbst alles bezahlen sollten. Es war also eine Einladung auf unsere Kosten. Jörn Jörnsen las uns den Festschmaus vor, wies uns darauf hin, daß es nachts um drei Kaffee, morgens um sechs Biersuppe geben würde, und dann erwähnte er den ausgemachten Preis: fünfzig Kronen pro Person. »Falls alles nur sechsundvierzig Kronen pro Person kosten sollte«, sagte er, »müßt ihr die vier Kronen abschreiben: die erhält das Paar.« Unentschlossen blickten wir uns an, dann sagte meine Frau: »Ich verstehe immer noch nicht: wir sind also zur Hochzeit eingeladen?« »Ja«, sagte Jörn. »Wir sind also«, sagte meine Frau, »herzlich eingeladen, zu essen und zu trinken?« »So ist es, gut zu essen und zu trinken.« »... doch die Rechnung muß jeder selbst bezahlen. Ich weiß nicht, doch ich habe das Gefühl, daß das eine merkwürdige Einladung ist.« Mein Nachbar Jörn Jörnsen schüttelte den Kopf und sagte: »Was soll, bitte sehr, an dieser Hochzeit merkwürdig sein? Wir finden nichts erstaunliches daran. Jeder, der rechnen kann, wird herausbekommen, daß das Brautpaar eine Menge Geld spart, wenn die Gäste zahlen.« »Gut«, sagte meine Frau, »aber ebensowenig, wie man etwas geschenkt bekommen kann, das einem schon gehört, kann man nicht zu etwas eingeladen werden, was man selbst bezahlt.« »Das soll wohl stimmen«, sagte Jörn Jörnsen, »doch wenn die Gäste ihre Rechnung bezahlen, braucht das Brautpaar sie nicht zu bezahlen.« Dieser Logik wagten wir uns nicht zu widersetzen. Verwundert ließen wir uns auf unsere Kosten einladen, und unsere Vermutungen wurden stärker, daß vieles auf Alsen anders war und daß es schwer sein würde, die Gemeinsamkeiten zu entdecken, auf die wir aus waren. Was auf der Insel als üblich gilt, gilt bei uns in der Stadt keineswegs als üblich, das war das frühe Fazit unserer Lage. Alsen wollte uns einfach nicht selbstverständlich werden, verwirrte uns vielmehr, zwang uns zum Staunen und erinnerte uns so an unseren andersartigen Großstadt-Charakter. Zeitgefühl und Hochzeitsbrauch hatten uns unser Außenseitertum bewußt gemacht –, bald darauf lernten wir etwas anderes kennen, was uns zeigte, daß wir Fremde waren: die bestürzende Familiarität.

Wer auf Alsen ansässig wird, wird sogleich in ein vertrauliches, ungeniertes Verhaltenssystem einbezogen. Man sagt zu jedermann du und redet ihn mit Nachnamen an. Es ist völlig unverfänglich, in den Angelegenheiten des Nachbarn ausgiebig Bescheid zu wissen. Das allgemeine, familiäre Empfinden geht so weit, daß man risikolos in den Raum treten kann, in dem sich die Nachbarin gerade wäscht. Man ruft kein Befremden hervor, wenn man seine Gebißprothese aus dem Mund nimmt und sie mit der des Nachbarn vergleicht, um die Arbeit zu begutachten, und wer in einem Mann einen Inselbewohner vermutet, kann ihn getrost aus dem heiteren Himmel nach den gegenwärtigen Haferpreisen fragen. Familiarität schließt nun einmal ein, daß man ohne Konventionszwang auskommt, die Karten sind aufgedeckt, es werden gleiche Interessen vorausgesetzt. Wenn wir heimisch werden wollten, mußten wir uns zu dieser Familiarität bekennen – wobei uns weniger der Gedanke zusetzte, daß wir unsere Karten aufdecken sollten, als vielmehr die Scheu, freimütig in die aufgedeckten Karten der anderen zu blicken. Würden wir je den Mut zu einer Familiarität aufbringen, die auch den König einschließt, sobald er seinen Fuß auf die Insel setzt? Jörn Jörnsen überraschte uns eines Tages mit der Bemerkung, daß er mit dem König gesprochen habe. Ich fragte ihn, was er zum König gesagt habe, und Jörg meinte: »Guten Tag. Zuerst wünschte ich ihm guten Tag.« »Und der König?« fragte ich. »Er sagte auch ›guten Tag‹«. »Und das war alles?« »Nein«, sagte Jörn, »nachdem ich ihm guten Tag gewünscht hatte, sagte ich: grüß die Königin.« »Und was sagte der König?« fragte ich. »Danke, wird gemacht.«

Nach solchen Erfahrungen spürten wir, wie schwer es sein würde, unser Ziel zu erreichen – nämlich uns von der Inselgesellschaft absorbieren zu lassen, unmerklich wie Plankton durch sie hinzutreiben. Denn beinahe alles, was wir erlebten, und zwar in unmittelbarer Nachbarschaft, erstaunte oder beunruhigte uns, ließ uns jedenfalls ermessen, wie viele unserer Maßstäbe vom Festland wir aufgeben mußten, um nicht mehr fremd zu sein, es stellte sich nach und nach heraus, daß unsere Normen und die Normen der Inselleute nicht übereinstimmten.

Als meine Frau zum ersten Male Knud Knudsen sah, erschrak sie sehr. Knud trägt seit elf Jahren eine Gesichtsmaske aus Sackleinwand, trägt sie Tag und Nacht, und da wir nichts weiter von ihm wußten, fragte mich meine Frau, ob es vielleicht auf der Insel üblich ist, zu gewissen Jahreszeiten eine Gesichtsmaske zu tragen. Nachforschungen ergaben, daß Knud Knudsen einer unserer interessantesten Nachbarn ist: Er hat einst Sprachen studiert, doch ein Erlebnis, das elf Jahre zurückliegt, erschütterte ihn so, daß er beschloß, die menschliche Sprache nicht mehr zu gebrauchen. Und da er überdies niemanden sehen will, trägt er die Gesichtsmaske. Wieviel unregelmäßige Verben, wieviel grammatikalische Kenntnisse liegen sozusagen brach in seinem Schweigen. Unser Instinkt sagte uns, daß wir Knud Knudsen nie als selbstverständliche Erscheinung würden ansehen können.

Ebenso würden wir uns nie an einen anderen Nachbarn gewöhnen können, an den Knecht Tage Tagsen, einen hilfsbereiten Mann, auf dessen Gesicht ein ständiger Ausdruck des Lauschens liegt, so als höre er überall Stimmen. Von Tage wissen wir, daß er einen prächtigen Hof angezündet hat, nur weil er mit seinem Bauern nicht übereinstimmte, auf welcher Seite das Vieh zu führen sei. Tage meinte: auf der rechten Seite, der Bauer indes war der Ansicht, daß das Vieh links geführt werden müsse, so wie es Generationen vor ihm getan hatten. Da es zu keiner Einigung kam, ging Tage in die Scheune, hielt sein Feuerzeug unter das Stroh und machte dem ländlichen Dogmenstreit auf seine Art ein Ende. Natürlich begriffen wir, daß für uns nie üblich werden konnte, was für Tage Tagsen üblich war. Und schließlich, das mußten wir uns eingestehen, würden wir es auch nie zu der spezifischen Inselhöflichkeit bringen, von der uns Paul Paulsen ein sinnfälliges Beispiel gab. Es ist eine Höflichkeit, zu der nicht weniger Sinn für Etikette gehört als eine bewundernswerte Kaltblütigkeit. Von Paul Paulsen wissen wir, daß er im Bus über die Insel fuhr und plötzlich bemerkte, wie ein zerstreuter Fremder seine brennende Tabakspfeife in die Tasche schob. Paul Paulsen wartete, bis Qualm aus der Tasche stieg; dann wandte er sich an den Fremden und fragte, wo er geboren sei. Der sagte: »Auf Bornholm.« Dann fragte Paul weiter nach dem Namen und erfuhr, daß der Fremde Christian Christiansen hieß. Endlich erkundigte er sich nach dem Beruf, und nachdem er alles sorgsam bedacht hatte, sagte er: »Fischer Christian Christiansen aus Bornholm, in deiner Tasche brennt's, das Jackett ist schon durchgesengelt.«

Mehrmals debattierten wir über die Formen der Inselhöflichkeit, bis wir einsahen, daß auch sie uns nie selbstverständlich werden könnte, – und zwar ebensowenig wie andere Verhaltensnormen, wie Zeitgefühl, Gastlichkeit, Hochzeitsbrauch und die Weise, einen Streit zu beenden. Wir mußten anerkennen, daß wir Fremde bleiben würden, einstweilen zumindest. Vorerst bestand keine Möglichkeit, heimisch zu werden, einzutauchen in die Gesellschaft, den soziologischen Eros aufzufinden. Die Insel ließ einfach nicht zu, daß wir uns an sie gewöhnten. Doch allmählich begannen wir festzustellen, welch ein Vorzug darin liegen kann, daß man sich nicht gewöhnt, daß man nicht heimisch wird im üblichen Sinne, daß man keine Gemeinsamkeiten auf Schritt und Tritt entdeckt. Allmählich begannen wir zu begreifen, wieviel mehr daran liegt, in Erstaunen gesetzt oder gar beunruhigt zu werden. Wer sich wundert, beginnt zu fragen, und auf Alsen gibt's manchen Grund dazu. Vielleicht tun wir deshalb gut daran, den biederen Ehrgeiz zu unterdrücken, auf dieser unscheinbaren Insel jemals heimisch werden zu wollen. Einstweilen jedenfalls werden wir keinen Versuch dazu unternehmen und uns angenehm verwirren lassen von dem liebenswerten Wunderland Alsen.

1960

Schwierige Trauer

Eine Grabrede auf Henry Smolka

Vielleicht, Vater, hast du gesehen, daß wir weniger erschraken als uns weigerten, zu glauben, was uns die Leitung des Obdachlosen-Asyls schrieb; denn in all den Jahren – und was sollten wir anderes tun? – hatten wir uns damit abgefunden, daß du verschwunden warst und deine Spur für immer unauffindbar bleiben würde: irgendwo zwischen Luknow, wo du aufbrachst, und dem Ziel, das nur du allein kanntest, als ihr in jener eisigen Februarnacht auf den letzten Lastwagen stiegt, der euch zur Flucht verhelfen sollte. Wir hatten uns an deine Verschollenheit gewöhnt und waren auf dem besten Wege, dich und deine Aufgabe zu vergessen, die du damals übernommen hattest und von der wir immer wieder in Gerüchten hörten, und es war keine Hoffnung im Spiel, als wir dich zuerst für vermißt, zehn Jahre später für tot erklären ließen. Wir taten dies deinetwegen und unsretwegen; deinetwegen: weil wir dir die letzte Ehre, vergessen zu werden, verschaffen wollten; und unsretwegen: weil wir uns insgeheim davor schützen wollten, daß du mit deinem absurden Besitz aus der Verschollenheit auftauchst, um uns die Ruhe zu nehmen. Alles, Vater, was wir für dich empfanden, empfanden wir für den Vermißten.

Doch nun bist du aufgetaucht: der einstige Bürgermeister von Luknow, unserer alten Grenzstadt im Osten, starb in einem Obdachlosen-Asyl, wo er unter falschem Namen einen Strohsack besetzt gehalten und eifrig verteidigt hatte gegen die zänkischen Ansprüche alter Schlawiner, starb und begrub bis zuletzt mit seinem Körper den wasserdichten Beutel, in dem, nach deiner Meinung, die Geschichte und das Schicksal unserer Stadt ruhten, oder vielmehr nur das, was von ihrer Geschichte und ihrem Schicksal übriggeblieben war, seitdem du dich in jener Februarnacht davongemacht hattest. Deine Spur ist wieder zum Vorschein gekommen wie eine Spur im Tal der Dünen, die der Wind noch einmal freigefegt hat, bevor er sie endgültig löscht, und du zwingst uns, Vater, uns noch einmal mit dir zu beschäftigen, in deiner Spur zu lesen und uns an die Stunde zu erinnern, in der du die Aufgabe übernahmst, die dich für immer von uns trennte und mit der du uns bis heute nichts hinterlassen hast als Scham, Verlegenheit und eine schwierige Trauer. Wir können dir keine mildernden Umstände zugute halten, denn wir wissen, daß du bis zuletzt nicht ein einziges Mal an deiner Aufgabe gezweifelt hast.

Du warst überzeugt, gleich damals in jener klaren Februarnacht, als dich der Auftrag des Landrats erreichte, das Archiv der Stadt, die Dokumente von Luknows 600jähriger Geschichte vor der Roten Armee in Sicherheit zu bringen. Unsere Soldaten hatten die Stadt bereits verlassen, nur Verwundete waren noch da und Zivilisten, die an den Ausfallstraßen lagen und warteten, warteten auf ein Gefährt, das sie aufnehmen sollte; doch es kam nichts, kein knirschendes Geräusch von Schlittenkufen, kein Holpern eines Wagenrades auf unserem schäbigen Pflaster, nur das Springen der Eisdecke auf dem See, in die der Frost lange Risse brach. Doch dann, um Mitternacht, näherte sich ein einzelnes Motorengeräusch, bei dem die Wartenden an der Ausfallstraße die Köpfe hoben, sich aus ihren Vermummungen befreiten; es gelang ihnen nicht, den Lastwagen zum Halten zu bringen, und so verfolgten sie ihn bis zum Stadthaus, immer dem schleifenden Motorengeräusch folgend, stellten ihn und bewegten sich nun von allen Seiten auf ihn zu wie Rinnsale, die schwollen und größer wurden durch immer neue Ankömmlinge, an Druck und Strömung gewannen, so daß sie schließlich vorrückten und den Wagen festkeilten, der mit der Ladefläche gegen die Treppe des Stadthauses stand. Du, Vater, standest oben auf der Treppe, neben dir das bewaffnete Begleitkommando, das die wogende Mauer der Körper zurückhielt, und während ihr dort standet, luden andere das Archiv der Stadt auf die Ladefläche: Kisten mit Dokumenten, Urkunden, Briefen, Bündel von Manifesten, Aufrufen, von gehaltenen und gebrochenen Verträgen – der letzte Bürgermeister von Luknow ließ die Geschichte seiner Stadt verladen, ließ ihre weder ruhmvolle noch ruhmlose Vergangenheit in Sicherheit bringen, weil ihr glaubtet, über die Stadt verfügen zu können, solange ihr über ihre Geschichte verfügtet. Dabei hattet ihr nur übersehen, daß die Geschichte alles enthält außer jener blinden Gerechtigkeit, die ihr – ohne selbst allzu gerecht zu sein – in eurer Überheblichkeit voraussetztet. Und als die ganze verbürgte Vergangenheit von Luknow verstaut war, fuhrt ihr davon, mit Drohungen und Gewalt durch die Mauer der Leiber, die den Lastwagen bis zuletzt umschloß; du sahst, wie einige sich festhielten wie an einem Floß, mitliefen, bettelten und euch schließlich verfluchten; war Greta nicht unter ihnen? Habt ihr mit den Kolben eurer Gewehre auch auf ihre Hände geschlagen, bis sie sich lösten? Greta war sechzehn damals, sehr blaß, von dieser träumerischen Traurigkeit, die euch mißtrauisch machte, so daß ihr es nicht allzu gern saht, wenn ich mit ihr zusammen war – weißt du noch, Vater, ja? Hast du auch sie zurückgestoßen in die Dunkelheit, hast du sie mit den andern aufgegeben, weil dir die Vergangenheit Luknows kostbarer erschien als das Leben der Wartenden? Bedeutete dir die Urkunde über den abgewiesenen Tatareneinfall mehr als Greta? Ihr wart die letzten, die Luknow verließen, verlassen konnten in jener Nacht, und ihr fuhrt durch unsere Wälder nach Norden zur Küste, mit eurem absurden Fluchtgepäck, das euch dereinst einen absurden Anspruch erleichtern sollte, und wo ihr euch befandet, da war auch die Stadt, die ihr entleert hattet von ihrer Geschichte. Vielleicht glaubtet ihr damals, den anderen Soldaten nicht mehr überlassen zu haben als kaltes Gestein, zeugenlose Wände, eine leere Stadt, in die erst wieder Leben käme, sobald die Stimmen der Vergangenheit zurückkehrten – ihr täuschtet euch.

Mit der fliehenden Front zogt ihr nach Norden, und noch vor dem Haff, in einem verschneiten Tal, erwischte euch ein Flugzeug, flog euch zweimal an und schoß den Lastwagen in Brand, wonach ihr nur eine Kiste und mehrere Bündel mit Dokumenten retten konntet. Ihr habt den Chauffeur nicht begraben, ihr ließt ihn im ausgebrannten Führerhaus stecken, verschafftet euch einen Schlitten, ludet die verringerte, angekohlte Vergangenheit Luknows auf und zogt weiter am Haff entlang zu den vereisten Piers von Pillau. In einem Güterwagen, Vater, mußtet ihr vier Tage und vier Nächte auf ein Schiff warten, und während dieser Zeit gingst du daran, den verbliebenen Bestand an Geschichte zu sichten, den Verlust zu notieren. Was war verlorengegangen? Die Zeugnisse der Pest in Luknow, oder das gesiegelte Dokument, mit dem einer der schwammigen Herzöge von Kolsk das damalige Dorf Luknow seiner zwölfjährigen Mätresse überschrieb? Oder hatte unsere Stadt die Urkunden über ihren großen Sohn Fittko eingebüßt, jenen General während der Grenzkriege, der alle Gefangenen eigenhändig tötete? Hatte Fittko nun nie mehr gelebt? Du führtest Buch über den Verlust an Vergangenheit, Vater, du bilanziertest das Kapitel an Geschichte, das euch verblieben war, dir und deinem letzten Helfer, Sbrisny, dem Invaliden, der dich begleitete. Und ihr bekamt ein Schiff; obwohl die Pier voll von Verwundeten war, gelang es dir, einen Dringlichkeitsschein zu erhalten, der euch erlaubte, mit der Kiste und den Bündeln an Bord zu gehen; vier Verwundete blieben zurück, wurden für die Zeugnisse von Luknows Tradition geopfert. Es war ein alter Holzschoner, der euch rausbrachte und westwärts über die Danziger Bucht bis zur Reede von Swinemünde, wo ihr Anker warft und im Morgengrauen, beim Schwojen an der Kette, Berührung mit einer Mine fandet, endgültige Berührung, die das Schiff in Höhe des Maschinenraums auseinanderriß, so daß es in zwei Teilen wegsackte. Niemand hatte Gelegenheit, etwas zu retten, niemand außer dir: du warst in dem Floß, das du schweigend ausersehn hattest für solch einen Fall, mit all deiner umständlichen und manchmal unerträglichen Sorgfalt, und zur größeren Ehre Luknows verzichtetest du auf Sbrisny und nahmst einige Bündel von Urkunden ins Floß, wahllos, denn die Katastrophe ließ dir keine Zeit. Die Kiste versank. Der träge Zug des Wassers schwemmte die Papiere hinaus, trieb sie lautlos über den Grund wie tote Fische – Luknows verflossene Schicksale. Das Salzwasser tilgte die Schrift: der große Brand unserer Stadt hatte nicht stattgefunden, eine Hungersnot hatte es nie gegeben, kein Zeugnis sprach mehr davon, welche namentlich erwähnten Herren einst das Recht gehabt hatten, jeden Unbekannten zu töten, der ihr Land betrat. Und ihr hättet nie mehr belegen können, daß Luknow einst die Spielschulden des mächtigen Wranka übernahm, denn auch seine Quittungen waren in der Kiste.

Du aber, Vater, glaubtest, noch genug im Floß zu haben, so daß du Sbrisny zurückließest, wie du Greta zurückgelassen hattest, du gelangtest an den Strand, schlepptest die dezimierte Geschichte in die Dünen, blicktest nicht auf die Reede hinaus, sondern zogst weiter, als du deiner Kraft wieder vertrauen zu können glaubtest. Du hattest dem Landrat versprochen, die Aufgabe zu übernehmen, und du hieltest dich an dies Versprechen, erkanntest nichts anderes an. Du hattest dich gegen jeden Zweifel durch deine Überzeugung geschützt, für Luknow zu handeln, und du zogst weiter nach Westen, gelangtest durch deine List, die du so kunstgerecht tarnen konntest, auf die Puffer des letzten Zuges, der Swinemünde verließ. Und du überstandest die Fahrt, auch wenn du wieder einen Teil unserer Geschichte einbüßen mußtest: bei einer unvorsichtigen Bewegung rutschte ein Bündel aus deinen klammen Fingern, fiel in den Schnee zwischen den Schienen, wurde vom Wind erfaßt, über den Damm gewirbelt und wie riesige Schneeflokken über das flache Land. Verloren war auch dies: das Zeugnis eines frühen Bürgermeisters, der einst die Stadt retten wollte, indem er sich in einen Zweikampf mit dem Führer der Angreifer einließ und verlor; die Beurkundung einer öffentlichen Blendung von aufsässigen Knechten und all die anderen gegebenen, beglaubigten und gezeichneten Dokumente, die vom Glück und Unglück, vom Triumph und der Schande unserer Stadt Kunde gaben. Bis dahin, bis auf die Puffer des Zuges, hatten wir deine Spur verfolgt, und zwar weniger aus Anteilnahme – denn dazu gabst du uns keinen Anlaß –, als um die letzte Bestätigung für unseren Glauben zu erhalten, daß der verhängnisvollste Irrtum deines Lebens die Überzeugung war, die Geschichte einer Stadt wöge das Leben eines einzigen Menschen auf.

Dann bliebst du verschollen, zogst durch das Land auf der verzweifelten Suche nach deinem Auftraggeber, Stück um Stück der Geschichte Luknows ging verloren: die Zeit der Besetzung, der Aufstände, der drohenden Erscheinungen am Himmel, und zuletzt blieb nur noch der wasserdichte Beutel, den du in deinem Argwohn an der Haut fühlen mußtest Tag und Nacht. Auch wenn du das Gegenteil erreichen wolltest, durch dich erst wurde die Vergangenheit unserer Stadt in alle Winde gestreut, ihre mittelmäßige Geschichte, die ihr so hoch schätztet, weil ihr die Gegenwart insgeheim verachtetet. Wir wissen nicht, Vater, wohin dich dein Weg führte, nachdem du den Zug verlassen hattest; wir haben auch nicht den Wunsch, es zu erfahren.

Das Obdachlosen-Asyl, in dem du starbst, schickte uns deinen Napf und dein Besteck, eine Blechdose mit Kleingeld und Kippen und den Beutel, in dem die Reste von Luknows vergangener Zeit steckten. Wir legen keinen Wert darauf. Wir verachten sie nicht, aber wir fühlen auch keinen Grund, ihr das Geringste zu opfern oder gar für sie einzutreten, wie du für sie eingetreten bist. Hier, nimm deinen Beutel und fahr wohl.

1960

Der Beweis

Er maß und maß. Schon den ganzen Morgen war er dabei, die »Bertha II.« zu vermessen, seinen plumpen, geduldigen Lastkahn, den er, mit Hilfe immer nur eines einzigen Leichtmatrosen, durch Flüsse und Kanäle geführt hatte mehr als zweiunddreißig Jahre. Langsam und gewissenhaft nahm er Maß, mit eigensinniger Sorgfalt, ließ sich vom Meterband die Breite bestätigen, bewies dem Frachtraum seine Länge, las am fallenden Band die Höhe ab und trug alles in ein Notizbuch ein, während ich, sein einziger Leichtmatrose, auf dem Vorschiff saß, ganz betäubt von dem Licht und der Hitze über dem Ufer. Wir lagen vor den Schleusen fest, müssen Sie wissen, und der Sommer machte die Elbe schwarz, ließ den Spiegel weit unter normal fallen und buk die Algen auf den Steinen tot, und in den zitternden Luftschichten war ein Geruch von Brand und Verwesung. Sein bedächtiger Schritt unten in der Kühle der Frachträume war das einzige Geräusch, das ich auf dem warmen Eisendeck hörte, allenfalls ein leichtes Klatschen, wenn er das Meßband auf die Bodenbretter fallen ließ. Zweimal hatte ich ihn gefragt, ob ich ihm helfen solle, zweimal hatte er schweigend abgewinkt, und so saß ich und sah ihm beim Vermessen seines gedrungenen Lastkahns zu, seiner »Bertha II.«, die bewandert war in Ufern, Schleusen und Hebewerken.

Albert Schull maß den Abstand zwischen den Spanten, die den Frachtraum wie schwarze Rippen umschlossen, maß dann den Boden und die Höhe bis zum Deck und noch einmal bis zu den Luks, und ruhig, ohne Verblüffung oder Groll, das Notizbuch gegen die eiserne Bordwand gelegt, machte er seine Eintragungen, wonach er weder rechnete noch überlegte, sondern sich sogleich hinkniete und mit geduldiger Genauigkeit die Winkel ausmaß und die gewonnenen Werte ausdruckslos in sein Buch schrieb. Ich war da nicht mißtrauisch, war nicht beunruhigt, als er so sein Schiff vermaß, das möchte ich Ihnen versichern, obwohl ich mich natürlich hätte fragen können, wozu er, ausgerechnet vor der letzten Frachtübernahme, vor dem allerletzten Auftrag, die Abmessungen seiner »Bertha« überprüfte, dieses behäbigen, ausgedienten Flußpferds, das längst zum Abwracken bestimmt war, vielleicht sogar schon einen Termin hatte, zu dem es an der Schrott-Pier erscheinen sollte.

Seit vierzehn Monaten nannte ich ihn ›Kapitän‹. Seit vierzehn Monaten war ich Albert Schulls einziger Leichtmatrose und auf den Süßwasser-Reisen, auf denen ich für ihn arbeitete, hatte er mich nie neugierig auf sich machen können. Er stammte aus dem Osten, ich glaube, aus Nikolaiken oder Schwentainen, war untersetzt und breitwangig wie die Leute dort, hatte ein fleischloses Gesicht, graue Augen, deren Blick einen nie unsicher machte, auch wenn etwas von vergnügter List in ihnen lag, eine harmlose Verschlagenheit. Wenn er das Ruder hielt, sanft, gar nicht wie ein Kapitän, wenn er, von der Brücke, mit den Schleusenwärtern sprach, breit, höflich, als ob er sie mit der Stimme streichelte, dann fiel es mir jedesmal schwer, in ihm den Schiffsführer zu sehen, und ich, ich brauchte nur von der Arbeit aufzublicken und ihm zuzulächeln, damit ich sein Lächeln als Antwort erhielt. Eisgang auf den Flüssen, Regenböen, zerrende Strömungen: nichts brachte ihn außer sich, nicht die winterlichen Schrammen, die »Bertha« sich zuzog, nicht die sinkenden Frachtraten. An trüben Morgen, auch unter nebligen Ufern, wenn wir vorbeituckerten an unbelebten Dörfern, womöglich nur Leergut an Bord, stand Albert Schull auf der Brücke, zufrieden und genügsam wie die Leute in Nikolaiken oder Schwentainen.

Ich wußte wirklich nicht, wozu er unten war und sein Schiff vermaß, hin und her ging zwischen den blendenden

Sonnenquadraten auf dem Boden des Frachtraums, ohne Eile, ohne Seufzen vor allem, an diesem harten Sommertag ohne Seufzen, denn über den Luks und über dem eisernen Deck zitterte die Luft, und das Licht machte einen ganz verrückt und durchschlug sogar die geschlossenen Lider. Meinem kleinen, breitwangigen Kapitän schien das nichts auszumachen, er ertrug die Hitze, wie er die Kälte ertrug, und er war außerdem noch tätig in seiner pfefferfarbenen Jacke, mit der verschossenen Tuchmütze auf dem Kopf, und ich brauchte, nebenbei gesagt, nicht daran zu zweifeln, daß er diesmal vergessen hatte, die beiden Garnituren seines wollenen Unterzeugs auszuziehen, die er immer auf dem Leib trug.

Es ging mich nichts an, warum er auf einmal sein Schiff vermessen wollte, jetzt noch, kurz vor der letzten Frachtübernahme, kurz vor dem Abwracken, denn seit mehr als zweiunddreißig Jahren kannte er doch seine »Bertha« und ihre Verdrängung und Ladefähigkeit, und alle ihre altmodischen Abmessungen standen doch in den Schiffspapieren und mußten ihm vertraut sein. Ich saß in der Sonne auf dem Vorschiff, die Füße in einer Pütz mit lauwarmem Wasser, den Kopf im Schatten der baumelnden Wäsche; so schlief ich ein, und ich verschlief den Augenblick, in dem Albert Schull aus dem Frachtraum heraufstieg und in die Kajüte ging mit den neu gewonnenen Zahlen in seinem Notizbuch.

Ein sengender Wind, der von den Ufergärten herüberkam, weckte mich. Ich stand auf, blickte in die Luke hinab, meine Fußsohlen brannten auf dem warmen Eisen, auf dem Wasser funkelte es wie altes Öl. Ich wußte gleich, daß er in der Kajüte war, in dem niedrigen, holzverkleideten Raum, in dem er auf selbstgefertigten Ständern seine Topfpflanzen zog, an die er von Zeit zu Zeit mahnende Ansprachen richtete. Kein Bild, kein Buch, keine persönliche Erinnerung waren in der Kajüte zu finden, nur Schrank, Bett und

Tisch, ein Drehstuhl mit Armlehne und, wie gesagt, schwere Topfpflanzen, die in ihrer gedrungenen Robustheit »Berthas« Natur zu entsprechen schienen. Albert Schull saß vor dem Tisch, auf dem er Papiere und Pläne ausgebreitet hatte, saß unbeweglich da, mit dunklem Gesicht, mit gespannten Schultern, seine Augen waren fast geschlossen, sein Kopf vorgestreckt, so, als lauschte er. Leise drückte ich das Fenster auf, wartete schweigend, in der Hoffnung, er werde sich umwenden, doch er blieb sitzen in dieser Haltung mühsamen Lauschens, und da fragte ich: »Haben Sie was für mich, Kapitän?« »Zieh dich an«, sagte er. »Jetzt?« fragte ich, »jetzt gleich?« »Sofort«, sagte er, »zieh man dein bestes Zeug an, Jungche. Setz die Mitze auf, wir missen an Land. Mach das Bootche klar.« »An Land?« fragte ich zum Fenster hinein. »Ja, Jungche«, sagte er, »wir missen an Land.« Und ich noch einmal: »Ist etwas geschehen? Etwas Schlimmes?« »Ja«, sagte er und sagte es gegen die Wand.

Ich ging in meine Kammer und zog mich an, meine Haut brannte unter dem Stoff, der Sommer machte eine Schmiede aus meiner Kammer, die Luft glühte, und immerzu fiel ein Hammer. Dann machte ich das Boot klar und ging in die Kajüte, wo Albert Schull schon auf mich wartete, angetan mit einem fleckenlosen, geschonten Zweireiher, schwarz mit grauen Streifen. Er hatte die Mütze gegen einen Hut getauscht. Er hielt eine Aktentasche in der Hand. Der Tisch war aufgeräumt, und die feucht schimmernde Erde in den Töpfen verriet, daß er den Pflanzen Wasser gegeben hatte. »Was ist passiert?« fragte ich. »Genug«, sagte er. »Wo wollen wir hin?« »Wo's Gerechtigkeit gibt, Jungche, aufs Frachtbüro, da wollen wir hin.« »Was für 'ne Gerechtigkeit?« fragte ich.

Er seufzte, machte eine resignierte Handbewegung, stieg mir voraus aufs Deck und dann wortlos ins Boot hinab, das ich hinüberwriggte zum Anlegesteg, stehend und knapp aus den Handgelenken, ganz geblendet von der Sonne auf dem schwarzen Wasser. Albert Schull saß regungslos auf der mittleren Ducht, hielt die Aktentasche auf den Knien, und so wie er dasaß in dem Licht und in dem unaufhörlichen Mittag, hatte er etwas von einer lächerlichen Würde, von einer komischen Feierlichkeit. Er ließ mich das Boot festmachen, schritt feierlich, blicklos über den Landungssteg, wartete auf der Straße, ohne sich nach mir umzusehen. Hintereinander gingen wir durch den Staub zur Haltestelle des Busses, und dort berührte er mich einmal, indem er meine Hände aus den Taschen zog.

Wir fuhren mit dem Bus in die Stadt, er löste die Fahrscheine für uns beide, suchte uns einen Platz aus und untersagte mir, ein Fenster zu öffnen. Unsere Körper schwankten, hüpften, kippten im gleichen Rhythmus zur Seite. »Zum Frachtbüro?« fragte ich. Er klopfte mit loser Hand auf die Aktentasche. »Welche Gerechtigkeit?« fragte ich, und Albert Schull, mein Kapitän seit vierzehn Monaten, wandte mir sein dunkles Gesicht zu und sagte leise: »Zuwenig, Jungche, Bertha is man zu klein vermessen: das hab ich ausgerechnet.« »Zu klein?« fragte ich. Er nickte. Er sagte: »Um acht Tonnen zu klein. Sie haben sie vermessen mit zweihundertvierundfünfzig Tonnen, aber sie hat eigentlich zweihundertzweiundsechzig. Sie haben einen Fehler gemacht beim Vermessen und beim Registrieren. Ist sicher, Jungche, ist ganz sicher.« Er klopfte wieder auf die Aktentasche und fuhr fort: »Wer sehn möchte Beweise, Beweise hab ich genug. Wer lesen kann, wird sich schnell überzeugen.« »Acht Tonnen?« fragte ich. »Acht Tonnen«, sagte er. »All die Jahre?« »All die Jahre.« Er drückte die schäbige, unverschließbare Aktentasche an seinen Leib. Er sah da zuversichtlich aus, möchte ich sagen, und sein breitwangiges Gesicht erschien mir entspannt, verbarg keinen Plan. Ich wußte, was er von mir jetzt erwartete, und ich sagte: »Acht Tonnen durch all die Jahre, das gibt eine gute Zahl.« »Viele Fahrten«, sagte er. »Wenn sie anerkannt werden«, sagte ich. »Unberechnete Fracht«, sagte er, und ich darauf, ganz erledigt von dem Sommer: »Verloren, vielleicht ist alles verloren.«

Wir stiegen am Hauptbahnhof um und noch einmal am Rathaus, und ich sah, daß Albert Schull nicht mehr angesprochen werden wollte, daß er erkennbar rechnete, acht Tonnen Überfracht durch zweiunddreißig Jahre, nicht immer, aber doch so oft, daß die Zahl, die sich als Forderung ergab, Bewunderung und Erschrecken zugleich hervorrief oder doch hervorrufen würde ... acht Tonnen, die ihm fehlten, die unberechnet geblieben waren, wann immer er nach registrierter Ladefähigkeit gefahren war, und obwohl er zu wissen schien, daß der genaue Verlust sich nie mehr würde errechnen lassen, reichte bereits das ungefähre Resultat aus, um meinen Kapitän, sagen wir mal, vor eine Aufgabe zu stellen, der er alles unterordnete. Kein Groll, auch kein vermuteter Triumph bestimmten seine Schritte, als er mir vorausging zum sechsstöckigen Backsteingebäude unserer Genossenschaft, in dem das Frachtbüro ein Stockwerk besetzt hielt; er schritt gleichmäßig, aufrecht, allenfalls ein wenig steif dahin, so als sei er überzeugt davon, daß man ihm die beanspruchte Gerechtigkeit gebührenpflichtig durch einen Schalter hinausreichen werde. Der invalide Portier im Glashaus widerlegte ihn nicht darin. Er winkelte seinen Arm hoch an, streckte die Hand durch die Sprechklappe und begrüßte uns notdürftig, doch herzlich, und wies uns hinauf in einen kühlen Flur.

Ich hatte damit gerechnet, daß Albert Schull mich mitnehmen würde überallhin und daß er mich als Zeugen wünschte bei jedem Gespräch, doch in der schattigen Kühle des Flurs wies er auf eine Bank, sagte: »Wart da, Jungche«, nickte mir zu, verschwand in der Anmeldung und ließ mich allein. Ich saß und wartete und rauchte, bis einer kam und mir das Rauchen verbot, danach saß ich nur und horchte, stellte mir vor, wie Albert Schull hinter den Türen verhandelte mit Hilfe der Papiere und der neuen Maße, wie er geduldig sprach in seinem breiten gemütlichen Tonfall und zuletzt, als sprechenden Beweis, womöglich noch sein Maßband auf den Tisch legte. Mehrmals öffneten sich Türen, Männer traten heraus, gingen eilig, aufgeräumt oder nachdenklich, an mir vorbei, nur mein Kapitän kam und kam nicht. Da fragte ich mich, warum er mich mitgenommen hatte, denn den Weg, sagte ich mir, hätte er doch auch allein gefunden, aber da wußte ich ja noch nicht, welchen Dienst er von mir erwartete. Einmal trat er mit einem hünenhaften Beamten, der seine Papiere trug, auf den Korridor, aber nur, um hinter einer anderen Tür zu verschwinden; er hatte keinen Blick für mich, kein Lächeln wie sonst. Mir wurde es peinlich, so lange zu warten, denn eine große, gesäßlose Sekretärin, die anscheinend in mehreren Zimmern zu tun hatte, musterte mich mit zunehmender Mißbilligung, sooft sie an mir vorbeiging.

Ich hielt aus, ich blieb sitzen und stellte mir den dramatischen Beweis vor, den Albert Schull lieferte, um sich Gerechtigkeit zu verschaffen, Gerechtigkeit für acht unberechnete Tonnen Fracht, die er für einen unbekannten Teilhaber durch zweiunddreißig Jahre gefahren hatte. Ich tat es so lange, bis ich hungrig wurde und erwog, eine heiße Wurst in der Kantine zu essen, doch da kam er, kam ohne seine Aktentasche und die Beweismittel, und an seiner Haltung, an seinem Gang und an seinem Gesicht erkannte ich, daß ich einen veränderten Kapitän hatte. Er kam mit kleinen, heftigen Schritten auf mich zu, stöhnte, ergriff meinen Arm, drückte zu, als ob er sich Erleichterung davon erhoffte; dann stieß er mich zum Ausgang. »Umsonst?« fragte ich, »alles umsonst?« Er antwortete nicht, schien nicht einmal meine Frage gehört zu haben. Der Portier rief uns etwas zu, streckte seine Hand durch die Sprechklappe; Albert Schull hörte nichts, sah nichts, trieb mich mit Stößen und Blicken in die Sonne hinaus und weiter zur Haltestelle des Busses. Ich kannte da Albert Schull nicht so gut, als daß ich gewußt hätte, daß er allem Unvorhergesehenen durch Schweigen begegnete, und zwar durch ein nennenswertes Schweigen, denn es mutete zugleich bedrohlich und hilflos an. So fuhren wir zurück, er schweigend neben mir, mit schmalen Augen und Händen, die darauf aus waren, etwas zu umfassen und zu drücken, und was er erreicht oder nicht erreicht hatte, das behielt er für sich. Sein gelegentliches Stöhnen enthielt nicht mehr als Andeutungen, konnte da noch beliebig gedeutet werden. Eile, Eile war das einzige, was ihm anzumerken war und vielleicht auch eine nicht näher zu bezeichnende Gewalt, der er sich widersetzte. Er ließ es geschehen, daß ich ein Fenster im Bus öffnete, wahrscheinlich bemerkte er es nicht einmal, obwohl die strömende Fahrtluft sein Gesicht traf, in seinem dünnen Haar einen Sturm verursachte.

Als wir den Bus verließen und den Strom sehen konnten, wenn auch noch nicht unsere »Bertha«, machte ich wieder einen Versuch, fragte einfach: »Anerkannt? Haben sie ›Berthas‹ Taillenweite anerkannt?«, worauf er mich nickend aufforderte, in die »Goldene Schleuse« hinüberzugehen, in diese Kneipe, in der es mich zu jucken begann, sobald ich mich nur auf eines der fleckigen, altmodischen Sofas gesetzt hatte. Er verlangte es mit einem Ausdruck, der keinen Widerspruch zuließ; das war mir neu, und ich tat, was er wollte.

Die »Goldene Schleuse« war immer besetzt, immer von den gleichen Leuten, die an den fleckigen Sofas festgeklebt waren und ihre Kähne vergessen zu haben schienen, die unten im toten Arm nebeneinander vertäut waren. Sie saßen im Hemd da, die Mütze auf dem Kopf, hatten nichts miteinander zu reden, nur wenn ein Neuer hereinkam, dann sahen sie sich fest an ihm und unterhielten sich mit ihren Blicken. Wir gingen an ihnen vorbei zur Theke, Albert Schull verlangte zwei Flaschen Bier, ergriff seine Flasche hastig und begann zu trinken, ohne mir zuzuprosten. Während er trank, blickte er durch den Raum, auf die festgeklebten Leute, und auf einmal setzte er die Flasche ab, stöhnte, trat ruhig an einen Tisch heran, an dem eine mächtige Warnboje saß, die aussah wie ein Schiffer, und mein Kapitän hob die Flasche, goß den Rest Bier mitten auf den Tisch, daß es nur so spritzte und schäumte und eine schmutzige Lache entstand. Die Warnboje, die aussah wie ein Schiffer, nahm nicht einmal die Hände vom Tisch, sah nur unbewegt zu, wie das Bier über die Tischplatte schäumte. Das hatte Albert Schull nicht erwartet. Er setzte die Flasche auf den Tisch und zog der Warnboje die Mütze über die Augen, warum auch nicht, und stand dann zitternd da und beobachtete, wie die Boje sich belebte und erhob und gar nicht aufhören wollte, sich zu erheben. Da machte mein Kapitän ein Gesicht, als ob er erleichtert sei, packte seine Flasche, hieb ihr an der Kante des Tisches den Boden ab. Erleichtert sah er aus, sagte ich, aber Sie müssen auch wissen, daß er den Eindruck eines Mannes machte, der außer sich sein wollte und es nicht konnte.

Die Warnboje schlug ein einziges Mal zu. Albert Schull hatte keine Verwendung für den scharfkantigen splittrigen Flaschenhals. Er ließ ihn fallen im Sturz, und er stürzte so, daß ich ihn auffangen konnte. Auf seinem breitwangigen Gesicht lagen weder Überraschung noch Schmerz, dafür glaubte ich, eine Art listiger Zufriedenheit zu erkennen in der entscheidenden Sekunde, in der er bemerkte, daß ich ihn festhielt.

Jedenfalls hatte er dafür gesorgt, daß ich dabei war und er selbst jemanden hatte, der ihn hinausschleppte und, über die staubige Uferstraße, durch die entzündete Luft zum

Anlegesteg hinab. Ich bettete ihn ins Boot. Ich stützte seinen Kopf auf die mittlere Ducht, so daß sein Gesicht von der Sonne getroffen wurde. Und er sah auch jetzt noch zufrieden aus, während er vor mir lag. Dann wriggte ich uns zu »Bertha« hinüber.

In der Kajüte lächelte er mir zu, mit seinem alten, freundlichen und verschlagenen Lächeln, und seine Stimme war sanft wie immer, als er sich bei mir bedankte. Es mußte ihm sehr gut gehen, denn er bot mir von einem Schnaps an, den er selbst nur selten trank, und ich, sein einziger Leichtmatrose, konnte nicht ablehnen. Und er entsann sich auf einmal, daß er mir noch eine Antwort schuldete: »Ach ja, Jungche«, sagte er, »ja, du hast mich vorhin nach dem Schiff gefragt.« »Nach den Abmessungen«, sagte ich. »Ich habe ihnen alles dagelassen«, sagte er, »die alten und die neuen Abmessungen.« »Alles umsonst?« fragte ich. »Sie halten mich für verrückt«, sagte er, »sie haben man die Beweise gar nicht gelesen, nur zugehört haben sie mir, und dann leise gesprochen und mich angesehen, wie man einen Verrückten ansieht.« »Sieht ihnen ähnlich«, sagte ich, und er darauf: »Aber sie werden sich wundern, Jungche. Sie werden Augen machen, wenn ich ihnen den letzten Beweis liefere.« »Welchen Beweis?« fragte ich. »Den letzten«, sagte er, »du wirst schon sehen«, und er lächelte zufrieden, wie man vielleicht am Sonntagvormittag lächelt. »Meine Abmessungen haben sie nicht überzeugt, etwas anderes wird sie überzeugen.« »Die Werft?« »Wart ab.« »Der Zoll?« »Wart nur ab.« Da sah ich ihn lange und genau an, und ich hielt ihn nicht für verrückt.

Einen zweiten Schnaps schenkte er nicht ein, und so ging ich in meine Kammer, zog mich wieder um und machte alles klar zum Passieren der Schleusen, und als ich ihn am Ruder sah, sanft, gar nicht wie ein Kapitän, als ich ihn mit dem Schleusenwärter sprechen hörte, vergnügt, in seiner anspruchslosen Höflichkeit, begann ich mich zum ersten

Mal vor dem Beweis zu fürchten, den er ausspielen wollte, um seine Gerechtigkeit für unberechnete acht Tonnen zu erhalten.

Ohne Verzögerung gingen wir durch die Schleusen und tuckerten an kochenden Ufergärten vorbei, an Pontons, auf denen Teerzungen funkelten, tuckerten an schlaffen Schilfgürteln vorbei, in denen der Nachmittag brütete, hinab zum Elektrizitätswerk und dann zu unserem Frachtkai, wo sie uns schon erwarteten. Albert Schull fuhr ein sehr gutes Anlegemanöver, ich konnte die Leinen einfach hinübergeben, und gleich nachdem wir festgemacht hatten, zogen sie die Tore des Schuppens auf: die letzte Frachtübernahme begann.

Diesmal mußte ich an Deck bleiben, und mein Kapitän stieg selbst in den Frachtraum hinab, etwas, was er noch nie getan hatte in den vierzehn Monaten, in denen ich bei ihm war, und er half dort unten in dem heißen Käfig beim Auspicken und Stauen, flitzte hin und her in seiner pfefferbraunen Jacke, ermunterte, korrigierte und befahl. Wir nahmen eine Spendenfracht über, die für ein Erdbebengebiet bestimmt war, Kisten mit medizinischen Geräten und Impfstoffen und sogar ein ganzes Hilfslazarett, und natürlich geschnürte Ballen von getragener Kleidung, auch Schuhe, auch Konserven. Wir sollten all das Zeug in den Hafen bringen, wo es von einem Schnellfrachter übernommen werden sollte, und Albert Schull arbeitete, als sei ein Verwandter von ihm unter den Leuten, die die Spenden nötig hatten. Nichts war ihm anzumerken, nicht die Unruhe, die die Entdeckung der ungenauen Maße hervorgerufen hatte, nicht die Erbitterung oder Enttäuschung über seine fehlgeschlagenen Verhandlungen, und Sie werden verstehen, wenn ich sage, daß er mir einfach zu folgenlos über alles hinweggekommen schien. Sichtbare Enttäuschung oder meinetwegen die deutliche Beschäftigung mit einem neuen Entwurf hätten mich jedenfalls sorgloser gemacht.

Während wir die Spendenfracht übernahmen, machte hinter uns schon der nächste Kahn fest. Auch er wurde mit Spenden beladen. Auch er sollte das Gut zu dem Schnellfrachter hinbringen. Wir machten nur eine Kaffeepause, und Albert Schull war es, der sie als erster beendete, händereibend hinabstieg und dort wie ein Stauervize arbeitete bis zur Dämmerung und durch sein stetiges Drängen auch erreichte, daß wir bei Beginn der Dunkelheit voll waren und ablegen konnten.

Wir drehten also in den Strom, ich stand neben dem Ruderhaus, nur mit einer Turnhose bekleidet; ich stand und rauchte und beobachtete aufkommende Lichter und zitternde Lichtpfeile auf dem schwarzen Wasser. So ließ sich der Sommer vergessen. Albert Schull stand am Ruder, sanft, beherrscht wie immer – eine Beherrschtheit, die in seinem Gesicht lag und den Händen, die das Ruder hielten. Das abgeknickte Rohr des Auspuffs vibrierte. Friedlich tukkernd, mit funkelndem Kielwasser glitten wir stromabwärts. »Werden wir nachts entladen?« fragte ich ins Ruderhaus hinein. Ich erhielt keine Antwort. »Soll ›Bertha‹ gleich entladen werden?« wiederholte ich, und er darauf: »Frag nicht soviel, Jungche, ruh dich aus.« Er blickte aufmerksam voraus, und ich legte mich auf eine Persenning hinter dem Ruderhaus, dort, wo unter mir die Schraube das Wasser walkte und die gefettete Ruderkette lief. Ich sah zu den erleuchteten Häusern am Ufer, dachte mich in sie hinein, entwarf mir so abendliches Familienleben und merkte dabei nicht, wie »Bertha« ihren Kurs änderte, leicht nur, ohne daß die Kette sich viel bewegte. »Bertha« lief tuckernd, gleichmütig und in spitzem Winkel aus dem Fahrwasser raus, riß eine der wippenden Bojen aus der Verankerung; die Boje trudelte neben der Bordwand vorbei, schlug wie zum Abschied gegen das Heck, gerade dort, wo ich lag, so daß ich aufsprang und zum Ruderhaus stürzte, um Albert

Schull darauf aufmerksam zu machen; doch ich schaffte es nicht bis zu ihm, denn das Schiff hob sich unter mir, wuchs mit seinem Deck und den Bordwänden aus dem Wasser, gleichmäßig, geräuschlos – »Bertha«, dies träge, gedrungene Flußpferd, dieser Veteran der Kanäle und Ströme, sie hob ihre dunkle Masse aus dem Wasser, drückte und drückte sich empor mit all der Fracht in ihrem Bauch, und jetzt hörte ich einen Laut, der so klang, als wenn eine Diamantspitze Glas schneidet, nur noch fordernder, rücksichtsloser und vielfach verstärkt, ich hörte etwas knirschen und knacken, sah den Bug des Kahns sich aufrichten gegen den dunklen Himmel und die Lichter am Ufer geradewegs niedersinken, ich wollte etwas rufen und konnte es nicht. Dann erhielt »Bertha« einen Schlag unter Wasser, sie ruckte heftig, schien zu schnaufen und ein wenig zu sacken, so, als sei sie angeschlitzt worden, und ihre drängende Bewegung wurde kraftlos, verlief sich; schließlich krängte sie und blieb, immer noch mit hochgerecktem Bug und schrägem Deck, liegen.

Zuerst dachte ich, ich sei eingeschlafen, denn Sie müssen wissen, daß Albert Schull alle Bänke und Untiefen und versetzenden Strömungen kannte, und ich wußte von ihm, daß er mit seiner »Bertha« nie festgesessen hatte in den zweiunddreißig Jahren. Aber das schräge Deck und das Knacken im Schiff und all die Leute, die sich im Lichtschein am Ufer versammelten, bewiesen mir, daß wir schwer aufgelaufen waren und quer zur Strömung festlagen. Außerdem hörte ich ein burbelndes Geräusch aus dem Frachtraum, von dorther, wo wir das Leck empfangen hatten, durch das Wasser einbrach.

Ich wollte etwas tun und wußte nicht, was, stürzte dann doch zum Ruderhaus und fand Albert Schull still, mit aufgestützten Beinen auf seinem Schemel hocken. Ich brauchte mich nicht zu versichern, brauchte ihn auf nichts aufmerksam zu machen, denn seine vergnügte List, die harmlose

Verschlagenheit, mit denen er mir entgegenblickte, sagten mir, daß er alles wußte, und mehr als dies: daß alles geschehen war nach seinem Plan. Aber ich sagte dennoch: »Wir sitzen fest, Kap'tän, wir haben ein Leck«, und er: »Ja, Jungche.« »›Bertha‹ ist leckgeschlagen«, wiederholte ich. »›Bertha‹, ja«, sagte er gemütlich, und nach einer Weile: »War ihre letzte Fahrt.« »Aber die Ladung«, sagte ich. »Ruhig, Jungche«, sagte er, »sie werden schon längsseits kommen in der Frühe und die Ladung bergen.« Und erwartungsvoll: »Dann wird sich alles zeigen.« »Soll ich das Boot aussetzen?« fragte ich, und er, mit seiner furchtbaren Ruhe: »Laß man, wir bleiben an Bord. Sinken können wir hier nicht.« Die Langsamkeit seiner Stimme, die Ruhe seiner Hände und diese tatenlose Geduld reizten mich, und ich rief: »Ihr Beweis, nicht! Das ist wohl der Beweis!« »Wart ab, Jungche«, sagte er. »Die Fracht«, sagte ich. »Wart doch ab.«

Da kam mir unser Unglück vor wie die einzige Notwendigkeit, derentwegen er noch lebte, und ich ging in meine Kammer, um nachzusehen, was da beim Auflaufen geschehen war.

Ich sah ihn erst am Morgen wieder, bevor er umstieg auf die flache Schute der Bergungsfirma, die längsseits gekommen war. Er gab mir die Hand und sagte leise, vergnügt und mit einer irren Zuversicht: »Bei der Bergung rechnen sie genau.«

Dann stieg er um, und ich hörte erst wieder von ihm in der »Goldenen Schleuse«, wo sie anscheinend alles wissen. Sie wußten, daß sein Schiff wirklich zweihundertzweiundsechzig Tonnen hatte, acht Tonnen über seine Vermessung; in der Bergung arbeiten sie genau, doch als Albert Schull das erfuhr, war seine »Bertha« längst zerschnitten und zerschweißt.

1964

Die Schärfe der Kufen

Natürlich soll alles leicht und schlank sein beim Eis-Segeln, und so hatten wir Sperrholz für die Sitze genommen, Bambus für den Mast, und als Segel zogen wir eine rote Leinwand auf: die stand für nettes Wagnis und Gefahr. Drei Schlittschuhe, die wir an leichtes, aber hartes Holz genagelt hatten, spielten die Kufen – zwei an den Seiten, einer achtern unter dem luftigen, schmalen Kreuz –; als Steuerpinne hatte sich uns ein trockener, halber Stiel angeboten, und was an Tauwerk nötig war, hatte einst Postsäcke zusammengehalten. Alles war schlank und gewichtslos, ein offener Entwurf, den der Wind zu vollenden hatte, ein Angebot an den Fallwind bei der Domäne, eine Aufforderung für den verläßlichen Wind in der Baranner Bucht. Ohne Eindruck und Gewicht, war unser Eisschlitten eher eine Verheißung oder Möglichkeit als schon ein Versprechen, und wir trugen ihn eilig und mühelos zum eisverkrusteten Steg des Bootshauses am Lyck-See hinab.

Da war eine Ungeduld im Schlitten, eine Neigung zum Gleiten, obwohl er noch nicht unter dem roten Segel stand, sondern nur ungetakelt im böigen kalten Wind, der ihn gleich anfiel und erprobte. Und als ich das Segel setzte, mußte Rudi den Schlitten halten, so ruckte und schüttelte er sich; immer gefährdet, seitlich wegzukippen, umzuschlagen, immer darauf aus, über das schieferdunkle, nur von schmalen, sichelförmigen Wehen bedeckte Eis davonzuflitzen. Das Segel schlug gleich und flatterte und verlangte dringend nach einer Erlaubnis, und da nickten wir uns zu und schoben an und sprangen auf.

Der Wind war aufrichtig, er bewies uns gleich seine Unzufriedenheit und drückte uns zur Insel mit dem weißen Gefängnis hinüber, aber wir waren anscheinend glücklich, zogen die Mantelspitzen über die Knie, lernten entspannt zu sitzen, doch ja, wir waren glücklich, während die Notkufen knisterten und drei sehr schmale, scharfe Linien in das dunkle Eis schnitten, die unsere sichtbare Spur darstellten. Wir ließen dem Wind seinen Einfall und waren einverstanden mit dem Kurs, glitten hart, angestrengt, jedenfalls weniger schnell, als wir gedacht hatten, auf das weiße Gefängnis zu, parallel zur Brücke und dem befestigten Damm, den glasiertes Weidengesträuch flankierte. Unterhalb des Dammes lagen auf hölzernen Böcken kieloben die Ruderboote, die uns der Verleiher im Sommer für eine halbe Stunde überließ, wenn wir sie am Vormittag leer schöpften; ihre Kiele waren mit Reif gepudert wie mit Farin, Lacke und Farbe lösten sich da schon unter dem scharfen Fingernagel des Frosts, und die Boote sahen jetzt gar nicht aus, als ob man etwas mit ihnen erleben könnte. Sie kamen mir unbegabt vor für den See, und ich stellte mir vor, daß sie ertrinken könnten – so, wie sie dort lagen unterhalb des Dammes hinter dem schiefgedrückten Bootssteg, für dessen graugescheuerte Pfähle das Eis eine kurzfristige Garantie gegeben hatte: im Frühjahr würden sie ersetzt werden müssen.

Das fordernde Rot unseres Segels konnte den Wind nicht beeindrucken, der uns stetig zur Insel hinüberzwang, das weiße glitzernde Gefängnis wachsen und wachsen ließ, bis wir auf einmal in seinen Schatten gerieten, ausglitten, mit schlaffem, nur noch fächelndem Segel unter den Blicken der Gefangenen lagen, die die Fenster besetzt hielten. Ich glaube, die Gefangenen baten uns stumm, weiterzufahren; sie wünschten sich, uns in Bewegung zu sehen. In der stillen Beharrlichkeit, mit der sie uns beobachteten, lag die Aufforderung, ihnen das nutzlose Glück der Bewegung vorzuspielen. Aber Rudi hatte etwas am achteren Steuerschlittschuh auszusetzen, dessen Drehfähigkeit er zunächst biegend und hämmernd verbesserte, bevor wir von neuem anschoben, aufsprangen und zu den vergitterten Fenstern hinaufwinkten, hinter denen unser Winken langsam, fast nur angedeutet, erwidert wurde. Weit vor uns in Richtung Sybba, dort, wo die tiefste Stelle unseres Sees sich befinden sollte, brachte der Wind die schmalen Schneewehen in Aufruhr, sammelte sie, warf sie stäubend in die Luft, machte sich zierliche Kreisel aus ihnen und entrollte sie zu unterwürfigen Wimpeln, die er dann dem Schilf schenkte. Dorthin wollten wir, und wir glitten aus dem Windschatten des weißen Gefängnisses hinaus, und gleich drückte ein unglaubliches Knie auf uns, der Bambus bog sich und knackte, der Schlitten hob sich seitlich, ließ eine Kufe frei in der Luft hängen, und das Segel war einverstanden mit der Kraft, die es prüfte. Jedesmal, wenn wir über Risse im Eis glitten, die der Frost besorgt hatte, ruckte und hüpfte der leichte Schlitten, und ich hatte schon Angst, die Kufen würden von den Blöcken abbrechen, doch wir sackten nicht durch.

Wir flitzten knapp vor dem braunen Schilfgürtel, parallel zum verschneiten Uferweg, zunächst am Böhmer-Denkmal vorbei, wo rostige Konserven, Flaschen und Zeitungen, deren Schrift nur noch schwach oder schon gelöscht war, an den Sommer erinnerten, an behäbiges und freimütiges Badeleben, das sich aus unerklärlichen Gründen für einen Ort entschieden hatte, an dem der Major Böhmer ertrunken war und wo Binsen, Schilf und kauzig gewachsene Kalmuswurzeln lediglich eine sehr schmale Bucht freigaben, deren Wasser trübe war, deren Grund die samtene Glätte des Schlamms besaß. Jetzt hockten Angler auf ihren Holzkästen dort, gekrümmt unter dem Wind, manche mit kaltem Glitzern im Schnauz, und sie hoben und senkten den kurzen Stock mit der Schnur, blickten in die gezackte, sorgsam geschlagene Wune, neben der hartgefrorene Fische lagen. Schwerfällig wandten sie sich um bei unserem scharfen Kufengeräusch, doch sie hatten noch nicht einmal die Warnung überdacht, da waren wir schon leicht und rot vorbei und ließen sie zurück gegen einen Hintergrund nackter Erlen.

Das Eis seufzte unter den Kufen, deren Spur klar und dünn war, von drei Diamanten gerissen, die der Wind führte mit Hilfe unseres Gewichts. Warum nur keine anderen Eissegler zu sehen sind, dachte ich und dachte: der See gehört uns allein und er eignet sich als unser Besitz mehr als alles andere, weil er so schnell ist unter uns oder wir auf ihm. Wir zitterten nur und verlangten nach mehr, als wir an der steilen Böschung des Rennplatzes vorüberflogen, dort, wo das feldgraue Unglück exerzierte und sich bereit machte und wo wir unter Schnee, Dreck und vergeßlichem Sand leere Patronenhülsen suchten – rasch und spielerisch vorbei, und gleich darauf, vor dem verläßlichen Wind der Baranner Bucht, in leichtem Bogen Richtung Sybba zur tiefsten Stelle des Lyck-Sees, der sich, wie viele der dreitausend Seen in Masuren, bei der Ablagerung des Moränenschuttes gebildet hatte, wem das etwas sagt.

Jetzt machte der Wind aus unserem Schlitten einen Vogel, er warf und schleuderte uns nur so über das dunkelglänzende Eis, stellte uns schräg, drückte den Bug – oder doch das, was wir an unserem Brettkreuz den Bug nannten – aus dem Kurs, und überstäubte uns mit trockenem Hagelschnee, so daß wir keine Zeit hatten, der Tiefe des Sees innezuwerden. Diese feinen, stechenden Schmerzen überall: das war die Freude, und das war auch die Angst, daß das Tauwerk reißen könnte, aber die gewachsten Schnüre vibrierten nur im Wind und ließen sich nicht ihre Spannung nehmen, sosehr wir auch geschüttelt wurden, nein, nicht geschüttelt, sondern mit einem unglaublichen Katapult über das Eis geschossen, zur Wittko hin, zu der flachen Halbinsel, wo ein gemütlicher Schießstand war und wo sie an Sommertagen, das Bier in Reichweite, ihren Pappkameraden gemütliche Herzschüsse beibrachten. Da sahen wir die Besen im Eis, Stangen mit einem Strohwisch dran, und wir verstanden die Warnung. Rudi befahl etwas der Pinne, und die Pinne überzeugte sogleich den achteren Steuerschlittschuh, worauf wir mit knatterndem Segel abdrehten. Wir fuhren um die Wittko herum. Wir fuhren so, daß wir uns nicht festhalten mußten, und wir waren sehr glücklich und sprachen kein Wort miteinander.

Eine Bucht öffnete sich, doch wir fuhren nicht hinein, denn die Bucht war gefüllt mit geschnittenen Kiefernstämmen, die im Eis festgefroren waren, ein ganzes Floß war festgefroren, und die Flößer waren zu Hause, tranken Nikolaschka und verwechselten ihre Kinder. An den Stämmen, deren Schnittflächen gelblich leuchteten, saß eine beratende Versammlung von Krähen, die sich bei unserem Anblick protestierend erhob, sich mit hochgestellten Flügeln dem Wind anbot, Richtung Sperrholzfabrik abwinkelte. Wie mochte unser Schlitten von vorn aussehen? Wie von der Seite? Man müßte sich selbst sehen können, dachte ich, hier und da, beteiligt und unbeteiligt: dann wäre das Gefühl vollkommen und die Einsicht in das Geheimnis dieser Bewegung, die sowohl dem Gleiten entsprach wie dem Flug.

Vor den Stämmen lagen höhere und breitere Schneewehen, doch sie zwangen uns nicht zum Halten, verringerten nur unsere Fahrt. Ich blickte auf das dunkle Eis, das mehr als einen halben Meter dick war und in seinem Innern, in einem ganz und gar durchsichtigen Gefängnis, Luftblasen und Binsen und Borkenstücke gefangenhielt. Der Grund des Lyck-Sees allerdings war nicht zu erkennen. Vielleicht hätte ich ihn erkannt, wenn wir angehalten hätten, doch wir hatten nur den Wunsch, eilige Erfahrungen mit dem See zu machen, und so flogen wir nach Sybba hinunter.

Da waren Arbeiter einer Brauerei beim Eisschneiden. Sie hatten sich ein Viereck abgesteckt, gekennzeichnet, und dann sägten sie mit einer Handsäge gleich große Blöcke aus dem Eis, fischten sie mit Bootshaken auf, schoben die Blöcke knirschend zum Ufer, wo andere Männer sie in Empfang nahmen und über Gleitbalken auf einen Schlitten luden. Die Blöcke schimmerten und gefielen mir sehr, und ich fand sie durchaus geeignet für ein Spiel, obgleich ich das Spiel mir selbst nicht vorstellen konnte.

Wir winkten den Arbeitern zu, die nicht zurückwinkten, sondern nur dastanden mit ihrer schwerfälligen Bedenklichkeit, und wir mochten sie nicht, nein, und wie wenig wir darauf angewiesen waren, daß sie zurückwinkten, zeigte Rudi ihnen, indem er unseren Eisschlitten nach Sybba lenkte gegen die grünschwarze Flanke des Waldes. Dort fuhren wir dicht ans Ufer, kreuzten ein bißchen, immer auf und ab vor den Buden, Fischkästen und Netzstangen der Sybbaer Fischer. Weil niemand zu sehen war, wendeten wir und segelten am Wind zurück – etwas gekränkt, das muß ich wohl zugeben. Aber auf der winterlichen Seepromenade waren Leute zu erkennen, und wir nahmen Kurs auf sie, hielten auf Lyck zu, das sich dem östlichen Ufer anschmiegte auf seiner ganzen Länge, vom Wasserturm bis zur Mündung des Lyck-Flusses. Ich dachte daran, jemanden, den wir gar nicht kannten, zu einer Fahrt einzuladen, das wäre etwas gewesen, aber außer Rudi und mir hätte niemand auf unserem Eisvogel Platz gefunden.

Wieder an der Wittko vorbei, der Wind ließ nach, und als der Schlitten plötzlich hüpfte und stumpf ruckte, sah ich im Eis eine Anzahl toter, festgefrorener Wildenten, über deren steife Körper unsere Kufen nur so hinschnitten. Es waren zwanzig oder sogar dreißig Wildenten, die im Schlaf festgefroren waren. Ich hätte gern angehalten und mir eine Ente aus dem Eis gehackt, aber der Schlitten machte einen

Satz, als ob er elektrisch gezündet wäre, schien sich hochzustellen und ohne Berührung mit dem Eis Ohles Flußbadeanstalt zuzufliegen. So schnell wie wir hatte sich noch niemand der Flußbadeanstalt genähert. Das befestigte Ufer erwachte aus seiner Starrheit und stürmte auf uns zu, und wir entbehrten nichts mehr, außer vielleicht einigen Zuschauern, aber sonst nichts. Ich sah das Sprungbrett, die Umkleidekabinen und die zierlichen Papierkörbe, die an Bäume genagelt waren, obwohl meine Augen tränten, und dann sah ich auch, auf der hölzernen Seufzerbrücke, einen Mann, doch er überquerte die Brücke nur, ohne uns zu bemerken.

Es ist wahr, ich hatte nicht gedacht, daß unser Eisschlitten sich so aufbäumen, so taumeln könnte wie kurz vor der Flußbadeanstalt, doch der Wind stellte mühelos den Mast schräg und das Bretterkreuz, so daß ich abrutschte und auf dem Rücken über das Eis trudelte, bis mich eine Schneewehe auffing. Aber Rudi ließ sich nicht abwerfen, das erkannte ich, er bot alles auf, um den Schlitten mit einem Manöver gegen den Wind zu stellen, doch Pinne und achterer Steuerschuh ließen sich nicht von ihm überzeugen, und er flog der Flußmündung zu, der offenen, geriffelten Stelle, die nie fror, weil da die Strömung dem Eis widersprach. Er flitzte in das offene Wasser, und ich dachte, der Wind werde ihn unaufhörlich weitertragen.

Aber dann sackte der Schlitten durch, mitten im Wasser schlug er auf und wippte, und das Segel flatterte nur mäßig, neigte sich tief und tiefer.

Es verlor sein Rot.

Es wurde schwarz vor Nässe, noch bevor es flach und erstaunlich langsam ganz niedergedrückt wurde.

1965

Ein Grenzfall

Der junge Zöllner schiebt sein Fahrrad die Strandpromenade entlang. Mittags fährt es sich schlecht hier. Wenn er zum Dienst geht, stürmen die Sommergäste die Mittagstische und die neuen, hochgebauten Hotels. In Strandjacken, in Shorts, in Badeanzügen wimmeln sie über die Promenade. Kinder reißen sich immer noch mal los, um ihre blöden Gummitiere zu holen. Strandbälle fliegen zu den muschelbesetzten Sandburgen hinüber. Ein paar Kerle, die ihre quengelnden Gören huckepack schleppen, sehen nicht nach rechts, nicht nach links. Der junge Zöllner bleibt mitunter stehen, um rotgebrannte Frauen oder Mädchen in feuchten Badeanzügen vorbeizulassen. Es ist schon ziemlich happig, was die so von sich geben. Jedenfalls vergeht einem die Lust, ihnen auf den Sonnenbrand zu klatschen, wenn man sie reden hört. Auf ihren dünnen, steilen Absätzen staksen sie in ihre Zimmer, stoßen die Fenster auf und hängen enge Badeanzüge zum Trocknen raus. Keine von ihnen merkt, daß der Strand jünger und freundlicher wirkt, wenn sie abgeschoben sind. Tang, Treibholz und Seegras haben nun mal auf dem Strand mehr zu suchen als Liegestühle, Nivea-Fahnen und all so'n Zeug.

Der junge Zöllner schiebt sein Fahrrad zu einem Stand, in dem ein schweigsamer Bursche Brause verkauft, kalte Fischklopse, Ansichtskarten und halbverfaultes Obst. Zwei Gören versuchen ein dreckiges Plastikboot gegen eine Eisportion einzutauschen. Der Besitzer des Stands nimmt das Boot, prüft es und schmeißt es in den Sand. Senge, sagt er, Senge ist das einzige, was ihr dafür kriegen könnt. Der Zöllner läßt sich eine Flasche Brause geben. Am Glas kleben noch die Fusseln des Handtuchs. Er trinkt, setzt das Glas ab und bittet um ein Stück Eis, und der Bursche wirft ihm ein Stück Eis ins Glas und glotzt ihn feindselig an, als ob er nun ruiniert sei oder so. Der Zöllner schiebt die Mütze ins Genick. Er wendet das Gesicht ab und trinkt und sieht hinaus auf den Fjord, in dessen Mitte die Grenze verläuft. Draußen dümpeln Segelboote in der Flaute. Die »Albatros«, ein altmodischer Vergnügungsdampfer, den sie für Betriebsausflüge aufgemöbelt haben, kommt mit Besoffenen von den Inseln zurück. Der Zöllner gießt den Rest der Brause ins Glas. Es zischt und kocht um den Eiswürfel, und als er das Glas ansetzt, prickelt es auf der Oberlippe. Aus einem Strandkorb hängen ein paar Mädchenbeine, lange braune Ständer, die wohl jemand vergessen hat. Wie geht das Geschäft, fragt der Zöllner, und der Bursche am Stand sagt: belemmert, und kämmt sich ausdauernd über seinem Würstchenkessel.

Der Zöllner bezahlt die Brause und sagt kein Wort zum Abschied. Er schwingt sich aufs Fahrrad. Ein Bus mit vierundzwanzig Krankenschwestern kommt auf ihn zu, die Krankenschwestern winken und johlen und brüllen ihm etwas nach. Er erkennt sein Spiegelbild auf der langsam vorbeirollenden Metall- und Glaswand des Busses. Es stinkt nach Fischen und Benzin. Auf einer Mauer sind Fischkästen gestapelt, sie trocknen in der Sonne. Breitbeinig, mit großen Schweißflecken unter den Achselhöhlen, sitzt eine Frau allein im warmen Sand, glotzt auf den Fjord und ißt einen Korb leer. Unten am Wasser, im feuchten Sand, gräbt ein Angler nach Sandwürmern. Ein Frauenstrumpf hängt an einem trockenen Ast, die ganze Ferse des Strumpfes ist durchgeblutet. Der junge Zöllner fährt die Strandpromenade zu Ende, steigt ab, schiebt sein Fahrrad gebeugt einen mit ausgewachsenen Buchen bewaldeten Berg hinauf. Das ist der kürzeste Weg. Er könnte auch durch den Fischereihafen, an den Schienen entlang, die Buchenallee hinauf, an der Kiesgrube vorbei zum Zollgebäude. Das Zollgebäude, von miesen Dienstbaracken umgeben, liegt auf der Kuppe des Berges; davor ist ein Fahrradständer für zwölf Fahrräder und eine Fahnenstange. Von den Fenstern im ersten Stock kann man auf den versauten Strand hinuntersehen, auf den dunklen Fjord und die bewaldeten Inseln, wo sich die Betriebsausflügler mit zollfreiem Alkohol vollsaufen. Aus Kiel, aus Hamburg, sogar aus Hannover kommen sie herauf, um sich hier vollzusaufen. Sechs Baracken stehen um das Hauptgebäude herum. Für alle genügt eine Fahnenstange.

Der junge Zöllner hebt sein Fahrrad in den Ständer, blockiert das Hinterrad und geht über den leeren, sandigen Platz zu seiner Baracke, um sich zum Dienst zu melden. Im trüben Korridor, der an den Gang eines uralten Schiffes erinnert, trifft er Reinhart, der mit ihm zusammen die Prüfung bestanden hat, und der sich, wie er, zum Dienst melden will. Der junge Zöllner fragt Reinhart: Wie geht's dem Lütten? Reinharts einziger Sohn hat ein Metallputzmittel getrunken und liegt im Krankenhaus. Etwas besser, sagt Reinhart.

Sie gehen ins Büro. Alex hat Aufsicht. Gott sei Dank soll der alte Hund bald einen Tritt bekommen und in Pension geschickt werden. Das Büro ist ein langgestreckter Raum mit niedriger Decke; ein schwarzer Kanonenofen steht da, ein Besucherstuhl, zwei Hocker, an einer Wand haben sie eine Spindreihe aufgehängt. Alex raucht nicht, trinkt und hustet nicht. Er redet vorsichtig. Die dringenden Fragen stellt er mit den Augen. Keiner hat ihn je fluchen hören, und wenn er seinen Kaffee aus dicker Porzellantasse trinkt, spreizt er fein den kleinen Finger weg. Er lebt mit seiner Schwester zusammen und läßt sich von ihr die Stullen schmieren. Solange er noch hier herumsitzt mit seinen blankgewetzten Hosen, ist er Manteuffels Vertreter. Manteuffel selbst hockt zum Glück im

Hauptgebäude, der kann jeden verrückt machen mit seiner Leidenschaft für sogenannte innere und äußere Sauberkeit und ähnliche Scherze.

Der junge Zöllner grüßt Alex, tritt an ein Schlüsselbrett und nimmt den Schlüssel zu seinem Spind. Er schließt sein Spind auf, das noch nicht vollgestopft ist wie die Spinde der älteren Zöllner, die darin warme Schals, Tabak und sogar Hustensaft aufheben. Er langt tief hinein, taucht fast mit der rechten Schulter ins Spind und schnappt sich das verkratzte Lederetui mit dem Fernglas. Er zieht das Etui am Riemen heraus; das Etui fällt, schlägt gegen seinen Schenkel, er fängt es mit dem Riemen auf. Der junge Zöllner kehrt Alex den Rücken zu und öffnet das Etui. Das Etui ist leer. Hastig durchsucht er das Spind, tastet und klopft es ab, aber außer ein paar Merkblättern und ähnlichem Mist ist nichts drin. Das Fernglas ist weg.

Alex hat schon gehört, wie er mit der flachen Hand das Spind abklopfte. Jetzt äugt er erstaunt zu dem jungen Zöllner herüber. Ist was, fragt er, und noch einmal: Suchst du was? Der junge Zöllner schüttelt den Kopf. Vorsichtig schließt er das leere Etui, hebt den Riemen über den Kopf, läßt das Etui vor seiner Brust baumeln. Alles in Ordnung, sagt er und schließt langsam das Spind ab und hängt den Schlüssel ans Brett. Das Etui ist sehr leicht. Es hüpft vor seiner Brust. Er legt eine Hand darauf und drückt es nach unten. Aus den Augenwinkeln sieht er zu Reinhart hinüber, der immer noch vor seinem Spind steht. Reinhart hat sein überscharfes Fernglas vor der Brust hängen und liest eines der kleingedruckten Merkblätter, die jedem auf die Nerven gehen.

Der junge Zöllner geht zum Schreibtisch, wartet schweigend, bis Alex die Kopien der Anforderungsliste gelocht und abgeheftet hat, dann sagt er: Ich nehm den Strand bis zur Mole und das Grenzstück im Wald. Wie gestern. Während er spricht, hält er das leere Etui fest. Alex nickt, ohne aufzusehen. Er radiert. Er radiert mit weichen Fingern und pustet die dreckigen Gummikrümel so über den Tisch, daß sie in den Papierkorb fallen. Ich hab's verstanden, sagt Alex und dreht sich nach Reinhart um, der mit dem Merkblatt nicht fertig wird. Du nimmst die Bucht, sagt er zu Reinhart, und sagt auch: Hier ist noch was für dich, worauf Reinhart nur grunzt und lesend näher kommt.

Die Hand auf dem zerschrammten Etui, verläßt der junge Zöllner mit einem Kopfnicken seine Dienststelle. Auf dem Korridor lauscht er einen Augenblick und hat wohl das Gefühl, daß sie auch drinnen lauschen, darum latscht er aus der Baracke. Er geht langsam über den leeren, sandigen Platz zum Fahrradständer. Bevor er sein Fahrrad heraushebt, grüßt ihn so ein vergnügter, rotwangiger Kerl, der immer auftritt wie unter Festbeleuchtung. Manteuffel kreuzt immer auf, wenn man ihn nicht braucht. Wieder eingelebt, Tabert, fragt er, und der junge Zöllner erschrickt und sagt nur: Ja. Manteuffel ist damit zufrieden. Er hat's eilig wie immer und rudert zur Materialbaracke rüber. Wenn der mal einen Flecken im Anzug hat, ist er für jede Arbeit ungeeignet.

Die Wipfel der Buchen regen sich, ein leichter Wind ist aufgekommen; über den Fjord gehen jetzt gemächlich Segelboote. Wolken sind nicht in Sicht. Der junge Zöllner fährt die Buchenallee hinab. Familien wandern zum Strand runter, um ihn noch mehr zu versauen. Eine magere Göre, die sich einen Sandeimer auf den Kopf gestülpt hat, versperrt ihm mit ausgestreckten Armen den Weg. Er reißt das Fahrrad herum, legt einen Zahn zu und kreuzt die Schienen.

Auf der Ringstraße ist kein Verkehr. Er strampelt im Schatten sehr alter Kastanien. Über manche Balkons haben sie gestreifte Markisen gespannt, darunter sitzen Frauen im Unterrock und Männer mit offenen Hemden. Vor einem

Neubau bremst er. Er läßt das Fahrrad am Rinnstein stehen, läuft ins Haus und klingelt mehrmals hintereinander bei Tabert. Eine junge, schwarzhaarige Frau öffnet ihm. Sie erschrickt. Er schiebt sie zur Seite, schließt die Tür und hört sie fragen: Um Gottes willen, was ist passiert? Der junge Zöllner reißt das Etui auf; hält es ihr hin und sagt: Da! Siehst du was? Mein Dienstglas – es ist weg. Vor vierzehn Tagen die Pistole; heute das Glas. Die Frau geht langsam rückwärts, zu einem Stuhl. Sie braucht sich nicht umzusehen, bevor sie sich setzt, denn alle Entfernungen in der Wohnung sind instinktiv vermessen. Mein Gott, sagt sie, das hat uns grade noch gefehlt. Sie wollen mich fertigmachen, sagt er, irgend jemand will mich fertigmachen. Du mußt es melden, sagt sie, und dann: Warum hast du es nicht gleich gemeldet? Der junge Zöllner steckt sich eine Zigarette an, schmeißt das Streichholz durchs Fenster und überzeugt sich, daß das Dienstfahrrad noch am Rinnstein steht. Melden, sagt er, bei Manteuffel einen Diebstahl melden? Der macht doch mich dafür verantwortlich, daß sie mir etwas geklaut haben. Als persönliche Beleidigung sieht der es an, wenn man einen Diebstahl meldet, weil das seine verdammte innere und äußere Sauberkeit bedroht. Denk nur an die Pistole! Manteuffel glaubt noch heute, daß ich sie selbst verscheuert habe. Einen Diebstahl begehen oder melden – für ihn ist das die gleiche Sache. Aber wie, fragt die Frau, wie konnte das nur passieren? Ganz einfach, sagt der Zöllner, das Fernglas war im Spind, und der Schlüssel zum Spind hing am Brett. Es muß einer von uns gewesen sein. Mein Gott, sagt sie, und dir muß es passieren, ausgerechnet dir. Warum kann das nicht Reinhart passieren, oder Bungert oder diesem widerlichen Pischmikat, der nicht mal richtig Deutsch kann? Wenn ich's melde, sagt er, hab ich alle gegen mich. Ich kann's mir einfach nicht leisten. Zuerst die Dienstpistole und jetzt das Fernglas, alles in vierzehn Tagen. Und wenn wir ein Glas kaufen, sagt sie. Frag mal, was so'n Ding kostet, sagt er, und wovon willst du es bezahlen? Das ist noch nie dagewesen: in vierzehn Tagen zwei solche Sachen; die glauben mir doch nicht. Aber wir müssen doch etwas tun, sagt die Frau, und der Zöllner darauf: Ich hab Dienst, ich darf gar nicht hier aufkreuzen.

Er reibt die Glut von der Zigarette. Er legt die halbe Zigarette auf den Radioapparat und latscht ohne ein weiteres Wort raus und schwingt sich auf sein Stahlroß. Die Frau lüftet die Gardine und starrt ihm nach, wie er davonfährt: steif die Ringstraße runter und dann um die Ecke zum Gehölz. Er öffnet den Kragen. Vor seiner Brust baumelt das leere Etui. Der Riemen schneidet nicht wie sonst in den Nacken. Am Eingang zum Gehölz ist ein Parkplatz, darauf steht eine Erfrischungsbude, die Frau Puhl gehört. Wer hier seine Brause trinkt, bekommt glatt ihre Lebensgeschichte aufgetischt. Jedem Kunden quatscht Frau Puhl die Ohren voll mit ihrer Lebensgeschichte, in der die Kantine einer Marineartillerie-Schule den größten Raum einnimmt. Sie hat einfach nicht alle beisammen.

Der junge Zöllner fährt auf dem Hauptweg durchs Gehölz, das in der Saison ein richtiger Saustall ist. Wenn die Sommergäste nicht am Strand rumlungern, kommen sie hier herauf, um sich zu lagern und so weiter. Wo die lagern, da kann man gleich die Städtische Müllabfuhr hinschicken. Eine Schar von Gören, der zwei Nonnen mit weißen Hauben voransegeln, kommt ihm entgegen. Die Gören winken ihm zu. Eine Nonne ruft: Das ist ein Zollbeamter, Kinder; er hütet unsere Grenze. Sonst ist im Gehölz nicht viel los heute. Die meisten zieht's zum Strand.

Hinter dem Gehölz geht's bergab, über eine Brücke, an einem schattigen Fluß entlang in den Wald, wo die Grenze verläuft. Ein paar Kerle in Manchesterhosen, mit Gummistiefeln an den krummen Beinen – bei dieser Hitze Gummistiefel! – lassen ihre Motorsägen kreischen und pfeifen. Sie säubern Stämme vom Astwerk. Sie verständigen sich durch Zeichen, langsame Zeichen, wie alte Paviane sie geben. Der junge Zöllner steigt ab und bietet ihnen einen Gruß an, doch keiner der Paviane antwortet. Er schiebt das Fahrrad einen schmalen Pfad entlang, aus dem sich gedrungene Wurzeln heben. Hier kann niemand fahren. Der Pfad führt zur Grenze und an der unscheinbaren Grenze entlang, die nur durch einen mistigen Graben vorgestellt wird.

In einer Schonung schlägt ein Köter an: das ist Hasso. Er heißt nun mal so. Hasso läuft an langer Leine, die Bungert in der Hand hält, Bungert zwängt sich aus der Schonung und grinst und läßt den jungen Zöllner herankommen. Er hat sein Glas vor der Brust hängen. Er stiert auf seine Armbanduhr und fragt: War was unterwegs? Im Büro, sagt der junge Zöllner, ich kam nicht gleich weg. Das Fernglas, das Bungert offen vor der Brust hängen hat, könnte sein Glas sein. Er hat es nicht gekennzeichnet, aber an der Mittelschraube könnte er es wiedererkennen. Wir haben einen Wink von drüben bekommen, sagt Bungert. Sprit, fragt der junge Zöllner, und Bungert darauf: Transistorgeräte – vielleicht versuchen sie's in unserm Abschnitt. Drüben warten sie auch schon – durchs Glas kannst du sie erkennen. Hasso schnüffelt und schnuppert an dem jungen Zöllner herum, manchmal schnappt er sich jaulend ins Fell und beißt da Flöhe tot. Angenehm hört es sich nicht an, wenn der Köter seine gelben Hauer gegeneinanderbewegt und sabbernd das Fell durchkämmt. Ich hab außerdem den Strand bis zur Mole, sagt der junge Zöllner. Gut, sagt Bungert, ich schieb jetzt ab. Er wischt sich mit dem Taschentuch über Stirn und Nacken, klopft seine Uniform ab und verkürzt die Leine. Er tippt grüßend an die Mütze und zerrt den Köter, der wie blödsinnig zu scharren anfängt, zum buckligen Pfad.

Der junge Zöllner lehnt das Fahrrad an einen Baum. Er öffnet das Etui und untersucht es, aber außer dem grauen, ledernen Putzlappen ist da nichts zu finden. Er steckt den Putzlappen in seine Rocktasche und beginnt, das Etui mit Sand zu füllen. Es ist warmer, lockerer Sand, den er neben dem Pfad zusammenkratzt. Er wiegt das Etui auf ausgestreckter Hand, schließt es und hängt es sich um. Er latscht die Grenze ab bis zum Hünengrab und spürt bei jedem Schritt das Gewicht des Etuis.

An der Grenze ist nichts los heute, die Kollegen von drüben lassen sich nicht blicken. Der Himmel ist immer noch wolkenlos. Im Unterholz knistert die Hitze. Er steigt auf das Hünengrab hinauf und blickt über die Waldlichtung nach drüben. Er raucht eine Zigarette, knipst sie aus und steckt die lange Kippe in die Schachtel zurück. Eine Dampfsirene dröhnt gedämpft vom Fjord herauf. Über die Waldlichtung drüben schiebt ein Kerl eine Schubkarre. Der junge Zöllner klettert vom Hünengrab runter, schiebt das Fahrrad zum Hauptweg, sitzt auf und fährt zur Chaussee und dann weiter zum Hafen.

Im kleinen Hafen hat die »Albatros« mit den Betriebsausflüglern festgemacht. Fast alle, die von Bord gehen, schwanken. Zwei Burschen schleifen eine besoffene Alte über den Laufsteg, alle drei haben blöde Papierhüte auf. Ein junges Mädchen steht spreizbeinig mit leicht eingeknickten Knien an der Reling und übergibt sich. Wie aus einer Röhre schießt das Erbrochene aus ihrem Mund und platscht in das stille, sonnenüberglänzte Hafenbecken. Irgendwo auf dem altmodischen Dampfer wird immer noch gesungen. Ein Wurstmaxe empfiehlt den besoffenen Ausflüglern brüllend seine Würstchen.

An der Mole liegt eine feine Segelyacht. Der junge Zöllner tippelt da raus und bleibt über der Yacht stehen. Eine schwere Frau in Shorts, mit stark geäderten Schenkeln, liegt schlaff und tot auf geblümten Kissen. Sie ist barfuß. Sie hat zwei verwachsene Zehen. Neben ihr auf der Heckbank liegen Zigaretten, und da liegt in einem hellbraunen Etui ein Fernglas. Er lehnt das Fahrrad an einen Poller. Das Fahrrad fällt um, und die tote blonde Frau erwacht von dem Lärm und lächelt, ganz bedusselt von der Sonne. Sie können hier nicht über Nacht liegenbleiben, sagt er. Keine Sorge, sagt sie, wir gehn bald raus, mein Sohn holt nur Obst und Sonnenöl. Sie langt nach der Zigarettenpa„ckung, öffnet sie, reicht sie ihm hinauf, doch er lehnt ab. Er hockt sich auf der Steintreppe hin und gibt ihr Feuer. Das Fernglas könnte das gleiche Format haben wie sein Glas, vielleicht auch die gleiche Schärfe. Trinken dürfen Sie wohl auch nicht, sagt die Frau. Nein, sagt er, trinken nicht. Aber eine Aufnahme, sagt die Frau, darf ich Sie bitten, eine Aufnahme von mir zu machen? Sie brauchen nur den Auslöser runterzudrücken. Von mir aus, sagt er.

Sie turnt schwerfällig in die Kajüte runter. Wie sie das aushält mit dem hochgepreßten Busen und den kneifenden Shorts. Ihre Haut ist griesig. Man hat nichts davon, sie sich gründlich anzusehen. Unten nimmt sie einen Schluck aus einer Flasche und wischt mit dem Handrücken über den breiten Mund. Sie schnappt sich einen Kamm, kämmt das stumpfe Haar, dann kommt sie mit ihrem Photoapparat zurück. Er knipst sie vor dem Mast, er knipst sie zur Sicherheit an der Pinne und mit verschränkten Armen vor dem Rettungsring. Danach legt sie los mit »ganz herzlichem Dank« und so weiter. Der junge Zöllner winkt ab und murmelt etwas. Ein gutes Glas haben Sie, sagt er. Keine Ahnung, sagt sie, das Glas gehört meinem Sohn. Er nimmt das hellbraune Etui von der Heckbank und fragt: Darf ich mal? Sie bringt ihre träge Masse in Ruhestellung. Klar, sagt sie.

Er hebt das Glas an die Augen, stellt die Trennschärfe ein, blickt über den Fjord hinaus bis zu den kahlen Inseln, von denen die Ruderboote der Angler ins tiefere Wasser hinausstreben. Weit draußen tauchen die grauen Aufbauten eines Minensuchers auf. Langsam schwenkt er über den Fjord zum Strand. Segelboote ziehen vorbei. Er erkennt den Kopf eines Schwimmers. Parallel zum Strand fahren ein paar von diesen elenden Motorbooten. Hinter einer Strandburg tauchen Köpfe auf, wie Seehunde aus einer Welle. Im Schutz seines Korbes zieht ein silberhaariger Sommergast seine Badehose aus. Er hat hängende Hüften, einen hängenden Hintern. Die Buden und Stände sind von Gören und jungen Leuten belagert. Überall am Wasser stehen brüllende Kinder. Kinder können einem den ganzen Urlaub versauen, weil sie sich entweder den Fuß aufschneiden oder auf die Toilette geschleppt werden wollen oder weil ihnen eines der blöden Gummitiere wegschwimmt. Vor dem Fischgeschäft hält die Karre von der Räucherei. Bungert verläßt das Geschäft.

Ein sehr gutes Glas, sagt der junge Zöllner. Das will ich meinen, sagt ein arroganter Bursche mit Seglermütze, der hinter ihm aufgekreuzt ist. Die Frau rappelt sich wieder auf. Sie nennt den riesigen Burschen »Liebling«. Sie sagt: Hast du auch Sonnenöl, Liebling, worauf der Liebling freundlich grunzt und mit seiner wasserdichten Einkaufstasche an Bord springt. Ich hab sogar Notraketen, sagt er, drüben in der Werft bekommt man alles, neu oder gebraucht, im Magazin. Wir dürfen hier nicht liegenbleiben an der Mole, sagt sie, und der junge Zöllner legt das Glas auf die Heckbank und sagt: Festmachen schon; nur über Nacht können Sie hier nicht liegenbleiben. Er grüßt, packt sein Fahrrad, dreht es herum und latscht zum Hafen zurück.

Im Bauch der »Albatros« singen immer noch besoffene Betriebsausflügler. Neben dem Laufsteg findet eine dieser verrückten Abschiedsszenen statt: mehr als achtzig Ausflügler sagen sich da gegenseitig auf Wiedersehn. Ein Kerl im Regenmantel hat einen Hustenanfall, doch das hindert ihn nicht, andern die Flosse zu drücken. Zu den öffentlichen Toiletten ist eine endlose Prozession unterwegs. Vor dem Eingang warten die Leute in Viererreihe. Der junge Zöllner überquert die Schienen. Er geht am Haus der Hafenverwaltung vorbei. Das Haus ist ziemlich verdreckt und runtergekommen. Auf dem Fensterbrett liegen tote Fliegen. Die Gardinen sind nicht nur mies, sondern auch zerrissen. Er sieht erst gar nicht hinein, er geht zu den Schuppen hinüber und von dort an einer leeren Slipanlage vorbei zur Werft.

Ein Arbeiter kriegt nicht mal sein Maul auf, als der Zöllner ihn nach dem Magazin fragt. Nur mit seinem Kopf macht er eine sparsame Bewegung in eine bestimmte Richtung. Das genügt auch. Hinter Hügeln von Ventilen, Kolben und Rohren und all dem ausgedienten Mist liegt das Magazin. Es ist eine ziemlich große Bude mit zwei Stockwerken und einem Teerpappendach. Neben dem Eingang hängt ein Verbotsschild, darunter ist eine Klingel. Der Zöllner drückt den Klingelknopf. Drinnen rasselt und tobt ein elektrischer Klöppel, daß man am liebsten abhauen möchte. Wie Alarm hört sich das an, gleich wird die Hafenpolizei erscheinen und ohne Anruf schießen, und so weiter.

Endlich kommt der Verwalter. Es ist ein befehlsgewohnter Alter in fleckigem Tuchmantel, mit ausgetretenen Schuhen an den Füßen und stark behaarten Händen. Komm rein, sagt er zum Zöllner und zieht ihn in die Bude und schließt hinter ihm die Tür ab. Sie steigen eine luftige Treppe hinauf. Sie gehen in ein behelfsmäßiges Kontor mit Oberlicht. Der Verwalter packt einen gelben Ordner mit Listen weg. Er setzt sich und nimmt einen Schluck aus einer Blechtasse. Womit kann ich dem Zoll dienen? fragt er. Eine Hängematte, sagt der Zöllner, ich bin auf der Suche nach einer billigen Hängematte. Kann gebraucht sein. Tut mir leid, sagt der Verwalter, die letzten Hängematten hab ich ans Kinderheim verkauft. Ich denke, bei euch kann man alles kriegen, sagt der Zöllner, vom Mast bis zur Schraube. In vierzehn Tagen krieg ich wieder Hängematten, sagt der Verwalter, wenn's weiter nichts ist. Der junge Zöllner nickt, geht zur Tür, dreht sich noch mal um und fragt ruhig: Und ein Glas? Ein gebrauchtes Fernglas? Du hast doch eins, sagt der Verwalter. Ich suche es nicht für mich, sagt der Zöllner.

Der Verwalter dreht sich weg, geht zu einem Regal und hebt einen Karton heraus. Er stellt den Karton auf den Tisch. Obendrauf liegen Lappen und ölverschmierte Arbeitshandschuhe. Suchend kramt er alles zur Seite, hebt eine kleine Steuerbordpositionslaterne heraus, zuletzt bringt er ein zusammengeschlagenes Handtuch zum Vorschein. Er schlägt es auseinander und hält dem jungen Zöllner ein Glas hin und sagt: Hundertfünfzig, und du hast es. Es ist ein sehr gutes Glas. Ich hab's gerade reinbekommen. Der Zöllner nimmt das Glas. Er bewegt es im Gelenk. Er sieht auf die Mittelschraube und erkennt, daß die mattgraue Schutzfarbe da zur Hälfte weggekratzt ist. Seine Hand beginnt zu zittern. Es ist sein Fernglas. Wenn du es mal prüfen willst, sagt der Verwalter. Wer beliefert euch mit so guter Ware, fragt der Zöllner. Geschäftsgeheimnis, sagt der Verwalter, und dann: Weil du es bist, hundertdreißig. Ich weiß nicht, sagt der Zöllner, ich muß es mir noch mal überlegen. So was geht schnell weg, sagt der Verwalter, und der Zöllner gibt das Glas zurück und sagt: Ich komm wieder, ich muß nur mal ausrechnen, wo ich den Zaster einspare. Aber von mir aus: es ist so gut wie gekauft. Der Verwalter wickelt das Glas in das Handtuch, legt es in den Karton und stellt den Karton ins Regal. Zurücklegen kann ich es nicht, sagt er. Ich beeil mich, sagt der junge Zöllner. Er gibt durch ein Handzeichen zu verstehen, daß er den Weg hinaus allein findet. Er steigt die Treppe hinab und schließt die Tür auf. Draußen packt er sein Fahrrad mit einer Hand in der Mitte der Lenkstange. Der stumme Arbeiter glotzt ihm lange nach, wie er davongeht zum Hafen und in Richtung Strandpromenade.

Das Fjord-Café ist von Halbstarken besetzt. An den Tischen im kleinen überwachsenen Vorgarten ist kein Platz mehr frei. In Badehosen und Bikinis hocken die Halbstarken da herum und können sich glatt den ganzen Nachmittag an einer Brause festhalten. Aus den Lautsprechern in den Linden singt Lemmy Baboo. Die Halbstarken geraten regelrecht in Trance, wenn Lemmy singt. Jetzt kann man am besten ihre Haltungsschäden studieren. Einige Burschen tragen Schnürsenkelschlipse um den nackten Hals. Die Mädchen haben klobige falsche Ringe an den Fingern. Der junge Zöllner geht vorbei. Er hört, wie jemand sagt: Da geht 'ne grüne Gurke. Er könnte stehenbleiben, in den Vorgarten gehen, sich den Satz wiederholen lassen und, wenn er wollte, einem Burschen mit Hängeschultern die Fresse polieren. Er latscht vorüber. Er blickt auf den Fjord hinaus, in dessen Mitte hier die Grenze verläuft. Ein Zollkutter von drüben patrouilliert mit kleiner Fahrt ins offene Wasser hinaus. Es ist hier nicht sehr viel los.

Plötzlich bleibt er stehen. Aus dem Fischgeschäft kommt eine junge, schwarzhaarige Frau. Sie schleppt eine volle Einkaufstasche. Sie trägt ein dünnes rotes Kleid und Sandalen an den nackten Füßen. Offenbar ist sie noch nicht fertig mit ihren Einkäufen, sie ist nie fertig mit ihren Einkäufen. Dicht vor den Schaufenstern geht sie die Promenade entlang. Im Vorübergehen prüft sie die Auslagen, begrabbelt da einen Blumenkohl, untersucht Pfirsiche auf dunkle Stellen. Der junge Zöllner folgt ihr vorsichtig. Er weiß, daß sie jetzt Puddingpulver, jetzt Marmelade, jetzt Brot, jetzt Käse kauft. An einem pilzförmigen Stand trinkt sie eine Tasse Kaffee. Mit ihrem Kopfschütteln hat sie es abgelehnt, Kuchen zu essen. Sie zahlt hastig. Dann geht sie zum Schaufenster eines Optikers. Sie setzt die Einkaufstasche ab. Sie sieht sich die ausgestellten Ferngläser an.

Der Zöllner lehnt sein Fahrrad an einen Baum, geht von hinten an sie heran, sie sieht ihn im Spiegelbild der Scheibe und dreht sich schnell um. Sie lächelt, als ob er sie ertappt hätte, und sagt nichts weiter als: Ich bin gerade beim Einkaufen. Er zieht sie um das Eckfenster. Er beobachtet die Strandpromenade, dann sagt er: Wir müssen aufpassen, im Dienst haben die das nicht gern. Ich habe Bungert getroffen, sagt sie, und er: Ich weiß, wo mein Glas ist. Ich hab es gerade in der Hand gehabt. Hast du es wieder, fragt sie erstaunt. Nein, sagt er, aber ich weiß, wo es ist. Man hat es mir angeboten, für hundertdreißig Mark. Dein Glas? Mein Glas, sagt er und steckt sich eine Zigarette an. Drüben in der Werft, sagt er, der Verwalter in der Werft hat es mir angeboten. Und von wem hat er's, fragt sie. Wenn ich das wüßte, sagt er, wenn ich das wüßte, wären wir weiter. Aber es muß einer von uns gewesen sein. Das kannst du doch melden, sagt sie, du kannst es Manteuffel persönlich melden. Er schüttelt den Kopf. Er sagt: Es ist nichts bewiesen damit. Willst du es dann vielleicht zurückkaufen, fragt sie, dein eigenes Glas zurückkaufen? Ich muß es tun, sagt er, ich hab so eine Ahnung, als ob ich es tun muß. Es ist furchtbar, sagt sie, und er, schon unterwegs zu seinem Fahrrad: Es kann heute später werden, warte nicht auf mich. Er winkt der Frau zu, und die Frau winkt zurück und geht langsam hinter ihm her.

Der junge Zöllner fährt wieder zurück durch den Hafen zur Werft. Wer ihn von weitem fahren sieht, könnte denken, der hat seinen Dienst hinter sich oder muß Verstärkung holen oder so etwas.

Auf dem unübersichtlichen Gelände der Werft, zwischen rostigen Kesseln und zerschlagenen Aufbauten steigt er ab, duckt sich und schüttet den Sand aus seinem Etui. Er reinigt das Etui mit dem Taschentuch; dann fährt er zum Magazin und drückt den Klingelknopf, der in beiden Stockwerken Alarm auslöst. Er sieht sich um. Der stumme Arbeiter ist verschwunden, vielleicht haben sie ihn als Galionsfigur an einen Bug geleimt. Fern am Wasser fährt ein Kran entlang. Der Kranführer brüllt und regt sich auf, um zwei Seeleute von den Schienen zu jagen. Der Himmel bewölkt sich. Bald wird die Sonne fort sein. Der Zöllner klingelt noch einmal, und jetzt hört er den Schritt des Verwalters auf der Treppe, jetzt auf dem Gang. Der Verwalter öffnet die Tür. Er bleibt im Eingang stehen. Ich möchte das Glas, sagt der Zöllner, ich bin zurückgekommen, weil ich es kaufen möchte. Der Verwalter schnalzt bedauernd mit der Zunge. Es ist weg, sagt er, ich hab's eben verkauft. Das kann nicht sein, sagt der Zöllner, und der Verwalter darauf: Wenn ich's dir sage, vor zehn Minuten ging das Ding weg. Einer von euch hat's gekauft, wenn du's genau wissen willst. Von uns? fragt der Zöllner, wie sah er aus? Ich merk mir keine Gesichter, sagt der Verwalter, er war jung, das ist alles, was ich dir sagen kann. Der Verwalter zuckt die Achseln. Hängematten in vierzehn Tagen, sagt er. Ja, sagt der Zöllner, ist gut.

Die Tür schließt sich vor ihm, und er murmelt etwas gegen die Tür und bleibt länger stehen als üblich. Er steckt sich eine Zigarette an. Er öffnet das leere Etui vor seiner Brust und schließt es wieder. Die »Albatros« läuft mit nüchternen Betriebsausflüglern zu ihrer letzten Tagestour aus. An Bord stehen ein paar Kerle mit Ferngläsern und glotzen auf zwanzig Meter die Zurückbleibenden an. Drüben vor den Hotels halten einige Busse. Die Leute, die aussteigen, schleppen sich gleich zu den Kneipen und Freßlokalen, in denen man das ganze Zeug aus dem Fjord vorgesetzt kriegt: Sprotten, Muscheln, Dorsche und Aale. Wenn man sieht, wie die Leute da von den Bussen reinströmen, weiß man, wovon die Kneipen leben, die dicht an dicht stehen mit ihren hochtrabenden Namen. Fjordblick heißen sie oder Fjordkeller, und eine nennt sich sogar Fjordtröpfchen. Viele von denen, die mit den Bussen herkommen, kriegen den Fjord selbst überhaupt nicht zu sehn. Zu Hause wissen sie nur noch, wieviel sie gesoffen haben.

Der junge Zöllner streift am Spalier der Kneipen entlang. Er fährt zur Chaussee, die den Wald durchschneidet. Er hält an der gleichen Stelle, an der er immer absitzt. Staubige Autos rollen in Kolonnen vorbei. In vielen sitzen Burschen mit nackten Oberkörpern. Verschwitzte Frauen hocken spreizbeinig auf den Beifahrersitzen und stieren auf die flimmernde Chaussee. Einige der mistigen Autos tragen an der Kühlerhaube Rentiergeweihe, bei andern sind die Scheinwerfer mit Birkenzweigen verdeckt. Auf den meisten Rücksitzen liegen erhitzte Gören, die sich im Schlaf besabbern. Es ist nicht leicht, über die Chaussee zu kommen, keiner hält an.

Drüben im Wald, hinter der Schonung, wird es stiller. Die Paviane mit ihren Motorsägen haben Feierabend gemacht oder Kaffeepause, vielleicht sind sie auch auf den Zweigen weggeturnt. Auf einer Lichtung sitzen ein Langer und eine träge Breite im Badeanzug. Der Lange saugt sich am Gebiß des Mädchens fest, das den Kopf nach hinten geworfen hat wie unter einem Würgegriff; gleich wird der Nackenwirbel brechen. Der Zöllner sieht weg, blickt auf den Boden, als ob er den genauen Verlauf der Grenze bestimmen müßte. Auf der andern Seite ist nichts los. Nur einmal winkt ihm ein Kollege von drüben zu, mustert ihn durchs Glas, winkt noch einmal und schiebt ab. Heute kontrolliert ihn niemand. Die Transistorgeräte sind längst drüben – wenn nicht, werden sie nächste Woche rübergebracht.

Er geht weiter auf dem Pfad neben der Grenze bis zum kleinen Waldsee. Er wirft eine Kippe in den stinkenden See.

Auf der andern Seite des Sees steht Pischmikat und grinst. Sie gehen aufeinander zu. Sie geben sich die Hand. Pischmikats Frau ist seit zwei Jahren in der Klapsmühle, weil sie aus jedem unbewachten Kinderwagen Säuglinge klaute. Der hat es schon gehabt, daß er nach dem Dienst vier unbekannte Säuglinge im Schlafzimmer fand. Er besucht seine Frau und bringt ihr Obstkuchen und Saft, weil sie immer Durst hat.

Hast du Reinhart gesehen, fragt er. Reinhart ist vorbeigesaust hier, als ob sie wären hinter ihm her. Nein, sagt der junge Zöllner, ich hab ihn nicht gesehn. Hat nur gelacht und ist gerannt, und weg war er, sagt Pischmikat. Er hat doch die Bucht heute, sagt der junge Zöllner, und Pischmikat darauf: Mir hat er keine Auskunft gegeben, nur vorbeigerannt ist er. Nahm er dich nicht mit? Er ist jung wie du, ist Anfänger wie du, da möchte man vieles allein machen. Sie setzen sich ans Ufer des kleinen, stinkenden Sees. Das Wasser ist dunkel und brühwarm. Sie tauschen Zigaretten aus und sitzen und beobachten schweigend die Grenze. Plötzlich sagt Pischmikat: Was will der Alex nur von dir? Warum will er dich fertigmachen? Ich weiß es nicht, sagt der junge Zöllner, vielleicht weil ich den Diebstahl der Pistole gleich gemeldet hab, ohne mit ihm darüber zu reden. Er hat was gegen dich, sagt Pischmikat. Ja, sagt der junge Zöllner, ja, ich weiß. Solltest nach Feierabend ein Bier mit ihm trinken, sagt Pischmikat. Kann sein, sagt der junge Zöllner, ich werd ihn mal einladen. Sie sitzen eine Weile schweigend nebeneinander, dann stehen sie schweigend, ohne Verabredung, auf, nicken sich zu und gehen in verschiedene Richtungen davon.

Der junge Zöllner geht weiter an der Grenze entlang bis zum verlassenen Gehöft. Hier endet sein Bezirk. Das Gehöft ist fensterlos, in den Mauern geplatzt, die nackten Räume werden als Toilette benutzt. Bei Regen kann man sich hier unterstellen. Er umrundet das Gehöft, steht und lauscht in den verwilderten Garten, alles ist still. Er sieht auf die Armbanduhr. Ruhig beobachtet er ein rechteckiges Feld und den Rand einer Schonung. Es wird dämmrig. Jenseits der Grenze kläfft ein Köter, ein anderer antwortet ihm aus großer Entfernung. Der junge Zöllner kehrt zu seinem Fahrrad zurück und schiebt es zu einem breiten, sandigen Waldweg, der von der Grenze wegführt.

Der Weg ist zerfahren von den Rädern der Holz-Lastwagen. An den Seiten liegen gefällt Stämme, bereit zum Abtransport. Das Geländer einer Brücke, die über einen mageren Bach führt, ist eingedrückt. Kühl ist der Sand und feucht auf dem Weg unter den Bäumen. An Fahren ist nicht zu denken. Bis zur Kreuzung muß er das Fahrrad schieben, bis zur alten gepflasterten Chaussee. Jetzt geht's bergab, an verdreckten Fabrikhöfen vorbei. An allen Mauern hängen Fruchtsaft-Plakate. Die Fjord-Zeitung macht Reklame für sich. Man kriegt schon genug von dieser Gegend auf der kurzen Fahrt von der Kreuzung bis zur Unterführung. Arbeiterinnen pfeifen hinter ihm her, sie tragen sehr enge Röcke, man kann darunter die dreieckigen Slips erkennen, deren Gummizug in den Oberschenkel schneidet.

Er fährt durch die Unterführung, an der Endstation der Straßenbahn vorbei und, ohne den Freihafen zu berühren, die Buchenallee hinauf. Im Zollgebäude oben auf dem Berg brennen die ersten Lichter. Auch in einigen Dienstbaracken sind Lichter aufgeflammt. Der junge Zöllner steigt ab, blickt hinab in die Kiesgrube. Auf dem Grund stehen zwei Lastwagen. Sie stehen sich mit laufenden Motoren und brennenden Scheinwerfern gegenüber, als würden sie gleich aneinandergeraten. Vor einer Bude stehen ein paar Kerle und rauchen. Aus dem Zollgebäude ist Radiomusik zu hören, nein, nicht aus dem Zollgebäude, sondern aus dem Buchenwald. Tagsüber haben die Sommergäste den Strand versaut, jetzt müssen sie im Wald Krach machen. Gott sei Dank wird es bald Herbst.

Der Innendienst hat schon Feierabend gemacht. Über den sandigen Platz latschen zwei Frauen vom Reinemach-Kommando; sie machen einen Heidenlärm und fuchteln mit den Armen. Vor dem Abschied fällt ihnen am meisten ein: eine halbe Stunde brauchen sie, um endlich loszukommen voneinander. Am Rande des Platzes flammen die großen Bogenlampen auf. Der Zöllner sitzt auf. Er fährt das letzte Stück bis zur Baracke und lehnt sein Fahrrad gegen die Wand. Er geht den trüben Korridor entlang, in einem Raum wird telephoniert. Er öffnet die Tür zum Büro. Alex sitzt gebeugt und leise schnaufend über einem Stapel blauer Mappen, die er mit Skriptol beschriftet. Auf seiner Aktenmappe liegt fein zusammengefaltet Butterbrotpapier – vermutlich ist er die ganze Dienstzeit mit dem gleichen Bogen ausgekommen. Der junge Zöllner angelt sich das Dienstbuch, grüßt Alex, läßt sich an einer Ecke des Schreibtisches nieder. Alex sieht ihn gleichgültig an, schnappt sich die blauen Mappen und steht auf. Ich geh mal zum Hauptgebäude rüber, sagt er. Ist gut, sagt der junge Zöllner. Alex schlurft mit seinen beschrifteten Mappen raus. Der Zöllner macht seine Eintragung. Er schließt das Dienstbuch und legt es in eine Schublade.

Dann tritt er an das Schlüsselbrett, hebt den Schlüssel zu seinem Spind ab. Er öffnet sein Spind. Langsam hebt er den Riemen über seinen Kopf und nimmt das leere Etui in die Hand. Er schiebt sein Etui tief in das Spind hinein und blickt sich schnell um: draußen schlurft Alex unter dem Licht der Bogenlampen zum Hauptgebäude hinauf. Das Schlüsselbrett ist nur zwei Schritte entfernt. Jeder Haken hat seine Nummer. Er hebt den Schlüssel Nummer 5 ab und öffnet Reinharts Spind. Vorn liegt ein Stapel von blödsinnigen Merkblättern, daneben das Etui mit dem

Fernglas. Auf dem Gang draußen ist es still, im Nebenzimmer telephoniert Michelsen immer noch. Der junge Zöllner öffnet Reinharts Etui, holt das Glas heraus, sieht auf die Mittelschraube und erkennt, daß die mattgraue Schutzfarbe zur Hälfte weggekratzt ist. Es ist sein Glas. Er wirft das leere Etui in Reinharts Spind, schließt ab und hängt den Schlüssel ans Brett. Dann steckt er sein Glas in sein Etui und schiebt das Etui tief in den Spind hinein und schließt ab. Er zieht die metallene Klammer von seiner Hose und drückt die Klammer in der Hand zusammen. Auf einer Karte gegenüber der Tür verfolgt er noch einmal die Wege, die er heute gemacht hat.

Michelsen von nebenan kommt herein und pult sich am Ohrläppchen; er fragt: Ist Alex nicht hier? Im Hauptgebäude, sagt der junge Zöllner und begleitet Michelsen hinaus. Sie gehen schweigend den Gang entlang, draußen geben sie sich die Hand. Sie trennen sich. Unten am Fjord sind die Kneipen erleuchtet. Alle sind bevölkert von Sommergästen, die sich zur Nacht vollsaufen. Die Kneipenwirte brauchen sich jedenfalls nicht selbst anzupumpen. Die ganze Strandpromenade wimmelt von vergnügten Sommergästen, die unter Johlen und Pfeifen zu einem Lokal hinschieben, dort, wo im Freien getanzt wird. Der junge Zöllner fährt nach Hause, führt das Rad in den zugigen Flur und blockiert es am Eingang zum Keller. Er hat die Erlaubnis des Hauswirts. Er klingelt ein einziges Mal bei Tabert, bevor er die Tür selbst aufschließt und sie hinter sich zufallen läßt. Vor der Garderobe zieht er seine Jacke aus und hängt sie über einen Drahtbügel. Dann geht er ins Wohnzimmer. Am kleinen Tisch vor dem Radio sitzen Reinhart und seine Frau; beide trinken Bier. Endlich, sagt die Frau, wir warten schon eine halbe Stunde auf dich. Sie steht auf, holt ein Glas und eine Flasche Bier und schenkt ihm ein. Er setzt sich ohne ein Wort. Reinhart hat dir etwas zu erzählen, sagt die

Frau, etwas, was dich sehr interessiert. Der junge Zöllner antwortet nicht. Auch Reinhart wurde etwas gestohlen, sagt die Frau, aber er hat es wieder zurück. Ich mußte einfach zu dir kommen, sagt Reinhart, ich hoffe, du hast nichts dagegen. Reinhart hat einen Verdacht, sagt die Frau. Der junge Zöllner nimmt eine halbe Zigarette vom Radio und steckt sie sich an. Er öffnet sein Hemd über der Brust. Wir finden ihn, sagt Reinhart, wir kriegen ihn bestimmt. Der kann sich auf was gefaßt machen. Reinhart hat das Schloß an seinem Spind präpariert, sagt die Frau. Der junge Zöllner steht auf, geht zum offenen Fenster und sieht auf die Kastanien hinab. Die Farbe ist blau und rot, sagt die Frau, die bleibt drei Tage an den Fingern, man kann sie nicht abwaschen. Wer es auch sein wird, sagt Reinhart, ich frag erst gar nicht, ich erledige es selbst. Wir werden alles rauskriegen, sagt die Frau. Der junge Zöllner hebt seine Hand vorsichtig über dem Fensterbrett. Erstaunt sieht er auf seine Fingerkuppen. Jetzt werden wir alles erfahren, sagt die Frau, und der junge Zöllner, ohne sich umzudrehn: Hoffentlich.

1966

Eisfischen

oder Was man mit Hechten erleben kann

Für Sebastian Schramm

Auch im Winter ist mit unserm See noch was los. Man muß nur warten, bis das Eis dick und blau geworden ist, und am liebsten läßt man überhaupt erst einen Schlitten mit Pferden darüberfahren, bevor man durch den braunen, knackenden Schilfgürtel geht. Wenn sich kein Schlitten mit Pferden sehen läßt, genügt es auch, die Luftblasen und Äste und Flaschen zu zählen, die in der Tiefe des Eises einfrieren, und wenn genug eingefroren ist, und man kommt nicht weiter mit Zählen, dann kann man gleich mit Anlauf raufglitschen.

Was am allerbesten ist? Am allerbesten ist, wenn die Eisfischer kommen auf ihren flachen kleinen Schlitten, die sie mit einer Stange vorwärts schieben. Die Eisfischer haben immer was zu rufen, ich weiß nicht, warum, und wir hören die Rufe »Hooo-oh« oder »Hooo-ah«, noch bevor sie um die nackte Halbinsel bogen. Da tickten wir erst gar nicht mit den Absätzen ans Eis. Sobald die Eisfischer zu hören waren, flitzten wir gleich durch die Schneewehen am Ufer. Wir nahmen Anlauf. Und tsss, so glitten wir ihnen entgegen, und der Schwung war so groß, daß man noch auf dem Rücken weiterrutschte, wenn man hinplumpste auf der glatten, glatten Fläche.

Zuerst tranken die Eisfischer Kaffee, das war nun mal so. Sie saßen auf ihren flachen Schlitten in einem Kreis. Die Eisfischer hatten Schnauzbärte, daran hingen kleine Eiszapfen, und ihre Augenbrauen waren mit Rauhreif gepudert. Die sahen schon so aus wie der Januar, ganz gewiß. Ihren Kaffee tranken sie etwas zu langsam, sogar im Schneegestöber.

Dann rief einer »Hooo-oh«, und die anderen nahmen von einem Schlitten Äxte und Eisenstangen, die bekam das Eis jetzt zu spüren. Die Eisfischer hackten und pickten. Das splitterte nur so und brach und seufzte. Manche Splitter funkelten wie buntes Glas. Die Eisfischer hackten so lange, bis da ein großes Loch im Eis war, und dann stellten sie zuerst Stangen mit einem Strohwisch auf. Jetzt wußte jeder: Hier heißt es aufpassen. Das Loch war vielleicht viermal so groß wie ein Küchentisch, das genügte.

Wieder rief einer »Hooo-oh«; – ohne zu rufen, bekamen die wohl nichts fertig. Sie schleppten das glitzernde, steifgefrorene Netz zum Loch. Das Netz knisterte. Es sang. Es hörte sich an wie eine sehr dünne Stimme, die sang, als sie das steifgefrorene Netz zerrten und zogen. Dann drückten sie das Netz mit Stangen in das Loch und schoben die Stangen unter das Eis. Wir kannten das schon. Mit Hilfe der Stangen zogen die Eisfischer eine Leine unter dem Eis entlang. Die Leine lief in einem Bogen und öffnete das Netz, das sich ganz vollgesogen hatte und auf Grund lag. Die Eisfischer hackten noch viele kleine Löcher, um die Leine immer weiterzuziehen, und neben jedem Loch stellten sie einen Strohwisch auf. Geld hatte sicher keiner von den Eisfischern in der Tasche. Aber eine Flasche, die hatte jeder. Und wenn sie nicht »Hooo-oh« riefen, dann mußten sie einen langen Schluck aus der Flasche nehmen. Wir versuchten erst gar nicht, die Schlucke zu zählen.

Auf zwei Schlitten waren braune Tonnen drauf; die konnten sich drehen. Und als die Eisfischer weit genug von dem großen Loch entfernt waren, holten sie die Leine herauf. Sie legten sie um die Tonne, und die Tonne drehte sich, und die Leine wurde straff und zitterte. Jetzt sang die Tonne. Zwei Eisfischer drehten sie. Die Leine fror gleich an der Luft zu einer weißen Schlange. Da liefen wir dem Netz entgegen, das unter dem Eis langsam und stetig wanderte mit seinen offenen Flügeln. Wir legten uns auf das dunkle, durchsichtige Eis. Unten wanderte das Netz in aller Stille über den Grund, mehr kann man nicht sagen.

Die Tonne hörte nicht auf mit ihrem quietschenden Gesang, und einige Eisfischer schlugen wieder ein großes Loch. Hier sollte das Netz herausgeholt werden. Wir standen neben dem Loch und beobachteten den braunen Grund. Ffft, ffft, so zuckten da die Fische durcheinander, sehr schlank oder spindelförmig. Immer mehr Fische wurden es, die flohen vor dem stetig wandernden Netz mit den offenen Flügeln. Die Eisfischer freuten sich über das Gewimmel, und einer rief »Hooo-oh«, danach schnaubte er in sein Taschentuch.

Aber jetzt wurde das Wasser unruhig. Es brauste. Es riffelte sich. Die Eisfischer kloppten sich die Hände warm, so heißt das. Das Wasser schäumte nur so von all den aufgeregten Fischen, und einige schnellten sich in die Luft. Nun waren die Flügel des Netzes zu sehen. Da stecken Schilfplötze drin mit rot leuchtenden Flossen. Die Eisfischer zogen die Flügel zusammen und hoben das Netz auf das Eis; dann schüttelten sie die Fische aus. Die Fische hopsten und sprangen auf dem Eis, viele Fische: dunkelgrüne Barsche, die ihre Stacheln aufrichteten, silberne Brassen, Schleie, Zander und fünf silbergrüne Hechte mit Mäulern wie Entenschnäbel. Die Fischer sortierten die Fische in Holzkästen. Die kleinen Fische schenkten sie uns.

Natürlich wollten wir am liebsten einen Hecht haben, denn das ist der beste Fisch in unserem See. Aber einen Hecht wollten die Fischer uns nicht schenken. Und einen aus der schuppenbedeckten Kiste nehmen, das konnten wir nicht, weil jeder Eisfischer die fünf Hechte gezählt hatte. Langsam gezählt.

Nun wußten wir aber schon, daß jeder Räuber seine Beute abgibt, wenn er ertappt wird; darüber wundert man sich nicht mehr. In unserm See ist der Hecht der schönste und stärkste Räuber. Wir sahen uns die fünf Hechte in der Kiste aufmerksam an. Die Eisfischer tranken wieder mal Kaffee. Ein Hecht war sehr dick und atmete auch angestrengt. Wir massierten seinen silbernen Bauch. Wir hoben ihn am Schwanz in die Höhe. Plötzlich spuckte er einen kleinen Hecht aus, den er kurz vorher verschluckt hatte. Den hatten die Eisfischer nicht gezählt, und als sie sahen, daß wir einen Hecht hatten, gingen sie gleich zur Kiste und zählten nach, einmal und noch einmal: Da waren immer noch fünf drin. Jetzt strichen sich die Eisfischer die kleinen Eiszapfen aus dem Schnurrbart und wunderten sich, und weil sie sich lange wundern können über etwas, wundern sie sich vielleicht auch heute noch.

Als sie mit ihren flachen Schlitten davonfuhren, riefen sie »Hooo-oh«. Da riefen auch wir »Hooo-ah«, und es klang wie »Hob Dank«.

1966

Einstein überquert die Elbe bei Hamburg

Geschichte in drei Sätzen

Dies hier ist eine Photographie zum Lesen, zum Suchen und Wiederfinden jedenfalls, denn so ein Weitwinkel beläßt es nicht bei wenigen Worten, der macht dem Auge redselige Angebote – was noch gar nichts heißen soll; aber man wundert sich doch über die gutmütige, erzählbereite Elbe, die im Vordergrund an Ketten hängende Anlegepontons vorzeigt, zerschrammt und zersplittert unter den Stößen eiserner Bordwände; weiter dann, wo das Wasser schwarz vorbeidrängt, einfach alles zuläßt, was schwimmen kann: Festmacherboote, Getreideheber, Schlepper, Schuten, Tanker und kombinierte Frachtschiffe, die, mit Frohsinn bewimpelt, auf einwandfreiem Kollisionskurs liegen – zumindest sieht es so aus – und die nach einer prachtvollen Massenkollision wohl noch einmal gerammt werden sollen von einem grünweißen, betagten, dennoch rostfreien Elbdampfer, einem Fährschiff, um genauer zu sein, dessen deutliche Schaumspur sowohl der Elbe als auch der ganzen Photographie eine glimmende Diagonale verschafft, eine halb ausgeführte Diagonale natürlich, die aber schon ausreicht, daß man sich nicht in die Flaggen verguckt, nicht in Masten und die im Dauerspagat hängenden Ladebäume, ja nicht einmal in die mennigrote Wand des Schwimmdocks, das vor den Helligen einer Werft verankert ist und, einen widerspruchslosen Hintergrund bildend, der Elbe ihre tatsächliche Breite bestreitet; vielmehr überredet uns die Schaumspur, das grünweiße, ziemlich hochbordige Fährschiff als Mittelpunkt dieses sommerlichen Hafenporträts anzusehen, das, bei leicht schwefligem Licht aufgenommen, einfach die alltägliche Wahrheit des Stroms belegen soll –

wozu ja nicht nur Rauchfahnen und Wind gehören, sondern auch drängende, in jedem Fall planvolle Bewegungen all der Boote, Prähme und Schiffe, unter denen, wie gesagt, die Fähre sich besonders hervortut durch ihre Farbe, durch den riskanten Kurs und, wenn man genauer hinsieht, durch die auf dem Achterdeck versammelten Personen, die bereits auf den ersten Blick zu erkennen geben, daß sie etwas verbindet: Beziehungen oder Absichten, vielleicht unerwünschte Verhältnisse; zumindest muß man sich etwas denken bei der deutlichen Besorgnis des Kapitäns, der, seinen Oberkörper sacht über die Brückennock gewinkelt, den Kurs eines langsam mahlenden Schleppzugs abschätzt und ihn mit dem eigenen Kurs in Verbindung bringt, womöglich schon einen Schnittpunkt ermittelt und auch das fällige Manöver erwägt – nicht zuletzt deshalb, weil man ihm einmal in einer Seeamtsverhandlung, als es darum ging, die Schuldfrage bei einer Kollision zu ermitteln, vorgeworfen hatte, das fällige Ausweichmanöver zu spät angeordnet zu haben –, doch das muß man wohl hinzusehen, während von dem großen, kahlen, zum Niedergang hinstürzenden Mann sorglos behauptet werden kann, daß er flieht, daß er sich augenscheinlich von einem Uniformierten absetzen möchte, der schon die behördliche Hand nach ihm ausstreckt, hier, auf dem grünweißen, die Elbe verbissen kreuzenden Fährschiff, das jedem Verfolgten, wenn er sich nicht mit dem Strom anbiedert, dem Strom vertrauend über Bord springt, zur Falle werden muß – was allerdings der große, kahle Mann, der sich eine zu enge Jakke angepellt hat und der seine Hosen gern um eine Handbreit länger herauslassen könnte, vergessen zu haben scheint: denn er hetzt, von seiner Angst getrieben, über das Achterdeck zum Niedergang, vorbei an dem träge dasitzenden Paar, das nicht einmal die Köpfe hebt, nicht das geringste Interesse zeigt für Ludi Leibold, der hier, wenn nicht gestellt, so doch aussichtsreich verfolgt wird – nicht wegen Diebstahls, sondern wegen Mißbrauchs von Barkassen, die er heimlich losbindet und, wenn sie ihm seine Eignung zum Kapitän ausreichend bewiesen haben, einfach auf Grund setzt –, aber das mangelnde Interesse wird glaubwürdig, wenn man festgestellt hat, daß die Frau, die da verkrampft und spreizbeinig neben einem Mann sitzt, nicht nur schwanger, sondern hochschwanger ist und sich ziemlich sicher auf dem Weg zur Klinik befindet, in Begleitung eines Mannes, der einen hilflosen und niedergeschlagenen Eindruck macht, womöglich weil er selbst während der Überfahrt auf einer Fähre zur Welt gekommen ist und sich nun überlegt, was er tun soll, wenn die Frau auf der Fähre niederkommt wie einst seine Mutter – diese Frau, auf der die winkligen Schatten der Reling liegen und der nichts bleibt, als verkrampft zu lauschen und einzusehen, daß jeder Widerspruch hier nutzlos ist, einfach weil alles einem derben und feuchten Zwang unterliegt, einer unleidlichen Gesetzmäßigkeit, die von einem bestimmten Augenblick an stumpfsinnige Befehlsgewalt übernimmt; jedenfalls wird man das auf der grünweißen Fähre so lange annehmen, bis man den gekrümmten, abseits sitzenden Mann entdeckt hat, den Alten unter dem Schlapphut, dem sein dichtes Grauhaar auf die Schulter fällt und der sich auf der Suche nach Wärme tief in seinen Mantel zurückgezogen hat, wo er an seinem kurzstieligen Pfeifchen qualmt und die Schultern hebt wie in ironischem Zweifel über einen Einfall; doch entscheidender als diese Einzelheiten ist das Eingeständnis, daß man diesen Alten irgendwoher kennt, von anderen Photographien, aus dem Film, vielleicht vom Hörensagen, und zwar kennt man nicht nur das Gesicht, sondern auch einige Ansichten, die diesem Original zugeschrieben werden, vor allem bestimmte Unsicherheiten in unseren Wahrnehmungen und Aussagen – und weil jetzt, auch wenn es überrascht, erklärt werden muß, daß der einzelgängerische Passagier tatsächlich Albert Einstein ist, der hier auf einem gewöhnlichen Fährschiff die Elbe bei Hamburg überquert, muß man auch schon die Folgen seiner Anwesenheit zur Kenntnis nehmen.

Ich kann mir nicht helfen: der Alte, gekrümmt, mit Unscheinbarkeit getarnt, läßt sich immer weniger übersehen, immer weniger vergessen, ja, jetzt spürst du, wieviel schon von ihm ausgeht und wieviel auf ihn bezogen ist, hier, auf der schräg kreuzenden Fähre – sogar die über ihm hängenden Möwen scheinen Signale von ihm zu erhalten, Zeichen, die ihnen das vielbewunderte Hochziehen und Abstreichen unmöglich machen, und auf einmal zieht sich die mennigrote Wand des Docks zurück, also die Begrenzung; das Treibende im Strom – leuchtendes Kistenholz, Flaschen, Plastikbecher, Latten – fängt sich in einem Kreisel, zwei kurze, dekorative Rauchfahnen gehorchen nicht mehr dem Wind, aber was dich noch mehr erstaunt, das ist der Kapitän in der Brücken-Nock, der nicht mehr besorgt, sondern nur noch ratlos, ratlos und verblüfft dasteht und aus dem Kurs des langsam mahlenden Schleppzugs und dem eigenen Kurs offenbar nichts mehr ermitteln kann, denn obwohl jeder die Kollision voraussagen möchte, ist sie auf einmal fraglich geworden: beide Fahrzeuge, der Schleppzug und die Fähre, halten zwar ihren Kurs ein, doch sie kommen sich nicht näher trotz unterschiedlicher Geschwindigkeit, vielleicht weil beide, obwohl zu selbständiger Bewegung fähig, von einer anderen wirksamen Bewegung ergriffen werden, einer Strömung, die für immer verhindern wird, daß sich der Bug der Fähre schneidend in der Bordwand der Schute festsetzt, ja, du hast angesichts des gekrümmten Alten das Gefühl, daß weder die Fähre noch all die Barkassen, Tanker, Schlepper Meter über dem Grund gutmachen, denn wie sich die mennigrote Wand des Docks zurückgezogen hat, so ziehen sich auch die Ufer zurück und machen nicht nur jede pünktliche, sondern jede Ankunft überhaupt fraglich, was den Alten mit dem eisengrauen Haar allerdings nicht zu kümmern scheint, ihn vielmehr nur mit behaglicher und zustimmender Ironie erfüllt, weil die plötzliche, gewinnlose Bewegung im Hafen ihn nicht beunruhigt und weil ihm nichts Ähnliches bevorsteht wie dem Kapitän, der heute nachmittag zum zweiten Versöhnungstermin erscheinen soll und auch vorhat, hinzugehn, in der Bereitschaft, seiner Frau halbwegs zu vergeben – wenn auch unter der Bedingung, daß sie künftig darauf verzichtet, die Lebensmittel bei seinem einarmigen und noch unverheirateten Bruder zu kaufen –, doch da die Möwen wie an Drähten hängen, die Ufer zurückweichen, die Bewegungen zu nichts führen als zu einem, man muß es schon sagen: erregten Stillstand, der jede ordentliche Erwartung zweifelhaft werden läßt, stellt der Kapitän der Fähre sich unwillkürlich den wartenden Richter und seine wartende Frau vor, erwägt, was sie erwägen werden, wenn er ausbleibt, wenn er später einmal den sonderbaren Grund seiner Abwesenheit nennen wird – wir hatten an diesem Tag keine Chance, das Ufer zu erreichen –, und dabei merkt er, daß er schon auf einer unerklärlichen Unruhe schwimmt, denn alles, was er sich für den Abend nach dem Versöhnungstermin vorgenommen hat, wird ja nun unglaubwürdig; aber noch ist es nicht soweit: auf dem Wasser gibt es für jede Lage ein Manöver, das für Veränderung sorgt; deshalb wird er jetzt das Kommando zu einem Manöver geben, beispielsweise »Halbe Fahrt – Ruder hart Steuerbord«, und das in der Absicht, am geduldig mahlenden Schleppzug achtern vorbeizukommen, und über die Brücken-Nock gelehnt, wird er die sichtbare Wirkung des Manövers erwarten, stehen, warten und danach den Rudergänger zum zweiten Mal fragen, ob das Kommando auch weitergegeben wurde zu dem verdammten Penner in der Maschine unten, der, wie wir mittlerweile wissen, das Notwendige längst getan hat und es dennoch nicht vermochte, den Kapitän sorgloser zu machen, der nun zurückblickt auf die glimmende Diagonale des Kielwassers und dabei den alten, verhüllten Mann streift und nicht stutzt, obwohl das Gesicht ihm bekannt vorkommt – denn jetzt ist er nur noch mit seinem Staunen beschäftigt, jetzt, wo ihm auch ein Blick zurück bestätigt, daß auf diesem Strom nur das Licht hinfährt, nicht aber die kreuzenden, die auslaufenden und einkommenden Schiffe, denen es offenbar unmöglich gemacht worden ist, die Positionen zueinander zu verändern – was natürlich nicht ohne Folgen für den Hafen sein wird, der als schnell gilt und als pünktlich, und in dem man bereit ist, Garantien für Ankunftszeiten zu übernehmen; und bei dieser Entdeckung wundert man sich nicht mehr darüber, daß Ludi Leibold, der Schrecken der Barkassen, der, seinen Verfolger ziehend, schon zum zweiten Mal in seinen gelben Rohlederstiefeln über das Achterdeck hetzt, immer noch nicht gestellt ist, ja, sogar den Eindruck macht, daß er gelassener flieht, auf eine Kraft oder ein Gesetz vertrauend, die ihm eine langwährende und deshalb unentschiedene Flucht verheißen, denn ein Mann in seiner Lage würde wohl kaum auf die Idee kommen, während des Laufs aus einem Pappbecher brühheißen Kaffee zu trinken, den er vermutlich im Vorüberhasten vom Kantinentisch riß – worauf seinem von der Allgemeinheit bezahlten Verfolger nichts Besseres einfiel, als Geste und Handlung zu wiederholen, so daß auch er jetzt mit einem Pappbecher in der Hand erscheint, was doch nur heißen kann, daß auch er sich auf Dauer einrichtet; und während du schon mit Namen nennen kannst, was hier außer Kraft gesetzt ist, stellst du dir vor, daß dies Spiel älter und älter wird, und daß auch der Fliehende und sein Verfolger älter werden unter hämmernden Schritten, denn so wie es der Fähre nicht gelingt, den Strom zu überqueren, so gelingt es auch dem Uniformierten nicht, Ludi Leibold zu erreichen, und da vorauszusehen ist, daß keiner nachgeben wird, wird die Flucht in die Wochen oder sogar Monate kommen, unterhalten von einem unwiderstehlichen Mechanismus, der vielleicht bewirken wird, daß auch Unerhörtes geschieht: ohne den Abstand zu verringern, wird man zum Beispiel Labskaus essen, man wird sich duschen, rasieren, eine Zigarette anstecken, man wird auch nacheinander die kühle, geflieste Toilette des Fährdampfers aufsuchen; doch ebenso selbstverständlich wird man danach wieder seine Rollen aufnehmen, wird fliehen, wird verfolgen, und das alles ohne Resultat oder sogar die Aussicht auf ein Resultat, nur dem Gesetz gehorchend, das der Alte in dem zu weiten Mantel über das Schiff und alle Bewegungen und Erwartungen auf ihm verhängt hat – das stumme Paar, das zur Klinik unterwegs ist, nicht ausgenommen, denn auch der Mann und seine hochschwangere Frau haben sich verändert, und wenn nicht dies, so stellen sie doch auf einmal Erleichterungen fest, was dazu führt, daß sich zunächst die Art ihres Dasitzens ändert und daß sie ihr Schweigen aufgeben, jetzt, wo Ludi Leibold und sein Verfolger zum zweiten Mal an ihnen vorbeihasten: sie stoßen sich an, tauschen einen Blick und sehen den beiden Männern nach, mit amüsiertem Interesse, als könnte es ihnen nicht gelingen, den Vorgang ernst zu nehmen, und nun, da sie sich einander wieder zuwenden, erscheint der Mann nicht mehr hilflos und niedergeschlagen; auch die Frau scheint nicht mehr verkrampft zu lauschen, denn auf ihrem Gesicht liegt nun der Ausdruck einer hoffnungsvollen Spannung, der möglicherweise dadurch entstanden ist, daß nicht nur die Wehen aufgehört haben, sondern auch die spürbaren Bewegungen in ihrem Bauch, ja, sie hat in diesem Augenblick das

Gefühl, daß es viel zu früh ist, zur Klinik hinüberzufahren, daß sie sich verrechnet hat in der Zeit – auch wenn es ihr nicht gelingt, den Fehler zu entdecken –, und leise, damit der Alte sie nicht hört, beginnt sie auf ihren Mann einzureden, fordert ihn auf, mit ihr zusammen die Zeit nachzurechnen, woran der Mann jedoch gar nicht mehr interessiert ist, einfach weil er nicht wissen will, warum es ihm plötzlich soviel bessergeht, nun, da sich alles zum zweiten Mal als falscher Alarm herausgestellt hat – und statt sich zu erinnern, brennt er sich seine Pfeife an, saugt unter scharfen Platzgeräuschen seiner Lippen, schickt kurze Wölkchen hoch wie der regungslos sitzende Alte und beobachtet erstaunt, daß beider Tabakwolken sich zu vereinigen versuchen, was ihnen auch beinahe gelingt; vor allem aber erkennt er, daß die Wand des Docks nicht unvermeidlich aufwächst und das Ufer nicht zwangsläufig näher rückt, obwohl die Fähre offensichtlich Fahrt macht und die Strekke längst zurückgelegt sein müßte, doch das reicht anscheinend nicht aus zur Beunruhigung, im Gegenteil: lächelnd stellt er sich vor, daß die Frau neben ihm einstweilen nicht niederkommt, nicht berechenbar zumindest, und daß die Schwangerschaft dauern wird durch Monate und Jahre, vielleicht viele Jahre, jedenfalls faßt er bei seiner begründeten Abneigung gegen Kinder die Möglichkeit ins Auge, daß der kleine Koffer, der die Sachen für die Klinik enthält, achtundzwanzig Jahre gepackt bleibt – was für ihn selbst gleichbedeutend damit ist, daß er achtundzwanzig Jahre verschont bleibt von allem –, bis dann, vielleicht an einem kühlen Sommerabend, ein kleiner, bärtiger, gewiß vernünftiger Herr geboren wird, der kein Aufhebens macht und sich als zwar anhänglicher, aber auch selbstbewußter Hausgenosse herausstellt, ein achtundzwanzigjähriges Geschöpf, das den verdutzten Eltern intensive Kindesliebe anbietet und dafür nichts anderes fordert, als daß man ihm erlaubt, die verschiedenen Uhren im Haus zu zerschlagen, womit er gleich zu erkennen gibt, welch ein eigentümliches Verhältnis er zur Zeit hat, und da er das nicht für sich behalten will, stößt der Mann die Frau an und sagt: Stell dir mal vor, wenn uns das passiert –, und noch während seines Entwurfs einer unerhört verzögerten Geburt unterbricht ihn die Frau, hebt den Koffer auf den Schoß, als ob sie aufstehen und gehen möchte, und sagt leise, damit der Alte nichts aufschnappt: Leicht, mir ist auf einmal ganz leicht; mal nur nicht den Teufel an die Wand.

Ich muß zugeben, auch diese unvermutete Schwebe, in die alles geraten ist – deine grünweiße Fähre, die unterschiedlichen Passagiere, der Strom und was auf ihm hinfährt –, kann eine Erlösung sein, eine Lossprechung von Gewohnheiten, und gerade fragst du dich, wie lange sie denn dauern könnte, da bewegt sich der Alte mit dem eisengrauen Haar, steht auf, fröstelt, stellt für sich fest, daß der sehr lange Mantel immer noch nicht lang genug ist, und gekrümmt, niedergezogen von Jahren oder Einsichten, geht er zum Niedergang, vorbei an dem beklommen schweigenden Paar, das ihn nun erkennt oder wiedererkennt, woran er jedoch gewöhnt ist, denn er erwidert keinen Blick, dreht sich vor dem Niedergang um und steigt behutsam, mit den Füßen nach den Stufen tastend, zum unteren Deck hinab, bleibt dort allerdings nicht stehen, sondern geht auf eine weiße, mit Vorreibern gesicherte Eisentür zu, öffnet die Tür, von der du nicht weißt, wohin sie führt, und schließt sie von innen, energisch, wie endgültig; dennoch dauert es eine Weile, bis die Frau ihren Blick von der Tür löst und fragt: War das nicht …? – und keine Antwort erhält, weil ihr Mann sich wegduckt vor einer Möwe, die tadellos angewinkelt aus der Höhe stürzt und dann einen scharfen, kühlen Luftzug fühlbar werden läßt, und auch danach keine Zeit findet, die Frage zu beantworten, weil der Kapitän ein erregtes Kommando gegeben hat, das die Fähre nach Steuerbord krängen, sie aus ihrem alten Kurs ausscheren läßt, wodurch er wahrscheinlich eine Kollision vermieden hat, obwohl weder er noch das Paar vollkommen sicher sind, denn über die Nock, über die Reling gebeugt, beobachten sie, wie der Schleppzug dicht unter dem Bug der Fähre stromaufwärts mahlt – so nah, daß man hinabspringen könnte auf die Hügel aus tonfarbiger Baggererde, die in den Schuten liegen –, während die Fähre fast beidreht und nach den notwendigen, ziemlich verstümmelten Flüchen und Warnungen langsam Fahrt aufnimmt, schneller wird, auf den dunklen Anlegesteg zuhält, wo jetzt Leute aus dem Warteraum treten, unter anderem ein einarmiger Mann, anscheinend der Bruder des Kapitäns, der ausgerechnet eine Überfahrt benutzen will, um über die Frau zu sprechen, die sie beide mehr oder weniger lieben, jedenfalls läßt sich voraussehen, daß es auf der Brücke zu einer Auseinandersetzung kommen wird, deren Folgen durchaus erwogen oder durchgespielt werden können; doch leider wissen wir immer mehr als die, die von uns abhängen, deshalb sollte der Ausschnitt genügen, den das Paar auf dem Achterdeck übersieht, der Ausschnitt des unteren Decks, der einen am Boden liegenden Ludi Leibold zeigt, das Gesicht auf einer Nietenspur, mit den Füßen zuckend, und neben ihm kniend der öffentliche Verfolger, der mit einer gebräuchlichen Fessel hantiert, der ein Handgelenk des Barkassenschrecks schon bezwungen hat und nun versucht, auch das zweite an die Kette zu legen, was ihm durch kräftigeren Druck auch gelingen wird, wonach er ihm, da der Anlegesteg immer mehr heranwächst, nur noch einzuschärfen braucht, daß jeder Fluchtversuch sinnlos und jedes unnötige Aufsehen zu vermeiden sei, besonders wenn sie von Bord gehn und durch die wartenden Leute auf dem hängenden Anlegesteg, der gleich knirschen und aufseufzen wird unter dem Stoß der eisernen Bordwand und der, auch wenn Fender dazwischen liegen, ein paar neue Schrammen abbekommt; doch noch bevor die unvermeidliche Erschütterung durch das Schiff geht, während die Möwen die Verfolgung aufgeben und abstreichen, während schon Leinen klargemacht werden, während der Laufsteg herangeholt wird, setzt die Frau auf dem Achterdeck den Koffer ab, horcht, ergreift das Handgelenk ihres Mannes, der nicht von Ludi Leibold und seinem erfolgreichen Verfolger wegfindet, und sagt: Es ist soweit, und sagt noch einmal, da ihr Mann sie nicht verstanden zu haben scheint: Es geht los, ich spüre, es geht los, worauf er nur in rechtmäßiger Hilflosigkeit feststellen kann: Aber wir haben doch noch keinen Boden unter den Füßen, was der Frau allem Anschein nach gleichgültig ist, denn sie steht auf, wankt aufs knappe Brückendeck – es soll also auf dem Brückendeck und nicht auf dem Achterdeck geschehen – und läßt sich dort nieder in dem Augenblick, in dem die Fähre festmacht und über den herangerollten Laufsteg der Alte als erster von Bord geht, achtlos, die Hände auf dem Rücken verschränkt; und dich selbst interessiert mehr als alles andere die Art seines Weggangs aus dem sommerlichen Hafenbild: geht so nicht einer ab, der selbst bestimmt, was eine Tatsache ist?

1969

Fallgesetze

Der Mann:
Vor Freude zog ich damals einen Wimpel am Mast der »Ragna« auf, ein Stück von einem alten, rotweiß gestreiften Kopfkissen, und das Ding stand steif und knatternd ab, als wir zum ersten Mal unter dem braunen Hilfssegel zur Arbeit ausliefen. Lange genug hatten sie uns ja warten lassen, lange genug wußte niemand, ob all ihre Gutachten ausreichen würden, um uns den neuen Fährhafen zuzusprechen, unserer baumlosen, flachen, wenn auch nie gefährdeten Küste; aber dann entschieden sie sich doch für uns und legten überdies einen Plan auf den Tisch, der unsere glückliche Erregung nur noch steigerte: vierhundert Meter leicht gewinkelte Mole und Kaimauern mit Gleisanschlüssen und drei Rampen für Lastautos und Personenwagen, alles geduldig und energisch hinausgebaut in die See, weit über den sandbraunen Streifen hinaus, auch noch hinaus über die flaschengrüne Zone, bis dahin etwa, wo der Grund auf zwölf Meter abfällt und die Strömungen sich begegnen.

Steine, Steine: niemand konnte und wollte auch nur überschlagen, wieviel Steine sie auf einmal brauchten für ihren endgültig beschlossenen Plan, Steine für die Fundamente, die Sockel, für die vierhundert Meter lange Mole. Es war nicht an ihnen, zu zweifeln, ob die See überhaupt so viele Steine herausrücken würde, um ihrem Vorhaben die nötige Sicherheit und Schwere zu geben; sie schrieben nur ihren Bedarf aus und setzten die Preise fest, und den Rest überließen sie uns, den Steinfischern. Jedenfalls, ich hatte den Ladebaum nicht umsonst verstärken und das Hebegeschirr ausbessern lassen; außerdem hatte ich »Ragnas« Luken erweitert und ihr selbst, die mit ihren siebzig Jahren nicht weniger verläßlich war als jedes andere beteiligte Schiff, einen sorgfältigen Teeranstrich verpaßt, zusammen mit dem Jungen, der – so schien es mir – gerade zur rechten Zeit nach Hause gekommen war. Sven kam immer dann nach Hause, wenn er wieder einmal seine Untauglichkeit für einen gerade begonnenen Beruf entdeckt hatte, aber diesmal glaubte ich ihn nicht nur halten, sondern auch davon überzeugen zu können, daß man mit Ausdauer und Glück leben kann von dem, was man vom Grund der See heraufholt; jetzt, mit diesem Riesenprojekt am Horizont, bot sich ihm doch eine Gelegenheit zu erkennen, was die Steinfischerei immer noch wert war.

Der Junge:
Sein erstes Angebot lautete gleich auf halbe-halbe, obwohl ich mit weniger zufrieden gewesen wäre; schließlich brachte er außer der »Ragna« auch alle nötigen Kenntnisse und Erfahrungen ein, und er wußte besser als jeder andere, wo die tonnenschweren Brocken lagen, ohne Peilung, einfach so, als ob er sich in einem Garten und nicht auf See bewegte: Hier, hier schmeiß mal den Anker weg. Daß er mir soviel anbot, lag gewiß nicht allein an seiner pedantischen Gerechtigkeit oder gar daran, daß er auch einen rechtmäßigen Vorteil nie ausnutzen konnte, ohne ein schlechtes Gewissen vor sich herzutragen; vielmehr hatte ich das Gefühl, daß er mich mit dem unerwartet hohen Angebot ködern wollte, zu bleiben und in seine Schuhe hineinzuwachsen. Vielleicht aber wollte er, daß ich blieb, weil ja nun Elisa da war, sie mit ihrer Gürtelsammlung und dem ewigen Druck auf den Schläfen, diese Frau, die auf seine Annonce hin angereist kam mit ihrem gesamten Besitz, der aus zwei Koffern und mehreren Schachteln bestand. So unvermutet sie seine Witwerschaft beendete, sowenig änderte sie seine Gewohnheiten und Eigenarten, vielleicht unterließ sie auch jeden Versuch dazu, nachdem

sie gemerkt hatte, wem sie da auf eine durchaus nicht vielversprechende Annonce ins Haus geschneit war – in unser gekalktes Haus mit den viel zu kleinen und zu zahlreichen Kammern. Man muß erlebt haben, wie mein Alter ihre behutsame Herablassung ertrug und den Spott und diese seufzende Geringschätzung, mit der sie fast alles bei uns bedachte: den zu alten Herd, die beiden launischen Kachelöfen, die zu steile Stiege, die Betten, die Möbel, das Geschirr, die Eßbestecke, besonders die Eßbestecke, die sie noch jedesmal erschrocken musterte, bevor sie sie benutzte. Als sie erfuhr, daß unserer Küste ein Hafen für die großen Eisenbahnfähren zugesprochen wurde, bat sie mich, nachzufragen, ob nicht auch ein Restaurant und ein Hotel geplant seien; sie ließ nicht durchblicken, warum sie das wissen wollte; vielleicht interessierte sie sich nur deshalb dafür, weil sie selbst einmal verantwortlich in dieser Branche gearbeitet hatte und nicht aufhören konnte, uns von dieser Zeit zu erzählen – in einer Art, daß wir schließlich glauben mußten, dies sei ihre große Zeit gewesen. Er zumindest, mein Alter, erwog ausdauernd das Erzählte und legte es so aus, daß Elisas Aufenthalt auf unserer Halbinsel einen Abstieg für sie bedeutete und ihre Anwesenheit in unserem Haus ein Opfer. Sie schliefen in getrennten Kammern, und sein wichtigster Anspruch an sie bestand darin, immer und überall heißen Kaffee bereitzuhalten für ihn, den unersättlichen Kaffeetrinker. Als im Mai die endgültige Entscheidung fiel und wir die »Ragna« teerten und für den großen Einsatz ausrüsteten, ließ er sie dreimal am Tag mit Kaffee zum Liegeplatz kommen und sah ihr schon immer ungeduldig entgegen, wie sie wiegend die flach gebuckelte Düne herabkam, jedesmal mit einem anderen Gürtel um und in Schuhen, die niemand außer ihr auf der Halbinsel trug oder hätte tragen wollen: hochhackige Schuhe in künstlichen Farben. Da sie die Sonne nicht ertragen konnte, tranken wir den Kaffee im Schatten der Bordwand und ließen es uns gefallen, wenn sie brennende Teerspritzer von unseren nackten Schultern rieb; widerwillig übrigens und mit gehörigem Abstand.

Die Frau:
Das alles blieb in seiner Annonce unerwähnt: die Abgelegenheit hier; der ständige Wind, der auf die Schläfen drückt; der Flugsand, der auch bei geschlossenen Fenstern ins Haus dringt; das Fehlen eines Badezimmers; und nicht zuletzt er selbst, Johannes Willesen: seine Pedanterie, seine herrische Schweigsamkeit, die verdammte Genügsamkeit, die er schon fand, wenn er steif auf dem unbequemen Stuhl am Fenster hockte. Da er es sich nicht aus der Hand nehmen ließ, das Haus zu führen – nicht einmal nach unserer sogenannten Hochzeit war er bereit, mir mehr von den monotonen Pflichten hier zu überlassen –, hatte ich manchmal das Gefühl, daß er mich nur deshalb auf die Halbinsel geholt hatte, weil meine Gegenwart sein Haus komplettieren sollte wie ein unentbehrliches Möbel. Ein Gefühl zu zeigen erschien ihm offenbar als Zeitvergeudung, und ich hätte ihn mitunter schütteln können vor Verlangen, ein Wort der Zustimmung zu erfahren oder auch nur eine Geste der Unzufriedenheit. Mein Verhältnis zu ihm war nur ein bißchen vertrauensvoller als das zum großen Eßtisch. Mein Gott, und seine Geschenke; zwar schleppte er immer etwas an, wenn er für einen Tag in die Kreisstadt mußte, aber die Dinge, die er mir stumm überreichte, konnte ich allesamt nur in eine Schachtel legen: mehrere wollene Kopftücher, einen überlangen Schal, der jeden Mantel entwertet, eine klotzige Bernsteinkette, die sofort Nackenschmerzen hervorrief, oder – obwohl ich ihm meine Sammlung von Gürteln gezeigt hatte – diesen bestickten Leibgurt aus Leinen, der allenfalls zum Trachtenkostüm

einer Siebzigjährigen gepaßt hätte. Daß er eines Gefühls fähig war, bewies er dann aber doch, als die Entscheidung über den Fährhafen fiel: er, der keinen Wert auf Besuch legte, lud sich zwei Männer ins Haus, die mich lediglich mit gehemmter Freundlichkeit begrüßten und dann in seiner Kammer verschwanden, wo sich bald ein Lärm erhob wie in einem vollbesetzten Lokal. Ich durfte ihnen von Zeit zu Zeit heißes Wasser bringen für ihren Grog – Pausen, in denen der Lärm sich wie auf Stichwort legte und in denen sie selbst mich belustigt und zudringlich anstarrten; da fühlte man sich von ihren Augen ausgezogen. Sven nahm nicht daran teil; er war wie immer bei seiner Lieblingsbeschäftigung: auf dem Bett liegen, nur im Turnhemd und in seinen karierten Hosen, und rauchen. Manchmal sagten sie mir, daß ich zuviel rauchte, aber nachdem der Junge nach Hause gekommen war – zur Zeit, doch ohne daß man ihn gerufen hätte –, brachte er uns bei, daß man bei einem wirklich leidenschaftlichen Raucher kaum mit dem Lüften nachkommt. Obwohl wir anfangs kaum miteinander sprachen, empfand ich seine Anwesenheit als Erleichterung. Ich weiß noch, wie er hinter der zerzausten Hecke auftauchte, im schwarzen Hemd mit den hellen, karierten Hosen; er hatte einen dünnen, vernickelten Eisenstab bei sich, den er propellerhaft über die Finger laufen ließ. Wir lachten, bevor wir ein erstes Wort sprachen, und dann sagte ich: Sven, nicht wahr? – und er darauf, nach einer Weile: Dann steh ich wohl vor Elisa? Du kannst von heute ab ruhig du zu mir sagen, sagte ich, und er wieder: Genau das hatte ich auch vor. Erst danach gaben wir uns zum ersten Mal die Hand.

Der Mann:
Schon im Ruderhaus, wenn er den Kurs hielt, den ich ihm angab, trug der Junge Handschuhe, lederbesetzte Arbeits-

handschuhe, die er sich von seinem Vorschuß gekauft hatte, und die behielt er an, solange er an der Winsch stand und die triefenden, algenbesetzten Brocken übers Luk dirigierte. Kaum aber hatten wir am Abend an unserem weit hinausgezogenen Steg festgemacht, da streifte er sie ungeduldig ab, klemmte sie hinters Steuerrad, und mit dieser Geste schien er nicht nur die Arbeit hinter sich zu lassen, sondern auch auszudrücken, welch ein Verhältnis er zu ihr hatte. Dabei konnte ich mich auf ihn verlassen: wie er den alten Stockanker wegwarf; wie er mir die Sicherheitsleine umband, bevor ich runterging und auf dem nackten Grund die Klaue über die Steine brachte; wie umsichtig er die eingesackten Steine aus ihrem Bett brach und langsam und gleichmäßig aufhievte; wie berechnet er sie einschwenken ließ und dann mit Zug und Stoß über das Luk fierte, wo er sie nicht einfach ausklinkte, sondern nach bedachtsamer Ökonomie türmte und stapelte – all das machte den Jungen zu einem Partner, dessen Wahl ich, soweit es um seine Arbeit ging, nicht zu bereuen brauchte. In der ersten Zeit verhielt er sich auch gegenüber dieser Frau so, daß ich annehmen mußte, er teile zumindest meine Enttäuschung und meine Bekümmerung, und zwar vor allem dann, wenn sie sich mit ihrer Herablassung äußerte über die Dinge in diesem Haus. Als sie wieder einmal verstört auf das – zugegeben, etwas schwere – Besteck hinabsah und sich nicht entschließen konnte zu essen, sagte Sven ruhig: Heute hast du Mutters altes Schlachtmesser erwischt; und als sie sich wieder einmal – mit den Fingerspitzen die Schläfen beklopfend – darüber beschwerte, daß die engen, lichtarmen Kammern geradezu schmerzhaft auf ihr lasteten, hob Sven wortlos einige Türen aus, stieß die Fenster auf und hakte sie fest gegen den Widerstand des Windes. An einem Wochenende kam der Junge dazu, wie sie die ovalen Kirschholzrahmen von der Wand hob und versuchte, ziemlich verblaßte Familienphotographien gegen Stiche auszutauschen, die sie aus einem Kalender löste und zurechtschnitt – Szenen von Fuchsjagden in England. Sven hob die Photographien auf, brachte sie in die Rahmen zurück und sagte nur: Die bleiben, ist das klar? Dann verschwand er ohne Gruß, doch am Montag früh war er noch vor mir am Anlegesteg.

Der Junge:
Nur er, nur mein Alter allein wußte, wo sie vor drei- oder sogar vierhundert Jahren ein künstliches Riff angelegt hatten, um fremde Schiffe stranden zu lassen. Vertraut mit den Strömungen hinter der Halbinsel, hatten sie in geduldiger Hoffnung auf Beute ihre Falle errichtet, hatten mit ihrem Überfluß an Zeit jahrelang Steine auf dem Grund der See geschichtet, bis knapp an die Oberfläche, aber immer noch so, daß die Farbe des Wassers sich nicht allzu verräterisch veränderte. Dort also, wo sie einst Schiffe stranden ließen, lag alles, was wir suchten, eine unterseeische Bank von Steinen, die wir nur abzutragen und hinüberzusegeln brauchten zu den schwimmenden Werkstätten, wo Rammen und Bagger und Pontons friedlich vertäut lagen und zunächst nur für den Plan zeugten, den man für diesen Teil der Küste entworfen hatte. Niemand wunderte sich über die Zügigkeit, mit der wir Fracht um Fracht heranschleppten, man schrieb sie uns gleichgültig gut und beachtete uns nicht weiter, selbst wenn wir dreimal am Tag dort aufkreuzten. Er war fast immer unten, mit dem gebrauchten Tauchgerät, zog die Klaue über die großen Brocken, gab das Signal, und während ich den Stein anhievte, bemaß er schon den nächsten. Mich ließ er nur zweimal runter, und zwar weniger, um ihn abzulösen, sondern weil er mir eine Gelegenheit geben wollte, das Abmessen und Einpicken zu probieren, wie man den Greifer festsetzt, so daß der Stein

ohne Risiko gelüftet wird und sich in der Klaue nicht bewegt oder, was noch schlimmer wäre, zu drehen anfängt und zurückstürzt. Schön waren die Tage im Juni, wenn die See glatt war und nur unmerklich dünte und wir abends nach Hause liefen unter den hallenden Schlägen des alten Motors, der uns nie im Stich ließ. Manchmal stand Elisa auf dem Anlegesteg, um uns abzuholen; sie winkte angestrengt und ausdauernd, und einmal sagte mein Alter: Nicht mal das will ihr gelingen, das Winken! Wenn sie sich dann bei ihm einhakte und beide vor mir hergingen – er übertrieben aufrecht, sie mit wiegendem Schritt, der aus der Hüfte fiel –, da mußte man sie einfach für zwei Boote halten, die sich bei ungleichem Seegang fortbewegten. Wer von unseren Leuten sie so zusammen gehen sah, blieb, sobald er sie passiert hatte, stehen, blickte ihnen nach und wußte nicht, ob er sich über meinen Alten wundern oder über Elisa den Kopf schütteln sollte. Dabei konnte man sich durchaus an sie gewöhnen, selbst an ihre Gürtel und an das Gestöhne über den Druck auf ihren Schläfen; mir zumindest ging es so, während mein Alter gar nicht oder nur sehr selten und obendrein verschlüsselt zu verstehen gab, daß er sich mit ihr abgefunden hatte. Wie der sich erregen konnte, wenn einer von unseren Leuten mal eine Anspielung machte oder wenn er im Hafenbüro ein nicht einmal ironisches Kompliment zu hören bekam! Woran ich mich nicht gewöhnen konnte, das waren ihre unaufhörlichen Schritte auf unserem Steinfußboden, dies Tacken, Klicken und Hämmern, dem man einfach nachlauschen mußte, wenn man für sich auf dem Bett lag und rauchte. Und noch weniger konnte ich mich daran gewöhnen, daß sie uns bei jeder Gelegenheit zu verstehen gab, wie mies und gering und kleinkariert alles bei uns war. Als ich einmal, ohne anzuklopfen, in ihr Zimmer trat, in dem sie sich gerade umzog, produzierte sie einen Überraschungsschrei, der auf weiß was hätte schließen lassen können, und für weiter nichts als dies nannte sie mich einen »blinden, ungehobelten Bock«. Es gelang mir, sie mit einem Päckchen Zigaretten zu versöhnen.

Die Frau:
Er sah selbst ein, daß dieser Weg für mich zuviel war: der heiße Trampelpfad zwischen den Dünen, an der dörrenden, vom Mehltau heimgesuchten Weißdornhecke entlang, die gewundene, schattenlose Straße hinab bis zum Hafenbaubüro. So erließ er es mir, ihn zu begleiten, doch es war nicht allein Besorgnis, die ihn darauf bestehen ließ, daß ich mich hinlegte; er gab gleichzeitig eine Spielart seiner Korrektheit preis: wenn ich schon nicht imstande war, ihn zu begleiten, durfte es keine Zwischenlösung geben, ich wurde verurteilt, mich hinzulegen. Und hinlegen hieß bei ihm ins Bett, unter dies lastende, angstmachende Zudeck, unter dem sich der Puls wie von selbst beschleunigt. Da ich nicht mitkonnte, blieb mir nur dies übrig, und ich lag und hörte die Hitze in den Balkendecken knacken und schlief wohl auch ein wenig, da der Schatten des Fensterkreuzes auf einmal über der Waschkommode lag. Wie ruhig Sven sich im Haus verhielt, nie hörte man ein Geräusch von ihm; wenn man wissen wollte, ob er da sei, mußte man ihn schon rufen. Er war bereitwillig, alles zu tun, worum man ihn bat, aber er wollte jedesmal gebeten werden, er kam einfach nicht von selbst darauf, auch mir ein Glas Saft zu bringen, wenn er sich selbst eins holte. Nachdem ich geschlafen hatte – die Spannung über den Schläfen war erträglicher –, bat ich ihn, mir ein Glas Saft zu bringen, und er tat es und stellte das Glas Saft auf den Schemel an meinem Kopfende. Er war schon unterwegs zur Tür, da sagte ich wohl etwas über das Zudeck, nicht über den verwaschenen Bezug, sondern, was ja zutraf, über das erdrückende Gewicht, das einem den Atem benahm, und vermutlich wunderte ich mich darüber, wie

man in diesem Haus klaglos eine solche Zudecke hatte ertragen können. Da blieb er stehn und drehte sich um. Da spannte und verengte sich etwas bei ihm, und ich sah, wie auf seinem Gesicht ein Ausdruck äußerster Gereiztheit entstand. Wenn's dir nicht gut genug ist, sagte er, dann laß doch Küken schlachten, die Küken von Eidergänsen, und rupf sie, und stopf dir selbst ein Bett. Und wenn du das getan hast, dann laß doch endlich gleich dein herrschaftliches Geschirr nachkommen, und die Bestecke und die Schränke und dein ochsenblutfarbenes Badezimmer, und wenn du dann deine gewohnten Sachen hier versammelt hast, wirst du hoffentlich aufhören zu meckern. Ich war so überrascht über seinen Ausbruch, daß ich ihn nur ganz allgemein davor warnte, in diesem Ton mit mir zu sprechen. Und da kam er zurück, lächelte gemein und so auf undurchdringliche Weise versöhnlich und sagte: Nun hör mir mal zu, Elisa, und dann breitete er ein Wissen über mich aus, das er nicht nur heimlich gesammelt, sondern auch lange genug mit sich herumgetragen hatte. Ich kenne das Lokal, in dem du aufgetreten bist, sagte er – »Zum Doppelpunkt«, hieß es nicht so? –, und ich kenne einige deiner Freunde und all die Sachen, für die du gut warst, und wenn ich mir das alles genau ansehe, muß ich mich doch wohl fragen, welch einen Grund du hast, hier so erhaben zu tun und die Königin zu spielen. Dann setzte er sich auf die Bettkante und lächelte spöttisch und sah mich nur an. Dann, auf einmal, fragte er, wo das altmodische Zudeck zu schwer sei, über den Beinen, über dem Bauch oder über der Brust. Dann nahm er meine Hand und stand auf, und ich glaubte, er wollte zur Tür gehen, aber plötzlich beugte er sich über mich, und ich warf den Kopf zur Seite – das half nicht – und stemmte mich abwehrend gegen ihn – das änderte nichts; und zuletzt suchte ich seinen Blick und erkannte in ihm nichts als eine grenzenlose Entschiedenheit.

Der Mann:
Und auch das kam mir wie ein zusätzliches Zeichen seines gestiegenen Eifers vor: daß er auf einmal, wie ich, ohne Handschuhe arbeitete. Nicht nur, daß er die »Ragna« gewissenhafter als sonst aufklarte, daß er – was unsere Abmachung keineswegs vorsah – noch nach Feierabend das Hebegeschirr reparierte: sein ganzes Verhältnis zur Arbeit steigerte sich, wurde näher, bestimmter und wohl auch begeisterter. Und er redete nun auch über die Arbeit, überschlug etwa, was die unterseeische Steinbank noch hergab, und machte Entwürfe für den übernächsten Winter, in dem die neue Mole, von den Stürmen bearbeitet, sacken und sich setzen sollte mit ihrer vierzehn Meter breiten Sohle, die sich nach oben bis auf drei Meter verjüngte. Doch je gesprächiger er mir gegenüber wurde, desto beharrlicher schwieg er in Gegenwart dieser Frau, ich beobachtete oft genug, wie er, wenn wir beim Essen saßen, ihrem Blick auswich und seine Befangenheit loszuwerden versuchte durch vorgespieltes Behagen an der Mahlzeit. Dennoch war er immer bereit und als Träger zur Verfügung, wenn sie zu den Kaufleuten mußte, die ihre Wagen nicht bis zu uns herausschickten. Wenn ich am Fenster saß und las – in jenen Wochen hatte ich mir vorgenommen, alle hundertachtzig Bücher wieder zu lesen, die mein Vater sich zusammengeholt und hinterlassen hatte –, sah ich sie oft davongehen und beladen zurückkehren; meist nahmen sie den Strandweg, der doch einen Umweg bedeutete. Sie schien nun die Sonne leichter ertragen zu können, und wie sie sagte, ließ auch der Druck auf ihren Schläfen etwas nach. Was mich bedrückte, machte ihr keine Sorgen: daß sie schmaler wurde und unstet und auf eine unerwartete Weise bescheiden.

Der Junge:
Es zeigte sich, daß sie eine sehr gute Schwimmerin war. An der kleinen Bucht, weit genug vom Haus entfernt, immer nur auf dem Rück-, nie auf dem Hinweg, zogen wir uns aus und stiegen über die runden, glatten Steine bis zu dem Sandstreifen hinaus, dort schwammen wir, sie mit hochgebundenem Haar, ohne Angst vor Quallen. Später, nachdem ihre Haut sich an die Sonne gewöhnt hatte, ließen wir uns vom Wind trocknen, bevor wir die Tüten und gefüllten Netze und Kartons aufnahmen und nach Hause gingen. Manchmal unterbrachen wir unseren Weg unter den verkrüppelten Strandkiefern oder in dem Autowrack oder, was aber seltener geschah, am zerrissenen Rand einer Kiesgrube; immer war sie es, die das Zeichen gab. Wenn wir dann heimkamen, strengte er sich jedesmal an, den Eindruck zu vermeiden, als habe er auf uns gewartet. Niemals legte er es darauf an, uns nach unserer Rückkehr mit Blikken abzufragen oder sich nach etwas zu erkundigen, selbst wenn wir für den Weg die doppelte Zeit brauchten, die er selbst gebraucht hätte. Auch nachdem er uns an der kleinen Bucht zufällig beim Baden überrascht hatte – und so wie ich ihn kenne, war es ein Zufall –, fiel kein weiteres Wort; er kam von den Werkstätten zurück, wo er einen Gummischlauch für »Ragnas« Kühlwasser geschnorrt hatte, und als er unser abgelegtes Zeug entdeckte und die im Schatten lagernden Waren, lud er sich stillschweigend auf, soviel er tragen konnte; er ging uns voraus und saß bei den Büchern, als wir ankamen. Daß er dennoch etwas spürte und auf seine Art versuchte, Klarheit zu gewinnen, bewies er mir an dem Tag, als der alte Rasmussen, der allein und auf eigene Rechnung nach Steinen fischte, mit seinem Seelenverkäufer »Wilhelmina« zum fünften Mal in Seenot geriet – wonach er wiederum Grund hatte, eines seiner sonderbaren Jubiläen zu feiern. (Er selbst hatte mir erzählt, daß er alle Jahres-

tage seiner sechs Verwundungen feierte.) Obwohl der Wind nur in Stärke vier die See bearbeitete, setzte Rasmussen das Notsignal; seine Steinladung war verrutscht, und er hatte bei offener Luke an die zehn Tonnen Wasser übernommen. Der Motor der »Wilhelmina« war stehengeblieben, die Lenzpumpe ausgefallen. Wir gaben ihm eine Schlepptrosse rüber und zwangen ihn, den Anker zu slippen – weswegen er später nur maulte und sich bei meinem Alten nicht einmal mit einem Handschlag bedankte. Obwohl seine hölzerne »Wilhelmina« vollgeschlagen und ich davon überzeugt war, daß sie uns wegsacken würde, manövrierte mein Alter so geschickt vor dem Wind, daß wir Peelmünde erreichten, wo die Fischer uns beim Festmachen mit mehr Anerkennung als Spott bedachten. Nachdem wir festgemacht hatten, rief er mich zu sich und beauftragte mich, mit einer Taxe nach Hause zu fahren, nur um Elisa zu sagen, was geschehen war und wohin es die »Ragna« verschlagen hatte. Er wollte die Nacht allein an Bord schlafen und am nächsten Tag zurückkehren. Ich meine, in ungetrübten Zeiten hätte er es sich nicht nehmen lassen, diese Nachricht selbst zu überbringen.

Die Frau:
Allmählich begriff ich, daß seine Annonce für mich zur Falle wurde: beide begrenzten sie. An einem Ende stand er, Johannes Willesen, stand da mit seiner eigensinnigen Korrektheit, mit seiner Pedanterie und der unablässigen Bereitschaft, für alles Verantwortung zu tragen, was er sein eigen nannte, also auch für mich, für die er sich zuständig fühlte von dem Augenblick an, in dem ich die Halbinsel betrat; und am andern Ende stand Sven: unsicher, leidend unter dem Austausch hastiger Umarmungen und mit Furcht erkaufter Berührungen, auch unter seiner Unentschlossenheit leidend, da er – und ich selbst konnte ihm ja nicht raten –

einfach nicht wußte, was er tun sollte, um die Zeit der Verstellung zu beenden. Einmal allerdings zeigte ich ihm einen Ausweg, das heißt, ich deutete ihm an, was getan werden könnte, ausgerechnet an meinem Geburtstag. Dieser Geburtstag! Sie hatten nur eine Fahrt gemacht mit der »Ragna« und kamen hintereinander vom Anlegesteg herauf und wuschen sich und zogen sich um; dann brachte mir jeder sein Geschenk: er ein Tischfeuerzeug, das mit Bernstein besetzt war – mehrmals wies er auf die eingeschlossenen Insekten hin –, und der Junge ein Paar Ohrklipps, die mir zwar gefielen, die ich aber dennoch nicht anlegen würde. Wir tranken Kaffee, und ich bemühte mich, beiden Geschenken die gleiche Aufmerksamkeit zu widmen und über die quälende Kaffeestunde zu kommen, als der Besuch erschien, als wahrhaftig Frank Pomella auftauchte hier in der Einsamkeit. Bis heute weiß ich nicht, wie er meine Spur aufgenommen und verfolgt hatte, jedenfalls, es war seine verlegene Stimme, ich hörte ihn nach mir fragen und hörte Johannes, der ihn trocken bat, einen Grund für diesen Besuch zu nennen, und dann bat er ihn ins Haus und beide verschwanden in einer Kammer. Sven nahm meine Hand, er versuchte, mich an sich zu ziehen, kurz und heftig wie immer, wenn wir einen Augenblick allein waren; er verstand sofort, wie sehr dieser Besuch mich betraf. Er spürte, daß etwas geschehen war, was alles in diesem Haus verändern konnte, und während er mich erschrocken und fragend anstarrte, hatte ich das Gefühl, vor einem kleinen Gewässer zu stehen, das abgelassen wurde: ein dunkler Grund kam zum Vorschein, schlammige Buckel und Kraut und die verrotteten Reste eines gesunkenen Boots vielleicht. Ich gehe mal nachsehn, sagte Sven, ich geh einfach hinüber und frag den Alten, ob ich ihm seinen Kaffee bringen soll, dann wissen wir, worüber die reden. Nein, Sven, sagte ich, du brauchst nicht hinüberzugehn; wenn

Frank Pomella irgendwo auftaucht, dann wird über eine einzige Sache gesprochen: über Geld. Nur frag mich nichts, frag mich jetzt bitte nichts. Wie sollte ich ihm antworten auf seine hastigen, besorgten Erkundigungen; ich saß nur da, lauschte weniger zur Kammer hinüber, in der sie saßen und verhandelten, als vielmehr auf meine eigene Unruhe, und blickte auf die Tür.

Endlich hörten wir den Abschied auf dem Flur, und dann kam Johannes zu uns, sein erster Blick galt dem Kaffee, vermutlich hätte er kein näheres Wort über den Besuch verloren, wenn ich ihn nicht gefragt hätte: Einig? Seid ihr euch einig geworden? Er winkte ab, er sagte: Dieser Mann hat mir einen Schuldschein vorgelegt mit deiner Unterschrift; ich bin dafür aufgekommen. Das sagte er gleichmütig, mit einer – wenn auch nur angedeuteten – wegwerfenden Handbewegung, so als ob er sich von allem, was er erfahren hatte, bereits wieder getrennt hätte. Am Abend ging er Sprudel holen und doppelten Weizenkorn, und ich bestand darauf, ihn auf der Bank vor dem Haus zu erwarten. Da sagte ich zu Sven, daß man alles gut wählen müsse; ich sagte: Auch der Augenblick, in dem man seine Zelte irgendwo abbricht, muß gut gewählt sein. Er nahm die Andeutung nicht auf.

Der Mann:
Konnte ich denn etwas anderes annehmen als seinen Vorsatz? Mußte ich nicht glauben, daß auch dieses Äußerste zu seinem Plan gehörte, einfach, weil er genug gespürt und mitbekommen hatte und doch wohl nicht im Zweifel darüber sein konnte, daß ich mehr wußte, als ich bereit war zuzugeben? Schließlich gehörte nicht viel dazu: ein kleiner Druck, um die Sperre zu lösen, und ein kleiner Zug, der die Klauen des Greifers öffnete. Nein, ich hatte nicht angefangen, mit dieser Möglichkeit zu rechnen, das muß ich zugeben, auch an dem Tag nicht – bläulicher Dunst trieb über

dem Wasser –, als es geschah. Er half mir, wie jedesmal, beim Anlegen der Taucherausrüstung, und ich ging, wie jedesmal, runter zu der unterseeischen Steinbank und blickte hinauf und sah, wie die Klaue den welligen Spiegel der Oberfläche zerbrach bei ihrem schäumenden Eintauchen. Sie sank mir nach, ich packte sie, schlug sie, waagerecht schwebend, über einen Stein, an dessen Algenbärten die Strömung zerrte, gab das Zeichen mit der Leine, der Stein ruckte, lüftete sich, schwebte an meinem Gesicht vorbei nach oben: ein grummelnder Laut, ein kurzer Gewitterlaut, und er lag im Bauch der »Ragna«. Stein um Stein pickte ich ein, schickte ihn auf kleine Himmelfahrt, nicht systematisch, da uns der Reichtum der unterseeischen Bank kein systematisches Abräumen auferlegte. Wir räumten und räumten, bald müßte der Junge das Zeichen geben, da entdeckte ich das glimmende Ungetüm, einen Brocken von mehreren Tonnen Gewicht, scharfkantig, bearbeitet offenbar zu dem Zweck, den Kiel eines hölzernen Schiffes aufzuschlitzen. Kaum konnte ich die Klauen des Greifers über ihn bringen, sie faßten nicht genug, sie beklemmten nur den Stein, doch das genügte offenbar, er ruckte und richtete sich auf und schwebte langsam empor, während die Winsch oben trocken fauchte und hechelte. Ich sah ihm nach, wie er durch die Oberfläche brach, stellte mir das Erstaunen des Jungen vor; dann kochte das Wasser über mir, schäumte von all dem, was von dem Brocken zurücktroff, und blasige Ringe entstanden. Jetzt wird er einschwenken, dachte ich, da wurde es dunkel über mir, das Wasser schwappte gewaltsam auf, und ich spürte nichts als einen heftigen kalten Druck, und dann riß es mich zurück, so schmerzhaft und über den Kopf, daß ich die Bewegung nicht ausgleichen konnte. Mich hatte der vorauslaufende Druck des Steins wie selbstverständlich weggeschleudert, aber die leichte Signalleine, die ich um die Hüfte trug, hatte er mit seinen scharfen Kanten mitgenommen und dort festgeklemmt, wo er aufgeschlagen war, so daß alle Signale, die ich hätte geben wollen, am Stein endeten. Doch da dies schon geschehen war, brauchte und wollte ich kein Signal geben. Er hatte sich viel angeeignet in all den Wochen an Bord, aber dies schien er immer noch nicht zu wissen: daß ein stürzender Stein keine Gefahr darstellt für den Mann am Grund, da der vorauslaufende Druck jeden Körper zur Seite schleudert. Aber nach allem, was geschehen war, ließ ich ihn in dem Glauben, daß er es geschafft hätte; ich schnitt mich von der Signalleine los und glitt, ohne zu zögern, an der Steinbank entlang in Richtung zum Ufer. Einmal schien es mir, als ob an der Unglücksstelle ein Gegenstand blasentreibend eintauchte, es kann auch ein Körper gewesen sein, seiner vielleicht, und vermutlich bei dem Versuch, sich vom Resultat zu überzeugen.

Der Junge:
Nein, es war nicht meine Absicht, obwohl einige – und auch Elisa – es annahmen: schon als der mächtige Stein ausbrach und triefend einschwenkte, sah ich, wie unsicher er in den Klauen hing, und dazu begann er langsam zu kreisen, worauf ich die Winsch sogleich drosselte. Dann fiel er zurück, schlug mit seinem ganzen Gewicht ein, schickte Blasen und Schlamm zur Oberfläche. Ich sprang von der Winsch zur Signalleine, zog, gab das Zeichen einmal und noch einmal, spürte, aber wollte nicht spüren, daß auf meinen fragenden Zug ein entschiedener Widerstand antwortete, das Gewicht des Steins, der die Signalleine beklemmte. In meinen Kleidern tauchte ich, zog mich an der Signalleine hinab, ertastete den Stein; sonst war nichts auszumachen. Ich holte den Anker ein und warf den Hilfsmotor an, ich lief allein zurück und meldete das Unglück im Hafenbaubüro, wo sie gleich eine Barkasse mit einem

Berufstaucher auf den Weg brachten. Da ich die Signalleine nicht gekappt, sondern an einer kleinen Plastikboje befestigt hatte, fanden wir die Unglücksstätte sogleich wieder; der Berufstaucher wurde runtergeschickt, suchte den Grund systematisch ab, kam schon bald wieder herauf und sagte mit ruhiger Stimme, daß mein Alter nicht in der Nähe des Steins lag, daß es ihn aber dennoch erwischt haben müßte und er »irgendwie abgetrieben sei«. Hier liegt ja ne ganze Mole unter dem Wasser, sagte er außerdem. Nachdem wir die See in der Nähe abgesucht hatten, liefen wir zurück, und ich ging zu Fuß nach Hause in fremdem Arbeitszeug, das sie mir im Hafenbaubüro geliehen hatten, meine nassen Sachen trug ich in der Hand. Dieses Erschrecken hatte ich nicht vorausgesehen; als sie mir gegenübersaß, als ich ihr erzählte, was geschehen war, preßte sie ihre Finger auf die Schläfen, zitterte, biß sich auf die Unterlippe, ihr Kopf pendelte abwehrend hin und her. Sie ertrug nicht die leichteste Berührung. Wie sich ihre Pupillen weiteten! Sie konnte nur einen Satz wiederholen: Du hast es getan, du hast es also getan. Meine Antworten schienen sie nicht zu erreichen in der Tiefe ihrer Verstörtheit. Sie blieb einfach sitzen und überhörte und übersah alles, rührte nichts an von dem, was ich ihr anbot, und spät mußte ich sie in ihre Kammer führen. Am nächsten Morgen fand ich sie, wie sie in ihren Kleidern auf dem Bett lag und regungslos auf die gerissenen Balken der Decke starrte. Mir blieb nichts anderes übrig, als sie zu allem zu zwingen, was durch das Unglück notwendig geworden war: gemeinsam ließen wir ihn als vermißt melden – vermißt auf See –, gemeinsam zogen wir zu den verschiedenen Behörden, und auch seinen Nachlaß sahen wir gemeinsam durch in den folgenden Tagen und staunten darüber, was er in seiner unerhörten Genügsamkeit zusammengebracht und uns hinterlassen hatte. Ursprünglich hatte er verfügt: zwei Drittel für sie, ein Drittel für mich; das hatte er später berichtigt und – ich weiß nicht, warum – uns mit halbe-halbe bedacht. Das aber konnte nicht der Grund ihrer Erschütterung sein, da sie diese und manche andere Eröffnung nur unbeteiligt zur Kenntnis nahm und nicht aufhörte, unter jeder Berührung zusammenzuzucken oder zu wimmern ohne äußeren Anlaß. Als ich ihr an einem Abend beibrachte, daß ich die »Ragna« nach Hause holen, mir einen Macker nehmen und die Steinfischerei fortsetzen wollte – jeden Tag lag jetzt die »Wilhelmina« des alten Rasmussen an unserer unterseeischen Steinbank –, schloß sie sich in ihre Kammer ein, doch dann, als wir von der Arbeit zurückkamen und am Anlegesteg festmachten, stand sie auf einmal am Strand, um mich abzuholen.

Die Frau:
Auch für ihn, auch für Sven, war es nicht das, was er sich gewünscht hatte: mit mir allein zu sein in diesem Haus. Seine Unruhe und Gereiztheit wurden nicht geringer mit der Entfernung vom Unglück. Es gelang ihm niemals mehr, zu genügsamer Untätigkeit zurückzufinden, auf dem Bett zu liegen und zu rauchen. Manchmal an Sonntagen fuhr er allein mit der »Ragna« hinaus, ankerte dort, wo es geschehen war, setzte das Beiboot aus und ruderte zur Küste und suchte die leere Küste ab – gerade so, als könnte oder wollte er sich nicht zufriedengeben. Wenn er mir leid tat mitunter, versuchte ich ihn zu trösten, doch diese Versuche mißlangen und endeten mit seiner gesteigerten Reizbarkeit. Und wie sollte ich ihn auch trösten, da ich von seinem Vorsatz überzeugt war! Andererseits stellte er einmal mit Genugtuung fest, daß die Eintragung »vermißt auf See« einige Jahre so bestehen müßte, ehe man an eine Todeserklärung denken könnte; damit wollte er wohl eine Hoffnung durchschimmern lassen. Ich möchte nicht sagen, was geschehen wäre,

wenn an einem dieser Tage Frank Pomella angeklopft und versucht hätte, mich zur Rückkehr zu überreden – in diesen Tagen, die ich vor allem damit zubrachte, die kümmerlichen Beete mit einer Kante aus schwarzgrauen Feuersteinen einzufassen. Sven fragte nicht mehr nach seinem Besuch, er verzichtete auf manches, ohne daß es zwischen uns ausgemacht worden wäre, und ich täuschte mich gewiß, wenn ich gelegentlich dachte, daß er vor meiner Tür zögerte. Ich konnte seine Berührungen nicht vergessen, doch ich fürchtete mich vor ihnen. Ich wagte einfach nicht, sehr weit vorauszudenken und dem, was uns eines Tages erwartete, mit einem Entwurf zu begegnen. Nur eine Sicherheit entstand: das Zusammenleben in diesem Haus konnte keine Dauer haben.

Der Mann:
Zurückgekommen bin ich nicht, um mir meine Vermutungen bestätigen zu lassen – ich hatte ja längst Gewißheit genug –, sondern weil das, was geschehen war, ausgeglichen und zu gleichen Teilen getragen werden mußte. Nachdem meine Entscheidung gefallen war, konnte ich auf jede Vorsicht verzichten, ich ging einfach zum Haus hinauf, betrat es, ohne anzuklopfen, suchte, da niemand sich meldete, in allen Kammern und sah dabei, was sie verändert hatten seit meinem Fortgang. Als die Frau vom Strand heraufkam – sie trug einen Eimer mit Feuersteinsplittern –, ging ich ihr bis zur Hecke entgegen, nahm ihr Handgelenk und zog sie ins Haus und forderte sie auf, sich an den Ecktisch zu setzen. Da ich alles vorausgesehen hatte – ihr Erschrecken ebenso wie ihre Verblüffung und, gewissermaßen unterlegt, so etwas wie eine ratlose Freude –, rührte ihre Reaktion mich nicht. Ich ließ keine Frage gelten, lehnte Erklärungen ab, beschränkte mich nur darauf, auf die Rückkehr des Jungen zu warten. Der kam nach einer Weile pfeifend ins

Haus und fragte mehrmals laut an, ob er sich Zigaretten leihen könnte; die Frau jedoch antwortete nicht, und so stieß er, auf der Suche nach ihr, die Tür auf und sah mich: das gleiche Erschrecken, die gleiche verwirrte Freude, und dann eine Geste, die sich wohl zur Umarmung erweitern sollte, doch sie blieb unausgeführt, offenbar, weil meine Entschiedenheit sie nicht zuließ. Auch in seinem Fall ließ ich keine Fragen gelten. Nun, da wir zusammen waren, forderte ich sie auf, mit mir an Bord der »Ragna« zu gehen, ich selbst warf die Leinen los, und dann fuhren wir hinaus zu der unterseeischen Steinbank und warfen Anker auf dem alten Platz. Sie merkten, daß ich in allem einem Plan folgte, doch nach einigen Versuchen gaben sie es auf, etwas von mir zu erfahren, und führten nur mißtrauisch meine Anweisungen aus. Sie wagten nicht, sich zu widersetzen, selbst als ich meine Absicht bekanntgab, das glimmende, scharfkantige Ungetüm heraufzuholen, den Stein, der mir zugedacht war, wechselten sie nur einen besorgten Blick, der Junge legte das Tauchgerät an, und ich band ihm die Signalleine um und fierte die Klaue weg, nachdem er getaucht war. Er fand den Stein, er brachte den Greifer über ihn und ließ die Klauen zupacken, und danach muß er wie ich einst aufgesehen und den Brocken beobachtet haben, wie er pendelnd emporschwebte und durch die Oberfläche brach. Das stürzende Wasser wusch an ihm entlang, als er auftauchte und sich hob bis zu dem Punkt, an dem er eingeschwenkt werden mußte. Ich stoppte das Spill, winkte die Frau heran, ließ sie die Sperre lösen und sogleich auch den Zug tun, der die Klauen des Greifers öffnet. Sie tat es skeptisch, ohne die Wirkung vorauszusehen, und dann stürzte der Stein mächtig aufschwappend zurück und schickte schaumige Spritzer bis zu uns hinauf. Um Himmels willen, sagte sie, um Himmels willen, was ist denn nun geschehn? Ich löste die an die Reling gebundene Signalleine und warf sie über Bord; danach zog ich das Beiboot heran, unter dem Vorwand, das Wasser abzusuchen, sprang hinein und stieß ab und ruderte mit dem Wind, mit der Strömung davon. Ihr Rufen hörte auf, schließlich auch ihr Winken mit dem weißen Tuch.

Der Junge:
Bis zuletzt hatte ich geglaubt, er wollte nur etwas feierlich demonstrieren, so auf seine Art, und das heißt, daß man im Tun etwas begreift und das Grundsätzliche mitlernt. Deshalb war ich nicht allzu erstaunt, als er mich runterschickte und mir eigenhändig die Signalleine umband; allerdings merkte ich auch, daß das, was ich tat, Teil eines größeren Planes sein sollte, doch das war erst an der Bordwand, als er mich ohne Schlag verabschiedete. Der Stein, den wir gemeinsam heben wollten, lag mit seiner Schmalseite nach oben, die Klauen faßten gut und hielten ihn so sicher, daß er, wenn man die Sperre nicht vorsätzlich löste, niemals zurückstürzen konnte. So blieb ich an der Stelle und blickte ihm nach, sah ihn bewegungslos als zerlaufenden Schatten über der Wasseroberfläche, bis er auf einmal zurückfiel. Ich versuchte, zur Seite wegzugleiten, und noch in der Bewegung, die mich kaum in Sicherheit gebracht hätte, spürte ich den vorauslaufenden Druck wie eine ungeheure Faust, die mich herumriß und wegschleuderte, soweit die Signalleine es nur zuließ. Ich schnitt mich los, schwamm zurück in den blasigen Aufruhr an der Absturzstelle, wo Algen und Schaum und Grundsand durcheinandertrieben, und ertastete den Stein. Ich ahnte, wer die Sperre gelöst hatte, glaubte zu verstehen, was hier hatte geschehen sollen, und während ich, waagerecht am Stein hängend, »Ragnas« plumpen Schatten absuchte und erkannte, wie der geringe Schatten des Beibootes sich entfernte, begriff ich auf einmal die Gelegenheit: sachte bewegte ich mich auf das Ufer zu,

immer mehr weg von »Ragna«, immer sicherer vom Beiboot. Dort am Ufer hatte sich der Weißdorn schon den Strand erobert. Es hatte zu dämmern begonnen.

Die Frau:
Er war es, der mich aufforderte, die Sperre zu drücken, und er war es, der mir die Reißleine gab; ich hab doch nur das getan, was er von mir verlangte, ich wußte ja nicht, was geschehen würde. Sie ließen mich einfach allein an der Unglücksstelle, allein auf diesem schwarzen Schiff, das ich haßte, vom ersten Augenblick an, und ich mußte eine Nacht dort aushalten, ehe der alte Rasmussen mich fand, mich dort liegen sah. Man braucht mich nicht zu fragen, ich weiß nur eins: ich werde fortgehen von hier, wo alles fremd geblieben ist – diese Küste und dieses Haus und diese Leute mit ihrer Undurchdringlichkeit und Kälte. Ich weigere mich einfach, darüber nachzudenken, was geschehen ist; oh, und ich könnte es auch gar nicht, da ich den Druck auf meinen Schläfen schon jetzt kaum aushalten kann. Es schlingert einfach, alles schlingert unter mir. Aber etwas werde ich tun, ich werde die Annonce vernichten, die er damals aufgegeben hat, und auf die ich hierherkam. Ich weiß, daß sie mich jetzt fragen werden, aber welche Antworten bleiben mir denn? Ich muß doch zugeben, daß ich die Sperre gedrückt und an der Reißleine gezogen habe, und da er schon wieder oder immer noch als auf See vermißt gilt, werden sie feststellen, daß nur ich allein es getan haben kann.

1973

Die Phantasie

Es mußte für Dieter Klimke sprechen, daß wir nicht aufhörten, über seine abendliche Lesung zu reden, auch draußen im Regen noch, als wir die serbische Kneipe am Hauptbahnhof suchten. Zum Schutz gegen den kühlen Regen hatte Gregor sich den Mantel über den Kopf gezogen, und gebeugt vor mir hergehend, wiederholte er seine Ansichten über Klimkes erste Lesung auf unserer Autorentagung. Ich hatte Mühe, ihn zu verstehen, weil er in seinen Mantel hineinsprach und sich oft abwandte und in Seitenstraßen linste, wo er die Kneipe, die er aus dem fahrenden Bus entdeckt hatte, wiederzufinden hoffte. Er ging wie in schwerer Dünung in seinen riesigen, ausgelatschten Schuhen, die seine erwachsenen Söhne für ihn eintragen mußten.

Glaub mir, mein Alter, sagte er, ihr habt euch von Klimke bestechen lassen, du und die anderen. Was er zu bieten hatte, waren doch nur feine Zauberkunststücke, einige Proben sehr feiner Equilibristik.

Ich dachte an Dieter Klimke, an den zarten, knochigen Mann, der sich beinahe priesterlich betrug, der zu seinem Auftritt eine schwarze Krawatte anlegte, und der seine kurze Prosa monoton von Manuskriptpapier las, das unter der Lampe blaßgrün, bläulich oder rosa schimmerte.

Nein, Gregor, sagte ich, Klimke ist kein Zauberkünstler. Er hat uns nicht allein mit seiner ungewöhnlichen Phantasie bekannt gemacht. Er hat uns außerdem gezeigt, welcher Gesetzmäßigkeit das Phantastische folgt. Gregor brummelte etwas in seinen Mantel, und dann hakte er mich ein und sagte: Phantasie – ja, aber eine, die uns zu nichts verpflichtet. Es tut mir leid, mein Alter, aber ich kann nichts mit Geschichten anfangen, in denen Leute durch die Wand gehen können. Oder Pferde sprechen. Oder Figuren aus dem Bilderrahmen steigen und sich zum Essen an den Tisch setzen. Sie reichen nicht aus, um die Wirklichkeit wiederzuerkennen. Was verstehst du unter Wirklichkeit, fragte ich. Schwerkraft, sagte er, die widerlegt das Phantastische. Schwerkraft demütigt uns vielleicht, sagte ich, aber sie widerlegt nicht das Phantastische. Hast du denn nicht gemerkt, bei Klimke wird das Phantastische sofort in eine allgemeine Ordnung eingefügt, und damit hört er auf, zu befremden.

Gut, mein Alter, dann muß ich dir sagen, daß mich ein sprechendes Pferd immer befremden wird, selbst wenn es mich auf plattdeutsch begrüßt. Auch in einer toten, künstlichen Landschaft, fragte ich, in einer Landschaft wie bei Klimke, in der es kein Gras, kein Wasser, keine Bäume gibt? Was hat das damit zu tun, fragte Gregor; und ich darauf: Das sprechende Pferd bei Klimke steht auf einem Boden, der wie aus Metall gemacht erscheint. In einer verstörten, verzauberten Umgebung. Kein Wind. Kein Himmel. Hier, glaube ich, kann ein Pferd sprechen, zumindestens hörte ich einen Menschen sprechen, der sich als Pferd verkleidet hat. Du hast einen Slivovitz nötig, mein Alter, sagte Gregor, und zwar einen doppelten. Und wenn du es genau wissen willst, was ich über die Sachen von Dieter Klimke denke: magisches Kunsthandwerk, das ist es.

Mir ist etwas anderes aufgegangen, sagte ich. Und was ist das? Das Phantastische ist keine Republik für sich. Es existiert nicht getrennt von der Wirklichkeit, es gehört zu ihr. Es erstreckt sich auf alles … Und scheitert an der Schwerkraft, sagte Gregor, mich unterbrechend.

Er blieb plötzlich stehen, hob den Kopf aus seiner Vermummung und vergewisserte sich: dort liegt der Eingang des Hauptbahnhofs, der dunkle Kasten dahinter ist die

Markthalle, also muß es hier gewesen sein, in einer dieser kurzen Straßen. Ich schlug ihm vor, in eine andere Kneipe zu gehen, in eine der vielen Kellerkneipen, die wir passiert hatten, doch er gab noch nicht auf, er zog mich weiter an dreckigen Fassaden vorbei, die mit versauten Wahlplakaten bepflastert waren: Politiker mit aufgemalten Reißzähnen, augenlos, oder Sprechblasen mit schweinischem Text vor dem Mund.

Nach all den Lesungen heute, also – mir ist sehr nach etwas Serbischem, sagte Gregor.

Zurückblickend merkte ich, daß uns ein hochgewachsener Typ in der Dunkelheit folgte, ein gleitender Schatten, der verharrte, wenn wir verharrten, der den Schritt beschleunigte, sobald wir zulegten, weshalb uns nichts anderes übrigblieb, als ihn hinter einer Straßenecke abzufangen und in die Zange zu nehmen. Mit seinen zweihundert Pfund Lebendgewicht verlegte Gregor ihm den Weg, während ich von hinten an ihn herantrat und ihn fragte, welch ein Geschäft er uns vorschlagen wollte. Glück, sagte er, falls die Herren Glück suchen – ich könnte Sie hinführen. Darauf sagte Gregor nur: Schieb ab, und trat zur Seite. Wir sahen ihm nach – auch er blickte mehrmals zurück –, und dann sagte Gregor: Ich geb's auf, mein Alter. Von mir aus können wir dort einfallen, in diese Eck-Kneipe.

In dem ebenerdigen Fenster der Kneipe leuchtete ein veralgtes Aquarium, spindeldürre Zierfische zuckten unter dem Kraut hervor, standen sich glotzäugig gegenüber. »Zum letzten Anker« hieß die Kneipe, der Inhaber nannte sich Baas Ruschewey. Gregor klopfte mit dem Fingerknöchel auf das Namensschild und sagte: Uns dürfte solch ein Name nicht einfallen, mein Alter; klingt nach überanstrengter Phantasie.

Er zog die Tür auf und trat vor mir ein. Es war eine solide, sparsam erleuchtete Kneipe, mit Tischen, die im

Boden verankert waren, mit einer derben Theke und einem Bord, auf dem steife, verstaubte Wimpel standen und ungeputzte Pokale und Photographien. Mißmutig erwiderte der stämmige Wirt unseren Gruß, geradeso, als zwängen wir ihn durch unser Erscheinen zu ungeliebter Tätigkeit. Wir hatten freie Wahl oder doch fast freie Wahl, denn nur ein einziger Tisch war besetzt, in einer Ecke bei den Spielautomaten. Ich überließ es Gregor, einen Tisch zu bestimmen; ich sagte: Mir ist es egal, wo wir sitzen – da spürte ich, wie er stutzte; mit einer Hand tastete er nach mir, mit der anderen wies er überrascht zu einer Nische unter dem Aquarium: Guck mal, mein Alter, wer dort sitzt. Vor dampfendem Tee, die lange Zigarettenspitze schräg vor dem Gesicht, saß Dieter Klimke und lächelte, als hätten wir ihn ertappt. Er stand auf, er lud uns nicht ein, neben ihm zu sitzen, doch nachdem wir uns aus den Mänteln geschlagen hatten, angelten wir uns die freien Stühle an seinem Tisch und nahmen von seinen Zigaretten.

Auch nur so reingeschneit, fragte Gregor. Klimke nickte. Die Aufmerksamkeit, sagte er, die Gespräche und die Aufmerksamkeit: es ist meine erste Schriftstellertagung, außerdem bin ich ungeübt im Zuhören. Ich lebe allein, in einem ehemaligen Pförtnerhaus, neben einer aufgelassenen Fabrik.

Sie haben sehr gut abgeschnitten mit Ihrer Lesung, sagte ich. Er sah mich ungläubig an, eingedenk all der Einwände, die nicht zuletzt Gregor erhoben hatte; darum fügte ich hinzu: Unter Schriftstellern gibt es keinen einstimmigen Sieg. Glauben Sie mir, wenn Kafka heute gelesen hätte oder Dostojewski, die wären nicht besser weggekommen als Sie.

Der Wirt trat an unseren Tisch, bereit, unsere Bestellungen zu hören; schweigend nahm er sie zur Kenntnis und ging ruckend, eine schwerfällige, aufgezogene Puppe, zur Theke zurück. Warum ist es so unter Schriftstellern, fragte

Dieter Klimke; und Gregor darauf: Jeder ist eine Ein-Mann-Partei. Jeder ist ein Gefangener seines eigenen Programms.

Einer der Spielautomaten in der Ecke schien einen Hauptgewinn auszuspucken, stoßweise rotzte er Münzen in die Schale, doch der Bursche, der dort spielte, las sie nur gleichmütig auf und fütterte den Automaten von neuem. Doch nicht nur ihn, auch die Frau im hellen Trenchcoat schien der Gewinn gleichgültig zu lassen; sie hob nicht den Blick von ihrem Glas, sie saß nur da mit ihrer ratlosen Schmerzlichkeit, rauchte hastig, fühlte nach einem frischen Pflaster über dem Jochbein. Sie scheint sich beruhigt zu haben, sagte Klimke, eben, als sie trinken wollte, zitterte ihre Hand so sehr, daß ich glaubte, sie würde es nicht schaffen.

Der Wirt brachte uns Bier und einen doppelten Slivovitz, wir bestellten gleich eine neue Lage und prosteten uns zu. Dieter Klimke hielt sich an seinem Tee fest. Er lächelte verkniffen, musterte Gregor aus den Augenwinkeln, als erwarte er etwas Besonderes von ihm, einen neuen Einspruch zu seiner Lesung oder eines seiner Bekenntnisse zur Schwerkraft, und dann war er es, der sich an Gregor wandte: Sie waren nicht einverstanden mit meinen Texten? So ist es, sagte Gregor. Wenn ich Sie richtig verstanden habe, sagte Klimke, nannten Sie meine Arbeiten »beliebige Zeugnisse der Phantasie«. So ungefähr, sagte Gregor, Texte, die zu nichts verpflichten; sie sind nicht durch Wirklichkeit beglaubigt. Und warum, fragte Klimke, warum verpflichten meine Texte zu nichts? Ein Mann, der durch die Wand gehen kann, sagte Gregor, dieser Mann aus ihrer zweiten Geschichte: dem machen die Verhältnisse nichts aus, der leidet nicht an Krankheiten, vermutlich kann er dem Tod ein Schnippchen schlagen. Wir können uns nicht mit ihm vergleichen, er bestätigt keine unserer Erfahrungen, und darum geht er mich nichts an.

So einfach ist das, fragte Klimke lächelnd, und Gregor, seinen Rollkragenpullover über den massigen Körper nach unten ziehend: So einfach, ja. Wenn einem Mann der Hut wegfliegt, lache ich auf Kosten seines Pechs, das unser aller Pech sein könnte. Wenn aber ein Mann durch die Wand gehen kann, dann verliert er mein Interesse, weil er uns etwas vormacht, was niemand wiederholen kann.

Nein, Gregor, sagte ich, das ist mir zu einfach. Du gehst davon aus, daß es unserer Erfahrung entspricht, nicht durch die Wand gehen zu können. Du berufst dich ausschließlich auf das Bild, das wir alle von einer Wand haben, gemauerte und verputzte Steine, durch die kein Körper unbeschädigt hindurchkommt. Dieses Bild ist gegeben. Es »steht fest«. Aber dieses Bild, das für uns alle gegeben ist, wird irgendwann zum Inhalt einer Wahrnehmung. Und die Sinne der Wahrnehmung sind etwas, worauf wir uns nicht unbedingt verlassen können. Sie folgen einem eigenen Zwang. Sie können das Bild verändern.

Aber sie können keine Wand durchlässig machen, sagte Gregor. Das nicht, sagte ich, aber du kannst einen Mann so wahrnehmen, daß du ihm zutrauen mußt, durch eine Wand zu kommen.

Gregor kippte seinen Slivovitz und sah mich mit gespielter Besorgnis an. Für mich, mein Alter, sagte er, liegt die einzige Beweiskraft in der Realität. Oder nenn es Schwerkraft. An ihr ist die Phantasie immer gescheitert, und sie wird es, im Zweifelsfall, auch weiterhin tun. Dieter Klimke schüttelte in zaghaftem Protest den Kopf, dann sagte er leise: Die Phantasie – für mich hat sie ihre eigene Beweiskraft. Und ihre eigene Wirklichkeit. Aber sie ist nicht zu widerlegen, sagte Gregor, und was nicht widerlegt werden kann, das ist auch nicht wirklich.

Dieter Klimke richtete sich auf und sah zur Ecke hinüber, in der die Spielautomaten standen, und wir folgten seinem Blick. Der Bursche – gewürfeltes Sporthemd, engsitzende Lederjacke – nahm die Handtasche der Frau, stürzte den Inhalt auf den Tisch – unter anderem die Schwungfeder eines größeren Vogels – und suchte sich zwischen Schlüsseln, Ausweisen, Lippenstift die Goldmünzen heraus, während die Frau selbst interesselos in ihr Glas starrte, die Hände unter dem Tisch gegeneinanderpressend. Sie war älter als der Bursche, vielleicht zehn oder zwölf Jahre älter, eine Frau mit sehr hellen Augen und harten, ebenmäßigen Gesichtszügen; offenbar hatte sie dem Wirt einen Dauerauftrag gegeben, denn von Zeit zu Zeit füllte er ihr Glas nach.

Da passiert gleich etwas, sagte Klimke, da bereitet sich etwas vor. Nur das Übliche, sagte Gregor, entweder Abschied oder Versöhnung. Nein, sagte Klimke, das glaube ich nicht. Dieser Fall liegt komplizierter, hier herrschen besondere Beziehungen. Jedenfalls kommen sie mir nicht wie Kneipenbesucher vor.

Ich glaubte zu erkennen, daß die Frau versuchte, etwas zu beschließen, und daß es ihr um so schwerer fiel, je öfter sie trank, und ich sagte: Hier geht etwas zu Ende, und je länger sie hierbleibt, desto schwerer löst sich alles auf.

Wir können es ja mal versuchen, sagte Gregor, wenn ihr der Phantasie soviel zutraut. Wir können ja mal versuchen, ihre Geschichte zu erzählen, ihre Vorgeschichte ... was vorausging ... was sie hierhergeführt hat ... Was meint ihr? Jeder von uns sollte einen Entwurf abgeben ... Und was sollte damit bewiesen werden, fragte ich. Daß all unsere Phantasie die Wirklichkeit nicht deckt, sagte Gregor. Sie irren sich, sagte Klimke, manchmal muß die Wahrheit erfunden werden. Na, dann erfinden wir sie mal, sagte Gregor und musterte die beiden aus schmalen Augen, versuchen wir mal, ihnen einen Platz in einer Geschichte zu geben. Er machte eine einladende Handbewegung gegen

Klimke, doch der winkte ab, der sagte nur: Wer den Einfall hatte, der sollte auch beginnen dürfen.

Während der Wirt uns eine neue Lage brachte, sah Gregor ausdauernd in die Ecke mit den Spielautomaten, seine verfetteten Finger betrommelten den Aschenbecher, sein Kinn bewegte sich unter regelmäßigen Kaubewegungen, und als die Frau sich plötzlich erhob und zur Toilette ging, wandte er sich uns zu und sagte leise: Eine, es gibt nur eine Geschichte, die man ihnen anpassen kann; die übliche Geschichte, und wenn ihr wissen wollt, wie ich sie mir vorstelle ... was die beiden verbindet oder nicht mehr verbindet ...

Also: ich sehe zum Beispiel diese Frau dort – für mich heißt sie Belinda – ihren Kindern bei den Schularbeiten helfen, in einem freundlichen, stillen Haus, das unter dem Schutz von Torbuchen steht. Es sind anstellige, gutgekleidete Kinder, ein blonder Junge, ein dunkelhaariges Mädchen, vielleicht auch umgekehrt. Beide wetteifern miteinander um die Sympathie ihrer Mutter, beide schieben ihr wechselweise das Heft hin, in der Hoffnung auf ein wenn auch zerstreutes Lob. Belinda sitzt so, daß sie durchs Fenster sehen kann – im Hintergrund der mäßig befahrene Strom, näher heran die mit gefährdeten Bäumen bestandene Steilküste, dann das gewundene Band der Sandstraße und schließlich die Blende aus schilfbraunem Geflecht, die um das Grundstück herumgezogen ist und es uneinsehbar macht. Die Kinder malen vorgezeichnete Figuren mit Farbe aus, hastig, etwas von der Unruhe der Mutter scheint auf sie übergegangen zu sein, und dann springt Belinda auf, geht ans Fenster und winkt ein Signal zur Taxe hinunter, die langsam über den Sandweg heranrollt. Sie wirft den bereitliegenden hellen Trenchcoat über, und im Davongehen ermahnt sie und belobigt sie die Kinder: Ihr macht es schon sehr schön. Aber ihr müßt noch weiter üben. Ich bin bald zurück.

Kaum ist sie aus dem Zimmer, da stürzen die Kinder ans Fenster und sehen ihr nach, wie sie zur Taxe läuft und sich ungeduldig mit dem Fahrer bespricht. Der Fahrer zieht seine Schirmmütze ab, als er Belinda die Wagentür öffnet; er ist ein feister Mann mit zerfließenden Formen, unerwartet höflich und sehr gesprächsbereit. Im Rückspiegel erkennt er, wie die Frau sich zurückdreht und zu den Kindern am Fenster hinaufsieht. Nett wohnen Sie hier, sagt er, und mit so netten Kindern.

Ja, sagt Belinda, sie hängt eine Hand in den Haltegriff und schließt die Augen, weniger aus körperlicher Erschöpfung als aus Resignation vor dem Mitteilungsbedürfnis des Fahrers, der ihr sagen muß, welche der geräumigen, sahnefarbigen Häuser von welchen Familien bewohnt werden und welche ausgeübten Berufe sie hier hineinführten. Es klingt sachgemäß, jedenfalls nicht anklägerisch, wenn er im Vorüberfahren blickweise auf ein Haus deutet und etwa sagt: Die Brusbargs, da auf dem Hügel, die verdanken alles ihren Soßen. Weil nämlich der Großvater, der hatte die Idee, Soßen in Tüten abzufüllen, ich meine dies Pulver, aus dem man Soßen macht. Zuerst hat noch die ganze Familie die Tüten zu Hause abgefüllt, dann kam die Fabrik.

In plötzlicher Furcht öffnet Belinda ihre Handtasche, sucht, findet den gesuchten Brief, liest den Namen des Empfängers – Thomas Niebuhr – und steckt den Brief in die Manteltasche. Da, sagt der Fahrer – er zeigt auf das Städtische Krankenhaus –, da lag ich noch vor vierzehn Tagen. Hoffentlich nichts Ernstes, sagt Belinda in mechanischer Teilnahme. Nabelbruch, sagt der Fahrer, und, ihren Blick im Rückspiegel suchend: Da tritt alles nach außen, junge Frau. Ich war nämlich achtzehn Jahre Fernfahrer, müssen Sie wissen, Fleischtransporte, und den Anhänger habe ich immer selbst beladen. Gefrorene Viertelrinder aus Argentinien, müssen Sie wissen, jedes so zweieinhalb Zentner. Das schlimmste ist das Bücken mit der Last, das hält kein Bauchnabel aus.

Bitte, sagt Belinda, ich fühle mich nicht wohl. Sie massiert leicht ihre Schläfen und vergräbt sich dann in ihren Mantel. Versteh schon, sagt der Fahrer, nichts für ungut, zu allem gehören Nerven, schließlich. Aber jetzt möchte ich mal fragen – zu dieser Laubenkolonie, wo Sie hinwollen, können wir über die Helmholtzstraße fahren oder über den Leistikowstieg – wie möchten Sie? Ich weiß nicht, sagt Belinda, nur: rasch. Sie senkt ihr Gesicht, weil sie den vergewissernden Blicken im Rückspiegel entgehen möchte, offenen und sogar sanften Blicken, und in der Hoffnung, schweigen zu können, sagt sie wie abschließend: Sie können dann auf mich warten, ich fahre gleich wieder zurück.

Über eine Brücke fahren sie und dann parallel zum Strom bis zur Laubenkolonie, die nur von Straßen und Wegen zerschnitten wird, die einheimische Pflanzennamen tragen. Hier wohnen jetzt nur Griechen und Jugoslawen, sagt der Fahrer, und Belinda, aufschreckend: Nein, nein, nicht nur Griechen. Mit leisen Kommandos dirigiert sie den Fahrer, im Huflattichweg läßt sie halten, steigt schnell aus, läuft über die matschigen Beete eines Vorgartens auf eine Holzhütte zu, deren Fenster undurchsichtig geworden sind von Staub und Ruß. Der Taxichauffeur erkennt, daß sie nicht einmal klopft, nur die Tür, die sich anscheinend verworfen hat, ruckend aufreißt. Sie tritt ein. Den Raum kann jeder für sich selbst möblieren; zur Verfügung stehen ein durchgelegenes Sofa, zwei altmodische, viel zu große Sessel, ein Propangasofen, unter dem Fenster ein selbstgezimmertes, viel zu breites Schreibbrett, vollgepackt mit Papieren, Büchern, Tonfiguren, einem Transistor und einer Schreibmaschine. Neben dem Ofen ein Waschbord, und vor dem Waschbord dieser Bursche mit nacktem Oberkörper, der sich ächzend die Haare einseift und jetzt den

Kopf hebt, durch beißenden Schaum herüberblinzelt und nicht mehr sagt als: Du bist es.

Belinda zieht den Brief aus ihrer Manteltasche, stellt den Transistor ab, schubst einige Bücher von einem Sessel und setzt sich. Sie sagt: Nur einen Augenblick, Thomas, das Taxi wartet draußen, ich muß gleich wieder zurück. Wußte ich, sagt der Bursche und spült mit warmem Wasser die Seife aus seinem Haar, von diesem Tag ist nichts Besseres mehr zu erwarten. Er reibt mit einem Handtuch sein Haar trocken, mißt die Frau mit einem schnellen Blick, entdeckt den Brief in ihrer Hand und kommt langsam näher. Lies vor, sagt er, heute haut mich nichts mehr um; ein Tag von glorreicher Beschissenheit. Warum, fragt Belinda, was ist passiert? Oder nenn es einfach den Begräbnistag, sagt der Bursche, und auf den Brief hinabnickend: Also, was muß ich noch beerdigen heute? Lies vor. Hast du deine Bewerbung wieder zurückbekommen, fragt die Frau, und der Bursche darauf: So ist es, von der fünften Firma zurück. Zurück, eingeschrieben und mit der Versicherung, daß meine Zeugnisse bedeutend seien, so bedeutend, daß die Firma lieber auf mich verzichten möchte. Tja, und vor zwei Stunden kam die Kündigung. Ich muß hier räumen – vermutlich werden demnächst Jugoslawen in die »Villa Belinda« einziehen – mit Familien.

Das tut mir leid, Thomas, sagt die Frau, und dann: Ich bin von deinen Fähigkeiten überzeugt, jedenfalls. Thomas lacht erbittert auf, pellt sich ein gewürfeltes Hemd an, wirft die knappe Lederjacke über; eine Zigarette im Mundwinkel, kämmt er sich sorgfältig vor einem stark vergrößernden Rasierspiegel. Er fragt: Und du, Belinda? Warum liest du mir den Brief nicht vor? Heute bin ich stark im Nehmen.

Die Frau blickt auf den Boden, auf den durchgetretenen Teppich; sie sagt leise: Christian wird versetzt, in den Westen. Ich werde ihn begleiten, Thomas, ich gehe mit ihm. Ist das die ganze Überraschung, fragt Thomas, und dann mit angestrengter Ironie: Schließlich ist er dein Mann, und du bist verpflichtet, ihm zu folgen, wohin er dich führt. Habt ihr schon Fahrkarten? Sprich nicht so, sagt Belinda; ich – es ist das letzte Mal, Thomas, ich kann dich nicht mehr besuchen. Immerhin, sagt der Bursche, für ihn ist dann die Zeit des Argwohns vorüber.

Er wendet sich um, nimmt ihr den Brief aus der Hand, überlegt, schlägt ihn leicht gegen seinen Handrücken und wirft ihn in unerwartetem Entschluß auf die Schreibplatte. Er sagt: Abschiedsbriefe soll man allein lesen, oder? Ich heb ihn mir für später auf, als krönenden Abschluß des Tages. Belinda blickt ihn entgeistert an, sie fragt: Ist das alles? Ist das alles, was du mir sagen möchtest? Und er darauf, achselzuckend: Reisende soll man nicht aufhalten – alte Erfahrung. Und dann, nach einem Blick durchs Fenster auf die wartende Taxe und den massigen Taxichauffeur, der sich gegen die Motorhaube lehnt: Nimmst du mich mit? Ein kleines Stück nur? Zur Stadt? Die Frau preßt die Lippen aufeinander, immer noch wartet sie auf etwas, von dem sie nicht genau sagen könnte, was es sein müßte; doch auf einmal steht sie auf, nickt und geht zur Tür. Sie steigen in die Taxe ein. Der Fahrer fragt: Wieder nach Hause?

Ja, sagt die Frau, nur diesmal am Hauptbahnhof vorbei. Ist es dir recht, Thomas, wenn wir in der Nähe des Hauptbahnhofs halten? Sehr recht, sagt der Bursche und rückt nah an sie heran und tastet nach ihrem Handgelenk. Sie sitzen schweigend nebeneinander, und als sie über die Brücke fahren, legt er einen Arm um ihre Schultern und zieht sie zu sich herüber, während der Fahrer aus sonderbarer Gekränktheit oder aus Abneigung gegen den neuen Fahrgast nicht nur sein Mitteilungsbedürfnis unterdrückt, sondern auch darauf verzichtet, in den Rückspiegel zu blikken. Sanfter Regen schwärzt das Kopfsteinpflaster, der Fahrer schaltet die Lichter an. Er hört die Fahrgäste auf dem Rücksitz flüstern, und unvermutet sagt die Frau: Bitte, ist es möglich, daß wir noch einmal zurückfahren? In die Laubenkolonie, fragt der Fahrer. In den Huflattichweg, ja, ich habe dort nur etwas vergessen. Mir ist es egal, sagt der Fahrer. Er biegt in eine Nebenstraße ab, kontrolliert die Zähluhr und fährt mit zunehmender Geschwindigkeit auf eine Ampel zu, die immer noch Grün zeigt und erst auf Gelb umspringt, als sie die Linie passiert haben.

Es war grün; dennoch rammt sie der andere Wagen auf Belindas Seite, reißt den hinteren Kotflügel ab und drückt die Taxe, die sich einmal um ihre Achse dreht, gegen einen Lichtmast. Nicht Thomas, aber dem Fahrer gelingt es, die Tür von außen zu öffnen, er zieht sie heraus, mustert sie: Alles in Ordnung? Er sieht, daß Belinda über dem Jochbein blutet, und während der Fahrer des anderen Wagens schulmäßig fuchtelnd und drohend herankommt, öffnet der Taxifahrer ruhig seinen Verbandskasten und reicht der Frau ein Pflaster, das der Bursche ihr aufklebt. Schnell, sagt die Frau zu Thomas, bring mich weg hier. Weg, bevor die Polizei kommt. Er braucht uns aber als Zeugen, flüstert der Bursche. Ich kann nicht, sagt sie, du mußt mich hier wegbringen. Sie späht über die Straße, setzt zur Flucht an, da tritt der Taxichauffeur zu ihnen, hat schon ein Notizbuch in der Hand, fragt schon: Sie können doch auch bestätigen, daß wir Grün hatten? Der behauptet steif und fest, daß er erst bei Grün angefahren ist. Wir hatten Grün, sagt der Bursche entschieden, und das werden wir jederzeit bezeugen. Ich danke Ihnen, sagt der Taxifahrer und reicht Thomas sein Notizbuch und bittet ihn, Namen und Adresse hineinzuschreiben. Muß ich auch, fragt Belinda, und als der Taxichauffeur sie mit einer Geste darum bittet, schreibt sie einen Namen und eine Adresse hinein und reicht das Notizbuch zugeklappt zurück. Aber jetzt müssen wir doch wohl nicht hierbleiben, fragt die Frau, und der Bursche bekräftigt: Wir haben es nämlich sehr eilig. Und bei diesen Worten drückt er dem Fahrer einen Geldschein in die Hand, den er aus der Handtasche der Frau genommen hat.

Die heftiger werdende Auseinandersetzung der beiden Fahrer ausnutzend, überqueren sie eilig die Straße, laufen durch einen Torweg, gelangen auf die Theaterstraße, die zum Hauptbahnhof führt. Sie kreuzen auch diese Straße, nicht in gemeinsamem Beschluß, sondern, weil die Frau es einfach tun zu müssen glaubt und der Bursche ihr einfach folgt, doch dann, vor einer Kellerkneipe, angesichts eines erleuchteten Aquariums im ebenerdigen Fenster, bleibt die Frau plötzlich stehen und läßt ihren Oberkörper gegen den Burschen kippen. Was ist los, fragt er, was hast du, Belinda? Er wird mich ja wiederfinden, sagt sie, mein Gott, er wird zu uns nach Hause kommen. Wer, fragt Thomas. Der Taxichauffeur, sagt sie. Ich habe einen anderen Namen in sein Notizbuch geschrieben, eine andere Adresse. Aber das nützt nichts – er hat mich doch von zu Hause abgeholt. Du hast einen falschen Namen angegeben, fragt der Bursche, und Belinda: Mein Gott, ist mir übel. Laß uns hier reingehn, Thomas, nur einen Augenblick. Laß uns etwas trinken. Mein Gott, ist mir übel.

Gregor hob sein Glas, deutete zu dem Paar in der Ecke hinüber, bedauernd, geradeso, als seien die beiden schuld daran, daß ihm keine andere Geschichte zu ihnen einfallen konnte. Sieh sie dir an, mein Alter, sagte er zu mir: Die Achtlosigkeit des Burschen – offenbar hat er den Spielautomaten gewechselt – und die stumpfe Verzweiflung der Frau – sie hat es wohl aufgegeben, einen Ausweg zu finden –, alles sagt mir, daß hier keine außerordentliche Geschichte zu erwarten ist. Was wir annehmen dürfen: ehrbare Banalität –

wobei ich euch sagen möchte, daß ich sehr viel Respekt vor der Banalität habe. Dieter Klimke schüttelte lächelnd den Kopf, ich konnte es ihm ansehen, daß er längst andere Beziehungen und Motive entdeckt hatte; doch er verzichtete darauf, Gregor zu antworten.

Als der Wirt uns eine neue Lage brachte, fragte Gregor ihn: Die vielen Wimpel und Pokale dort, wofür haben Sie die bekommen? Angler, sagte der Wirt, ich war mehrmals Angler-König. Für den schwersten Fisch; für den wertvollsten Fisch; für die größte Kilobeute – für alles gibt's Preise. Auch für Angler-Latein, fragte Gregor, worauf der Wirt nur abwinkte und zur Theke zurückkehrte.

Da beide nun mich ansahen, auffordernd und gespannt, nahm ich mir noch mal das Paar bei den Spielautomaten vor, fragte es stumm ab, deutete ihre Haltung, ließ die Achtlosigkeit sprechen, die sie füreinander zeigten, und gerade dies, die Achtlosigkeit und eine plötzlich wahrgenommene physiognomische Ähnlichkeit legten mir eine andere Annahme nahe: die beiden mußten Geschwister sein. Na, fragte Gregor, was meinst du? Geschwister, sagte ich, für mich sind die beiden Geschwister, anders kann ich sie nicht sehen.

Ich spürte sogleich, wie diese Feststellung mich zu einer Überprüfung der Beziehungen zwang, die das Paar in der Ecke erkennen ließ. Die Schmerzlichkeit im Ausdruck der Frau: konnte sie nicht das Ergebnis einer Entdeckung sein, die sie zu letzter Hilflosigkeit verurteilt hatte? Und die sogenannte Achtlosigkeit des Burschen: verbarg sich hinter ihr vielleicht ein Wunsch nach Vergessen, und hinter seiner kalten Spielwut das Bedürfnis, sich ablenken zu müssen von dem, was er gemeinsam mit der Schwester entdeckt hatte? Andere Fragen ließen andere Möglichkeiten zu, und dann fragte ich nach einem Ort, wo die Geschichte ihren Ausgang nehmen könnte, und nach einem Anlaß, der das gemeinsame Auftreten der Geschwister rechtfertigte. Nun, fragte Gregor, wie kamen deine Geschwister hierher? Nach welcher Vorgeschichte?

Also hört zu, sagte ich, denkt euch eine saubere, beengte Witwenwohnung, wir lassen es Nachmittag sein, man sitzt bei einer Kaffeetafel, die Kuchenlasten sind geplündert. Auf dem resedagrünen Sofa sitzt die gehbehinderte Mutter, auf zwei Stühlen sitzen sich Karen und Herbert, genannt Hebbi, gegenüber, die zum fünfundsechzigsten Geburtstag der Mutter erschienen sind. Mechanisch lädt die Mutter dazu ein, noch ein Stück Kuchen zu essen, beide verzichten seufzend, wechseln einen belustigten Blick, als die Mutter sich noch ein Stück Torte nimmt und mit grüblerischem Behagen zu kauen beginnt. Die Blumen, sagt Karen, wieviel Blumen du bekommen hast, Mama. Leider reichen die Vasen nicht, sagt die Mutter, zum nächsten Geburtstag könntet ihr mir einige Vasen schenken.

Es klingelt an der Wohnungstür, Hebbi steht auf, um zu öffnen, doch die Mutter ruft ihn zurück, fröhlich zuerst, dann dringend; obwohl sie Mühe hat, zu gehen, besteht sie darauf, selbst zur Tür zu gehen. Heute bin ich an allem schuld, sagt sie mit gespielter Neugierde und deutet eine Erwartung an, die sie sich von keinem verkürzen lassen möchte. Sie schlurft am Tisch vorbei auf den Flur, die Geschwister zwinkern sich zu, lauschen, wie draußen die Kette entfernt, die Wohnungstür geöffnet wird. Man hört explosionsartige Glückwünsche zum fünfundsechzigsten Geburtstag, dann den sanften Überredungsversuch der Mutter, hereinzukommen, ein Stück Kuchen zu essen, schließlich eine vergnügte Weigerung: Später vielleicht, Frau Krogmann, wenn Sie Ihren Besuch überstanden haben. Die Mutter kehrt mit einem Blumenstrauß zurück, und Karen glaubt eine verborgene Enttäuschung herauszuhören, als ihre Mutter sagt: Nur eine Nachbarin, Frau Unertl – sie ist Empfangsdame, wenn ihr euch darunter etwas vorstellen könnt.

Karen stellt die Blumen in einen Plastikeimer, steckt die Glückwunschkarte zwischen die Blüten, während Hebbi sich eine Zigarette ansteckt und genüßlich am Büfett entlangstreift, das beladen ist mit Mörsern, Photographien, staubfangenden Immortellen, einer massiven Modell-Lokomotive auf Marmorplatte, ferner mit Brieföffnern, Handspiegeln und einer nie benutzten silberbeschlagenen Bürste. Er schiebt die Immortellen zur Seite, angelt sich die größte Photographie, die in einem muschelbesetzten Rahmen steckt, betrachtet sie eine Weile mit wohlwollender Skepsis: diesen kleinen agilen Mann mit dunklen, träumerischen Augen, der sich die Uniformmütze der Bahnbediensteten so keß in die Stirn gezogen hat.

Da haben wir ja unser kleines Genie, sagt Hebbi, schade, daß er dies alles nicht miterleben kann. Sprich nicht so, sagt die alte Frau, sprich nicht so von deinem Vater. War er denn kein Genie, fragt Hebbi mit vorgegebenem Erstaunen, und Karen darauf: Stell ihn weg, und hör endlich auf, dich an ihm zu reiben. Nach elf Jahren solltest du ihn in Frieden lassen. Ich hab doch wohl das Recht, ihn auch nach elf Jahren noch zu bewundern, sagt Hebbi, für mich war er wirklich das Familiengenie – schließlich hat keiner so viele Ideen gehabt wie er, steile Ideen. Du könntest sein Andenken ruhig in Ehren halten, sagt Karen, und Hebbi darauf: Tue ich das etwa nicht? Indem ich sein Genie erwähne, ehre ich sein Andenken. Und auf das Bild hinabsprechend: Du warst in Ordnung, Paulchen Krogmann, du hast kühner geträumt als die meisten, du hast nur vergessen, deine Kühnheit finanziell abzusichern. Was verstehst du vom Leben, sagt die Mutter und macht sich sanft über ihr Stück Kuchen her. Eben, sagt Hebbi, ich brauche mich nur mit ihm zu vergleichen, dann weiß ich, was mir fehlt. Wie meinst du das, fragt seine Schwester. Na, denk mal allein an seine Gründungen ... an den Mut, den er, ein kleiner Lokomotivführer, zur Firmengründung hatte! Zuerst die Firma, die schnellwachsende Bäume pflanzte; für zwei Mark war man Mitglied und Eigentümer eines Baums ... Oder denk an seine Wegwerf-Hemden: einmal getragen – Papierkorb ... Oder an seine Tinkturen gegen körperliche Mißbildungen ... Na, und seine Fabrik, in der kleine Magnete gegen Schlaflosigkeit hergestellt wurden: das soll ihm erst mal einer nachmachen. Hör auf, so zu reden, sagt Karen, Papa hat für alles bezahlt. Sicher, sagt Hebbi, mit Mamas Ersparnissen hat er alles bezahlt. So meine ich das nicht, sagt Karen, ich denke an das Unglück, bei dem er ums Leben kam.

Hebbi stellt das Bild zurück, legt den Kopf schräg und erwidert das kesse Lächeln des Lokomotivführers. Er sagt leise: Es ist nie geklärt worden, wie ein Mann von seinen Erfahrungen das Signal überfahren konnte ... seine Lokomotive, sie war die erste und einzige, die die Böschung heruntergestürzt ist und in den Fluß... Wenn du nicht aufhörst, sagt Karen, du wirst noch den ganzen Geburtstag eintrüben. Die Mutter winkt ab: was versteht er schon vom Leben? Und dann bittet sie Karen, die Likörgläser zu füllen, und bevor sie trinken, wendet sie sich noch einmal an Hebbi: Hoffentlich gelingt dir, was ihm gelungen ist ... hoffentlich wirst du auch mal deiner Frau zu einer so guten Witwen-Pension verhelfen ... daß ich nicht klagen kann, verdanke ich ihm. Und sie nickt bestätigend, niemand wird diesen Glauben erschüttern können, niemand sie davon abbringen, in der Versorgung über den Tod hinaus das entscheidende Werk ihres Mannes zu sehen, mit dem er alles gutgemacht hat.

Die Geschwister tragen das Geschirr in die Küche, stellen es in den Handstein, stellen fest, daß sie gehen müssen, und beschließen, ein Stück gemeinsam zu gehen. Aber zart, sagt Karen, du mußt es ihr zart beibringen, daß wir nicht zum Abendbrot bleiben können. Die Mutter sitzt gesammelt da, unerschütterlich, in einer Art Trägheit, die von keiner Nachricht durchdrungen werden kann, und als Hebbi sagt: Mami, wir müssen jetzt wohl gehen, Karen und ich, reicht sie ihnen sogleich die Hand, nicht bedauernd, eher erleichtert. Die Geschwister tätscheln sie zum Abschied wie ein trauliches Monument, streifen einen Kuß an ihr ab, winken noch einmal zu ihr zurück. Beim Zufallen der Tür blickt die Mutter schnell zur Büfett-Uhr.

Während die Geschwister die Treppe des Mietshauses hinabsteigen, schildert Hebbi seine Erfahrungen im Berufsleben … Du glaubst es nicht, Karen, aber es ist so … irgend etwas an mir … also was ich auch tue, nach kurzer Zeit kommen die Chefs zu mir und bieten mir gehobene Positionen an … mehr Geld … mehr Verantwortung … bei den Fensterputzern, da wollten sie mich schon nach zwei Wochen zum Kolonnenführer machen … in der Umzugsfirma: ich war kaum da – schon boten sie mir die Abteilung Packmaterial an … und jetzt wieder … jetzt soll ich die Aufsicht über alle Boten im Funkhaus übernehmen … Und, fragt Karen, wirst du's machen? – Ich? Hältst du deinen Bruder für behämmert? Nur eine einzige Sprosse auf der Karriere-Leiter, und schon ist die Gemütlichkeit futsch. Und der Friede. Und die Unschuld.

Im Parterre, vor dem Niedergang zum Keller, steht eine Kinderkarre. Hebbi setzt einen Fuß hinein und hält sich dabei an der Schulter seiner Schwester fest. Am liebsten, Karen, sagt er, möchte ich mich von dir schieben lassen; zeitlebens. So wie damals.

Sie treten auf die Straße hinaus, blicken zur Verkehrsinsel vor dem kleinen Bahnhof, nehmen sich bei der Hand und springen über die Schienen der Straßenbahn. Im Windschutz des gläsernen Wartehäuschens zünden sie sich Zigaretten an. Aufblickend streift Hebbi die Rampe der Güterverladung, die beladenen Karren und Schubkarren, streift die Telephonzelle, und plötzlich spürt Karen, wie ihr Bruder in der Bewegung innehält, regungslos und leicht geduckt dasteht.

Was ist, Hebbi? Was fehlt dir? Da, sagt er zögernd, an der Telephonzelle. Der Mann? Der Mann, der dem Kind die Blumen gibt: es ist Vater. Das glaubst du doch selbst nicht! Er ist es, Karen ... der Mann, der sich zu dem Kind beugt ... der ihm jetzt Geld gibt. Aber Vater ist tot, sagt Karen. Siehst du, wohin das Kind die Blumen bringt, fragt Hebbi – sie sind für Mutter bestimmt.

Unter den Ermahnungen des Mannes nickt das Kind und hüpft fort über die Straße und über die Schienen, bleibt einmal stehen und blickt auf die Münze in seiner Hand, bevor es die Blumen in das Haus trägt, das sie gerade verlassen haben. Es ist Vater, Karen, unbedingt, es kann nur er sein. Du hast Erscheinungen, Hebbi. Dann komm, komm und überzeug dich.

Eine Hand am Gürtel ihres Trenchcoats, zieht er sie mit sich hinüber zur Laderampe, an der ein kleinwüchsiger Mann mit schnellen Schritten vorbeistrebt, durch eine Passage auf einen überdachten Vorplatz, von dem es zu den Bahnsteigen geht. Die dunkle Schirmmütze, wie Bahnbedienstete sie tragen oder Leute aus dem Hafen, bewegt sich im Rhythmus der Schritte vor ihnen her, an der Würstchenbude vorbei, am Zeitungsstand, zum Bahnsteig der Stadtbahn. Schnell, mahnt Hebbi, wir dürfen ihn nicht verlieren. Sie laufen, sie erreichen die Bahn, in die der kleine Mann eingestiegen ist, auf jeder Station steigen sie aus und versichern sich, ob er noch im Nebenabteil sitzt, das genügt ihnen, denn bevor sie ihn ansprechen, wollen sie mehr über ihn erfahren.

Am Hauptbahnhof steigt er aus, bewegt sich auf einmal verhaltener, gemächlicher, schlendert auf einen Blumenkiosk zu, doch nicht, um Blumen zu kaufen, vielmehr stellt er sich schräg vor einen Spiegel und beobachtet die Passanten hinter sich, sie vor allem, die Geschwister, die er zu oft am Abteilfenster hatte vorbeigehen sehen. Seine Wachsamkeit, diese gelassene Vorsicht, erscheint Hebbi als zusätzliche Bestätigung seines Verdachts. Er ist es, flüstert er, das ist Vater, Karen.

Und plötzlich wendet sich der kleine Mann mit energischem, fast fliehendem Schritt zum Ausgang, verschwindet zwischen wartenden Taxis, taucht vor dem erleuchteten Eingang eines Hotels auf und biegt in eine trübe Seitenstraße ab. Jetzt läuft er. Auch die Geschwister laufen, Hebbi voran, und er erkennt, daß der kleine Mann seinerseits die Verfolger erkannt hat. Seine Fluchtbewegungen haben etwas Lächerliches; der lang fallende Mantel hemmt seinen Lauf, die große Schirmmütze scheint unmittelbar auf dem Mantelkragen zu sitzen. Vor einem Reklameschild stoppt er ab, zieht eine Tür auf, ein Lichtkegel fällt auf den Bürgersteig, schon ist es wieder dunkel, und er ist fort.

Die Geschwister kommen näher, treten vor das Schaufenster einer zoologischen Handlung, nur der Verkäufer ist zu sehen, ein feierlich wirkender, schlanker Mann in grauem Kittel. Sie übersehen das Angebot – Zwergkaninchen, Meerschweinchen, die ewig turnenden Wellensittiche –, treten ein, und Hebbi fragt: Hier ist doch eben ein Mann reingekommen? Der Verkäufer beugt sich ihnen erstaunt entgegen, sein Erstaunen enthält einen sachten Vorwurf: Ein Mann? Er habe keinen Mann gesehen, aber er möchte gern wissen, womit er dienen könne.

Karen, leicht beunruhigt, will ihren Bruder aus dem Geschäft ziehen, da hören sie ein Geräusch aus dem Lagerraum, stürzende Pappkartons vermutlich, worauf Hebbi wortlos einen Vorhang zur Seite wirft und seine Schwester hineinzieht in einen schwach erleuchteten Raum. Papageien geben Alarm, Pinseläffchen, im Schlaf gestört, jagen zähnefletschend durch ihren Käfig.

Dort, ruft Hebbi, die Tür zum Hof. Sie durchqueren das Lager, laufen auf den Hof hinaus, dort schließt sich die Tür eines Hintereingangs, also wird er dorthin geflohen sein. Dicht nebeneinander stehen sie im Hausflur und lauschen mit erhobenen Gesichtern den leiser werdenden Schritten und dem abnehmenden Keuchen; ein fernes Schlüsselgeräusch, eine zufallende Tür, und jetzt steigen sie die Treppen hinauf.

Entweder im dritten oder im vierten Stock, flüstert Hebbi. Sie streift seine Hand von ihrem Ärmel, lehnt sich an die Wand, versucht ihren Atem zu beruhigen, und mit einer gleichzeitigen Geste der Weigerung sagt sie: Schluß jetzt, Hebbi; ich mach' nicht mehr mit. Du leidest an Hirngespinsten.

Aber er ist es, Karen, es ist Vater. Du weißt, daß er tot ist, seit elf Jahren. Seine Leiche – man hat sie nie gefunden nach dem Unglück damals. Aber warum läuft er weg vor uns? Fragen wir ihn, sagt Hebbi bestimmt und zieht sie in den dritten Stock hinauf, wo er den glimmenden Schalter eines Minutenlichts drückt. Er liest die Namensschilder, halblaut, er horcht an den Türen, und dann winkt er seine Schwester heran: Hier, Karen, dieser P. Ballhausen, der könnte es sein; in den anderen Wohnungen sind Kinderstimmen zu hören. Drück mal die Klingel. Drück du, sagt Karen.

Die Klingel scheint sich verklemmt zu haben, das Schrillen dauert und dauert, erst ein neuer Druck unterbricht es. Beim Geräusch der sich nähernden Schritte schiebt sich Karen unwillkürlich hinter ihren Bruder. Eine Kette wird entfernt, langsam wird die Tür aufgezogen.

Guten Tag, Vater, sagt Hebbi. Der kleine Mann mit den dunklen, träumerischen Augen sieht sie freundlich und verständnislos an. Er steht in offener Jacke vor ihnen, Hausschuhe an den Füßen, in einer Hand eine Brotsäge. Wir sind dir gefolgt, Vater, Karen und ich. Der Mann hebt bekümmert die Schultern, er sagt lächelnd: Es tut mir leid, aber ich muß Ihnen sagen, es ist ein Mißverständnis. Bitte, mach uns doch nichts vor, Vater, sagt Hebbi, ich habe eben noch dein Photo in der Hand gehabt. Laß uns reinkommen, zumindest. Der Mann schüttelt jetzt in amüsierter Überraschung den Kopf. Was einem so passieren kann, sagt er, und dann: Bitte, von mir aus kommen Sie herein.

Sie betreten die Wohnung, vorbei an einem Stapel leerer Vogelbauer, fabrikneu; auf dem Küchentisch liegt ein angeschnittenes Brot, im sparsam möblierten Wohnzimmer liegen Packen von Tierzeitschriften herum. Wir haben dich entdeckt, Vater, zufällig, als du dem kleinen Mädchen die Blumen für Mutter gabst ... wir sind dir gefolgt ... warum hörst du nicht auf, Versteck zu spielen? Der kleine Mann bedenkt sich, entschuldigt sich für die Brotsäge in seiner Hand, er sagt lächelnd: Das wäre schon eine Überraschung, auf einmal zwei erwachsene Kinder zu haben, doch ich muß Sie enttäuschen. Mein Name steht auf dem Türschild, mir gehört eine zoologische Handlung, jeder hier kennt mich, seit vielen Jahren. Leider kann ich nicht das Ziel Ihrer Suche sein. Seit wie vielen Jahren wohnen Sie hier, fragt Hebbi, und der Mann, die Achsel zuckend: Zu lange schon.

Die Geschwister tauschen einen Blick, Hebbi erkennt Karens ungeduldige Aufforderung, die Wohnung zu verlassen, sie geht bereits auf den Flur hinaus. Entschuldigen Sie, sagt Hebbi kleinlaut und immer noch nicht überzeugt, vermutlich haben wir Sie verwechselt. Er geht auf den Flur hinaus, der kleine Mann folgt ihnen, begleitet sie zur Tür. Zum Abschied drehen sich die Geschwister gleichzeitig um, etwas zu abrupt, denn Karen stößt gegen den Turm der leeren Vogelbauer, die obersten Käfige stürzen herab, von einem wird sie am Jochbein getroffen. Beide entschuldigen sich, doch der Mann wertet das Mißgeschick ab, ist doch nichts passiert, sagt er, bis er die kleine Blutspur in Karens Gesicht entdeckt. Er besteht darauf, ihr ein Pflaster aufzukleben, ihr es zumindest für alle Fälle mitzugeben, und er geht ihnen voraus in die Küche, wo er aus dem Küchenschrank eine Zigarrenkiste heraushebt, die sein Verbandzeug enthält. Während er für Karen ein Pflaster heraussucht, stellt Hebbi eine gerahmte Photographie auf, die offenbar umgekippt ist. Es ist eine ältere Photographie. Sie zeigt seine Mutter.

Karen, ruft Hebbi, sieh her, sieh dir das an. Karen drückt das Pflaster fest und wendet sich ihrem Bruder zu. Das ist doch Mutter? Ja, sagt Hebbi, das ist ein Bild von Mutter – und zu dem kleinen Mann: Das ist nun kein Mißverständnis, dies Bild – es ist ein Photo unserer Mutter. – Tatsächlich, fragt der Mann, und dann, nach einem Augenblick der Unsicherheit: Es gehört meinem Mitbewohner, er hat das Photo aufgestellt. Wie heißt er, fragt Hebbi, und der Mann, überlegend: Oh, wir haben den gleichen Vornamen, wir heißen beide Paul, sein Nachname ist Zech. Dürfen wir ihn sprechen? Aber sicher, aber gewiß doch, er wird etwa in zwei Stunden zu Hause sein, sagt der Mann.

Karen nimmt die Hand ihres Bruders, sie bittet ihn, mit ihr zu kommen. Sie sind etwas blaß geworden, sagt der Mann zu ihr, aber es ist keine ernsthafte Verletzung. Er bringt sie zur Tür.

Schweigend gehen die Geschwister die Treppe hinab, Karen scheint nicht mehr sicher auf den Füßen zu stehen. Mit einer fließenden Bewegung läßt sie sich auf die unterste Treppe nieder, verbirgt das Gesicht in den Händen, stöhnt. Er war es, sagt Hebbi triumphierend, er ist es: Vater. Na und, fragt das Mädchen verzweifelt, hilft es dir? Hilft es einem von uns?

Ich bin in zwei Stunden dort oben, sagt Hebbi drohend, ich bin nur gespannt, was er sich dann wieder ausgedacht haben wird. Aber ich überführ ihn, verlaß dich drauf: Ich überführ ihn! Wozu denn, mein Gott, wozu denn, fragt Karen, und, die Hände von ihrem Gesicht ziehend: Begreifst du denn nicht, warum er dies alles getan hat? Begreifst du denn nicht, daß dies zu seiner freiwilligen Buße gehört? Was versprichst du dir denn nur? Komm, Karen, Schwesterchen, sagt Hebbi, wir gehen jetzt in die kleine Kellerkneipe nebenan. Dort trinken wir etwas. Und nach zwei Stunden springe ich nur für einen Augenblick hinauf, nur, um eine einzige Frage zu stellen; danach bringe ich dich nach Hause.

Gregor grinste mich an, schüttelte – wenn auch nur in halber Mißbilligung – den Kopf und sagte: Typisch; typisch für dich, mein Alter, bei dir endet alles in der Schwebe, weil du Lösungen als Unhöflichkeit ansiehst. Er trank mir zu, fuhr einmal strahlend durch seinen Bart und blickte zu dem Paar bei den Spielautomaten hinüber, gerade so, als ob er etwas nachmessen oder blickweise erkunden wollte: Geschwister? Glaubst du wirklich, sie sind Geschwister? Wir können sie ja mal fragen, sagte ich, einer von uns, am besten du, Gregor, könnte hingehen und sie fragen. Es ist zu früh, sagte Gregor, vorher muß Kollege Klimke seine Geschichte abliefern.

Klimke bestellte sich noch einen Tee pur mit Zitrone; er vermied es offensichtlich, in die Ecke hinüberzusehen, wo die Frau gerade den Inhalt ihrer Handtasche barg, sorgsam und abwägend, als suchte sie die Herkunft der einzelnen Dinge zu bestimmen, ehe sie sie in die Tasche fallen ließ. Nur die dunkelgraue Schwungfeder behielt sie in der Hand und strich mit ihr über den Rand des Glases.

Gregor sah Klimke ermunternd an: Na? Zu welchem Ergebnis kommen Sie? Aber Sie müssen von demselben Bild ausgehen ... Ich weiß nicht, sagte Dieter Klimke, ich weiß nicht, ob es möglich ist, von demselben Bild auszugehen. Sicher, das Bild ist da, es hat seine eigene Trägheit, aber es besteht nicht lange für sich; denn die Einbildungskraft unterschiebt ihm zu schnell eine Bedeutung ... Vermutlich nehmen wir mit dem Bild schon seine Bedeutung wahr ... eine für uns eigentümliche Bedeutung. Gregor hörte ihm skeptisch zu, unterbrach ihn und sagte: Also mit einer Theorie kommen Sie nicht davon. Sie müssen doch von etwas ausgehen, von einer gesetzten Annahme. Das tue ich auch, sagte Klimke, und an uns vorbeisprechend, den Blick an Wimpel und Pokale gehängt, erklärte er, daß das, was seine Einbildungskraft am meisten erregte, diese Vogelfeder sei, die graue Schwungfeder – ihr wißt schon –, die der Bursche mit dem ganzen Inhalt der Tasche auf den Tisch kippte. Erzählen, sagte Gregor unnachgiebig. Und Dieter Klimke, nach einer unsicheren Bewegung: Genügt das – erzählen? Worauf es ankommt, das ist doch dazuzugewinnen und zu rechtfertigen. Und dann lieferte er uns seine Geschichte, die er ausdrücklich als Versuch bezeichnete.

Da geht Sophia mit schwingenden Schritten über den kleinen Markt, glücklich; Korb und Netz schlenkern zum Beweis der Zufriedenheit in ihren Händen. So geht jemand, der den kleinen, aber erreichbaren Vorteil auf seiner Seite weiß und es ausdrücken möchte durch vergnügte, überflüssige Bewegung. Sie hat den Herbst gekauft, das Gelb und das schon verblassende Grün, das süße Mark im Braun der Birnen, die aromatische Schärfe in erdigen Sellerieknollen, alles vorteilhaft gekauft, um es in die gerade bezogene Apartmentwohnung zu tragen, in den kühnen, aber gemütlichen Wohnturm, den sie den »langen Konrad« nennen. Händler hinter ihren farbigen Ständen und Auslagen grüßen sie mit Freundlichkeit und reiben sich unter fleckigen Schürzen die Hände warm, um sich beim Kleingeld nicht zu verzählen.

Am Ende des Marktes, dort, wo die kurzen Fallwinde die Leinwand der Buden schütteln, winkt ein Händler sie an seinen Stand heran, obwohl er doch erkennen muß, daß sie, fröhlich beladen, schon auf dem Heimweg ist. Ein Mann von unbestimmbarem Alter, in abgetragenem schwarzem Anzug, einen breitkrempigen Hut über dem ausgezehrten Gesicht, hält sie auf und weist mit ausgebreiteten Händen auf sein ungewöhnliches Angebot: Hügel von Kirschen. Sophia, eine leidenschaftliche Marktgängerin, hat ihn nie zuvor hinter einem Stand gesehen, diesen fremdartig wirkenden Mann, der mehrere Ringe an den Fingern trägt, der ihren Blick durch eine einzige Geste hinabzwingt auf die Früchte, die jetzt schon zur Erinnerung an den Sommer gehören. Verwundert starrt sie auf die Schattenmorellen, auf Sauer- und Weichselkirschen, in deren Fleisch noch die Hitze des Sommers klopft, und ohne nach dem Preis zu fragen, ohne sich nach der Herkunft der Kirschen in dieser ungewöhnlichen Zeit zu erkundigen, läßt sie sich vom Händler die Menge auswiegen, die er für angemessen hält, ein rosa Körbchen voll, das ihr die beringten Finger hinüberreichen. Und da, während sie verwirrt bezahlt, stößt der fremde Händler lächelnd den Kiel einer grauen Schwungfeder in die zuoberst liegenden Kirschen ihres Körbchens. Die zarten Häute platzen, Saft quillt am Kiel empor, pulpiges Fruchtfleisch netzt die heilen Kirschen. Sophia läßt die Feder stecken, trägt, nun etwas nachdenklich, die preiswerte Beute in ihren Wohnturm, und in der blanken, geheimnislosen Küche, vor dem Spalier der elektrischen Diener, packt sie pfeifend Netz und Korb aus, probiert andächtig die verschwitzte ungarische Dauerwurst, schmeckt zum zweiten Mal vom erstandenen Käse, und zum Schluß, nachdem sie alles verwahrt hat, reinigt sie eine Handvoll Kirschen und ißt sie in ihrem bequemsten Stuhl. Zwischen Gaumen und Zunge läßt sie die Früchte platzen und sucht den Augenblick belebender Wohltat auszudehnen. In einer Hand hält sie die Feder, dreht sie leicht, streicht über ihre Knie und über die blitzenden Leisten des Küchenschranks, und später, in selbstzufriedener Geschäftigkeit, streift sie unabsichtlich mit der Feder die Küchenwand. Sophia erschrickt; denn die Stelle, die sie so flüchtig und zart berührte, beginnt sich zu beleben, der Stein erweicht, schmilzt sichtbar zusammen zu einer rotbraunen Masse, läuft lautlos in Zungen auseinander wie flüssiges Wachs, und vor ihren Augen tropft der Stein auf den versiegelten Fußboden, nicht heiß, nicht blasenwerfend, sondern in kühlem Zustand. Die Feder gibt nichts preis, solange Sophia sie auch untersucht, doch dann hebt sie das Gesicht, nähert es dem ausgeschmolzenen Loch in der Wand, langsam, in träumerischer Verstörtheit, und jetzt blickt sie in die Küche der Nachbarn, entdeckt das Ehepaar Töpfle, den feinsinnigen Physiklehrer und seine schöne, unwirsche Frau. Herr Töpfle trägt ein blauweißes Turnkostüm, von seinem Hals läuft eine Leine in die mit Leberflecken bedeckten Hände seiner Frau, er scharrt, er prustet und tänzelt vor den künstlichen Hindernissen, die kreisförmig auf dem Boden verteilt sind: Fußbänke, Bücherstapel, Küchenhocker. Die Frau im Morgenrock streichelt ihn nachlässig, knallt mit einer kurzstieligen Peitsche. Herr Töpfle springt an, trabt, nimmt glücklich das erste Hindernis, dann das zweite, er blickt auf seine Frau, er möchte offenbar belobigt werden, doch sie zerrt energisch an der Leine und schärft seine Aufmerksamkeit für das nächste Hindernis. Herr Töpfle verweigert; erst nach einem leichten Schlag über die Waden setzt der Physiklehrer über den Küchenhocker. Die Zweierkombination allerdings – Bücherstapel, Stuhl – will und will ihm nicht schmecken, immer wieder bricht er aus, schnaubt, nimmt neuen Anlauf, die Peitsche treibt ihn schließlich zum Sprung, er stürzt, er verliert seine nickelgefaßte Brille, und die Frau gibt in schmerzlicher Enttäuschung die Leine frei, läßt die Peitsche auf ihn fallen, tritt an den Tisch und schenkt sich Kaffee ein. Sophia scheint dem Anblick nicht gewachsen zu sein und deckt das Loch zunächst mit der Hand, später mit einem Stück Tapete ab.

Ratlos bereitet sie sich auf den Weg ins Büro vor, arbeitet unkonzentriert vor dem Spiegel an ihrem Gesicht, nimmt die hilfreichen Nasentropfen, packt Tempotaschentücher ein, wirft den Mantel über, und zum Schluß, nach kurzer Erwägung, nimmt sie die Feder in die Hand. Sie fährt zum unterirdischen Parkplatz hinunter, geht zu ihrem kleinen blauen Auto, verzögert plötzlich den Schritt und starrt auf den ungeliebten Grenzstein, nachdenklich, auf den Stein, der ihr noch jedesmal ein Gefühl für Zentimeter abverlangt und sie zu anstrengenden Manövern zwingt; schnell duckt sich Sophia, streicht einmal über den Stein – eher in ungläubiger als berechneter Erwartung – und weicht ängstlich zurück, als auch dieser Stein sich zu regen beginnt, schmilzt, das Laufen bekommt wie ein Käse in der Wärme. Da kann sie doch nur in ihr Auto steigen und im Vertrauen darauf davonflitzen, daß niemand sie beobachtet hat – die Feder übrigens wohlverwahrt in der Handtasche.

In dem von ihr beherrschten Vorzimmer findet sie kein besseres Versteck für die Handtasche als im untersten Fach ihres Spezialschreibtisches, der mehrere Telephone trägt, eine Sprechanlage, Eingangs- und Ausgangskörbe. Der – wie meistens – gutgelaunte Chef, den still zu bewundern sie sich angewöhnt hat, begrüßt sie mit Handschlag, läßt sich – reichlich aufgeräumt – aus ihrem Urlaub erzählen und eröffnet Sophia, daß er während ihrer Abwesenheit eine neue Kraft eingestellt habe: Fräulein Driessel aus der Personalabteilung, die ab heute auch im Vorzimmer sitzen und arbeiten werde, zu Sophias Entlastung. Und wie auf ein Stichwort erscheint Irmtraud Driessel, selbstbewußt, ein Mädchen, von dem Sophia behaupten möchte, daß es mehr Wasser als üblich zur Morgenwäsche verbraucht; der Chef macht miteinander bekannt. Etwas zaghafter, etwas bescheidener dürfte Fräulein Driessel schon ihren Schreibtisch in Besitz nehmen, schließlich ist sie ja neu hier, hat sich zumindest noch nicht das Recht ersessen, im Drehstuhl probeweise so herumzuwirbeln, daß ihr Haar, der Fliehkraft gehorchend, in die Waagerechte aufweht. Der Chef immerhin scheint an dieser unbekümmerten Erprobung Gefallen zu finden, und Sophia komplizenhaft zuzwinkernd, bestellt er Fräulein Driessel gleich mal zum Diktat, in der ausgesprochenen Hoffnung, daß sie sich bei der Arbeit ebenso »frisch« zeigen werde.

Sophias rechtmäßige Enttäuschung bekommen nun die vielfarbigen Briefe zu spüren, die sie beinahe wütend aufschlitzt, lustlos überfliegt und nach einem geltenden Schema registriert, ehe sie sie knapp aus dem Handgelenk in den Eingangskorb schleudert. Sophia denkt: Es ist immer so. Nach der Rückkehr aus dem Urlaub muß man im Betrieb mit bösen Überraschungen rechnen, und diesen Gedanken begleitet sie mit heftigem Kopfnicken.

Da läßt ein durch die Polstertür gedämpftes Lachen sie hellhörig werden – lacht man so beim Diktat? Sie springt auf, stürzt zur Tür, aber nur, um dem Kunstkalender, den in ihrer Abwesenheit niemand korrigiert hat, 21 Tage abzureißen. Wieder dringt quietschendes, jedenfalls hochangesetztes Gelächter aus dem Chefzimmer, worauf Sophia als langjährige und rechtmäßige Herrscherin des Vorzimmers in souveränem Entschluß ihre Handtasche hervorzieht, der Handtasche die Feder entnimmt und in Höhe des Kunstkalenders, nein, unter dem angehobenen Kunstkalender einen energischen Kreis zieht – münzengroß nur. Die Wand seufzt, der Stein erweicht und tropft lautlos weg, und durch das entstandene Loch wirft Sophia einen Blick in das Chefzimmer, läßt bei langsamer Drehung das Zimmer vorüberwandern bis zur eindrucksvollen, gediegenen Schreibtischecke. Soll das ein Diktat sein? Bei dem, was ihrem Blick zugemutet wird, könnte jeder verstehen, daß sie sich nicht nur enttäuscht, sondern auch mit redlicher Erbitterung vom Guckloch zurückzieht und auf dem kurzen Weg zum Schreibtisch schmerzhaft Abschied nimmt von liebgewordenen Vorstellungen. Das Papier, das sie jetzt in die Schreibmaschine einzieht, kann gar nichts anderes – es muß ihr Gesuch um Versetzung in eine andere Abteilung werden.

Von nun ab wird ihr Verhältnis zur grauen Schwungfeder skeptischer, sie trägt sie oft in der Hand, dreht sie ruckweise zwischen Daumen und Zeigefinger; einmal vergißt Sophia sie in einem Café, kehrt jedoch von weit her zurück, um sie zu holen. Und an einem Wochenende, allein in ihrem kühlen Apartment im Turmhaus, vor dem offenen Fenster, wirft sie die Feder hinaus, sieht sie trudeln und gleiten, bis ein plötzlicher Aufwind sie erfaßt und zu Sophia zurückweht. Sie wirft sich auf die Couch und liest bei ihrer Lieblingsmusik ihr Lieblingsbuch – ›Haus aus Hauch‹ –, die Feder als Lesezeichen benutzend. Sie tut es so lange, bis nebenan der kleine Junge zu jauchzen und zu quietschen beginnt, der Sohn des bedeutenden, allzeit höflich grüßenden Schauspielers Kreuzer. Ein leiser Strich über die Wand, eine bange Bewegung genügen, und durch den entstandenen Schlitz erkennt sie den Jungen, der auf dem Fußboden sitzt, allein, umgeben von seinem Spielzeug, von Kränen, Bulldozern, Lokomotiven und Kanonen. Zuhauf liegen die Puppen seiner apfelbäckigen Schwester, die offenbar ihre Eltern hat begleiten dürfen; er hat die Puppen einfach aufeinandergeworfen, und nun entkleidet er sie jauchzend, blonde und brünette Puppen, stellt sie nackt auf den Boden und zieht genüßlich die Uhrwerke von Bulldozern und Panzern auf. Er klatscht in die Hände, wenn ein Panzer oder ein Schneepflug eine Puppe rammt, niederzwingt, überfährt; er trommelt vor Freude auf den Boden, wenn die Lokomotive einen kleinen Puppenkörper auf den Schienen vor sich herschiebt. Quietschend schraubt er sodann einzelnen Puppen die Glieder ab, verlädt sie mit seinem Kran auf einen Lastwagen und kippt sie sozusagen an der Böschung des Bahndamms aus. Zwei große grinsende Stoffpuppen exekutiert er mit der Erbsenkanone. Sophia fragt sich erschrocken, was die Mutter des Jungen nach ihrer Rückkehr sagen wird, Frau Kreuzer, die sie schon zweimal zur Besichtigung ihrer Steinsammlung eingeladen hat.

Hastig verstopft Sophia den Schlitz mit Watte, läuft auf der Suche nach einem angemessenen Entschluß durch ihre Wohnung, wirft auf einmal den Mantel über und fährt zum Parkplatz hinunter. Mit hallenden Schritten geht sie zu ihrem Auto, immer wieder ausgewischt von den Schatten der roten Zementpfeiler und zum Vorschein gebracht durch das indirekte Licht, und plötzlich, als sie über den zerschmolzenen Grenzstein tritt, versperrt Siebeck ihr den Weg, der die Aufsicht über die Garage hat.

Er hält ihr grinsend die offene Hand hin; stumm fordernd, darin sicher, daß sie weiß, was er meint. Dennoch versteht sie seine Geste nicht, und er muß ihr beibringen, daß er ihr Mitwisser ist, daß er vorübergehend die Feder braucht, nur mal für ein Wochenende, für ein spezielles Unternehmen; um seiner Forderung Nachdruck zu verleihen, deutet er auf die zerflossenen Reste des Grenzsteins. Sophia zögert, denkt an Flucht. Da reißt er ihr die Feder aus der Hand und stürzt triumphierend zu einer hüfthohen Betonwand, will gleich ausprobieren, was die Feder am

Stein leistet, wie sie die Härte besiegt. Er streicht über eine Ecke, er reibt und kitzelt den Beton, doch nichts regt sich, nichts zerfällt – worauf Siebeck, nach einiger Unschlüssigkeit, die Feder in Sophias Hand zwingt und ihre Hand zart über den Beton führt. Und jetzt beginnt es zu sacken, zu schmelzen, die berührte Ecke erweicht und fließt in zähen Tropfen ab. Siebeck steht da und sieht aus wie einer, der einmal gefaßte Gedanken von neuem bebrüten muß, und dann nickt er, einverstanden mit sich selbst, da er anscheinend eine Lösung gefunden hat – die einzige, die übriggeblieben ist: Sophia wird ihn begleiten müssen, da die Feder offenbar nur in ihrer Hand das Erwünschte leistet.

Er zwingt sie, in seinen Wagen einzusteigen, freundlich, mit entschlossener Sanftmut, und dann fahren sie hinaus an den Strom zu dem weißen, schwimmenden Restaurant. Über eine federnde Brücke gehen sie an Bord, wo Siebeck respektvoll von einigen Kellnern begrüßt wird und vertraulich vom Wirt, der es sich nicht nehmen läßt, sie persönlich zu einem Tisch am Fenster zu führen, und ihnen auf Kosten des Hauses einen Willkommenstrunk servieren läßt. Als Siebeck sich in unerwarteter Förmlichkeit entschuldigt, winkt Sophia beruhigend ab: es sei doch ganz gemütlich hier, und außerdem gebe es hier wohl garantiert frische Seezungen.

Da der Wirt selbst sich um das Wohlergehen besorgt zeigt, glaubt Siebeck ihr erklären zu müssen, woher die Achtsamkeit rührt, und er stellt sich und den Wirt als ehemalige Soziologiestudenten vor, die schon auf der Universität zueinanderfanden. Und nicht nur dies: in langen Gesprächen entdeckten sie ihre gemeinsame Verachtung für die repressive Leistungsgesellschaft. Gleichzeitig warfen sie das akademische Handtuch und entschieden sich dafür, etwas gesellschaftlich Relevantes zu tun – nämlich in diesem schwimmenden Restaurant beziehungsweise in der Garage.

Bei der zweiten Flasche Wein – feine Spätlese, Kröver Steffensberg – erläutert Siebeck Sophia die vielfältige Bedeutung ihres Vornamens, und wenn ihr auch das meiste bekannt ist, hört sie die Erläuterungen gern und ist einfach angetan von der Art, wie er ihren Vornamen ausspricht. Beim Tanz auf der winzigen Tanzfläche spürt sie die leichten dünenden Bewegungen des schwimmenden Restaurants; ihr gefällt es, wie beherrscht Siebeck sich ihrem Rhythmus anpaßt, sobald sie einmal gestolpert ist. Sie ist einverstanden damit, daß er sie an der Hand zum Tisch zurückführt, und empfindet es als ausgesprochen nett, daß er ihr Lieblingsdessert zum zweiten Mal bestellt: Vanille-Eis mit Rum und Kirschen.

Ein einziges Mal nur erwähnt er die Feder beiläufig, entwertend, es sei doch wohl alles eine Sinnestäuschung gewesen, sagt er und tut sehr erstaunt, als Sophia ihm widerspricht und behauptet, daß die Feder tatsächlich jeden Stein zur Nachgiebigkeit zwingt. Er schüttelt ungläubig den Kopf. Er möchte wissen, wie oft man ihr schon gesagt habe, daß sie beim Lächeln die Nase kraus zieht. Und ebenso möchte er wissen, ob sie weiß, daß ihre Augen von verschiedener Farbe sind. Und schließlich ihr Gang: ob ihr bewußt sei, daß sie sich im Windsor-Gang fortbewege, also über den großen Onkel. Über ihren Gang, sagt sie amüsiert, habe ihr noch niemand etwas so Genaues gesagt, vermutlich, weil bisher noch niemand sie so genau ins Auge gefaßt habe.

Leider muß Sophia nun mehrmals niesen – das kommt gewiß vom offenen Fenster und von der Nähe des Stroms –, und da sie nur ein Taschentuch bei sich hat, geht Siebeck zum Wirt, um ein Päckchen Tempotaschentücher zu besorgen. Während beide Herren sich in den engen Direktionsraum zurückziehen, kramt Sophia in ihrer Handtasche, findet offenbar nicht, was sie sucht, packt alles wieder ein, zuletzt die Feder – nein, sie korrigiert ihren Entschluß und nimmt die Feder zwischen die Finger. Sie überlegt sichtbar. Und dann spießt sie mit dem Federkiel eine der Maraschino-Kirschen auf, zwängt beides, Kirsche und Feder, in eine leere Weinflasche, hält die Flasche lächelnd aus dem Fenster und läßt sie in den Strom fallen, unbemerkt.

Der Wirt bringt die Tempotaschentücher persönlich; fürsorglich schließt er das Fenster, von Siebeck unterstützt, und danach verharrt er in Gehemmtheit, nicht lange allerdings: er fragt, ob es tatsächlich zutreffe, was Herr Siebeck ihm gerade erzählt habe, ob es tatsächlich diese wunderbare Feder gebe, unter deren Berührung jeder Stein wegschmelze. Ob er sie einmal sehen dürfe? Sophia lächelt; sie lächelt triumphierend, und mit einer Erleichterung, die sie selbst am besten begründen könnte, stellt sie fest, daß sie sich von dem »verruchten Ding« gerade befreit habe. Gewaltsam. Flupp und weg. Sie erwartet, daß ihr Lächeln von Siebeck erwidert wird, doch zu ihrem Erstaunen reißt der in empörter Eile das Fenster wieder auf, blickt den Strom hinunter, zischelt dem Wirt etwas zu und stürzt hinaus – noch im Abdrehen mustert er Sophia mit wütendem Vorwurf. Der Wirt ruft einigen Kellnern etwas zu, worauf diese hinter Siebeck herlaufen.

Sophia kann nichts anders, sie muß annehmen, daß der heitere Abend beendet ist. Sie hat jetzt keine Lust, ihr Lieblings-Dessert aufzuessen. Da man sie so eilig verlassen hat, verläßt auch sie mit blickloser Eile das Restaurant, strebt dem engen Niedergang zu, stößt sich empfindlich; doch sie beißt die Zähne zusammen und steigt hinauf zur Garderobe. Die alte Garderobiere, die ihr den Mantel reicht, hat nicht nur Nähzeug, sie hat auch Pflaster bereit, und mit klammen Fingern klebt sie Sophia ein Pflaster aufs Jochbein. Auf der federnden Brücke bleibt Sophia stehen und sieht auf den Strom hinab: dort laufen sie am Ufer entlang, rufen, scheinen die treibende Flasche entdeckt zu haben.

Nach kurzer Unschlüssigkeit überquert Sophia die Straße und schlendert, immer zögernder, an Schaufenstern vorbei, an einem naßglänzenden Denkmal. Sie hebt ihr Gesicht in den Regen auf. Sie bleibt stehen. Sie muß sich an einem Scherengitter anlehnen. Ist Ihnen schlecht, fragt eine vorübergehende Frau, und Sophia winkt ab: Es geht schon, danke, es geht schon wieder. Und dann hört sie die Laufschritte aus dem Schatten, und sie strebt eilig in Richtung zum Hauptbahnhof. Sie flieht vor den Schritten, ohne auf die Straße zu achten. Sie hört ihren Namen, dringlich, einmal und noch einmal, und jetzt bleibt sie erschöpft stehen und läßt Siebeck herankommen. Er hält die Feder in der Hand; und ohne Sophia um Erlaubnis zu bitten, legt er die Feder in ihre Handtasche, hakt sie ein und zieht sie mit sich. Natürlich hat er ihr sowohl etwas zu erklären als auch vorzuschlagen. In zwei Stunden etwa, wenn der größte Betrieb abgeflaut sei, erwarte sie sein Freund, der Wirt des schwimmenden Restaurants. Zuvor aber – er deutete auf die Kellerkneipe – könnte man hier miteinander sprechen, im »Letzten Anker«.

Und nun haben sie miteinander gesprochen, und es gilt lediglich Zeit zu überbrücken bis zur vereinbarten Verabredung. Sophia hat den Vorschlag gehört, einen allzu naheliegenden Vorschlag, und sie hat erkannt, was der Besitz der Feder bedeutet. Sie wird sie endgültig vernichten müssen. Ein Streichholz genügt.

Dieter Klimke schwieg, und Gregor und ich blickten zu den Spielautomaten hinüber: die Frau zündete gerade ein Streichholz an, tauchte die Federspitze in die Flamme, und das leichte Graue krümmte sich in einer Stichflamme und verkohlte unter kurzem Prasseln; den Rest der Feder warf sie in den Aschenbecher. Wollte sie gehen? Sie machte einen

Versuch, sich zu erheben, alle Glieder für diese einzige Handlung zu mobilisieren, doch es glückte nicht nach Wunsch, und offenbar um sich für die Enttäuschung zu entschädigen, bestellte sie sich noch einen Doppelstöckigen und schickte eine geringschätzige Handbewegung hinterher. Auch Gregor bestellte uns einen Doppelstöckigen und für Klimke einen heißen Tee mit Zitrone.

Die Bestellung bestand nur aus einem kurzen Zuruf, denn Gregor kam und kam nicht von dem ungleichen Paar aus der Ecke los – vermutlich erwog er da Beziehungen, überprüfte mögliche Konflikte, suchte wohl überhaupt nach Bestätigungen für Klimkes Erzählung, und plötzlich entschied er: Nichts, ich sehe nichts, was Ihre phantastische Auslegung rechtfertigt. Jedenfalls, die Schmerzlichkeit der Frau rührt nicht daher, daß sie zuviel erfahren hat. Jetzt bist du wieder auf deinem alten Trampelpfad, sagte ich. Weil dir das Phantastische nicht liegt, hat es für dich keine Beweiskraft. Gregor blickte ärgerlich vor sich hin, warf eine Kippe in den Aschenbecher, daß es stäubte. Gut, sagte er und wandte sich an Klimke, dann erklären Sie mir mal, was Sie mit dieser Geschichte meinten, kurz, in einem Satz, den ich auch auf meine Erfahrungen anwenden kann. Auf die Erfahrung der Schwerkraft, fügte ich hinzu.

Klimke hob bedauernd die Schultern, er schien sich zu entschuldigen für die Ratlosigkeit, die er bei Gregor hervorgerufen hatte, und in redlicher Verlegenheit sagte er: Ich bin überzeugt davon, daß man die Realität nur aufdecken kann mit Hilfe des Phantastischen. Und was ich mit meiner Geschichte beweisen wollte … nur dies: wir brauchen Mauern, jeder von uns. Aber das alles, sagte Gregor, kann doch nur einen Wert haben, wenn es für meine lausige Realität gilt. Ich gehe ja davon aus, sagte Klimke, daß die Realität nicht gründlicher identifiziert werden kann als durch eine Beweisführung im Phantastischen.

Aber wir haben nichts gewonnen, sagte Gregor, und mit einem Blick zu den Spielautomaten: Was wir vorgelegt haben – drei Entwürfe; was wir gewonnen haben – drei Wahrheiten, die zu nichts verpflichten. Wir können hier sitzen und erzählen, solange wir wollen: dies Paar da drüben wird seine eigene Geschichte behalten, und dieser werden wir uns nie nähern, auch mit geduldiger Erfindung nicht.

Darauf kommt es ja nicht an, sagte Klimke, was wir versuchen – mit Hilfe der Phantasie die begrenzten Muster zu finden, in denen sich Wirklichkeit erschöpft. Erfahrungssätze, die für uns alle verbindlich sind.

Aber das, sagte Gregor, kann man doch erst feststellen, wenn man die andere Seite gehört hat. Ich meine: Erfindung muß in jedem Fall durch Realität beglaubigt werden. Was wir jetzt einfach brauchen, ist die wirkliche Geschichte dieser beiden, denn sie ist ja bisher nicht erzählt.

Klimke lächelte, und dann rieb er sich die Hände und sagte: Ich wette, daß etwas aus unseren Geschichten auch auf die beiden zutrifft – eine Stimmung, eine Hoffnung oder eine Erfahrung.

Los, mein Alter, sagte Gregor zu mir, geh rüber und nimm ihnen die Beichte ab. Klopf mal auf den Busch. Das müssen wir wohl schon gemeinsam tun, sagte ich. Nein, sagte Klimke, zu dritt, das wirkt einschüchternd, eine Bedrohung. Sie sollten es wirklich allein versuchen.

Sie blickten mich aufmunternd und dringlich an, so lange, bis mir nichts anderes übrigblieb, als aufzustehen und hinüberzugehen zu dem Burschen, von dem ich bereits ein dreifaches Bild hatte. Er warf eine Münze in den Automaten, gewann, ich gratulierte ihm. Danke, sagte er, das macht den Kohl nicht fett, insgesamt hab ich verloren. Vermutlich nahm er an, daß ich mitspielen wollte, denn mit einer kurzen, einladenden Handbewegung überließ er mir den Rotamint-Automaten. Während ich nach einem Einstieg suchte, kam er mir mit einer Frage zuvor; leise, zu unserem Tisch hinnickend, wollte er wissen, ob das Schwergewicht mit dem Nikolausbart zufällig Gregor Bromm sei, der Schriftsteller. Ja, sagte ich, das ist er, und der Bursche darauf: Bromm ist mein Mann, der hat wirklich was los, und sein Roman ›Haut auf dem Markt‹ hat mir sehr gefallen. Ich nickte, druckste, wollte ansetzen und wagte es nicht; doch immerhin fragte ich ihn, ob der »Letzte Anker« seine Stammkneipe sei. Der Bursche schüttelte den Kopf. Stammkneipe? Er sei zufällig hier hereingeschneit. Allein, fragte ich und er darauf: Allein, natürlich. Aber die Dame, sagte ich; doch ich vollendete nicht den Satz vor seinem verengten mißtrauischen Blick. Die Dame, sagte er langsam, ich habe sie hier kennengelernt, dagegen haben Sie doch nichts, oder? Was wollen Sie eigentlich von uns?

Ich entschuldigte mich, ging wohl etwas zu schnell an unseren Tisch zurück, kippte Gregors Glas und sagte in ihr aufforderndes Schweigen: Sie haben sich gerade kennengelernt, hier. Einen Augenblick sahen sie mich verblüfft an, und dann sagte Klimke: Na, und? Ich fühle mich keineswegs widerlegt. In der Möglichkeit haben wir recht behalten, und darauf kommt es ja wohl an – für uns.

1974

Fast ein Triumph

Aus einem Album

Mit dieser Postkarte beginnt es: hier die zerbröckelnde Mole, dahinter der stille Hafen, kaum Möwen, wie Sie sehen, eine Zollbude, die seit Jahren vernagelt ist, und das kleine Schwimmdock neben dem Dückdalben ist wohl für immer geflutet, zumindest erzählte Ihr Vater, daß die Flutkammern untauglich geworden waren, ach, der alte Eddie, ich meine: Ihr Vater, der hier auf dieser krummen, verworfenen Holzbrücke stand – an der früher, in betriebsamer Zeit, die Fähre anlegte – und noch nicht ahnte, was sein unscheinbarer Aufbruch für ihn und für andere bedeuten würde. Hier, sehen Sie, an dieser gespannten Leine war das Boot festgemacht, das er auf eine Anzeige gekauft hatte, zum Spottpreis, nach zähen, verdrießlichen Verhandlungen, wie Eddie mir und allen anderen hundertmal versichert hat. Noch bei Dunkelheit war er von zu Hause aufgebrochen, zuerst zu Fuß, dann mit dem Bus und schließlich wieder zu Fuß, bis er hier in dem ausgestorbenen Hafen stand und gleich nach seinem Boot Ausschau hielt, das er in Empfang nehmen und allein überführen wollte, um die Kosten zu sparen: ein verklinkertes Boot mit betagtem Zweitaktmotor, zum Rudern eingerichtet – Ihr Vater und das Boot waren in gleichem Alter –, und die mittlere Ducht konnte den Mast aufnehmen für ein Hilfssegel. Aber das werden Sie gleich deutlicher erkennen.

Ja, da haben wir's: ein frühes Bild der »Silke«, unter neuem, perlgrauem Anstrich, der winkende Mann im dunklen Pullover – an der Pinne, sehen Sie? – ist der alte Besitzer, von dem Ihr Vater das Boot erworben hatte; eine Original-Photographie. Alles, Eddie hat alles zusammengetragen, was seinen Triumph bebilderte und bewies oder auch nur in entlegenem Zusammenhang mit ihm stand, und selbst als sein Album voll war, hörte er nicht auf, an Leute und Redaktionen zu schreiben, auf der Suche nach unbekannten Ansichten und Dokumenten. Da drüben unter seinem Kopfkissen hat er es aufgehoben, kein Tag, an dem er es nicht hervorholte und brütend durchging, ungewiß, furchtsam auch, als erwartete er Einsprüche oder Widerlegungen, gegen die er sich beizeiten absichern müßte. Die Prüfungen endeten jedoch ausnahmslos mit trotziger Zufriedenheit, wenn Sie wissen, was ich meine – und meist zog er danach los, das Album unter den Arm geklemmt, zog von Zimmer zu Zimmer und tischte unseren Leuten auf, was sie bereits auswendig kannten und offenbar dennoch nicht müde wurden, ein weiteres Mal zu hören. Wenn ihm etwas entfallen, wenn ihm der Faden gerissen wäre: ich glaube, so mancher hier im Altersheim hätte ihm dann das Stichwort geben können. Ja, so also sah in früherer Zeit die »Silke« aus, die Ihr Vater gekauft hatte und nun nach Hause überführen wollte – an der mittleren Ducht erkennen Sie den eisernen Haltebügel für den Mast –, und hier auf dem Fischkasten sitzt die strickende Frau des alten Besitzers, sie hat dem Boot ihren Namen gegeben; alles, meinte Eddie, was sie zum Leben zu sagen hatte, hat sie in Schals und Pullover und Strümpfe hineingestrickt.

Hier, dieser Farbdruck stammt aus einem Prospekt. Sie sehen den mageren Strand, Findlinge, dann die nierenförmige Halbinsel, um die herum ein gestrichelter Kurs führte, sein Kurs, den er zu nehmen gedachte, als er von der Holzbrücke in sein Boot hinabkletterte an einem verhangenen Morgen. Diese Sonne hatte er nicht, diese schmerzende Helligkeit, obwohl die See, wie wir alle nun wissen, an jenem Morgen träge und wie gedämmt war, nur ein mächtiges, ruhiges Heben aus der Tiefe, so sagte er, ein Tag, wohl geeignet zur Überführung des gerade erworbenen Bootes. Wenn er gewußt hätte, für welch lange Zeit er das Gespräch an der Küste beleben würde, er hätte es wohl gern gehabt, wenn ein Photograph zur Stelle gewesen wäre, um aus jedem Augenblick ein Fenster zu machen, ein Fenster auf seine Tat. Elf Seemeilen hatte Ihr Vater für die Fahrt errechnet, hier aus dem Hafen heraus, nordwärts in Sichtweite des Strands, und dann um die Halbinsel herum und bis zum alten Buchenwald, der die Küste besetzt hält, nach Hause.

Und hier nun dieser dunkle, weitläufige Schuppen, zu dem eine schmale Schienenspur hinaufführt, die bewachsene Slipanlage; Sie werden sich fragen, was die zu bedeuten haben. In unserm Haus könnte Ihnen jeder sagen, daß Eddie sich dorthin wandte, nachdem es ihm nicht gelungen war, den Zweitaktmotor anzuwerfen; fast eine Stunde hatte er damit zugebracht, den Motor unter dem klotzigen Holzgehäuse zu starten, hatte ihn mit Zange und Schwedenschlüssel zu bearbeiten versucht, aber außer einem heiseren Fauchen gab er nichts von sich, was Ihren Vater weder erbitterte noch zur Verzweiflung trieb; denn in seiner Gerechtigkeit gestand er sich ein, daß er bei dem unerhörten Spottpreis, auf den er den Verkäufer gedrückt hatte, einen allzeit funktionstüchtigen Motor einfach nicht erwarten durfte. So beratschlagte also Eddie sich mit sich selbst und ging dann zu diesem Werftschuppen hinauf, um sich nach dem Preis für eine Überführung seines Bootes zu erkundigen, fürs Schleppen; die Summe, die ihm von einem bereitwilligen Mann genannt wurde, verschlug ihm den Atem; sie lag, sagte Ihr Vater, bei einem Viertel des Kaufpreises. Sie kennen seine Sparsamkeit, wissen vermutlich auch, wie stolz er auf seine Sparsamkeit war, und deshalb wird es Sie nicht wundern, daß er das Angebot des Mannes, den er vergeblich zu drücken versucht hatte, schließlich ausschlug.

Nie habe ich einen gekannt, der so sparsam war wie Eddie; wenn er sich aus Versehen zuviel Salz aufs Ei streute, suchte er die Krümel einzeln ab und gab sie dem Fäßchen zurück; ich weiß, was ich von meinem Zimmergenossen sage.

Hier, auf dieser undeutlichen Photographie, haben Sie Ihren Vater in seiner »Silke« beim Verlassen des Hafens; er rudert mit gebrauchten Riemen, die er für einen Garantiepreis geliehen hatte; denn er hatte sich nicht entschließen können, weder ein Paar neue noch diese gebrauchten Riemen mit ihren abgewetzten Ledermanschetten zu kaufen. Eddie merkt nicht, daß er photographiert wird, vom Sohn des Werftmeisters übrigens, der weniger ihn als vielmehr den Hafen aufs Bild bringen wollte in einem Augenblick, in dem sich alles zu sammeln schien in bedrohlicher Ruhe. Doch wenn er auch nicht merkt, daß er photographiert wird, so fühlt er doch wohl, daß man ihn beobachtet, ihn, den sie an diesem Stück der Küste nur den Artisten nannten, mit gleichbleibender Geringschätzung – aber das wissen Sie vermutlich. Auch der Werftmeister hatte ihn seine Geringschätzung spüren lassen, zumindest aber seine Nachsicht: mehrmals fragte er Eddie, ob er tatsächlich vorhabe, das schwere Boot rudernd um die Halbinsel zu bringen, durch die gegeneinanderlaufenden Strömungen dort, und als Ihr Vater sagte: Was issen dabei?, soll der Werftmeister geantwortet haben: Eben, was issen dabei für einen Artisten. Da Eddie noch nicht über die Riemen verfügte, unterdrückte er jede weitere Bemerkung, er hatte ja auch genug zu tun, um seine Erbitterung niederzuhalten und die steigende Wut. Sein Ruf jedenfalls, unter dem er zu Hause schon genug litt, hatte ihn auch hier eingeholt, und als der Werftmeister ihn darauf hinwies, daß bisher noch kein Einheimischer zu solch einem Unternehmen aufgebrochen war, will Ihr Vater geantwortet haben: Dann wird's Zeit. Eine flaue, hinterhergeschickte Warnung überhörte er.

Und das ist ein Bild der angewinkelten Außenmole, auf der Spitze das rotweiße Blinkfeuer, das auch damals schon außer Betrieb war, als Eddie in die graue, ermattete Einöde hinausruderte.

Hier nun, sonntäglich vertäut – nein, ich hab etwas überschlagen; zunächst kommt noch eine besondere Seite, eine Zeichnung der kleinen Bucht, an der er lebte, das Ziel seiner Fahrt, hier; den lang hinausgezogenen Steg, den er eigenhändig gebaut hatte und an dem sein Boot einen ruhigen Liegeplatz finden sollte, können Sie nicht sehen, denn diese stümperhafte Zeichnung wurde vorher angefertigt – schauen Sie nur diese explodierenden Buchen –, von einem Wandermaler. Ihr Vater ließ sich die Ansicht schenken. Da drüben, auf der Steilküste, Eddies Kate, Schwemmholz türmt sich an der Seite, an Beerensträuchern hatte er genug. Ich brauche Ihnen ja nicht zu sagen, warum er für sich leben mußte an diesem Ort, sie wollten ihn einfach nicht annehmen nach seiner Rückkehr, nicht annehmen. Kann sein, daß er sich zu überlegen aufführte und mit zu vielen unerbetenen Ratschlägen um sich streute. Kann sein, daß sie ihm das Beispiel neideten, das er ihnen gegeben hatte, ich meine: das Beispiel des Entkommens; denn wenn sie auch seinen Weg nicht verfolgten, so wußten sie doch – oder mußten es sich sagen –, daß er es draußen geschafft hatte; Eddie, der Artist, Spezialität Kraftakte. Sie gingen einfach auseinander, wenn er zu ihnen trat, ohne ein Zeichen, ohne Verständigung auseinander. Ich vermute, sie ließen ihn stehen und wiesen ihn ab, weil er ihnen durch seine besserwisserischen Reden die Fragwürdigkeit ihrer Gewohnheiten bewies. Sehen Sie nur die Buchen: Eddie war der einzige, der keine Erlaubnis besaß, Bruchholz zu sammeln nach den Herbststürmen.

So, und nun, sonntäglich vertäut, der Hochseekutter »Anja«, gefirnißtes Steuerhaus, wie Sie erkennen, Funkpeil-

Anlage, starke Winschen. Eddie war nach eigener Schätzung zwei Seemeilen gerudert, als ihm die »Anja« auf Kollisionskurs entgegenlief, sie lief äußerste Kraft, ihre Bugsee ein Schäumen, ein Phosphoreszieren, sagte Ihr Vater, bei ihrem Anblick wußte er wieder, wo oben war in dem grauen unermeßlichen Raum. Er hat dieses Photo der »Anja« eingeklebt, weil ihre Männer die letzten waren, mit denen er nach seinem unerhörten Aufbruch sprach, etwa zwei Seemeilen vor der Küste, während der Hochseekutter beigedreht hatte und ein Decksjunge ohne Auftrag eine Leine aussteckte, einfach in der Annahme, daß Eddie sie aufnehmen und festmachen und sich dann in den Hafen zurückschleppen lassen würde. Ihr Vater fischte die Leine nicht auf, er hockte ruhig in seinem Boot, das korkengleich torkelte in den auslaufenden Wellen des Kutters, dann an der Bordwand entlangschrammte, so daß er einen Riemen einholen mußte. Hier, aus diesem Steuerhaus rief ihn der Kuttereigner an, ein unwirscher Mann, den Eddie vom Sehen kannte; der Eigner wies nur mit dem Daumen hinter sich auf die See hinaus, geradeso, als bereite sich da etwas vor, etwas nie Erlebtes, etwas Unabsehbares, dem man eben noch entkommen könnte, und er drohte Ihrem Vater: Nimm die Leine, Dorschkopp, mach die Leine fest, wir schleppen dich zurück. Jeder bei uns weiß, daß Eddie die achteraus hängende Leine vielleicht aufgenommen hätte, wenn der Kuttereigner nur schweigend gewartet hätte, doch in seiner Ungeduld raunzte er: Die Leine, du Artist! Da legte Eddie die Riemen aus und zog sie langsam durch, ebenmäßig, trotzig. Er sagte, das Boot wurde mit ungeheurer Sanftheit emporgetragen, er hatte das Gefühl, über eine verhalten dünende Ebene dahinzugleiten.

Die ganze Zeit, in der ich mit Ihrem Vater ein Zimmer teilte, hielt er dieses Album unter seinem Kopfkissen verwahrt – sehen Sie, wie verdrückt und verbogen die Seiten sind –, er lieh es nie aus, gab es nicht ein einziges Mal aus der Hand, immer bestand er darauf, es selbst aufzublättern und alles zu erläutern mit düsterer Genugtuung. Hier, sehen Sie dieses Photo, ich weiß nicht, woher er es hat, die Wolken sind heruntergekommen, eine Wand von nebelgrauen Fäden über der See, die sich bald zu schmutzigen lappenähnlichen Gebilden verformten – so sagte Eddie –; schwefliges Licht und ein brutales, anschwellendes Brausen; er konnte beobachten, wie der Horizont zum Offenen hin sich tintig einfärbte. In Bahnen fegte der Wind übers Wasser, fegte sich glatte Streifen in die geriffelte Fläche hinein. So, genau so hat er's wahrgenommen, als er, die Küste immer noch in Sichtweite, seinen vorgegebenen Kurs ruderte und zuerst nur spürte, wie das Boot die Luftstöße auffing. Hier mußt du dir die »Silke« denken, sagte Ihr Vater zu mir, unter dem gleichen Himmel.

Und hier das Bild einer Jacht, die nicht allzuweit von Eddie entfernt stand, eine Luftaufnahme aus geringer Höhe, die Besatzung mußte das Schiff in den Wind schießen lassen, um das letzte Segel zu bergen.

Sehen Sie nur, wie das glimmt, wie es nach dem Wellensturz kochend aufschäumt an vielen Stellen, so als sei ein Regen von Geschoßsplittern niedergegangen, ein geborstenes Schrapnell. Ihr Vater stand ostwärts, näher zur Küste hin, die sich ihm aber längst entzogen hatte und unsichtbar geworden war; er hatte die Orientierung bereits verloren, als der unterseeische Tumult entstand, wie er sagte, als die gedämmte, nur hier und da geriffelte Ebene, über die er hinruderte, sich schlingernd verzog und mächtig aufwarf und zuerst nur kurze gedrungene und dann immer längere Wellen aus sich herausbrachte. Die »Silke« trudelte und nahm Wasser über, doch mit seiner Kraft brachte er sie gegen die anlaufenden Seen und hielt sie, unentwegt rudernd; nur wenn es ihn hinauftrug auf einen zerrissenen

Wellenkamm, hob er die Riemen an, verharrte, bis er hinabgeschossen war in ein brodelndes Tal; da zog er, gegen die Fußleiste gestemmt, wieder durch. In diesem Augenblick, sagte er uns, schwappte das Wasser schon knöchelhoch durch das Boot.

Das ist die Ansicht des Seenot-Rettungskreuzers »Hinrich Luusen«, ein Veteran an der Küste, ohne Tochterboot noch, einer der ersten unsinkbaren Kreuzer, die sich mit jedem Wetter anlegten. Hier liegt er gedrungen und unscheinbar im Hafen – später werden Sie ein anderes Bild von ihm sehen, ein Pressephoto. Eddie, Ihr Vater, wußte nicht, daß der Eigner der »Anja« Radio Küste verständigt hatte und daß auf seine Meldung der Rettungskreuzer sogleich ausgelaufen war, um den einsamen Ruderer zu suchen. Der hatte sich darauf verlegt, den Bug seines Bootes in den Wind zu halten, unter wütenden Schauern, die ihn gerbten und walkten, um ihn herum flogen Gischtfahnen, manchmal, sagte Eddie, warf es ihn so tief hinab, daß er glaubte, auf dem Meeresgrund aufzuschlagen. Er fragte nicht nach seinem möglichen Standort. Stellen Sie sich vor: Ihr Vater, der uns mehr als ein Rätsel aufgab, will zu dieser Zeit eine unverhoffte Genugtuung empfunden haben, eine Genugtuung, die wuchs und die ihm Ausdauer verlieh; dort draußen in all der Empörung erkannte er ein begrenztes Ziel für sich. Ach, Eddie, der Kraftakt, den er zum besten gab, lief unter dem Titel »Auf Biegen und Brechen«.

Hier ein Amateurphoto, das er entweder selbst gemacht oder in Auftrag gegeben hat: ein zerbrochenes Ruder im Sand, die Stücke beispielhaft hingelegt, helle splittrige Bruchstelle – man könnte vermuten, eine naheliegende allegorische Zusammenfassung, dekoratives Scheitern, nicht wahr, aber von Eddies Unternehmen nimmt es nichts vorweg, es bezeugt nur, was geschah, als das Boot unter einem Windstoß krängte und er genötigt war, den Riemen gegen übermäßigen Druck einzuholen. Er brach nicht beim Rudern. Er brach unmittelbar hinter dem Blatt, als der Ausläufer einer Sturzsee ins Boot schmetterte und Ihren Vater von der Ducht warf, so daß er mit dem Gewicht seines Körpers auf den eingeklemmten Riemen fiel. Sehen Sie noch einmal die Bruchstelle. Bedenken konnte er sich nicht, mit einer Holzschaufel schöpfte er das hereingebrochene Wasser aus, kniend und hin und her geschleudert, mit der Breitseite zur anlaufenden See treibend. Obwohl er noch nie ein Segel gesetzt hatte und, wie er selbst zugab, nicht einmal wußte, wie ein Boot unter einem Hilfssegel geführt werden muß, entschloß er sich, den Mast aufzurichten; nach mehreren Versuchen stemmte er ihn in den Ausschnitt der mittleren Ducht hinein und sicherte ihn mit dem eisernen Haltebügel. Es gelang ihm auch, den wasserdichten Kasten aufzuwuchten, der das Hilfssegel barg und Werkzeug und einen Satz Handfackeln, doch als er den rostroten, imprägnierten Stoff weit genug herausgezerrt hatte, fiel ihn eine Bö an, fing sich in ihm und riß ihn über Bord. Er sah, wie sich das Segel sofort einschwärzte und davontrieb. Wir, die ihn gekannt haben, trauten ihm zu, daß ihn in seiner Einsamkeit ein eigensinniges Frohlocken erfüllte: zu ahnungslos, um sich selbst aufzugeben, vergaß er auch jetzt nicht das Ziel, glaubte beharrlich an die veränderte Macht eines Beweises. Ein vorgefaßtes Bild brannte in ihm.

Dies ein Ausschnitt aus einem bebilderten Spendenaufruf: »Seenot-Rettungskreuzer im Einsatz«; hier müssen Sie schauen, gleich wird das Boot aus dieser Schmettersee hervortauchen, sich schütteln, das rollende Gebirge annehmen und sich emportragen lassen. Vorn am Turm die großen Suchscheinwerfer.

Hier eine Postkarte: Sturm. In solcher Dunkelheit, unter ähnlichem Drohhimmel trieb die »Silke« ruderlos in der See, das Boot hatte so viel Wasser übergenommen, daß die

Stücke des Riemens und die Holzschaufel aufschwammen und der Kasten, der das Hilfssegel enthalten hatte, zu rutschen begann. Ihr Vater klammerte sich an eine Ducht, später seilte er sich an. Das Boot lag jetzt tiefer im Wasser, hatte, wie es Eddie vorkam, durch das zusätzliche Gewicht eine beruhigende Trägheit gewonnen, die dem Mann ein Gefühl der Sicherheit gab. Er hat es uns so nicht gesagt, aber die Leute hier im Heim zweifeln nicht daran, daß seine Selbstzufriedenheit zunahm, je länger er sich behauptete; wenn er hier durchhielte, würde er es ihnen zeigen können, er, der Artist. Vielleicht – ich kann das nicht entscheiden – fühlte er sich da schon in der Nähe eines Triumphs, Eddie, mit seinem Hunger nach Anerkennung.

Wie angekündigt, hier noch einmal der Rettungskreuzer »Hinrich Luusen«; dieses Photo mit Text hat Ihr Vater aus einer Zeitung ausgeschnitten, aber das erkennen Sie ja. So sah der Kreuzer aus nach seiner Sturmfahrt, so zerschlagen, verwüstet – nach seiner Suchfahrt, die Eddie galt. Ich möchte Sie darauf aufmerksam machen, daß die Flagge am Heck auf halbstock steht. Das Licht dieser Suchscheinwerfer lief über das Wasser, Eddie nahm es immer wahr, wenn er auf den Kamm einer Welle hinaufgetragen wurde, er sah deutlich die unruhig kreisenden Lichtarme, die sich überschnitten und heftig wegwanderten und wieder zusammenfanden, obwohl, wie er sagte, keine entschiedene Dunkelheit herrschte; mitunter trafen Lichter die herabgekommenen Wolken. Er schöpfte, er stand bis zu den Waden im Wasser und schöpfte; den Mast, so erzählte er uns, hatte er noch vor dem Erscheinen des Rettungskreuzers umgelegt. Daß die Suche ihm galt, will er sofort gewußt haben; bei dem Versuch, durch Winkzeichen auf sich aufmerksam zu machen, wurde er gegen das kantige Holzgehäuse des Motors geschleudert und verharrte eine Weile gekrümmt auf allen vieren. Die Handfackeln; warum er nicht die Handfackeln nahm, wollten hier alle von ihm wissen – ihr weithin wahrnehmbarer Schein, der sich ja gegen alles behauptet, hätte ohne Zweifel den Rettungskreuzer herangeführt –, worauf Ihr Vater immer nur die Achseln zuckte und den Leuten versicherte, daß sie sich als unbrauchbar erwiesen hätten, nicht alle, aber doch die ersten beiden, die er anzünden wollte.

Ach, Eddie, aus seinen nächtlichen Selbstgesprächen weiß ich, daß er die Handfackeln nicht berührt hat, daß er vielmehr in seinem Boot kauerte, das Gesicht an die Ducht gedrückt, und wenn er vielleicht auch nicht wünschte, unentdeckt zu bleiben, so tat er doch wenig oder nichts, um von dem wandernden Schein gefunden zu werden. Was er für diese Zeit zugegeben hat, war seine Furcht, daß die »Silke« umschlagen, kentern könnte.

Als die Suchscheinwerfer des Rettungskreuzers plötzlich erloschen – sie entschwanden und verloren sich nicht allmählich in der Weite, sondern setzten jäh aus, wie abgeschaltet –, will er nur angenommen haben, daß die Suche nach ihm aufgegeben war. Daß eine nie erlebte Sturzwelle den Kreuzer unter sich begrub und einen Mann der Besatzung mitnahm, hat er erst mehrere Tage später erfahren.

Hier eine Luftaufnahme der nierenförmigen Halbinsel; der gestrichelte Kurs ist der, den Ihr Vater zu nehmen gedachte, der gepunktete – ein Ergebnis eigener Schätzungen und Mutmaßungen – zeigt Ihnen, wie weit Sturm und Strömung das Boot versetzten; diesen vermeintlich wirklichen Kurs hat Eddie offenbar mehrmals korrigiert. Sehen Sie nur, wie weit es ihn forttrug, hier, in diesem Gebiet hat die »Hinrich Luusen« ihren Mann verloren, bis dorthin muß ihn also die See verschlagen haben, die zu ausdauernden Schlägen anrollende See. Er saß jetzt im schwappenden Wasser, das die »Silke« übergenommen hatte, schöpfte und beobachtete, was aus der fleckigen Dunkelheit anlief – so sagte er –, was anlief und wie es mit Verzögerung in sich selbst zusammenbrach. Eddie versicherte uns, daß er die Ruhe aufbrachte, um hinter die Entstehung der gesammelten Wut zu kommen, in der er trieb und torkelte und geschüttelt wurde. Als einer hier ihm sagte: War wohl seinen Preis wert, dein Boot, antwortete Ihr Vater ihm: Ob du's glaubst oder nicht, damals nahm ich mir vor, dem alten Besitzer den Kaufpreis noch einmal zu überweisen.

Sehen Sie, er trieb hier auf die drei Sandbänke zu, geriet da wohl in Strömungen, die ihn versetzten, und ein umspringender Wind drückte ihn so weit zurück, daß er nördlich der Halbinsel, also hier etwa, zum ersten Mal nach siebzehn Stunden wieder Land erkannte, das heißt, er entdeckte nicht mehr als einen dunklen Strich, das war der Schilfsaum des Noors. Ich zweifle nicht, daß unser Eddie sich da in seiner Besessenheit als Gewinner fühlte, und wenn nicht dies, so doch als Besitzer eines Erlebnisses, an dem er neu gemessen werden wollte.

Und hier nun der Hubschrauber der Seenot-Rettungsstaffel nach seiner Notlandung: ein Pressephoto. Sie müssen wissen, daß er gestartet war, um Ihren Vater zu suchen, er flog mehrere Schleifen bis zu den drei Sandbänken, sichtete eine gekenterte Jacht und ein leeres Floß und schwang dann zur Küste und patrouillierte sie hinab. Kein Zeichen von Eddie. Der Sturm hatte sich erschöpft; geschnittene Rundhölzer und zerbrochene Kisten und Astzeug und Flaschen torkelten und rollten in der Brandung, wurden von langen Wellen im Überkippen dem Strand zugeschlagen, von unterlaufendem Sog zurückgeholt und in neuem Anlauf über die Flutlinie geworfen. Als er in den Schilfsaum des Noors gedrückt wurde, glitt Ihr Vater ins Wasser – es reichte ihm bis zur Hüfte, war überraschend warm –, nahm das Tau, mit dem er sich festgebunden hatte, auf den Rücken und zog und zerrte das Boot tiefer ins Schilf hinein, zentimeterweise, wie er sagte. Er will ganz benommen gewesen sein. Was unsere Leute hier immer wieder wissen wollten: ob er denn nicht müde gewesen sei nach allem Aushalten und erzwungenem Wachsein. Eddie gab ihnen darauf zu verstehen, daß seine Kraft gerade noch ausreichte, das im nachgiebigen Schilf liegende Boot leer zu schöpfen; ob er dann sitzend oder auf den Bodenbrettern ausgestreckt eingeschlafen ist, konnte er selbst nicht mehr sagen. Das Schilf rauschte, es hechelte und schlug mitunter über ihm zusammen. In solch einer Erschöpfung fragt keiner nach Zeit; später allerdings schien ihm daran gelegen, die Zahl der Stunden zu ermitteln, die er in der Deckung des Schilfs zugebracht hatte, einer sicheren Deckung, die ihn – ich sag es mal so – davor bewahrte, vom Hubschrauber aus entdeckt zu werden. Klopfend zog die Maschine über ihn hinweg, er wurde wach, er stieg auf die Ducht, um sich winkend bemerkbar zu machen, das heißt, er wollte auf die Ducht steigen, um sein nasses Baumwollhemd zu schwenken, doch er konnte sich nicht schnell genug aus dem an der Haut klebenden Hemd pellen, und als er es endlich geschafft hatte, strich die Maschine schon zur Halbinsel hinüber. Hier also der Hubschrauber nach der Berührung mit einer Hochspannungsleitung, sehen Sie den aufgebogenen, verdrehten Rotor, der Pilot wurde verletzt.

Das können wir überblättern: eine Ansicht des Noors, der tiefe Einschnitt der See, dunkel hebt sich der schlammige Grund darauf ab, sehen Sie die vielen Vögel im flachen Wasser, dort der ewig gewalkte Schilfsaum, der Eddie und sein Boot verbarg.

Hier, ja, hier nun ein Photo der »Silke«, sie ist vertäut an dem Steg, den Ihr Vater eigenhändig gebaut hat; beachten Sie die ungleichen Riemen. Das Behelfsruder konnte Eddie sich mit Hilfe des Werkzeugkastens zimmern, er tat es in seinem Versteck, brachte ein angeschwemmtes Stangenholz auf die nötige Länge, nagelte dieses verkürzte Brettstück an und umwickelte es zur Sicherheit mit Kupferdraht; und mit dem heilen Ruder, das ihm verblieben war, und dieser selbstgemachten Wasserschaufel machte er sich auf die letzte Etappe des Weges, nachdem es ihm gelungen war, das Boot aus der Umklammerung des Schilfs zu zerren und zu stoßen. Ruhig war die See, Eddie sagte: sie empfing ihn wie verausgabt, trübe und sandfarben unter der Küste, mit ermattetem Schnalzgeräusch, nur in der Weite erhielt sich ein Brausen. Er ruderte barfuß, mit nacktem Oberkörper, er ruderte parallel zur Küste und so, daß er verschont wurde von der schwach anlaufenden Brandung. Leider gibt es kein Bild von der letzten Strecke seiner Fahrt, doch ich bin sicher: wenn es eins gäbe, es wäre das Bild eines selbstzufriedenen, eines heiteren und womöglich hochgestimmten Mannes, der schon seine Vorwahl traf unter den Auskünften, die er würde geben müssen. Mir gestand er, daß er sich da noch nicht schlüssig war, wie er sich nach seiner Heimkehr verhalten sollte. Aus einem seiner nächtlichen Selbstgespräche erfuhr ich, wieviel ihm daran lag, es ihnen zu zeigen, es ihnen einmal und für immer zu zeigen. Er ruderte gemächlich, und wie ich Eddie kenne, war er sich der Herausforderung bewußt, die er für jeden darstellte, der von Land aus die See absuchte nach Zeichen und Spuren des gerade zu Ende gegangenen Tumults; er war der erste weit und breit, der sich wieder hinausgewagt hatte.

Dies ein Photo des Mannes, der zur Besatzung des Rettungskreuzers gehörte und von einer Sturzsee außenbords gerissen wurde; ein Zeitungsausschnitt, hier die Lebensdaten. Lesen Sie, was Ihr Vater an den Rand geschrieben hat: Alles Erlebte verwandelt sich. Zu mir sagte er einmal: Auf einmal merkst du, daß dir das, was du erlebt hast, nicht mehr allein gehört.

Hier nun ein Sommerbild der Bucht, trocknende Netze am Strand, alte Männer, rauchend, vielleicht herrscht Feierabend. Als Ihr Vater, seit anderthalb Tagen überfällig, am Saum der Bucht entlang heranruderte, waren nur zwei Jungen am Strand, die prüften und bargen, was der Sturm ihnen gebracht hatte. Sie erkannten ihn sofort und streckten langsam ihre Körper und standen reglos da, gleich den Trokkenpfählen; Ihr Vater sagte, eine Erscheinung hätte sie nicht fester anlöten können. Er war sicher, daß sie gleich auf den Holzsteg hinausstürzen würden, und er sah sich schon sitzen unter einem Regen von Fragen, doch plötzlich, noch bevor er das Tau in die Hand genommen hatte, lösten sie sich aus ihrer Starre und rannten davon zu den Hütten, den Katen. Zeugenlos legte Ihr Vater an und nahm sich sehr viel Zeit, sein Boot zu vertäuen; eine Weile saß er auf seinem Steg, ich möchte annehmen: er wartete. Den Mast der »Silke« lud er sich nur deshalb auf, weil er ihn, wie er uns erklärte, vor seiner Kate stehen haben wollte.

Und auf dieser Ansichtskarte erkennen Sie den Weg, den er damals mit dem Mast auf der Schulter gegangen ist. Die einzelnen Häuser, sehen Sie, jedes für sich, voll von Mißgunst und bitterem Verdacht – wie Eddie uns unentwegt versicherte. Er will leicht gegangen sein, seine Ankunft war gemeldet, am Mast baumelten seine zusammengebundenen Schuhe. Kein Haus, aus dem sie nicht vor die Tür traten bei seiner Annäherung. Sie traten nur vor die Tür, ohne bis zum Weg vorzugehen, keiner rief ihn an. Einen Augenblick war Ihr Vater versucht, das Schweigen, die Entgeisterung und Fassungslosigkeit für einen Ausdruck der Verblüffung zu halten, er lächelte einigen zu, bereit, stehenzubleiben, Auskunft zu geben, doch wen sein Blick traf, der wandte sich ab und ging ins Haus hinein, wie verletzt. Eine gewisse Art von Staunen, die er auf einigen Gesichtern fand, konnte er sich bis zuletzt nicht erklären. Hinter ihren Fenstern sah er sie reden, heftig, mit den gleichen wegwerfenden Gesten; sobald sie hinter den Fenstern waren, fanden sie ihre Sprache wieder. Und hier wird der Weg zum Pfad, der zu Eddies Kate hinaufführt. Ihr Vater wandte sich nicht um, er schleppte den Mast vors Haus, warf ihn ab und ließ sich auf die Holzbank fallen. Weit reicht von dorther der Blick über die Bucht und auf die freie See. Daß er die Kate auch deswegen verkauft hat, um die Rechnungen für Hilfeleistung bezahlen zu können, wissen Sie ja.

Hier, zum Schluß, noch einmal das Boot, die »Silke«. Ihr Vater gab sie dem alten Besitzer zurück, kostenlos; auch er ist jetzt bei uns hier im Heim, der Alte mit dem tabakbraunen Bart, er war Eddies geduldigster Zuhörer, sein bedachtsamster. Aber sooft er die Geschichte auch über sich ergehen ließ, man hörte nie einen anderen Kommentar von ihm als: Du hast einen Fehler gemacht, Eddie, du hast alles überlebt. Sie können selbst mit ihm sprechen, er wohnt gleich nebenan; und hier ist das Album, das ich Ihnen persönlich geben sollte; so wollte es Ihr Vater.

1981

Die Bergung

SIE Mach ruhig das Licht an.
ER Du bist noch nicht im Bett?
SIE Ich hab gewartet.
ER Es muß gegen drei sein.
SIE Ich hab Übung.
ER Die Kinder?
SIE Hab ich dich richtig verstanden? Fragtest du nach den Kindern?
ER Hör schon auf ... Schau dir an, wie's draußen regnet ... Ohne Mantel – ich war bis auf die Haut naß geworden ... Hat Oswald Ärger gemacht?
SIE Die Gläser stehen immer noch da.
ER Was?
SIE Ich sagte, die Gläser sind auf der Anrichte. Du willst doch sicher noch etwas trinken.
ER Ich hab dich nach Oswald gefragt.
SIE Dein Onkel schläft, hoffentlich. Er wollte nicht mit uns essen ... Er hat sich eingeschlossen.
ER Warum?
SIE Warum? Er hat sein Zimmer auf den Kopf gestellt ... Dann erklärte er mir, daß er mit uns nichts mehr zu tun haben will ... Mehr weiß ich nicht.
ER Wir müssen nachsichtig mit ihm sein.
SIE Willst du nichts trinken?
ER Was ist los, Doris? Was ist los mit dir?
SIE Ich stell mir vor, daß es zu so einer nächtlichen Heimkehr gehört ... Der ermüdete Sieger kommt nach Hause ... Bei einem letzten Schluck bilanziert er den Tag ... Du kannst drei Tage bilanzieren.
ER Du fragst mich nicht, wie alles gegangen ist?
SIE Ich kenne deine Antworten.

Er Und warum wartest du auf mich? Warum hockst du im Dunkeln und wartest auf mich?

Sie Vielleicht – ich wollte sehen, wieviel noch übriggeblieben ist … Von dem Mann, den ich einmal kannte …

Er Werd nicht feinsinnig.

Sie Nimm die Zeitung … Leg dir die Zeitung unter, wenn du dich setzt … Es tropft aus dir.

Er Doris …

Sie Ich weiß, was du sagen willst.

Er Doris, ich muß dir etwas erklären.

Sie Du kannst dir's sparen.

Er Du hast keine Ahnung, was passiert ist.

Sie Die Frühjahrsstürme, vermute ich … Einmal waren die Herbststürme schuld, jetzt werden es die Frühjahrsstürme sein … Oder vielleicht ist es der Mahlsand … Irgend etwas hat dir mal wieder einen Strich durch die Rechnung gemacht.

Er Hör auf, so zu reden … Was hast du, verdammt noch mal?

Sie Ich seh dich an.

Er Du scheinst nicht zu begreifen …

Sie Doch, o doch …

Er Nein … Nichts.

Sie Warum, glaubst du, hab ich auf dich gewartet? Warum, hm?

Er Ich muß etwas trinken.

Sie Siehst du …

Er Was soll denn das?

Sie Jetzt entsprichst du dem Bild … Der »Fuchs der Küste« kommt nachts nach Hause und gießt sich einen ein … Auf die Beute … Auf alles, was gerade hinter ihm liegt … Sie nennen dich doch »Fuchs der Küste« … Weil – weil sie dir eben alles zutrauen.

Er Warum hast du auf mich gewartet?

SIE Sag, daß es nicht stimmt, Harry …

ER Was?

SIE Die Sparbücher der Kinder … Beide Sparbücher, die sie zur Taufe bekommen haben … Sag, daß du es nicht abgehoben hast, das Geld …

ER Doris …

SIE Keine Erklärungen … o Gott … Komm mir jetzt bloß nicht mit Erklärungen … Du hast es also abgehoben … Du hast es den Kindern weggenommen … Hast du vergessen, was wir uns versprochen haben, damals, vor sieben, vor neun Jahren? Ihre Taufgeschenke …

ER Nun hör mir mal zu. Keiner hat den Kindern was fortgenommen. Geliehen, kapierst du? Ich hab mir das Geld meiner Kinder geliehen … Der zweite Schlepper … Ich brauchte einen zweiten Schlepper, Doris, um das abgesprengte Vorschiff aus der Rinne zu ziehen … Wir hatten eine Rinne ausgekolkt … Der zweite Schlepper – sie wollten das Geld im voraus … Die Kinder werden es zurückbekommen.

SIE Meine Schläfen … Ich halt es nicht mehr aus.

ER Soll ich Tabletten holen?

SIE Nie … das hätte ich dir nie zugetraut.

ER Nun mal halblang … Ich hab doch wohl das Recht, mir bei meinen Kindern Geld zu borgen. Oder? In einem Augenblick, wo alles auf dem Spiel stand.

SIE Das ist widerlich, Harry … Das ist so widerlich.

ER Sag das nicht noch einmal.

SIE Ich werde dir noch etwas ganz anderes sagen.

ER Was willst du eigentlich? Du weißt doch, wozu ich das Geld brauche … Woran ich seit einem Jahr arbeite … Das weißt du doch … Herrgott noch mal, ich hatte soviel in die verdammte »Regina« investiert. Ich konnte doch nicht alles aufgeben … Hast du mir nicht selbst zugeraten, das Wrack zu kaufen … Denk mal dran …

Als der Mann aus London hier war, als er mir das Angebot für die »Regina« machte …

SIE Kein anderes Bergungsunternehmen war interessiert.

ER Weil die keine Einfälle haben.

SIE Der »Fuchs der Küste« wollte es ihnen zeigen …

ER Ich muß dir etwas sagen, Doris.

SIE Wie du die Kredite zurückzahlen willst? Und alles, was Mutter uns geborgt hat? Und die beliehene Lebensversicherung?

ER Du hast die Photos gesehen … Von der »Regina«, meine ich. Da auf dem Großen Sand … Ich hab dir vorgerechnet … Vielleicht hast du nicht zugehört … Das Schiff tat dir leid … das schöne Schiff, das auf den Großen Sand geraten war … Die vierzigtausend, die ich den Londonern bezahlt hab, waren nicht zuviel.

SIE Mir wird übel … Ich spüre, daß mir ganz übel wird.

ER Trink etwas. Soll ich dir ein Glas holen?

SIE Mutter hat mich gewarnt.

ER Wieder mal?

SIE Immer.

ER Früher hat dich auch dein Vater gewarnt … Beide haben sie dich gewarnt … zweistimmig.

SIE Sie hatten recht.

ER Tatsächlich? Soll ich dir wiederholen, was dein Vater mir sagte … damals, als wir eine gute Zeit hatten? Als wir dieses Haus einweihten? … Sei doch vernünftig, Doris … Wir hatten sehr gute Jahre, das weißt du … Als wir den Hafen von Riga geräumt hatten … Die alten Linienschiffe im Skagerrak, denk mal dran … Oder das havarierte U-Boot auf der Doggerbank … Keiner traute sich ran. Ich hab das Boot gehoben … Dein Vater hatte den Zeitungsbericht in der Hand … Dort am Fenster standen wir … Ganze Arbeit, sagte er, das war ganze Arbeit, mein Junge …

Das sagte der Mann, dem ein Lob nur alle Schaltjahre über die Lippen kam.

SIE Onkel Oswald vermißt seine Pfandbriefe.

ER Was willst du damit sagen?

SIE Seine Pfandbriefe sind verschwunden.

ER Sie verschwinden jede Woche einmal ... Die Pfandbriefe, die Sparbücher, die Brieftasche, sie spielen Versteck mit ihm. Zum Wochenende sind sie wieder da.

SIE Du hast dir auch von ihm Geld geliehen.

ER Hab ich's dir nicht gesagt? ... Du weißt, wie unser erster Schleppversuch ausging ... Ich mußte neue Trossen kaufen. Schau, Doris, als ich das Wrack der »Regina« erwarb, da wußten wir's noch nicht ... Wir glaubten, daß sie nur im Mahlsand festsaß ... Mit ihren sechstausend Tonnen im Mahlsand ... Hans und ich, wir sind beide unter Wasser gewesen. Wir haben alles untersucht ... Das hat keiner von uns entdeckt: die »Regina« saß nicht nur im Sand fest, sie hatte sich auch noch auf ein altes Wrack gesetzt, das seit neunzig Jahren dort liegt, die »Emmy Fassdorff«. Deshalb hatten wir keinen Erfolg bei unserem ersten Schleppversuch. Die Trosse brach.

SIE Harry, ich weiß alles ... Ich hab doch alles miterlebt ... Begreifst du denn nicht, um was es mir geht? Heute?

ER Du bist müde. Müde und überspannt.

SIE Mein Gott, nicht einmal das merkst du.

ER Was? Was meinst du?

SIE Daß ich nicht geweint habe ... Ich war so entsetzt, daß ich nicht einmal weinen konnte ... Weißt du nicht mehr, was wir uns versprochen hatten?

ER Nimm die Luft raus, Doris.

SIE ... bei der Taufe der Kinder ...

ER Sie werden zurückbekommen, was ihnen gehört ... Verdammt noch mal, ich werde ihnen sogar etwas dazulegen. Zufrieden?

Sie Auf einmal ist es weg, Harry … Die Sicherheit, dies Gefühl unbedingter Sicherheit … Es war das Schönste für mich, das Wichtigste … Sie konnten sagen über dich, was sie wollten … Mich konnten sie nicht erschüttern … Das war meine Festung: ich war deiner ganz sicher. Ich konnte es mir leisten, zu schweigen, wenn sie es auf dich abgesehen hatten … auf den »Fuchs der Küste«.

Er Sag bloß, ich hab nicht für euch getan, was ich tun konnte.

Sie Das ist nicht wahr.

Er Und mit wem habe ich alle Unternehmungen besprochen? Mit wem, hm?

Sie Seit drei Tagen ist es nicht wahr.

Er Ich versteh dich nicht … Wirklich, Doris, ich komm einfach nicht mehr mit.

Sie Wenn dein Bild in der Zeitung war … Immer wenn dein Bild in der Zeitung war nach einer gelungenen Bergung … Mutter las kaum den Text … Sie studierte immer nur dein Photo … Und immer sagte sie: Hoffentlich mußt du es nicht erleben – Harry hält sich an keine Regel. Wenn etwas auf dem Spiel für ihn steht, setzt er sich über alles hinweg … Ich wollte es ihr nicht glauben.

Er Jetzt weißt du also Bescheid.

Sie Im Grunde hast du alles für dich getan.

Er Träumst du? Sag mal, träumst du? Hast du vergessen, daß hier am Tisch der Ägypter saß, der ägyptische Reeder? Wer hat den Vorschlag gemacht, ihn zum Abendessen einzuladen? … Na, dämmert es bei dir? … Weißt du nicht mehr, wie du mich unter dem Tisch angestoßen hast, als er uns sechshunderttausend bot für das Vorschiff der »Regina«? Du hast ihm die Bilder der »Regina« gezeigt … Er wollte das Vorschiff als Ponton verwenden ... Aber das ist ja gleichgültig ... Wir waren gerade Eigentümer des Wracks, da kam dieses Angebot, dies einmalige Angebot ... Unsere Feier hinterher, als wir allein waren ... Hast du unsere Feier vergessen? Soll ich wiederholen, was du mir gesagt hast? Wer hat nicht schlafen können vor Freude, vor Erregung, wer? ... Und du sagst, ich hätte alles nur für mich getan ... Glaub mir, Doris, seit dem Tod meines Bruders, seit ich sein Bergungsgeschäft übernommen habe, hat es für mich keinen Tag gegeben wie diesen: auf einmal spürte ich, was Zufriedenheit ist ... Und um sie zu erhalten, nahm ich mir vor, an der »Regina« ganze Arbeit zu leisten, wie's dein Vater nannte. Ganze Arbeit.

SIE Darum geht es doch gar nicht, Harry.

ER Worum denn?

SIE Um deine Maßlosigkeit ... Du kennst keine Grenzen mehr ... Dein Ziel ... um dein Ziel zu erreichen, ist dir jedes Mittel recht ... Du kannst nicht aufgeben. Vielleicht ist es Stolz, vielleicht Besessenheit ... Vielleicht so ein Komplex ... Ich weiß nicht ... Du mußt einfach bis zum Letzten gehen, ohne Rücksicht.

ER Mach dir doch nichts vor, Doris ... Was du da redest, diese Beschuldigungen – auf so was kommt man in der Nähstunde ... In meinem Beruf mußt du durchhalten, das weißt du ... Aufgeben ... Du mußt doch wohl zugeben, daß ich uns nur deshalb soweit gebracht habe, weil ich niemals aufgebe.

SIE Hast du mal zusammengerechnet, wieviel du schon investiert hast? Seit einem Jahr zahlst du und zahlst du ... Noch hat sie sich nicht einen Zentimeter bewegt, deine »Regina«.

ER Doris, ich muß dir etwas sagen, etwas Ernstes.

SIE ... Zwölfhundert Tonnen Stahl, das ist alles, was du bisher rausgeholt hast. Dafür hast du einen Kran verloren ... Wenn du mich fragst: damals hättest du aufhören sollen.

ER Meinst du?

SIE Ja.

ER Bisher hast du's noch nicht ein einziges Mal gesagt ... Bisher warst du doch einverstanden damit, daß ich dranblieb ... Und was den Kran angeht: wir hatten uns auf den Wetterbericht verlassen. Keiner hat mit diesem Sturm gerechnet. Der Kran war zu schwer für unser Bergungsschiff ... Ah, wie du reden kannst ... Aber du hättest mal draußen sein sollen damals ... Wie mit Vorschlaghämmern, so bekamen wir es ... Der »Regina« wurde die Brücke zerschlagen.

SIE Ich halte es nicht mehr aus ... Meine Schläfen.

ER Hier, trink aus meinem Glas.

SIE Jetzt muß ich eine Tablette nehmen.

ER Wasser?

SIE Hab ich hier noch stehn ... Ich komm und komm nicht auf den Namen ...

ER Auf welchen Namen?

SIE Dieser Kapitän ...

ER Welchen meinst du?

SIE Der Jäger, der große Waljäger ... Er kennt nur ein Ziel. Er lebt nur dafür.

ER Ein Kapitän?

SIE Ein Opfer seiner Besessenheit ... Ahab ... Der Kapitän heißt Ahab.

ER Nie gehört.

SIE Manchmal ... Du hast etwas von ihm ... Ihr riskiert alles, euch zuliebe ... Nichts kann euch zur Aufgabe bringen ... Als ob ihr verfallen seid, ja ... Eurem Ziel verfallen ... Ich weiß, du hast deine eigene Ansicht ...

ER Du machst es dir leicht, Doris ... Hoffentlich merkst du, wie leicht du es dir machst.

Sie Widerstand, dich reizt der große Widerstand, hast du immer gesagt ... Bewährung: ein Lieblingswort von dir ... Es tut mir leid, Harry, aber es bedeutet mir nichts, gar nichts ... Wer Bewährung sucht, so wie du, der handelt egoistisch.

Er Du mußt schon genauer werden.

Sie Ich war dabei, als du deine Leute zusammengeholt hast. Hier, in diesem Raum. Alle fünf waren da, außerdem die drei Männer vom gekenterten Schlepper ... Die drei geretteten Männer ... Es war im Sommer, an der »Regina« bewegte sich nichts ... Zehn Tage wart ihr draußen gewesen. Eines Nachts ist der Schlepper gekentert ...

Er Es war ein Manövrierfehler ...

Sie Laß mich ausreden ... Ihr konntet die Männer retten, ja. Alle waren hier und hörten dir zu ... Du hast wohl gespürt, in welcher Stimmung sie waren ... Du mußtest sie bei der Stange halten, Mut mußtest du ihnen machen ... Aber das war nicht alles ...

Er Was noch?

Sie Du hast ihnen deine Rechnung aufgemacht – so nennt man das wohl ... Du hast sie eingeweiht ... ich sehe sie noch um dich herumsitzen mit gesenkten Köpfen ... Vielleicht dachten sie an das, was du ihnen schuldig warst ... um das sie fürchten mußten auf einmal ... Und plötzlich der alte Schlepperführer ... Ich höre noch, wie er sagte: Aussichtslos, Harry, bei der »Regina« ist alles aussichtslos; das Schiff bleibt, wo es ist ... Überlaß sie der See, Harry, das sagte er ... Er riet dir aufzugeben ... Und du, du wurdest nicht mal nachdenklich ... Du kamst ihm mit Bewährung ... Das Aussichtslose: eine Gelegenheit zur Bewährung ... So hast du sie überredet.

Er Immerhin, sie blieben bei der Stange.

SIE Du hast sie angesteckt.
ER Angesteckt?
SIE Mit deiner Besessenheit.
ER Davon verstehst du nichts … Wirklich, Doris, du verstehst einfach nicht, was einen Mann bewegt.
SIE Mach dich nicht lächerlich … Was einen Mann bewegt, wenn ich so was höre, krieg ich die Platze … Der große Einzelgänger, hm? Der einsame Kämpfer, der Weltveränderer – komm bloß nicht damit … Süchtig seid ihr, süchtig nach Bestätigung …
ER Denk an deinen Vater.
SIE Wieso? Was hat er damit zu tun?
ER Geht dir nichts auf? Sie nennen ihn »Katastrophen-Brüggmann«.
SIE Vater?
ER Hast du dich nie gefragt, was ihn bewegt, wenn er immer wieder kaputte Firmen kauft? – Firmen, die abgewirtschaftet haben, die vom Konkurs bedroht sind … Wo etwas zusammenbricht, erscheint der »Katastrophen-Brüggmann«, prompt … Erscheint und übernimmt die Reste zu Ramschpreisen … Längst könnte er sich zur Ruhe setzen, aber etwas bewegt ihn, weiterzumachen. Verstehst du, was ich meine?
SIE Ich merke, merke genau, worauf du anspielst … Das ist gemein, Harry.
ER Ich habe auf nichts angespielt … Erinnern, ich wollte dich nur daran erinnern, daß ein Mann seinen Weg geht – gehen muß.
SIE Das erste Darlehen hast du von ihm bekommen.
ER Unser Bergungsschiff trägt seinen Namen: »Walter Brüggmann«. Ich hab ihm ein Denkmal gesetzt … Und das Geld – er wird es zurückerhalten.
SIE Er war entsetzt.
ER Wer?

SIE Als du dieses Haus gekauft hast ... Ich hab es ihm erzählt.

ER Was?

SIE Wie du die Erbengemeinschaft ... Wie du die beiden Schwestern gegeneinander ausgespielt hast ... Ich hab es Vater erzählt. Er war entsetzt.

ER Tatsächlich? Hätt' ich ihm nicht zugetraut, dem alten Spezialisten. Er war also entsetzt ... Na, dafür wirkt *er* ja zum Wohle des Volkes.

SIE Das ist niederträchtig.

ER Es ist nur wahr ... Wo etwas leckschlägt, da erscheint der Retter und kauft zum Ramschpreis ... Läßt sich Staatsbürgschaften auszahlen, um bedrohte Arbeitsplätze zu sichern ... und saniert und saniert, bis Ruhe einkehrt, Friedhofsruhe. Von ihm können wir lernen, wieviel Havarien wert sind ... Mach dir nichts vor.

SIE Ich mache mir nichts vor ... Ich weiß nur: er hätte das nie getan.

ER Doris, versuch mal, ganz ruhig zu sein ... Trink etwas und hör mir zu ...

SIE Den Kindern wegzunehmen ...

ER Herrgott, nun halt doch mal die Luft an ... Entschuldige ... Du weißt nicht, wofür ich mir das Geld geliehen habe.

SIE Das interessiert mich nicht.

ER Wie soll es auch ... Dich interessiert nur, was dich selbst betrifft.

SIE Es gibt Dinge, die sind unantastbar.

ER Doris, wir hatten einen Unfall, draußen auf dem Großen Sand ... Ich hab's dir nicht erzählt ... einen schweren Unfall ... Es lag an dieser Schlagseite ... Du hast es selbst gesehen, auf den Photos: die »Regina« hatte mehr als fünfzig Prozent Schlagseite ... Da zu arbeiten: für die Männer war es ein einziger Balanceakt ... Ich weiß nicht, Alfred hat nicht aufgepaßt ... Vielleicht war er auch zu erschöpft ... Er rutschte über die ganze Bordwand ab, da, wo das Bergungsschiff vertäut war ... Die Dünung, als die Dünung das Bergungsschiff hochtrug ... Alfred wurde eingeklemmt, zwischen den Bordwänden.

SIE Alfred?

ER Ja.

SIE Ist er tot?

ER Er wird wohl ein Bein verlieren.

SIE O Gott ... Er hat doch gerade erst geheiratet.

ER Er ist nicht versichert ... Die beiden haben keine Versicherung abgeschlossen ... Sie hängen einfach in der Luft.

SIE Warum hast du mir nichts gesagt?

ER Wann denn? Ich hatte keine Zeit ... Alfreds Frau: ich brachte ihr das Geld, fürs erste ... Dann bin ich rausgefahren. Sie warteten draußen auf mich. Wir wollten das Vorschiff der »Regina« absprengen. Es war meine Sache, die Sprengladungen anzubringen unter Wasser ... Du weißt, das war immer meine Sache.

SIE Aber du bist doch bei Alfred gewesen?

ER Morgen ... morgen werde ich zu ihm gehen ... Der ägyptische Reeder drängte ... Nach all der Zeit, was sollte ich tun nach all der Zeit? Wir mußten mit der »Regina« fertig werden.

SIE Ist das wahr, Harry? Ist das wirklich wahr?

ER Wir hingen doch alle von ihm ab, von dem Wrack ... Zuletzt ...

SIE Ich schaff es nicht, Harry. So kann es nicht bleiben.

ER Es ist nicht immer so.

SIE So kann es nicht weitergehn ... Du spielst dein Spiel, und wir, wir alle tragen dein Risiko ... Sieh mal ...

ER Was?

SIE Meine Hand … Wie sie zittert … Seit Wochen dies Zittern … Warum hast du nicht aufgegeben? … Wann, wann wirst du einsehen, daß du dich übernommen hast … daß du dich immer übernimmst?

ER Immer? Denk an den Fischkutter … Wer hat geklatscht vor Begeisterung? … Du warst doch dabei, als ich ihn gehoben hab, als er gehorsam aufschwamm mit all der Luft in den abgedichteten Hohlräumen … Es war meine Idee … Wer hat da geklatscht vor Begeisterung? … Siehst du! … Und für die »Regina« … Ich wußte von Anfang an, daß ich das Schiff vom Mahlsand wegbekomme … Für die »Regina« hatte ich auch meinen Plan; für ihr Vorschiff.

SIE Harry, begreif doch. Es geht um etwas anderes … Ich halte das nicht mehr aus.

ER Aber zuerst … als wir anfingen, da ging es doch.

SIE Der Einsatz – er war nicht so hoch. Du hast den Einsatz ständig erhöht, immer mehr. Ich kann ihn nicht mehr mittragen.

ER Und? Was heißt das?

SIE Wenn es so weitergeht … Wir werden uns trennen müssen, wenn es so weitergeht.

ER Kommt man darauf, wenn man allein sitzt im Dunkeln?

SIE Ich meine es ernst.

ER Ach, Doris.

SIE Etwas muß sich ändern, Harry.

ER Halt mal das Glas. Ich muß den Kragen aufmachen.

SIE Ist dir nicht gut?

ER Heiß, mir ist nur heiß.

SIE Wir müssen uns entscheiden, Harry …

ER Wie sich das anhört: Wir müssen uns entscheiden … Als ob wir die Wahl hätten … eine beliebige Wahl …

SIE Du willst doch auch nicht, daß wir nebeneinanderher leben.

ER Doris, es gibt keine »Regina« mehr.

SIE Was? Was hast du gesagt?

ER Erledigt ... Das Kapitel »Regina« ist abgehakt, endgültig, buchstäblich.

SIE Was soll das heißen?

ER Das Wrack – es existiert nicht mehr ... Verloren, unerreichbar, weg.

SIE Du willst mir einen Schreck einjagen.

ER Ich will dir keinen Schreck einjagen.

SIE Das stimmt nicht, Harry ... Das kann nicht stimmen.

ER Verloren und versunken mit allem ... Es ist wahr.

SIE Aber – aber du warst doch ... Als du gingst, warst du doch zuversichtlich ... Alles stand gut ... Ich hab noch mit Ewald gesprochen ... Morgen bewegt sie sich, sagte er.

ER Sie hat sich bewegt, die »Regina« hat sich bewegt.

SIE Was ist denn passiert? Red doch schon, um Himmels willen!

ER Ein Jahr, Doris, und dann hatte ich sie soweit ... Keiner hat mir's geglaubt ... Das Angebot, das der Ägypter mir gemacht hat – er hat's auch anderen gemacht, vorher ... Alle haben abgewinkt ... Mit der »Regina« wollte sich keiner einlassen. Ich hab's mir zugetraut.

SIE Ich glaub es einfach nicht.

ER Das Vorschiff – wir haben es abgesprengt nach Plan ... Wir haben es abgedichtet und vollgepumpt mit Luft ... Zum zweiten Mal haben wir eine Fahrrinne ausgekolkt ... Das werde ich nicht vergessen, Doris ... als die Schlepper endlich anzogen. Alle sahen nur zu ihr hin ... die Trossen strafften sich, immer mehr Zug, und dann rührte sich die »Regina«, glitt langsam aus dem Mahlsand ... Wie sie aufschwamm und torkelte, als ob sie noch benommen wäre vom langen Liegen ... Geklatscht, die Männer haben geklatscht und kamen zu mir gerannt ... Nie werd ich das vergessen.

SIE Also doch, Harry ... Dann ist es doch gutgegangen.

ER Wir nahmen sie in Schlepp, behutsam ... Über Grund machten wir nicht mehr als zweieinhalb Meilen ... bestimmt nicht mehr.

SIE Es war ruhiges Wetter, das weiß ich.

ER Die See war kaum bewegt ... Ich hatte mir vorgenommen, dich anzurufen aus dem Hafen, gleich ... Ich bin fertig, Doris.

SIE Aber was ist denn geschehen?

ER Damit hat keiner gerechnet ... Es trübte sich ein ... Allmählich trübte es sich ein, und wir kamen in Nebel – flache Bänke ...

SIE Ist sie gesunken ... Sag doch!

ER Sie schwamm besser, als wir gedacht hatten ... Zwanzig Meilen ... Nur knapp zwanzig Meilen vom Feuerschiff ... Auf dem Tanker haben sie unser Nebelhorn nicht gehört ...

SIE Gerammt?

ER Zweihunderttausend Tonnen ... Er hat das Vorschiff der »Regina« unter Wasser gedrückt ... Gerammt und unter Wasser gedrückt ... Auf dem Schlepper konnten sie gerade noch die Leinen slippen.

SIE Harry ... Harry, ich kann es nicht fassen.

ER Es ist so.

SIE Weißt du, was es heißt für uns?

ER Ich weiß es.

SIE Warum hast du es nicht gleich gesagt, als du hereinkamst? Wie konntest du das für dich behalten? ... Gib mir was zu trinken.

ER Ich hab's versucht; ich wollte es dir ja gleich sagen ... Aber du hattest deine Anklage vorbereitet ...

Sie Du wirst sie heben. Du wirst die »Regina« bestimmt heben. Oh, Harry.

Er Keiner wird sie heben. Sie liegt jetzt mehr als vierzig Meter tief; das Vorschiff, meine ich ... Da geht keiner mehr ran ... Du hättest die Leute hören müssen, unsere Leute, Doris ... Das war ein einziger Schrei ... Wir stoppten sofort ... Es war kaum was zu sehen ...

Sie ... danke ... Trinkst du nichts mehr?

Er Dieses Brausen, als die »Regina« auf Tiefe ging.

Sie Es ist furchtbar, Harry ... Und jetzt?

Er Sie liegt genau auf achtundvierzig Meter Tiefe.

Sie Alles umsonst. Es kann doch nicht sein, daß alles umsonst war ... Immer ... Du hast doch immer Rat gewußt.

Er Vorbei, Doris.

Sie Aber wir können es doch nicht verloren geben ... Dir wird etwas einfallen ... Du hast nie etwas verloren gegeben.

Er Diesmal gibt's keine Chance.

Sie Harry, denk daran, was wir reingesteckt haben ... wieviel für uns davon abhängt ... Die »Regina« gehört dir.

Er Es hilft nichts mehr, kein Plan, keine Ausdauer.

Sie Was soll denn werden?

Er Ich weiß nicht ... Ich bin fertig, Doris.

Sie Setz dich zu mir. Komm ... Setz dich hierher.

Er Du weißt nicht, wie hoch ich eingestiegen bin.

Sie Wir schaffen es schon, Harry ... Du wirst sehen, wir schaffen es.

Er Ich komm da nie wieder raus.

Sie Zuerst ... Du mußt dich jetzt ausruhn.

Er Ich hätte es dir erzählen sollen.

Sie Was?

Er Vor drei Tagen, als wir rausgingen ... Ich hätte dir erzählen sollen, daß alle Vorbereitungen abgeschlossen waren ... Daß wir die »Regina« soweit hatten ... Ich wußte, daß ich sie vom Mahlsand runterbekommen würde ... Ah, Doris: ich wollte mit der guten Nachricht nach Hause kommen.

SIE Ich glaube, du solltest dich jetzt hinlegen, Harry ... Ich mach das hier in Ordnung.

ER Ich hatte mir schon alles zurechtgelegt ... Begreifst du das? Um ein Haar, und es wäre uns gelungen.

SIE Es ist dir gelungen ... Das, worauf es ankam, ist dir gelungen.

ER Was soll jetzt werden?

SIE Komm, Harry ... Ich sag's dir morgen ... Bitte, komm.

1982

Der Abstecher

Alle anderen Passagiere des weißen, lackglänzenden Fördedampfers drängten sich an der Reling, um dem Ablegemanöver zuzusehen, nur er nicht. Er setzte sich gleich an einen kleinen Klapptisch, blinzelte in die Sonne, wischte sich mit beiden Händen übers Gesicht und legte dann dieses flache, bronzene Ding auf die Tischplatte und starrte es an, brütend und ausdauernd. Der schmächtige Mann mit der Nickelstahlbrille, der ihn an die Pier gebracht hatte, stand immer noch geduldig vor dem Schiff und wartete, hoffte wohl auf einen Abschiedsgruß, doch der hochgewachsene Bursche am Klapptisch machte vorerst keine Anstalten, an die Reling zu treten und hinabzuwinken; wie geistesabwesend saß er da, unbeeindruckt von den Rufen, den Kommandos, dem fröhlichen Gedränge. Ganz verloren in die Betrachtung des bronzenen Gegenstandes, schüttelte er den Kopf, gerade als müßte er sich gegen eine aufsteigende Erinnerung wehren.

Als der Fördedampfer nach mehreren Signalen ablegte, kramte er aus seiner Reisetasche Pfeife und Tabakdose hervor, legte auch sie auf den Klapptisch, rauchte jedoch noch nicht, sondern trat nun ebenfalls an die Reling und blickte auf die Pier hinunter. Lange brauchte er nicht zu suchen, um den Mann zu finden, der ihn begleitet hatte. Wie von einer Schnur gezogen, hoben beide im Augenblick des Erkennens einen Arm, winkten nicht, hoben nur den Arm und ließen ihn starr in der Luft ruhen; es war ein seltsamer Abschied, der manches vermuten ließ oder einschloß, keineswegs aber den Wunsch nach einem baldigen Wiedersehen. Noch bevor die anderen Passagiere an die Tische stürmten und sich um Stühle und Bänke stritten, ging er ruhig zu seinem Platz zurück und stopfte sich die

Pfeife, und nachdem er sie angezündet hatte, nahm er das flache Ding auf, das an einem Band hing, und ließ es einmal propellerhaft kreisen.

Obwohl das Sonnendeck überfüllt und kein Sitzplatz mehr frei war, wagte es anscheinend niemand, sich zu ihm an den Klapptisch zu setzen – vermutlich, weil er einen so versunkenen, abwesenden Eindruck machte und keinen Blick aufnahm und erwiderte. Als ich an ihn herantrat und fragte, ob ich mich zu ihm setzen dürfte, reagierte er mit unerwarteter Freundlichkeit; er lächelte und machte eine einladende Handbewegung, fast schien es, als sei er mir sogar dankbar. Er hatte ein rosiges, sommersprossiges Gesicht, sein graues Haar war kurz geschnitten, es stand in eigentümlichem Kontrast zu dem jugendlichen Aussehen. Wir blickten zurück zu der sandfarbenen Steilküste, an deren höchster Erhebung die historischen Schanzen lagen, wulstige Befestigungen, mit den alten Kanonen bestückt. Die Flügel der traditionsreichen Windmühle drehten sich langsam im Wind. Ein schönes Land, sagte ich spontan, und er nickte und sagte: Welch ein Idyll.

Er sprach deutsch mit amerikanischem Akzent. Es wunderte mich nicht, daß er das Bedürfnis hatte, sich vorzustellen; er hieß Glen Muskie und kam aus Wisconsin. Als die Kellnerin erschien, lud er mich gleich zu einem Kaffee ein und bestellte außerdem für sich einen doppelten Linien-Aquavit. Ohne daß ich ihn danach gefragt hätte, sagte er, daß er nur einen Abstecher hierher gemacht habe, er müsse nach Kopenhagen hinauf, zu einer Fachkonferenz, seine Handelskammer habe ihn geschickt. Segelboote liefen an uns vorbei, einige hatten bunte Spinnaker gesetzt, die Besatzungen sonnten sich auf dem Oberdeck und winkten träge herüber. Glen Muskie ließ die flache bronzene Scheibe hin- und herpendeln und sah auf das wellige, von Hekken durchzogene Land, das langsam zurückblieb. Was er da pendeln ließ – nun erkannte ich es –, war eine Medaille, ein Orden, eingedunkelt von der Zeit; auch das Band bezeugte mit bräunlichen Flecken sein Alter. Obwohl er mit seinen Gedanken weit weg war, bemerkte er mein Interesse für die alte Auszeichnung, und er hob sie mir entgegen und überließ sie mir. Vierundsechzig, sagte er, dieses Ding stammt von achtzehnhundertvierundsechzig; man bekam es für Tapferkeit. Während ich die Medaille betrachtete, servierte die Kellnerin Kaffee und Aquavit.

Ich konnte ihm ansehen, daß der Linien-Aquavit ihm guttat. Er nahm die Medaille wieder an sich und ließ sie pendeln, und dabei entstand auf seinem Gesicht ein abschätziges Lächeln. Auf einmal nickte er auf das bronzene Ding hinab und sagte: Vielleicht empfinden Sie es als merkwürdig, aber den Abstecher hierher habe ich wegen dieses Ordens gemacht; ich wollte einfach mal die Wahrheit erfahren. Die Wahrheit worüber? fragte ich, und er darauf: Über das, was damals hier wirklich geschah, auf diesen Schanzen dort drüben, und wofür einem solch ein Ding verliehen wurde.

Ruhig erzählte er, daß er die Medaille aus Wisconsin mitgebracht hätte, sie gehörte seiner Frau, deren Vorfahren aus Deutschland stammten; einer von ihnen, der damals hier dabei war, hatte sich die Auszeichnung verdient, es war wohl der Urgroßvater. Von einem zum andern hatten sie die Auszeichnung in der Familie weitergegeben, sie hatten sie in Ehren gehalten, obwohl die Tat, für die sie verliehen worden war, immer ungewisser wurde und sich schließlich nur noch in ganz allgemeinem, legendenhaftem Zuschnitt erhielt. Wie immer kamen auch hier mit der Zeit die Zweifel.

Seine Frau wußte, daß er sich auf die Spur des Helden setzen wollte. Sie hat mir den Orden mitgegeben, sagte er, o ja, ihr liegt daran, nicht zuletzt, um künftige Zweifel zu zerstreuen. Er hob sein Glas gegen mich und trank es aus und schüttelte den Kopf. Ich fragte ihn, ob alles nach Wunsch verlaufen sei und ob er Gewißheiten mit nach Hause nehmen könnte, und er nickte und sagte: Zumindest kann ich ihnen etwas erzählen.

Zuerst allerdings hatte es nicht danach ausgesehen, daß er erfahren würde, worauf es ihm ankam. Gleich nach seiner Ankunft wanderte er zu den Hügeln hin, auf denen die zehn Schanzen angelegt waren, er traf dort nur eine Schulklasse und ein altes Ehepaar; er war erstaunt über den gepflegten Zustand der Massengräber. Die Aussicht über Sund und Förde mit all den kreuzenden Booten begeisterte ihn so, daß er alles auf einem Film festhielt. Der Lehrer, mit dem er ins Gespräch kam, riet ihm, das Museum im alten Schloß zu besuchen; er wies ihn auf eine besondere Abteilung hin, in der die vielfältigen Dokumente der damaligen Geschehnisse aufgehoben wurden: Karten, Waffen, sogar die Operationsbestecke von Feldscheren.

Er machte eine Pause, musterte mich freimütig; augenscheinlich versuchte er, mein Alter zu schätzen, und da er wohl zu keinem Ergebnis kommen konnte, fragte er: Waren Sie Kriegsteilnehmer? Ja, sagte ich, in den letzten Monaten war ich noch dabei. Auf die Medaille hinabblickend, fragte er: Haben Sie sich auch dergleichen verdient? Ich war auf einem schweren Kreuzer, sagte ich, mein Schiff hatte mehr als tausend Mann Besatzung, da konnte man sich so etwas nicht verdienen. Er machte eine Geste, mit der er um Entschuldigung zu bitten schien für seine Frage. Mir entging nicht, daß er auf einmal die Schultern hob, als müßte er sich abfinden mit einer Erfahrung.

Fast einen ganzen Tag, so erzählte er, brachte er im Museum zu, die Dokumente und Zeugnisse durften nicht berührt werden, er mußte sich mit dem Augenschein begnügen und vertiefte sich immer wieder in den Anblick von

Grundrissen, Skizzen und Zeichnungen; er entdeckte auch ein Sortiment von damals verliehenen Auszeichnungen, doch eine Tapferkeitsmedaille, wie er sie bei sich trug, konnte er nicht finden, und der Museumswärter, dem er sie schließlich zeigte, bezweifelte sogar die Echtheit.

Sie können sich wohl denken, wie mir auf einmal zumute war, sagte er. Weil aber der Museumswärter seine Enttäuschung bemerkte, empfahl er ihm, sich an eine Autorität zu wenden, an einen Heimatforscher namens Svendsen, von dem es hieß, daß er mehr über die historischen Ereignisse wüßte, als jeder der damals Beteiligten gewußt hatte, beide Generalstäbe eingeschlossen. Daß er vom Museum in ziemlich angegriffenem Zustand in sein Hotel ging, lag weniger an dem Zweifel, der an der Echtheit des Ordens aufgekommen war, als vielmehr an den ausgestellten Operationsbestecken. Jeder Werkzeugkasten eines Tischlers, sagte er, enthält heute feinere Sägen und Zangen.

Die Kellnerin fragte, ob sie das Geschirr abräumen dürfte, und der Amerikaner legte ihr ein enormes Trinkgeld aufs Tablett und bat sie, noch zwei Gläser Linien-Aquavit zu bringen, doppelte. Er schien erfreut, daß ich seine Einladung nicht ausschlug. Mir war nicht wohl, sagte er, mir war wirklich nicht wohl bei dem Gedanken, meiner Frau sagen zu müssen, daß diese Tapferkeitsmedaille, die sie und ihre Leute so lange aufbewahrt und in Ehren gehalten hatten, nicht echt war. Um Gewißheit zu erhalten, suchte er also den Heimatforscher auf; er fand ihn in einem kleinen Geschäft – antiquarische Bücher und Stiche und Landschaftsmalerei – und wurde, nachdem er seinen Wunsch geäußert hatte, gleich zu einem Tee eingeladen. Der Sachverständige konnte ihm nach einem einzigen Blick bestätigen, daß der Orden echt war und seinerzeit für außergewöhnliche Tapferkeit verliehen wurde, und nicht nur dies: Svendsen zeigte sich im Besitz aller Namen derer, die damals ausgezeichnet worden waren. Mühelos fand er die Kladde, ließ sich den Namen jenes Urgroßvaters nennen, suchte und suchte, blätterte zurück, ging noch einmal mit steifem Zeigefinger die Liste durch, doch ein Sergeant Sabory war nirgends erwähnt, nur ein Mann namens Saborowski. Da fiel dem Besucher ein, daß jener Urgroßvater, nachdem er nach Wisconsin ausgewandert war, seinen Namen anglisiert hatte. Sie werden es kaum glauben, sagte Glen Muskie, doch mir fiel ein Stein vom Herzen. Die bestätigte Echtheit erfüllte ihn sogar mit sonderbarer Genugtuung, die allerdings nicht lange dauerte.

Dieser Heimatforscher, dieser Antiquar war so erfreut über das detaillierte Interesse seines Besuchers, daß er ihn mit allen Ereignissen und Daten bekannt machte; insbesondere schilderte er die Wochen und Monate, in denen die Schanzen belagert worden waren. Auch jener Urgroßvater gehörte zu den Belagerern. Da beiden Seiten befohlen war, Munition zu sparen – und da jede Seite es von der anderen wußte –, zeigten sich die Soldaten mehr und mehr unbesorgt, traten aus ihrer Deckung heraus, saßen erkennbar in der Morgensonne und riskierten es dann und wann, zu den anderen hinüberzuwinken. Je länger die Unbesorgtheit auf dem kleinen Kriegsschauplatz andauerte, desto näher kamen sich die Soldaten beider Seiten, der morgendliche Gruß – nicht überheblich, nicht selbstbewußt oder siegesgewiß, sondern erleichtert und kumpelhaft – wurde zur Gewohnheit. Es ist verbürgt, daß, als zwei feindliche Wachtposten in der Nacht aufeinanderstießen, beide in stummem Einverständnis das Gewehr ablegten.

Welche Möglichkeit, sagte Mr. Muskie und holte aus seiner Reisetasche ein Buch hervor und fischte zwei Zeichnungen heraus, die er zwischen die Seiten gelegt hatte. Herr Svendsen hatte ihm die Zeichnungen verkauft, angebräunte Blätter, die Szenen des Belagerungslebens belegten. Wie sie zusammenfanden, die Soldaten beider Seiten, wie sie sich miteinander bekannt machten, ins Gras setzten, redeten, wie sie einander probieren ließen von ihren Rationen, Tabak tauschten, von zu Hause erzählten und vor der Rückkehr in die eigene Stellung noch gemeinsam einen Schluck aus einer Flasche nahmen: da mußte Ungläubigkeit wie von selbst entstehen bei allen, die davon hörten. Einmal zündeten sie gemeinsam gegen die Kälte der Nacht ein Feuer an; während sie sich wärmten, entsannen sie sich dringender Tätigkeiten zu Hause und erwogen wohl auch schon hier und da untereinander, die aufgenommenen Beziehungen fortzusetzen. Nach mehreren Wochen täglichen Umgangs miteinander nannte man sich beim Vornamen. Man verabschiedete sich beim Auseinandergehen für die Nacht; zum gegenseitigen Besuch der Stellungen lud man sich allerdings nicht ein.

Was ich von diesem Heimatforscher erfuhr, sagte der Amerikaner, klang nicht allein unwahrscheinlich – ich mußte mich fragen, welch eine Gelegenheit zur Tapferkeit es überhaupt noch geben konnte unter Männern, die im andern ihr eigenes Los entdeckt hatten und sich so nahe gekommen waren, daß fast nichts mehr an Feindschaft erinnerte. Herr Svendsen schlug ihm vor, gemeinsam zu den Schanzen hinauszugehen, und auf den Wällen stehend, zeigte er ihm, wo sie sich einst gegenüberlagen und wo sie sich trafen und mehr als das Übliche miteinander sprachen. Da waren jetzt Felder und Hecken und gepflegte Massengräber. An einigen Stellen, so erfuhr der Besucher, lagen sich die Männer auf Rufweite gegenüber. Die Landschaft vor Augen, den Bericht über den Soldaten-Alltag im Gedächtnis, konnte es sich der Besucher einfach nicht vorstellen, für welch eine Art von Tapferkeit die Auszeichnung verliehen wurde, die er bei sich trug. Auf seine Frage, wodurch denn damals eine Lage entstand, in der Tapferkeit nötig war und bewiesen werden konnte, antwortete der Heimatforscher nur knapp. Er sagte: Durch den Befehl.

Glen Muskie schwieg, wandte den Kopf und blickte über das Wasser zu einer der grünen Fahrwasserbojen, wobei er mit dem Rand der Medaille leicht tickend auf die Tischplatte klopfte. So war es wohl immer, sagte ich: der Befehl duldet keine Fragen. Wieder schüttelte er den Kopf, wieder erschien auf seinem Gesicht dieser brütende Ausdruck. Auch Svendsen hatte ihn daran erinnert, daß für jede Armee das Prinzip des unbedingten Gehorsams gilt. Der Heimatforscher empfand es nicht als ungewöhnlich, daß die Belagerer an einem Apriltag zum Angriff vorgingen, gegen die Soldaten, mit denen sie noch tags zuvor Brot und Adressen und, was auch verbürgt ist, Feldflaschen getauscht hatten: sie befolgten lediglich den Befehl. Daß dieser Befehl sie vergessen ließ, was sie in den vergangenen Wochen erfahren und getan und in einer Art familiärer Notgemeinschaft begründet hatten, konnte Mr. Muskie nicht verstehen, würde er nie zu verstehen lernen. Beide stritten sich über die Bedeutung eines Befehls und setzten ihren Streit noch bei einem Essen fort, zu dem der Amerikaner den Heimatforscher eingeladen hatte.

Ein kleiner Junge kam an unseren Tisch, er fragte, ob wir etwas Brot hätten, Brot für die Möwen, die über dem Heck des Schiffes hingen. Glen Muskie gab ihm ein Geldstück und schickte ihn zum Kiosk. Und dann umschloß er die Medaille fest mit seiner Hand und sah mich an.

Können Sie sich vorstellen, fragte er, daß ich nach allem nur noch wenig Interesse daran hatte, etwas über die Tat zu erfahren, für die diese Auszeichnung hier verliehen wurde? Er gab zu, daß er sich unwillkürlich ein gewisses Ereignis auszudenken versuchte – ein Beispiel von Kühnheit, Gewalt und Todesverachtung –, doch er unterließ es, sich beim Heimatforscher danach zu erkundigen. Der aber kam überraschend zu ihm ins Hotel, freudig und voller Zufriedenheit über das, was er herausgefunden hatte: er konnte ihm die Kopie eines Belegs zeigen, aus dem hervorging, daß ein Sergeant Saborowski sich außergewöhnlich hervorgetan hatte bei der Eroberung von zwei Geschützen, die den Angriff vorübergehend ins Stocken gebracht hatten. Der Heimatforscher glaubte, dem Mann von weit her eine Freude gemacht zu haben, vielleicht erwartete er ein anerkennendes Wort, doch der Amerikaner konnte es nur schweigend zur Kenntnis nehmen.

Ich weiß auch nicht, wie es kam, sagte er zu mir, plötzlich sah ich nur dies Bild: zwei eroberte Geschütze, und um sie herum, gekrümmt und verzerrt und mit dem Gesicht an der Erde, die Männer, die diese Geschütze bedient hatten. Auf sie herabblickend, stand der Mann, der ein Beispiel von Tapferkeit gegeben hatte, und ich stellte mir vor, daß er auf einmal neben einem der Daliegenden seine Feldflasche entdeckte, die er vor wenigen Tagen halbgefüllt weggeschenkt hatte. Und ich stellte mir auch vor, wie er sie wieder an sich nahm und dann dem Trompetensignal lauschte, das zum Sammeln befahl.

Der Heimatforscher schenkte ihm die Kopie des Belegs, und obwohl er zunächst darauf verzichten wollte, nahm er sie dann doch an. Auf dem Weg zum Hafen – der Heimatforscher bestand darauf, ihn zu begleiten – hatten sie sich kaum noch etwas zu sagen; erst als sie vor dem Schiff standen, fragte ihn Herr Svendsen, ob er denn nun, im Besitz gesicherter Beweise, beruhigt nach Hause fahre, denn für die Seinen dürfte es ja nun keine Ungewißheit mehr geben.

Und was antworteten Sie? fragte ich. Oh, sagte Mr. Muskie, ich sagte, daß ich diesen Besuch niemals vergessen würde. Und zu Hause, fragte ich, werden Sie zu Hause erzählen, was Sie erfahren haben? Er sah mich erstaunt an.

Selbstverständlich, sagte er, ich werde ihnen die Beweise geben; ich werde ihnen erzählen, was sich zugetragen hat; danach können sie selbst bestimmen, welch eine Bedeutung sie dieser Medaille künftig zuerkennen. Man muß es aussprechen, man muß alles aussprechen.

Sorgfältig verpackte er alles in seine Reisetasche, klopfte seine Pfeife aus und ließ auch die verschwinden. Er machte einen erleichterten Eindruck; für ihn hatte sich der Abstecher anscheinend gelohnt. Aus dem verwaschenen Blau trat klar der Saum der Küste hervor, er musterte sie nachdenklich und sagte mehr für sich: Welch ein idyllisches Land. Ich pflichtete ihm bei.

1982

Nachwort

Meer und Fluss – der Elbstrom, Nord- und Ostsee, die Küstenlandschaften Schleswig Holsteins und der dänischen Inseln – sind die Schauplätze der meisten in diesem Band versammelten Erzählungen. Es sind die dem Wasser nahen Landschaften, in denen Siegfried Lenz seit vielen Jahrzehnten zu Hause ist. Als er 1945, mit knapp zwanzig Jahren, aus britischer Gefangenschaft entlassen wurde, konnte er nicht mehr in seine an der masurischen Seenplatte gelegene ostpreußische Heimat zurückkehren. Er wählte Hamburg als Wohnort. Wie viele andere junge Kriegsheimkehrer brach er das dort begonnene Studium bald wieder ab und arbeitete von 1948 an als Volontär, dann als Redakteur bei der Zeitung ›Die Welt‹. In dieser Zeit schrieb er – anfangs stark beeinflusst von der damals neuen amerikanischen Literatur der dreißiger und vierziger Jahre, insbesondere von den Short Stories Ernest Hemingways und den Romanen William Faulkners – seine ersten Kurzgeschichten.

Er liebte den Strom, wie er die Elbe nennt, ihn faszinierte der anfangs noch von schweren Kriegsschäden verwüstete Hamburger Hafen. Er beobachtete die Stauer und Schauerleute, die Kapitäne und Maschinisten, die Taucher der Bergungsfirmen, die noch Jahre nach dem Krieg Schiffswracks aus den Hafenbecken hoben, bei ihrer Arbeit. Er lernte ihre karge, bildhafte Sprache kennen.

1951 wurde er freier Schriftsteller und reiste in den folgenden Jahren viel, in Afrika, in den Vereinigten Staaten, in den skandinavischen Ländern. Oft hielt er sich über längere Zeiträume in Schleswig Holstein und Dänemark auf. So wurde er allmählich selbst zu einem Küstenbewohner. Wie kein anderer deutscher Schriftsteller beschreibt Siegfried Lenz das Meer, die Gezeiten, die Stimmungen der See, das

Leben der Menschen, die dort ihrem Broterwerb nachgehen. Er ist ein passionierter Angler. Die Norddeutschen, vor allem die Hamburger, sonst Fremden gegenüber eher reserviert, betrachten ihn als einen der Ihren. Den Dänen, deren Erfahrungen im Zweiten Weltkrieg sie gelehrt haben, zwischen ihnen geheuren und nicht geheuren Deutschen zu unterscheiden, ist er ein willkommener Nachbar, der ihre Sprache spricht.

Siegfried Lenz gehört – wie Heinrich Böll, wie Günter Grass oder wie Christa Wolf – zur Generation der deutschen Nachkriegsschriftsteller. Die behutsame und entschiedene Intensität, mit der er sich in einigen seiner großen Romane (darunter ›Deutschstunde‹ und ›Heimatmuseum‹), aber auch in vielen seiner Erzählungen zur deutschen Vergangenheit, zu deutscher Schuld und Verantwortung geäußert hat, gewann ihm – bei uns wie in anderen Ländern – Achtung, Respekt und Zuneigung.

Seine Beliebtheit hat mit der ihm eigenen Integrität und Bescheidenheit zu tun, hängt aber vor allem mit seiner eindringlichen, bedächtigen und zugleich mitreißenden Erzählweise zusammen, die an die großen deutschen Erzähler des späten 19. Jahrhunderts und der ersten Hälfte des 20. Jahrhunderts anknüpft: Man denkt beim Lesen an Theodor Fontane, an Thomas Mann. Lenz hat bekannt, ein langsamer Schreiber zu sein. Diesem Umstand verdanken wir die Genauigkeit und die Schönheit, die Magie seiner Sprache.

»Suchend senkte der Mann das Glas, senkte es so weit, bis er die schwarzen ausgespülten Löcher unten am kreidigen Felsen erkannte; weiter lief sein Blick, weiter am Fuß der Felsen entlang, über das flache grauschimmernde Wasser, aus dem sich einzelne Felsbrocken heraushoben, rundgewaschen von der See. Ohne abzusetzen, richtete er das Glas hinaus auf das Wasser: draußen, wo die Steilküste abwinkelte, krauste und riffelte es sich, warf kurze Wellen im

Zusammenstoß zweier Strömungen; zur Mitte der Bucht hin wurde das Wasser dunkler, tiefgrün über der Fahrtrinne, die in der Mündung des Flusses lag, und auf seiner Seite, wo das Land flach zur See auslief, mit einem breiten, sandigen Strand, hatte das Wasser einen hellbraunen Schimmer.«

In dieser im Fernglas eingefangenen und anschaulich vor dem Leser ausgebreiteten Szenerie erlebt der seine Frau suchende Protagonist der Titelerzählung »Küste im Fernglas« eine erschreckende, demütigende Niederlage.

Wenn Siegfried Lenz die Großartigkeit einer See- oder Küstenlandschaft beschreibt, ist er weit davon entfernt, das Leben am Meer, die Arbeit auf dem Meer zu romantisieren. Die frühe Story »Das Wrack« erzählt von einer am Ende vergeblichen Schatzsuche. Beim Lesen kommt einem unwillkürlich Ernest Hemingways ›Der alte Mann und das Meer‹ in den Sinn, doch Lenz schrieb seine Geschichte, ehe die Novelle des Amerikaners erschien. Die dreißig Jahre später verfasste Erzählung »Die Bergung«, das verzweifelte nächtliche Gespräch eines Ehepaars, handelt vom Ruin eines Schlepperkapitäns, der alles auf eine Karte gesetzt hat. Wagemut bei der Suche nach Glück, Hoffnung und Enttäuschung, Verlust, Unglück und tragisches Scheitern – das sind wiederkehrende Motive bei Lenz.

Niemals sind seine Erzählungen harmlos. Selbst wenn manche auf den ersten Blick so anmuten mögen, entpuppt sich dies bald als Absicht des Autors, der für den weiteren Verlauf oder den Schluss eine unerwartete, oft erschrekkende Wendung parat hält. Es sind unheimliche und böse Geschichten darunter – »Die Flut ist pünktlich« handelt von einem scheinbar ganz gewöhnlichen außerehelichen Rendezvous, bei dem ein raffiniert eingefädeltes schreckliches Verbrechen offenbar wird. Doch Lenz ist zugleich ein Meister komischer und sarkastischer Erzählungen, die ihm dann am besten geraten, wenn sie – wie die Saunageschichte »Unter Dampf gesetzt« oder »Im Netz der Nachbarschaft« – selbstironisch augenscheinlich eigene Erfahrungen widerspiegeln.

Siegfried Lenz beherrscht viele Tonarten, und er hat offenkundig Freude am Experimentieren, etwa wenn er die dramatische Geschichte »Fallgesetze« von drei Personen, aus drei verschiedenen Perspektiven, erzählen lässt, ohne dass die ganze Wahrheit ans Licht käme, die es vielleicht nicht einmal gibt. In der Erzählung »Die Phantasie« debattieren drei Männer, Schriftsteller, in einer Hamburger Kellerkneipe über Phantasie und Realität. Manchmal, sagt der eine, müsse die Wahrheit erfunden werden. Und jeder der drei erfindet zu einem seltsamen Paar in der Kneipe, das sie lange beobachtet haben, seine eigene spannende Geschichte. So entsteht vor dem Leser eine ebenso geistreiche wie amüsante Abhandlung über das Erzählen, die selbst Erzählung ist und mit der Feststellung endet, dass man der Realität nur mit Hilfe des Phantastischen näher kommen könne – eine Erkenntnis, die Siegfried Lenz bei anderer Gelegenheit in dem Satz zusammengefasst hat: »Ich bekenne, ich brauche Geschichten, um die Welt zu verstehen.«

Eine der schönsten und abenteuerlichsten Wassergeschichten von Siegfried Lenz ist die Erzählung »Einstein überquert die Elbe bei Hamburg«, eine »Geschichte in drei Sätzen«, wie es im Titel heißt, drei langen Sätzen: Auf dem Strom, auf der grünweißen Hafenfähre, die sich durch das Getümmel kommender und auslaufender Schiffe und hin und her flitzender Boote fädelt, steht plötzlich die Zeit still; jede Bewegung stockt, auch die Jagd nach einem Dieb, jedes Geschehen kommt zum Stillstand, die Schiffe verändern ihre Position zueinander nicht mehr, und alles bleibt einen, wie es scheint, unendlich langen Moment in der Schwebe. Ein mit leichter Hand entworfenes intelligentes Spiel mit Bewegung, Stillstand und Zeit, das, so wirkt es, von einem alten Passagier der Fähre, der einigen Fahrgästen bekannt vorkommt, gesteuert wird und endet, als der Alte die Fähre verlässt.

Siegfried Lenz ist der geborene Geschichtenerzähler, ein Schriftsteller, dessen Erzählkunst sich vielleicht sogar am besten in seinen Erzählungen entdecken lässt. Immer wieder, auch im Alter noch, ist er zu dieser ihm besonders vertrauten Form der erzählerischen Prosa zurückgekehrt. Viele seiner Erzählungen sind inzwischen fester Bestandteil der modernen deutschen Literatur.

Helmut Frielinghaus

Quellennachweis und Daten der Erstveröffentlichungen

Die in dieser Taschenbuchausgabe enthaltenen Erzählungen sind dem Band
Siegfried Lenz, ›Die Erzählungen‹
Copyright © 2006 by Hoffmann und Campe Verlag, Hamburg, entnommen.

Jahr und Ort der Erstveröffentlichung:

Küste im Fernglas (1958)
›Der Kranich‹, 4. Jahrgang 1962 (unter der Überschrift »Aufs Frühjahr ist Verlass«)

Erinnerung im Schlauchboot (1950)
›Aachener Volkszeitung‹, Aachen, 9. Dezember 1950

Das Wrack (1952)
›Jäger des Spotts. Geschichten aus dieser Zeit‹. Hamburg: Hoffmann und Campe, 1958

Die Flut ist pünktlich (1953)
›Jäger des Spotts. Geschichten aus dieser Zeit‹. Hamburg: Hoffmann und Campe, 1958

Drüben auf den Inseln (1954)
›Jäger des Spotts. Geschichten aus dieser Zeit‹. Hamburg: Hoffmann und Campe, 1958

Unter Dampf gesetzt (1958)
›Sonntagsblatt‹, Hamburg, 1. Februar 1959

Lieblingsspeise der Hyänen (1958)
›Das Feuerschiff. Erzählungen‹. Hamburg: Hoffmann und Campe, 1960

Der Anfang von etwas (1958)
›Das Feuerschiff. Erzählungen‹. Hamburg: Hoffmann und Campe, 1960

Silvester-Unfall (1958)
›Das Feuerschiff. Erzählungen‹. Hamburg: Hoffmann und Campe, 1960

Der Mensch auf dem Meeresboden (1960)
›Sonntagsblatt‹, Hamburg, 19. und 26. Juni 1960

Im Netz der Nachbarschaft (1960)
›Eckart-Jahrbuch 1963/1964‹. Zuvor, erster von drei Teilen: ›Die Welt‹, Hamburg, 5. Dezember 1959 (unter dem Titel »Verblüffung auf den Düppeler Schanzen«); zweiter Teil: ›Merian Jütland‹, 13. Jahrgang, Heft 9, 1960

Schwierige Trauer (1960)
›Stimmungen der See‹. Erzählungen. Stuttgart: Reclam, 1962

Der Beweis (1964)
›Westermanns Monatshefte‹, 106. Jahrgang, Heft 8, 1965

Die Schärfe der Kufen (1965)
›Atlas‹. Zusammengestellt von deutschen Autoren. Berlin: Klaus Wagenbach, 1965

Ein Grenzfall (1966)
›Die zehn Gebote. Exemplarische Erzählungen‹. Hrsg. von

Jens Rehn. Reinbek bei Hamburg: Rowohlt, 1967 (unter dem Titel »Das Fernglas«)

Eisfischen oder Was man mit Hechten erleben kann (1966)
›Dichter erzählen Kindern‹. Hrsg. von Gertraud Middelhauve. Köln: Middelhauve, 1966

Einstein überquert die Elbe bei Hamburg (1969)
›Die Zeit‹, Hamburg, 7. November 1969

Fallgesetze (1973)
›Deutsches Allgemeines Sonntagsblatt‹, Hamburg, 28. Oktober und 4. November 1973

Die Phantasie (1974)
›Deutsches Allgemeines Sonntagsblatt‹, Hamburg, 9., 16., 23., 30. März und 6. April 1975 (unter dem Titel »Sieg der Schwerkraft«)

Fast ein Triumph (1981)
›Das serbische Mädchen. Erzählungen‹. Hamburg: Hoffmann und Campe, 1987

Die Bergung (1982)
›Das serbische Mädchen. Erzählungen‹. Hamburg: Hoffmann und Campe, 1987

Der Abstecher (1982)
›Ludmilla. Erzählungen‹. Hamburg: Hoffmann und Campe, 1996